रामचन्द्र शुक्ल

4 अक्टूबर, 1884—2 फरवरी, 1941

हिन्दी साहित्येतिहास के युग प्रवर्तक इतिहासकार। आधुनिक अर्थों में हिन्दी साहित्य में आलोचना के जनक, 'नागरी प्रचारिणी पत्रिका' के सम्पादक रहे। उनके निबन्धों ने भी उन्हें विशेष ख्याति दी। काशी हिन्दू विश्वविद्यालय में हिन्दी के प्राध्यापक और अध्यक्ष रहे। हिन्दी साहित्य सम्मेलन द्वारा मंगला प्रसाद पारितोषिक से सम्मानित।

सम्पादक

सूर्य नारायण

युवा आलोचक। विद्यापति पर केन्द्रित एक किताब का सम्पादन। इन दिनों एक दूसरी किताब के सम्पादन का काम। इलाहाबाद विश्वविद्यालय के हिन्दी विभाग में अध्यापन।

शृंखला सम्पादक

बद्री नारायण

हिन्दी के महत्त्वपूर्ण कवि और समाजविज्ञानी। कविताओं के चार संग्रह प्रकाशित। हिन्दी और अंग्रेजी में अनेक किताबों के लिए चर्चित। आजकल गोविन्द बल्लभ पंत सामाजिक विज्ञान संस्थान के निदेशक। 'भारतभूषण अग्रवाल पुरस्कार' और 'साहित्य अकादेमी पुरस्कार' सहित अनेक महत्त्वपूर्ण सम्मानों से सम्मानित।

श्रृंखला संयोजन

डॉ. सूर्य नारायण
डॉ. विवेक निराला
डॉ. सुबोध शुक्ल

विचार का आईना

कला ✦ साहित्य ✦ संस्कृति

रामचन्द्र शुक्ल

सम्पादक

सूर्य नारायण

श्रृंखला सम्पादक

बद्री नारायण

लोकभारती पेपरबैक्स

लोकभारती पेपरबैक्स में
पहला संस्करण : 2023

लोकभारती पेपरबैक्स : उत्कृष्ट साहित्य के लोकप्रिय संस्करण

लोकभारती प्रकाशन
पहली मंजिल, दरबारी बिल्डिंग, महात्मा गांधी मार्ग
प्रयागराज-211 001
द्वारा प्रकाशित

शाखाएँ : 1-बी, नेताजी सुभाष मार्ग, दरियागंज, नई दिल्ली-110 002
अशोक राजपथ, साइंस कॉलेज के सामने, पटना-800 006

वेबसाइट : www.lokbhartiprakashan.com
ई-मेल : info@lokbhartiprakashan.com

बी.के. ऑफसेट
नवीन शाहदरा, दिल्ली-110 032
द्वारा मुद्रित

मूल्य : ₹250

Vichar Ka Aina
Kala Sahitya Sanskriti
RAMCHANDRA SHUKLA
Edited by Surya Narayan

ISBN : 978-93-92186-58-5

दो शब्द

कला, साहित्य, संस्कृति लोकभारती प्रकाशन की एक अनूठी पुस्तक शृंखला है जिसमें भारत के मनीषियों, रचनाकारों एवं चिन्तकों के कला, साहित्य एवं संस्कृति पर केन्द्रित आलेखों, विचारों एवं साहित्य और अभिव्यक्ति की अनेक विधाओं में अभिव्यक्त चिन्तनपूर्ण गद्य का संकलन किया गया है।

आज के बाजारवाद के दौर में कला, साहित्य एवं संस्कृति को बचाए रखने के लिए यह जरूरी है कि हम अपने लेखकों, कवियों, मनीषियों, राजनीतिक द्रष्टाओं के कला, साहित्य एवं संस्कृति विषयक विमर्शों को याद करें एवं उनसे अपने को जोड़ें। ये विमर्श ही हमारी रचनाशीलता पर उपस्थित खतरों से हमें बचा पाएँगे। आज तो हमारी सामाजिकता पर भी खतरे उपस्थित हो गए हैं। मुझे तो लगता है कि खुद साहित्य, कला एवं संस्कृति में निहित, प्रवाहित एवं अभिव्यक्त हो रहे विचार ही साहित्य, कला एवं संस्कृति को बचा पाएँगे। उन विचारों को जितना स्मरण एवं पाठ किया जाएगा, उतना ही कला, साहित्य एवं संस्कृति के बचने के स्पेस हम निर्मित कर पाएँगे।

यह शृंखला न केवल हिन्दी वरन् अनेक विश्व भाषाओं में इसलिए विशिष्ट है क्योंकि इसमें भारतीय लोक एवं समाज चिन्तन की वैचारिक छाया भी मौजूद है। इस शृंखला में शामिल चिन्तकों एवं लेखकों का चयन एक अत्यन्त संवेदनशील विद्वानों के समूह ने किया है। साथ ही इसमें हरेक खंड के सम्पादक अपने-अपने क्षेत्र के महत्त्वपूर्ण नाम हैं।

शृंखला का यह खंड हिन्दी के महान चिन्तक एवं आलोचक आचार्य रामचन्द्र शुक्ल पर केन्द्रित है। इसे हिन्दी के युवा विचारक सूर्य नारायण ने सम्पादित किया है। इसमें आचार्य शुक्ल के कला, साहित्य एवं संस्कृति से सम्बन्धित चिन्तनपरक आलेखों का संकलन किया गया है। इस संकलन में यह साफ जाहिर होता है कि हिन्दी साहित्य बौद्धिकचिन्तन से कितनी समृद्ध रही है। इसमें एक 'बौद्धिक धारा' सदा सशक्त रही है। इस संकलन में साहित्य, कविता, भाव, मत जैसे बौद्धिक एवं कलात्मक प्रत्ययों को अत्यन्त बौद्धिक ढंग से समझने एवं समझाने वाले आलेख तो शामिल हैं ही साथ ही भारतीय

शिल्प कला, जाति प्रथा जैसे सामाजिक ढाँचों एवं कला रूपों को भी समझने की कोशिश की गई है। आचार्य शुक्ल अपने चिन्तन एवं विचार से भारत में आधुनिकता को लगातार 'रिस्पांड' करते रहे हैं। वे हमारे लिए वो आँख-कान हैं जिनसे हमने भारत में आधुनिक चेतना के विकास को देखा एवं सुना है।

मुझे पूरा विश्वास है कि यह खंड हिन्दी भाषी पाठकों में लोकप्रिय होगा एवं आज के सन्दर्भ में हमारे सोचने-विचारने के ढंग को भी प्रभावित करेगा।

—बद्री नारायण

गोविन्द वल्लभ पंत सामाजिक विज्ञान संस्थान

प्रयागराज-2110019

भूमिका

भारतेन्दु हरिश्चन्द्र के बाद आचार्य रामचन्द्र शुक्ल आधुनिक काल के सर्वाधिक चर्चित और महत्त्वपूर्ण व्यक्तित्व हैं। भारतेन्दु हरिश्चन्द्र को आधुनिक काल का प्रस्थान बिन्दु माना जाता है, इसलिए उनका खास महत्त्व है। लेकिन 20वीं शताब्दी में हिन्दी आलोचना के वैचारिक पक्ष को जो समृद्धि आचार्य शुक्ल ने प्रदान की, वह योगदान अप्रतिम है। उनकी उपस्थिति केवल 20वीं शताब्दी तक ही सीमित नहीं है, बल्कि अपने निधन के बाद वे और अधिक चर्चा के केन्द्र में दिखाई देते हैं। शुक्ल जी के वैचारिक लेखन का समय लगभग 40 वर्ष का है, जबकि उनका कुल जीवन महज 57 वर्षों का था (पूरा 57 वर्ष भी नहीं)। एक तरह से देखा जाए तो पूरा जीवन लेखन और चिन्तन में बीता। शुक्ल जी ने जल्दी ही कविता की राह छोड़ दी, उन्हें लगा होगा कि वे जो कहना चाहते हैं वह गद्य में अधिक प्रभावशाली और बेहतर ढंग से कह सकते हैं। उन्होंने एक कहानी लिखी—'ग्यारह वर्ष का समय'। उसको हिन्दी की आरम्भिक कहानियों में गिना जाता है। इसके बावजूद उन्हें लगा कि वे कहानी की राह पर आगे नहीं बढ़ सकते हैं। उनका लेखन बहुवर्णी है। उसमें जीवनी है, अनुवाद है, सम्पादन है, थोड़ा-बहुत प्रत्यक्ष राजनैतिक लेखन है, सामाजिक-सांस्कृतिक प्रश्नों पर भी लिखा है। लेकिन उनकी मुख्य पहचान उनके निबन्धों व साहित्य की आलोचना सम्बन्धी लेखों और पुस्तकों से है। साहित्य के अलावा उनका जो लेखन है, वह उनका सहवर्ती प्रयास है। उनके योगदान को यदि एक वाक्य में रेखांकित करना हो तो कह सकते हैं कि उन्होंने अपने वैचारिक लेखन से हिन्दी आलोचना को एक स्वतंत्र व्यक्तित्व दिया। शुक्ल जी के पहले की आलोचना पश्चिम के आलोचनात्मक लेखन के सामने खड़ा होने का साहस ही नहीं कर सकती थी। संक्षेप में रेखांकित करना चाहें तो कह सकते हैं कि शुक्ल जी ने उसे भीतर से समृद्ध किया। उसे इस लायक बनाया कि वह पश्चिमी आलोचना के सामने सिर उठा सके। इसके लिए शुक्ल जी ने अथक परिश्रम किया। परिश्रम के साथ प्रतिभा तो थी ही।

शुक्ल जी के अध्ययन की दुनिया अत्यन्त विस्तृत थी। उनके लेखन का फैलाव संस्कृत से लेकर अपने समकालीन साहित्य तक है। साहित्य के अलावा इतिहास, दर्शन, समाजशास्त्र, मनोविज्ञान, कला, संगीत—इन अनुशासनों के भी प्रचुर सन्दर्भ आते हैं। वे प्राचीन संस्कृत काव्यशास्त्र से लेकर पश्चिम की अपने समय तक की साहित्यिक आलोचना की बहसों से भलीभाँति परिचित ही नहीं थे, उन पर गम्भीर टिप्पणियाँ लिखते हैं। आचार्य भरत के 'साधारणीकरण' और रस-निष्पत्ति' की पूरी अवधारणा को, जो सिर के बल खड़ी थी, पैर के बल खड़ा कर दिया। स्वीकार्यता के खतरे की परवाह न करते हुए आचार्य शुक्ल ने 'रसवाद' की सदियों से चली आ रही अवधारणा के साथ जो न्याय किया वह कितना साहसिक कदम था इसका अनुमान लगाना कठिन नहीं है। शुक्ल जी ने पश्चिम के साहित्य सिद्धान्तों को भी ज्यों-का-त्यों स्वीकार नहीं किया। उनकी भी कठोर आलोचनात्मक परीक्षा की, कई मान्यताओं को बुरी तरह खारिज किया। उनको 'पारिजात पुष्प' की तरह महत्त्व देने का पुरजोर विरोध किया। बालकृष्ण भट्ट ने साहित्य की जो परिभाषा की थी वह 19वीं शताब्दी में साहित्य का नया घोषणा-पत्र कहा जा सकता है—'साहित्य जन-समूह में हृदय का विकास है।' आचार्य शुक्ल ने इस परिभाषा को और अधिक अर्थवान बनाते हुए 'कविता क्या है?' में उसे सही परिप्रेक्ष्य प्रदान किया। आचार्य शुक्ल ने भक्ति आन्दोलन और भक्तिकाव्य का जो मूल्यांकन किया है, अपनी सीमाओं के साथ वह ऐतिहासिक महत्त्व का है। साहित्य की वैसी मर्मी व्याख्या, साहित्य को देश-काल के समुचित परिवेश के साथ देखने और समझने की कोशिश ने हिन्दी आलोचना में एक नया मानदंड स्थापित किया। उनके पहले हिन्दी में अधिक-से-अधिक नव-रत्नों की खोज की गई थी, शुक्ल जी ने इस दायरे का विस्तार किया। उनकी कसौटियाँ इतनी उन्नत और व्यवस्थित हैं कि श्रेष्ठ और कम महत्त्व के साहित्य के निर्धारण में उनसे कोई चूक नहीं होती है। शुक्ल जी का साहित्य विवेक इतना परिष्कृत और परिपक्व है कि उनके बहुत सारे निष्कर्षों को आज भी कोई खंडित करने का साहस नहीं कर पाता है।

शुक्ल जी की कुछ स्थापनाओं पर विवाद भी है। कुछ उनके जीवन-काल में, कुछ उनके न रहने पर। लेकिन उन पर जितने आक्रमण हुए वे उतने ही समर्थ होकर, नई चमक के साथ उभरते हैं। शुक्ल जी को सपाट ढंग से नकार पाना आसान नहीं है। उनका खंडन करना या उनसे असहमत होना कठिन से अधिक चुनौतीपूर्ण है। शुक्ल जी गहन अध्ययन और चिन्तन के बाद किसी रचना, रचनाकार या कालखंड के साहित्य पर अपना निष्कर्ष पेश करते हैं। उनके निष्कर्ष प्रायः सन्तुलित होते हैं। उन्होंने मूल्यांकन की जो कसौटियाँ

बनाईं, उनमें व्यक्तिगत पसन्द-नापसन्द नहीं है, बल्कि साहित्य का सबसे मजबूत और व्यापक मूल्य है—लोकमंगल। उनके आलोचना की अवधारणाएँ गांधी जी के नैतिक मूल्यों से प्रभावित हैं, भले ही वे गांधी की राजनैतिक दृष्टि के अनुयायी न रहे हों। राजनीति में वे गांधी की अपेक्षा तिलक और चन्द्रशेखर आजाद की राष्ट्रवादी दृष्टि के अधिक करीब हैं। मर्यादा, नैतिकता और आचरण की सभ्यता यानी विचार और कर्म की एकता बीसवीं शताब्दी के आरम्भिक दौर का मूल्यबोध था। इसी के चलते यह अवधारणाएँ गांधी के चिन्तन में हैं और शुक्ल जी की साहित्य-दृष्टि में भी। प्रगतिशील आन्दोलन के उभार के साथ इस 'नैतिक मर्यादाबोध' की सीमाओं का उद्घाटन हुआ। डॉ. नामवर सिंह का यह कथन महत्त्वपूर्ण है कि 'शुक्ल जी आमूल-चूल परिवर्तन के हिमायती न थे, इससे उनको भय लगता था।' दरअसल राष्ट्रीय आन्दोलन का दौर ही ऐसा था कि वह सबको जोड़कर, साथ लेकर चलने का आन्दोलन था। उसकी प्रकृति समावेशी थी, एकांगी नहीं। राष्ट्रीय स्वाधीनता वृहत्तर लक्ष्य था, समाज में आमूल-चूल परिवर्तन की माँग से इस लक्ष्य के लिए चलाए जा रहे आन्दोलन के बिखरने का खतरा था। गांधी इस बात को समझ रहें थे। 1936 के पहले के साहित्य विवेक पर गांधी की नैतिक मर्यादाबोध की दृष्टि का गहरा प्रभाव है। शुक्ल जी भी इससे अछूते न रह सके। इसीलिए वर्णाश्रम जैसे सवालों पर गांधी और शुक्ल जी की दृष्टि अपेक्षाकृत मर्यादावादी है फिर भी उन्हें यथास्थितिवादी, पुरातनपंथी या अतीतजीवी मानना न्यायसंगत न होगा। शुक्ल जी का इतिहासबोध उन्नत था, आधुनिक था। वे अतीत के 'महान सामन्ती वैभव' के मुरीद न थे। रीतिकाल का दरबारी साहित्य और वैभव उन्हें आकर्षित नहीं करता था, राजाओं की युद्ध-वीरता और दान-वीरता की तारीफ में लिखे साहित्य की तुलना में उन्होंने भक्तिकाल के साहित्य को अधिक महत्त्व दिया जिसमें सादगी, त्याग, सत्ता से दूरी और लोक के हित के प्रति गहरी प्रतिबद्धता है। शुक्ल जी राजनैतिक-सामाजिक विषयों पर भी साहित्य के दायरे में ही विचार करते हैं, इन विषयों पर उनका स्वतंत्र लेखन कम है। यह इसलिए कि वे साहित्य को समाज विज्ञान की अन्य शाखाओं से ऊपर मानते थे। इसीलिए उनके यहाँ 'शुद्ध साहित्य' की अवधारणा भी है। शुद्ध साहित्य का तात्पर्य साहित्य को समाज विज्ञान की जीवन की अन्य ज्ञान-धाराओं से काटकर अलग करना नहीं था, बल्कि साहित्य के मूल्यांकन की कसौटियों को वे साहित्य के भीतर से ही विकसित करते हैं। साहित्य के मूल्यांकन में राजनीतिक-सामाजिक कसौटियों को वरीयता देने के हिमायती नहीं हैं। उनके 'साहित्य' का दायरा इतना व्यापक है कि उसमें पूरा मानव-जीवन समाहित है।

शुक्ल जी बनारस आने के पहले मिर्जापुर में एक स्कूल में कला-शिक्षक थे। कला की बारीकियों से वे बखूबी परिचित थे, लेकिन कला पर अलग से नहीं लिखा है। उनकी कला सम्बन्धी अवधारणाओं को उनकी साहित्यिक आलोचना में ही पढ़ा जा सकता है। शुक्ल जी शैली से अधिक वस्तु और विचार को महत्त्व देते हैं, वे कहीं से कलावादी नहीं हैं। कविता की बारीकियों, भाषा और शब्द-प्रयोग, बिम्ब-विधान इन तत्त्वों के विश्लेषण में शुक्ल जी की कला सम्बन्धी दृष्टि की परिपक्वता देखी जा सकती है।

शुक्ल जी की सांस्कृतिक दृष्टि को लेकर भी विवाद है। नीलकान्त, सुधीश पचौरी, वीरभारत तलवार व अस्मितावादी समूहों के लेखक शुक्ल जी को सामन्तवादी, मृत सौन्दर्यशास्त्र का उपासक, दलित-पिछड़ों का विरोधी, ब्राह्मणवादी, यथास्थितिवादी, वर्णव्यवस्था का पोषक आदि सिद्ध करने की कोशिश करते हैं। इन पर स्वतंत्र चर्चा होनी चाहिए, जिसके लिए यहाँ अवकाश नहीं है। शुक्ल जी पर लगाए गए ये आरोप एकांगी तो हैं ही, शुक्ल जी को गैर-जिम्मेदारी से पढ़े जाने का भी प्रमाण हैं। हर लेखक-विचारक की तरह शुक्ल जी की भी सीमा थी, इससे कैसे इनकार किया जा सकता है! लेकिन शुक्ल जी की सांस्कृतिक दृष्टि की सीमाओं को हिन्दी क्षेत्र के नवजागरण को सीमाओं के साथ ही देखा-समझा जाना चाहिए। तब इन आरोपों का सही उत्तर मिल सकेगा।

शुक्ल जी का लेखन विपुल है। उनकी दो रचनावलियाँ प्रकाशित हैं। उनके परिवार से जुड़ी मुक्ता (उनकी जीवनी लेखिका) का मानना है कि शुक्ल जी का पूरा लेखन रचनावली में नहीं है, कुछ ऐसा भी है जो नष्ट हो गया और कुछ अप्रकाशित। यदि यह न भी हो तो इतनी अल्प अवधि में शुक्ल जी ने जो लिखा है, वह गुणवत्ता और मात्रा दोनों दृष्टियों से बेहद मूल्यवान है। उनके समग्र लेखन से उनका प्रतिनिधि-लेखन तय करना बहुत कठिन और चुनौती भरा है। फिर भी उनके कला, साहित्य और संस्कृति सम्बन्धी कुछ महत्त्वपूर्ण लेखों के माध्यम से मैंने एक छोटा गुलदस्ता बनाने की धृष्टता की है। मेरी अपनी समझ की भी सीमा है। तुलसी के शब्दों में कहूँ तो मैं तो साग-सब्जी बेचनेवाला हूँ, हीरे का मोल-तोल भला मैं क्या कर पाऊँगा! यह संकलन आचार्य शुक्ल के प्रति एक जरूरी सांस्कृतिक दायित्व के निर्वहन की छोटी-सी कोशिश भर है, इसकी खामियों की सारी जिम्मेदारी मेरी है।

—सूर्य नारायण

क्रम

कला

'काम' नहीं, सुरक्षा कला की मूल प्रेरणा है

भारतीय शास्त्रों तथा पुराणों में जीवन के चार लक्षण माने गए हैं—धर्म, काम, अर्थ तथा मोक्ष। वात्स्यायन ने 'चित्रसूत्रम' में कहा है—

कलानां प्रवरं चित्रं धर्मकामार्थमोक्षदम्॥

अर्थात कला के द्वारा धर्म, काम, अर्थ तथा मोक्ष की प्राप्ति होती है। इससे यह पता चलता है कि भारतीय शास्त्र तथा पुराण भी, कला का लक्ष्य धर्म, काम, अर्थ तथा मोक्ष मानते हैं। अर्थात कला का सम्बन्ध जीवन के इन चारों लक्ष्यों से है।

पाश्चात्य देशों में 'कला कला के लिए है' ये मान्यता भी प्रचलित रही है और आधुनिक काल में बहुत से भारतीय विद्वानों ने भी इस पर विचार किया है। इसके अतिरिक्त कुछ विद्वानों ने कला का लक्ष्य सौन्दर्य प्राप्ति माना है। कुछ प्रसन्नता, सुख, रस तथा आनन्द की प्राप्ति मानते हैं। कुछ साम्यवादी विचारक कला का लक्ष्य सामाजिक यथार्थ की अभिव्यक्ति मानते हैं। जो भी हो, करीब-करीब सभी विद्वानों ने कला की चर्चा करते समय उसके लक्ष्य पर भी विचार किया है। इसका वास्तविक लक्ष्य चाहे जो भी हो, पर इतने से तो सभी विद्वान सहमत मालूम पड़ते हैं कि कला का कोई-न-कोई लक्ष्य होता है अथवा होना चाहिए अर्थात कला एक माध्यम है किसी लक्ष्य की प्राप्ति का।

कला जीवन का एक अंग है, जीवन के लिए है, जीवन में सहायक है। यदि जीवन का कोई लक्ष्य है तो निश्चित ही कला का लक्ष्य होना चाहिए और बहुत कुछ वही लक्ष्य होना चाहिए जो जीवन का है। कम-से-कम जीवन को सहायता पहुँचाना तो कला का लक्ष्य है ही; यह बात दूसरी है कि वह जीवन को किस प्रकार सहायता पहुँचाने में समर्थ है। यदि कला जीवन की सहायक है तो जीवन के लक्ष्य की पूर्ति में भी वह सहायक होनी चाहिए। प्रश्न यह हो सकता है कि आखिर जीवन का क्या लक्ष्य है?

जीवन का लक्ष्य होना चाहिए या है इस पर आदिकाल से मानव-जाति विचार करती आई है और उसी आधार पर जीवन ढालती आई है। इसी आधार पर जीवनदर्शन (फिलॉसफी) प्रचलित हुए हैं। जीवनदर्शन एक नहीं अनेक हैं। आज तक कोई भी

एक ऐसा जीवनदर्शन नहीं जो संसार के सभी प्राणियों को मान्य हो। हर देश, हर जाति, हर सम्प्रदाय, यहाँ तक कि हर व्यक्ति की अलग-अलग मान्यताएँ रही हैं। इन्हीं आधारों पर नाना प्रकार के धर्म सामने आए हैं, और एक के बाद दूसरा आता ही गया है। एक धर्म अपने पहले के प्रचलित धर्म तथा जीवनदर्शन को गलत करार देता आया है। अपना धर्म मनवाने के लिए घमासान शास्त्रार्थ के अलावा घमासान युद्ध भी हुए हैं। 'जिसकी लाठी उसकी भैंस' भी देखने को मिला है। फिर भी मानव-समाज अभी तक यह निश्चित नहीं कर सका कि उसके लिए कौन-सा धर्म अच्छा है, कौन-सा जीवनदर्शन अच्छा है या कौन-सा जीवन अच्छा है। इससे एक ही तथ्य सामने आता है कि कोई भी धर्म, जीवनदर्शन या जीवन प्रत्येक काल के लिए, प्रत्येक समाज या व्यक्ति के लिए, प्रत्येक स्थान के लिए, कभी भी उपयुक्त न हो सका और आज भी नहीं है; शायद भविष्य में भी न होगा। ऐसी स्थिति में जीवन के बारे में या जीवन के लक्ष्य के बारे में कोई सार्वभौम, सार्वजनिक, सार्वकालिक निर्णय नहीं दिया जा सकता, किन्तु इससे भी यह तथ्य प्राप्त होता है कि मानव का जीवन प्रगतिशील है और वह जीवन के लिए आदिकाल से नए तथ्य खोजता चला आ रहा है, और शायद भविष्य में भी यही होगा। वह एक लक्ष्य प्राप्त करता है; तत्पश्चात् उससे भी ज्यादा उपयुक्त दूसरा लक्ष्य प्रस्तुत हो जाता है। इसलिए जीवन के लक्ष्य के बारे में कोई अन्तिम निर्णय नहीं दिया जा सकता है। हाँ, यह बात निश्चित ही एक तथ्य के रूप में सामने आती है कि मानव प्रगतिशील प्राणी है और प्रगति उसके जीवन का प्रमुख तथ्य है। शायद ही इससे कोई इनकार करे। 'प्रागमैटिक दर्शन' प्रगति (ग्रोथ) को ही जीवन का लक्ष्य मानता है लेकिन इस पर मौन रहता है कि प्रगति का क्या लक्ष्य है। यह ठीक है कि मानव-जाति प्रगति चाहती है पर आखिर किस ओर? प्रगति के द्वारा वह कहाँ पहुँचना चाहती है, क्या प्राप्त करना चाहती है? साम्यवादी जीवनदर्शन भी प्रगति (प्रोग्रेस) की बात करता है पर उसे सामने भी यही सवाल है—प्रगति (प्रोग्रेस) का क्या लक्ष्य है? शायद इसका एक ही जवाब है और वह यह है कि प्रगति हम मानव-जाति के सुख, समृद्धि, प्रसन्नता अथवा आनन्द के लिए चाहते हैं; अब यह निश्चय करना दूसरी बात है कि किस चीज के द्वारा हमें सबसे अधिक सुख, प्रसन्नता, समृद्धि तथा आनन्द मिल सकता है?

भारतीय जीवनदर्शन ने इन चीजों को चार प्रकार का माना है—धर्म, काम, अर्थ तथा मोक्ष और कला के भी यही चार लक्ष्य बताए गए हैं। मोक्ष अन्तिम तथा चरम लक्ष्य माना गया है।

धर्म उचित कर्म का द्योतक है, काम, सुख का, अर्थ समृद्धि का और मोक्ष ब्रह्मप्राप्ति का द्योतक है।

उचित कार्य (धर्म) का निर्णय मस्तिष्क देता है। काम शरीर पर आधारित है। धर्म का सम्बन्ध मन से है और मोक्ष का सम्बन्ध आत्मा से है। धर्म के द्वारा सत्य

प्राप्त होता है। काम के द्वारा ऐन्द्रिक सुख, अर्थ के द्वारा भौतिक उपलब्धि होती है और मोक्ष के द्वारा स्वतंत्रता प्राप्त होती है। इस प्रकार काम, अर्थ, धर्म तथा मोक्ष क्रम से शरीर, मन, मस्तिष्क तथा आत्मा को सन्तोष प्रदान करते हैं और यही मानव के चार प्रमुख अंग हैं।

अब हम विचार कर सकते हैं कि क्या कला शरीर, मन, मस्तिष्क तथा आत्मा के विभिन्न लक्ष्यों को पूरा करने में किसी हद तक समर्थ है? क्या कला का सम्बन्ध शरीर, मन, मस्तिष्क तथा आत्मा से है।

शरीर अर्थात शरीर की विभिन्न इन्द्रियों के बिना कला का काम किया ही नहीं जा सकता है। इन्द्रियों के द्वारा ही कलाकार विभिन्न प्रकार के अनुभव प्राप्त करता है और इन्द्रियों की सहायता से ही कलाकृति तैयार करता है। इसी प्रकार कला रसिक भी बिना इन्द्रियों की सहायता से कलाकृति का प्रभाव ग्रहण ही नहीं कर सकता। कला निश्चय ही इन्द्रियों के माध्यम से शरीर की आवश्यकता की पूर्ति करती है। आँख को आराम या सुख प्रदान करते हैं चित्त, मूर्ति अथवा नृत्य। ध्वनि तथा स्वर अर्थात संगीत कान को सुख पहुँचाते हैं। इसी प्रकार अन्य कलाएँ तथा दस्तकारी के काम विभिन्न इन्द्रियों को सुख प्रदान करते हैं और कहा जाए उनकी आवश्यकताओं की पूर्ति करते हैं। इन्द्रियाँ बाह्य वस्तुओं द्वारा प्रदत्त स्पन्दन अथवा लय ग्रहण कर सुख प्राप्त करती हैं। इन्द्रिय सुख को ही भारतीय शास्त्रों ने 'काम' की संज्ञा दी है। काम के अन्तर्गत स्पर्शसुख भी आता है। स्पर्शसुख ऐन्द्रिक सुख का केवल एक भाग है। स्पर्शसुख प्राप्त करने के लिए भारतीय शास्त्रों ने 'काम कला' का भी निरूपण किया है। 'काम कला' का मूलभूत आधार स्पर्श सुख ही है। कुछ पाश्चात्य विचारकों ने काम को ही कला की मूल प्रेरणा माना है। फ्रायड इसके मूल प्रणेता माने जाते हैं। फ्रायड के अनुसार, कला ही नहीं जीवन के सारे कार्य तथा क्रियाएँ मूलतः काम से प्रभावित रहती हैं। यदि काम केवल स्पर्श सुख है तो वे कलाएँ जिनके द्वारा स्पर्श सुख प्राप्त होता है काम से निश्चित ही प्रेरित होती हैं। इस दृष्टि से शायद मूर्तिकला ही सबसे उपयुक्त है। मूर्ति का स्पर्श भी किया जा सकता है पर चित्र तो केवल आँख से ही देखा जाता है, उसे स्पर्श करने की आवश्यकता नहीं पड़ती। हाँ, यदि हम आँख से देखने को भी आँख से स्पर्श करना मानें तो चित्रकला भी काम पर आधारित हो जाती है। इस प्रकार इन्द्रियाँ किसी-न-किसी रूप में स्पर्श करती हैं और इन्द्रियों के आधार पर ही कला का काम होता है, इसलिए सभी कलाओं को 'काम' से प्रभावित माना जा सकता है। 'काम' की भावना का अर्थ ही है स्पर्श की भावना। स्पर्श के द्वारा सुख मिलता है। 'काम'-सुख अथवा 'स्पर्श' सुख एक ही चीज है। प्रश्न यह है कि 'काम' (सेक्स) का मूल लक्ष्य क्या है? 'काम' का मूल लक्ष्य सन्तान-उत्पत्ति है (प्रोक्रिएशन) और तब कलाओं का मूल लक्ष्य भी सन्तान-उत्पत्ति (प्रोक्रिएशन) होना चाहिए। कला के द्वारा सन्तान की उत्पत्ति तो नहीं होती पर कलाकृति जरूर

उत्पन्न होती है। अकसर कलाकृति को कलाकार का शिशु कहा जाता है (आर्ट इज़ द चाइल्ड ऑव द आर्टिस्ट)। सन्तान-उत्पत्ति (प्रोक्रिएशन) और कलाकृति की उत्पत्ति (क्रिएशन ऑव आर्ट) दोनों में बड़ी समानता मानी जाती है। फर्क इतना ही है कि सन्तान तो जानवर भी पैदा करते हैं पर कला जानवर के बस के बाहर का काम है। सन्तान-उत्पत्ति एक मूर्ख, अन्धा, लँगड़ा, लूला तथा रोगी व्यक्ति भी कर सकता है पर ऐसे लोग कला की रचना नहीं कर सकते। कला की रचना प्रबुद्ध मानव ही कर सकता है। इसलिए 'काम' (सेक्स) ही कला का मूलाधार नहीं हो सकता। यदि 'काम' ही कला का मूलाधार होता तो फिर जानवरों को भी कलाकार मानना पड़ेगा और यदि जानवर भी कलाकार होते तो वे जानवर ही न रह जाते, उनकी भी सभ्यता और संस्कृति होती और वे आदमी के बराबर ही समझे जाते।

कला का आधार मूल प्रेरणा 'काम' ही नहीं हो सकता, मन और मस्तिष्क की चेतना के द्वारा ही मानव कलाकार बन सका है; सभ्यता, समाज तथा संस्कृति को विकसित कर सकता है। इसीलिए आज कोई भी विद्वान यह नहीं मानता कि कला का मूलाधार या कला की मूल प्रेरणा 'काम' है। हाँ, 'काम'-कला सृष्टि की एक प्रेरणा हो सकती है। कला-सृष्टि मन तथा मस्तिष्क की चेतना शक्ति पर भी आधारित है। आत्मा शायद कला का मूलाधार है। यदि मन, मस्तिष्क तथा आत्मा को भी 'काम' का गुलाम मान लिया जाए तो निश्चय ही कला को 'काम' का गुलाम मानना पड़ेगा। यदि ऐसा होता तो कम-से-कम मानव-समाज, सभ्यता तथा संस्कृति तो नहीं ही बन पाती। 'काम' का गुलाम होने का तात्पर्य है—'काम' को जीवन का अधिष्ठाता मान लेना और तब 'काम' निरंकुश होकर संसार में नंगा नाचता, बिलकुल पशुओं की भाँति। पर ऐसा हो नहीं सका, क्योंकि मन, मस्तिष्क तथा आत्मा की शक्तियों ने उस पर नियंत्रण प्राप्त किया। 'काम' निश्चय ही जीवन का एक प्रमुख अंग है, पर 'काम' ही सब कुछ नहीं है। 'काम' पर विजय पाना मानव की ही शक्ति के बस का था और वह ऐसा इसीलिए कर सका, क्योंकि उसे बुद्धि तथा आत्मा की चेतना प्राप्त थी। यदि यह शक्तियाँ इसमें न होतीं तो आज भी वह जानवरों की ही श्रेणी में होता और जानवरों का-सा ही जीवन व्यतीत करता।

कुछ लोग कलाकारों को 'काम' तथा अतिशय गुलाम मानते हैं। कलाकार हैं जो 'काम' को कला की मूलभूत प्रेरणा तथा जीवन का अधिष्ठाता मानते हैं। कलाकार के पास भी मन, मस्तिष्क तथा आत्मा की चेतना है। यदि कलाकार को हम इन शक्तियों से वंचित मान लें तो हम कह सकते हैं कि कलाकार 'काम' की भावना से प्रेरित होकर ही कला की रचना करता है और तब उसे जानवर की कोटि में ही रखना पड़ेगा क्योंकि जानवर में कम-से-कम बुद्धि तो नहीं ही होती और होती भी हो तो नगण्य होती है। यदि कलाकार 'काम' का गुलाम है तो फिर प्रत्येक व्यक्ति को और उसको भी, जो कलाकार को 'काम' का गुलाम मानता है, 'काम' का गुलाम

मानना पड़ेगा और सारी सभ्यता, संस्कृति, समाज, विज्ञान, ज्ञान को भी 'काम' के अधीन ही मानना पड़ेगा। शायद आज कोई भी विद्वान ऐसा मानने के लिए तैयार नहीं है। कलाकार ऐसा भी हो सकता है जो 'काम' का अतिशय गुलाम हो और इसी की मूल भावना की प्रेरणा से रचना करता हो, पर केवल काम भावना के द्वारा ही वह उस प्रकार कला सृष्टि नहीं कर सकता जिस प्रकार मानव अनाम सन्तान उत्पन्न कर लेता है। सन्तान उत्पन्न करना एक स्वाभाविक गति है। इसमें बुद्धि की जरूरत नहीं पर कला का काम बिना बुद्धि अथवा चेतना के हो ही नहीं सकता।

काम भावना (सेक्सुअल अर्ज) एक स्वाभाविक प्रवृत्ति (नेचुरल इंस्टिंक्ट) है जो प्रत्येक प्राणी में विद्यमान रहती है, किसी-किसी में बड़ी प्रबल भी रहती है। यह भावना या प्रवृत्ति इसीलिए प्रबल होती है कि प्राणी अपनी जाति को बढ़ाता जाए। पशु-पक्षियों, कीड़े-मकोड़ों में भी यह प्रवृत्ति प्रबल होती है। जाति को बढ़ाना और उसे सुरक्षित रखना यह दोनों ही स्वाभाविक प्रवृत्तियाँ हैं। जाति की सुरक्षा के लिए ही पक्षी घोंसले बनाते हैं तथा जानवर खोह या माँद बनाते हैं। सुरक्षा के लिए ही भोजन की आवश्यकता पड़ती है और युद्ध की भी। भूख लगना, भोजन खोज कर खाना और अपनी प्राणरक्षा के लिए युद्ध करना, यह सभी प्राणियों में स्वाभाविक रूप से एक समान विद्यमान रहता है। मानव-जाति की भी यही मूलभूत आवश्यकताएँ हैं। इन्हीं लक्ष्यों की प्राप्ति में मानव ने बुद्धि की शक्ति द्वारा अतिशय प्रगति कर ली। समाज रचना की, सभ्यता तथा संस्कृति बनाई। ज्ञान, विज्ञान, दर्शन, शिक्षा आदि के द्वारा इन्हें और समृद्ध किया। इस सबका मूल लक्ष्य जाति की सुरक्षा, सुख, समृद्धि तथा आनन्द ही है। कलाओं के द्वारा भी मानव ने अपनी सुरक्षा, सुख, समृद्धि तथा आनन्द के माध्यम तथा साधन तैयार किए।

इस प्रकार 'काम' भावना (सेक्सुअल अर्ज) जाति के विकास तथा समृद्धि का मूलाधार है।

सुरक्षा एक स्वाभाविक प्रवृत्ति है। जानवर भी सुरक्षा का काम करता है, पर मानव-जाति के सामने वह पूरी तरह पराजित हो गया। मानव-जाति ने पशु-पक्षियों को अपना गुलाम बना लिया। कितने ही पशु-पक्षियों को वह मारकर खा जाता है और कितनों का उपयोग वह जीवन के अन्य क्षेत्रों में करता है। अपनी शक्ति से भी कहीं अधिक खूँखार जानवरों को उसने अपने काबू में कर लिया। इसके अतिरिक्त पशु-पक्षी अन्य प्राकृतिक संहार शक्तियों से भी, जैसे धूप, पानी, अग्नि, रोग इत्यादि से अपनी रक्षा नहीं कर सके और कितनी ही पशु-पक्षियों की जातियाँ नेस्तनाबूद हो गईं। प्रकृति पर विजय पाने में मानव ही सबसे अधिक सफल हो सका; और इस प्रकार उसने अपने जीवन को अतिशय सुरक्षित बनाया। इस सबका एक ही कारण है कि वह अन्य प्राणियों की समता में कहीं अधिक बुद्धिशाली है अर्थात सुरक्षा बुद्धि पर सबसे अधिक आश्रित है।

बुद्धि के द्वारा ही मानव ने अपनी सुरक्षा के तमाम साधन उपलब्ध किए हैं। अपने शरीर की सुरक्षा के लिए उसने तमाम तरीके खोजे हैं और आज भी वह खोजता चला जा रहा है। शरीर की सुरक्षा, भोजन, वस्त्र, आवास तथा शरीर को सुख देनेवाले साधनों से ही होती है। जो चीजें शरीर को कष्ट पहुँचाती हैं वे मानव की सुरक्षा में बाधक हैं। जो उसे सुखी बनाती हैं वह उसे जीवित रहने में मदद पहुँचाती है। इसीलिए मानव अपने शरीर, मन, मस्तिष्क तथा आत्मा के सुख, प्रसन्नता, सुरक्षा तथा आनन्द के लिए अपनी बुद्धि से नए-नए तरीके तथा साधन खोजता आया है और कला उनमें से एक है। कला सुरक्षा की मूलभावना से प्रेरित होती है, न कि 'काम' भावना से। सुरक्षा का मूल आधार बुद्धि है। बुद्धि का मूल आधार आत्मा है।

बुद्धि मानव-जाति का एक विशेष गुण है। वह उसे जन्म से ही प्राप्त है और इसको वह निरन्तर विकसित भी करता आया है। बुद्धि का मूल प्रेरक कौन है? यह एक अतिशय कठिन प्रश्न है। अब तक तो मानव-जाति बुद्धि का प्रेरक आत्मा को ही मानती आई है। बुद्धि में भी सूक्ष्म-गुण है और आत्मा उससे भी सूक्ष्म है। कुछ विचारक बुद्धि को ही अन्तिम मानते हैं और कुछ आत्मा को। भारतीय शास्त्र तथा पुराण आत्मा को ही अन्य सभी शक्तियों का स्रोत या आधार मानते हैं। आत्मा को समझना ही आत्मज्ञान (सेल्फ रियलाइजेशन) कहा जाता है और इसे ही जीवन का चरम लक्ष्य माना जाता है। जो जीवन का लक्ष्य है वही कला का लक्ष्य है। 'काम' या सन्तान-उत्पत्ति ही जीवन का लक्ष्य नहीं है, जीवन का लक्ष्य आत्म-सुरक्षा भी है। आत्म-सुरक्षा बुद्धि पर आधारित है और बुद्धि आत्मा पर। आत्म-सुरक्षा और जाति-सुरक्षा दोनों एक ही बात है। आत्म-सुरक्षा से ही सन्तान-उत्पत्ति होती है और जाति बनती है। जाति-सुरक्षा से आत्म-सुरक्षा का भी आधार मजबूत होता है और सारा समाजशास्त्र इसी आधार पर निर्मित हुआ है। सन्तान उत्पन्न करना 'काम' भावना पर आधारित है पर आत्म-रक्षा या जाति-सुरक्षा का आधार बुद्धि ही है। बुद्धि और आत्म कला की उत्पत्ति का मूलाधार है। जाति की संख्या बढ़ाना एक प्राकृतिक प्रवृत्ति है; इसे जाति की सुरक्षा तथा समृद्धि भी माना जा सकता है और इस दृष्टि से 'काम' सुरक्षा का भी आधार हो जाता है। ऐसी हालत में कला का भी आधार 'काम' हो जाता है क्योंकि कला की मूल प्रेरणा सुरक्षा ही है। फिर भी 'काम' भावना और सुरक्षा की भावना में बड़ा अन्तर है। 'काम' के लिए मनुष्य उत्तरदायी नहीं है लेकिन सुरक्षा के लिए मनुष्य का बड़ा भारी उत्तरदायित्व है और जिसे वह बुद्धि के द्वारा पूर्ण करता है। यही अन्तर 'काम' और कला में भी है। काम प्रकृतिवादी है और कला बुद्धिवादी। कला 'काम' से उतना प्रभावित नहीं होती जितना सुरक्षा की भावना से। मनुष्य में 'काम' की जितनी प्रबल भावना होती है उतनी ही प्रबल उसकी सुरक्षा की भावना होती है। सुरक्षा में उतनी ही सफलता मिलती है जितनी बुद्धि होती है। कला में भी उतनी ही सफलता मिलती है जितनी बुद्धि होती है। बुद्धि उतनी ही सफल होती

है जितना वह आत्मा से प्रेरित होती है। आत्मा की प्रेरणा सूक्ष्म होती है। मगर उसका मूल गुण प्रेम है, सहानुभूति है तथा एकता की भावना के द्वारा ही वह प्रतिलक्षित होता है। प्रेम, सहानुभूति तथा एकता बुद्धि को परिष्कृत करते हैं, नियंत्रित करते हैं और जिसमें यह गुण विशेष रूप से विकसित हो पाते हैं वह कलाकार बन जाता है। इसीलिए कला की मूलभूत प्रेरणा आत्मा को माना जाता है। प्रेम, सहानुभूति तथा एकता की भावना सुख, शान्ति, प्रसन्नता, समृद्धि तथा आनन्द प्रदान करती है; और इसीलिए कलाओं का इतना महत्त्व है।

'काम' की प्रवृत्ति (सेक्सुअल अर्ज) प्राकृतिक या स्वाभाविक प्रवृत्ति है। कलात्मक प्रवृत्ति (क्रिएटिव अर्ज) बुद्धि और आत्मा के विकास का द्योतक है। यह जरूरी नहीं कि जिसमें 'काम' की भावना प्रबल है उसी में कलात्मक प्रवृत्ति (क्रिएटिव अर्ज) भी प्रबल हो। काम की भावना जानवरों में सबसे अधिक प्रबल होती है पर कलात्मक प्रतिभा उनमें नगण्य होती है और इसीलिए वे अविकसित रह गए। कला विकसित मानव का ही गुण है अविकसित का नहीं, अबुद्धि का नहीं, जानवरों का नहीं, कामातुर प्राणियों का नहीं। यह बात दूसरी है कि कामातुर मानव भी कलाकार बन गए क्योंकि उसमें भी कुछ-न-कुछ बुद्धि तथा आत्मा के गुण विद्यमान रहते हैं। लेकिन काम का प्रबल होना 'कला' का प्रबल होना कदापि नहीं है। इसका यह भी तात्पर्य नहीं कि कला के प्रबल होने में 'काम' भावना पूरी तरह बाधक है। 'काम' भावना भी जीवन के लिए आवश्यक है और कला भी जीवन के लिए ही है। दोनों का अपना-अपना अलग-अलग महत्त्व है। दोनों को एक-दूसरे का बाधक भी नहीं समझना चाहिए। एक माने में दोनों एक-दूसरे के पूरक ही हैं, क्योंकि दोनों मिलकर ही जीवन को सुरक्षा, सुख, प्रसन्नता, आनन्द इत्यादि प्रदान करते हैं। यह भी निश्चित है कि कला के द्वारा ही मानव-जीवन विकसित होता आया है—'काम' भावना की प्रबलता के कारण नहीं। यह भी नहीं कहा जा सकता कि मानव के विकास में 'काम' भावना सदैव बाधक सिद्ध हुई है।

सुरक्षा की भावना से ही कलाएँ विकसित हुई हैं। सुरक्षा से जीवन सुखी होता है। सुरक्षा सुख तथा स्वतंत्रता का द्योतक है। सुख और स्वतंत्रता की भावना ही अन्त में विकसित होकर मोक्ष की भावना बन जाती है। मोक्ष भी जीवन का चरम लक्ष्य माना गया है और कला का भी। सुरक्षा की भावना मोक्ष-प्राप्ति का प्रथम चरण है। सुरक्षा की आवश्यकता तभी पड़ती है जब जन्म होता है। जन्म का आधार काम-भावना ही है।

[ज्ञानोदय, सितम्बर 1964]

भारतीय शिल्पकला

मिस्टर विन्सेंट स्मिथ ने, जो भारतीय शिल्प के बड़े जानकार समझे जाते हैं, 11 जनवरी को लन्दन की रायल एशियाटिक सोसाइटी में एक लेख पढ़ा। उन्होंने पहले तो उन बहुत-से यूरोपियन महापुरुषों के मतों का उल्लेख किया जिनकी समझ में भारत में कोई कला थी ही नहीं और यदि थी भी तो बहुत निम्न श्रेणी की। इसके पीछे उन्होंने मि. हावेल और डॉक्टर कुमार स्वामी का यह सिद्धान्त—जो कि उन्हें बिलकुल नया और अनोखा मालूम हुआ—कह सुनाया कि "भारतीय शिल्पकला संसार में सबसे उत्तम है।" मि. हावेल कलकत्ता और मद्रास के आर्ट स्कूलों के प्रिंसिपल रहे हैं। स्मिथ साहब ने मि. हावेल के नव प्रकाशित 'Indian Sculpture and Painting' और डॉक्टर कुमार स्वामी के...Singhalese...नामक पुस्तकों की ओर ध्यान दिलाया जिनमें उदाहरण की भाँति हिन्दुस्तानी चित्रकारी और शिल्प के बहुत-से नमूने दिए गए हैं। वक्ता महाशय ने कहा कि भारतीय शिल्पकला को लोग हेय और निकृष्ट दृष्टि से देखते थे। इसका कारण यह है कि देवताओं की जो साधारण मूर्तियाँ बनाई जाती हैं वे बेढंगी, विकराल और घृणोत्पादक होती हैं। पर अच्छी चीजें भी ढूँढ़ने से मिल ही जाती हैं। फर्गुसन साहब ने भारतीय शिल्प की सुन्दरता अच्छी तरह से दिखलाई।

भारतीय शिल्प दो भागों में बँट सकता है—1. हिन्दू, जिसके अन्तर्गत बौद्ध और जैन भी हैं, और 2. मुसलमानी। आपने कहा कि हिन्दू लोग पशु और वृक्ष अंकित करने में यूनानियों से बढ़कर थे। सारनाथ में जो चमचमाता हुआ अशोक का स्तम्भ निकला है उसे मि. मार्शल एशियावासी यूनानियों का बनाया बताते हैं। इस पर स्मिथ साहब ने कहा—"भारतीय कला की सब शाखाओं में यूनानी प्रभाव को बढ़ाकर कहने की उधर हम लोगों की आदत पड़ गई थी।" (छूटी कि नहीं?) फिर आगे चलकर आप यह भी कहते हैं, "हिन्दू लोग विदेशी वस्तुओं को ग्रहण करने में बड़े चालाक थे और जिस विदेशी वस्तु को लेते थे उसे ऐसा कर डालते थे कि वह उन्हीं के देश की मालूम होने लगती थी।"

उत्तर-पश्चिम सीमा प्रान्त में निकली हुई यूनानियों और बौद्धों की सम्मिलित कारीगरी पहले (शायद उसी ग्रीस भक्ति के कारण) सबसे उत्कृष्ट समझी जाती थी। अब मि. हावेल और डॉ. कुमार स्वामी उन्हें सबसे निकृष्ट बताते हैं। स्मिथ साहब ने

कहा कि मैं इन दोनों की बातों से सहमत नहीं हो सकता। आगे चलकर हिन्दुस्तानी देव मूर्तियों के विषय में आपने फिर कहा कि, "अब यह सिद्ध हो चुका है कि इन मूर्तियों की देह जो कहीं-कहीं बिलकुल चौरस देखने में आती है, इसका कारण यह नहीं कि हिन्दुस्तानी शिल्पी पुट्ठे और उभार बनाने में (समर्थ नहीं थे)। हाथ और पैर बनाने में उन्होंने अपनी इस सामर्थ्य का पूरा परिचय दिया है। अंगों और अवयवों की अस्वाभाविकता धार्मिक कारणों से है न कि अनाड़ीपन के कारण।"

भारतीय चित्रकारी के विषय में आपने कहा कि इसके पुराने नमूने जो ईसा से दो शताब्दी पहले के हैं ओड़िसा की गुफाओं में है। अजन्ता गुफा की चित्रावली भी ध्यान देने योग्य है, जो 642 ई. तक की है। इसके उपरान्त पारसी कारीगरों का उल्लेख करते हुए आपने कहा कि यह भारतवर्ष में जनप्रिय न हुई। मुसलमान बादशाहों और नवाबों ही के शौक की चीज रही। सर क्लार्क के ये वाक्य आपको बहुत पसन्द आए कि "हिन्दुस्तानी कारीगरी का आगम व्यर्थ की प्रशंसा से मारा गया।"

व्याख्यान के पीछे डॉक्टर कुमार स्वामी ने एक बंगाली चित्रकार की कारीगरी के नमूने दिखाए और सभा समाप्त हुई।

[नागरी प्रचारिणी पत्रिका, फरवरी 1910]

साहित्य

पूर्व-मध्यकाल
(1375-1700)

सामान्य परिचय

देश में मुसलमानों का राज्य प्रतिष्ठित हो जाने पर हिन्दू जनता के हृदय में गौरव, गर्व और उत्साह के लिए वह अवकाश न रह गया। उसके सामने ही उसके देवमन्दिर गिराए जाते थे, देवमूर्तियाँ तोड़ी जाती थीं और पूज्य पुरुषों का अपमान होता था और वे कुछ भी नहीं कर सकते थे। ऐसी दशा में अपनी वीरता के गीत न तो वे गा ही सकते थे और न बिना लज्जित हुए सुन ही सकते थे। आगे चलकर जब मुस्लिम साम्राज्य दूर तक स्थापित हो गया तब परस्पर लड़नेवाले स्वतंत्र राज्य भी नहीं रह गए। इतने भारी राजनीतिक उलटफेर के पीछे हिन्दू जन-समुदाय पर बहुत दिनों तक उदासी-सी छाई रही। अपने पौरुष से हताश जाति के लिए भगवान की शक्ति और करुणा की ओर ध्यान ले जाने के अतिरिक्त दूसरा मार्ग ही क्या था?

यह तो हुई राजनीतिक परिस्थिति। अब धार्मिक स्थिति देखिए। आदि काल के अन्तर्गत यह दिखाया जा चुका है कि किस प्रकार वज्रयानी सिद्ध, कापालिक आदि देश के पूरबी भागों में और नाथपंथी जोगी पश्चिमी भागों में रमते चले आ रहे थे।[1] इसी बात से इसका अनुमान हो सकता है कि सामान्य जनता की धर्मभावना कितनी दबती जा रही थी, उसका हृदय धर्म से कितनी दूर हटता चला जा रहा था।

धर्म का प्रवाह कर्म, ज्ञान और भक्ति, इन तीन धाराओं में चलता है। इन तीनों के सामंजस्य से धर्म अपनी पूर्ण सजीव दशा में रहता है। किसी एक के भी अभाव से वह विकलांग रहता है। कर्म के बिना वह लूला-लँगड़ा, ज्ञान के बिना अन्धा और भक्ति के बिना हृदयविहीन क्या निष्प्राण रहता है। ज्ञान के अधिकारी तो सामान्य से बहुत अधिक समुन्नत और विकसित बुद्धि के कुछ थोड़े-से विशिष्ट व्यक्ति ही होते हैं। कर्म और भक्ति ही सारे जन-समुदाय की सम्पत्ति होती है।

हिन्दी-साहित्य के आदि काल में कर्म तो अर्थशून्य विधि-विधान, तीर्थाटन और पर्वस्नान इत्यादि के संकुचित घेरे में पहले से बहुत कुछ बद्ध चला आता था। धर्म

---

1. देखिए, पृ. 76-85

की भावात्मक अनुभूति या भक्ति, जिसका सूत्रपात महाभारतकाल में और विस्तृत प्रवर्तन पुराणकाल में हुआ था, कभी कहीं दबती, कभी कहीं उभरती, किसी प्रकार चली भर आ रही थी।

अर्थशून्य बाहरी विधि-विधान, तीर्थाटन, पर्वस्नान आदि की निस्सारता का संस्कार फैलाने का जो कार्य वज्रयानी सिद्धों और नाथपंथी जोगियों के द्वारा हुआ, उसका उल्लेख हो चुका है।[1] पर उनका उद्देश्य 'कर्म' को उस तंग गड्ढे से निकालकर प्रकृत धर्म के खुले क्षेत्र में लाना न था बल्कि एकबारगी किनारे ढकेल देना था। जनता की दृष्टि को आत्मकल्याण और लोककल्याण विधायक सच्चे कर्मों की ओर ले जाने के बदले उसे वे कर्मक्षेत्र से ही हटाने में लग गए थे। उनकी बानी तो 'गुह्य, रहस्य और सिद्धि' लेकर उठी थी। अपनी रहस्यदर्शिता की धाक जमाने के लिए वे बाह्य जगत की बातें छोड़, घट के भीतर के कोठों की बातें बताया करते थे। भक्ति, प्रेम आदि हृदय के प्रकृत भावों का उनकी अन्तस्साधना में कोई स्थान न था, क्योंकि इनके द्वारा ईश्वर को प्राप्त करना तो सबके लिए सुलभ कहा जा सकता है। सामान्य अशिक्षित या अर्द्धशिक्षित जनता पर इनकी बानियों का प्रभाव इसके अतिरिक्त और क्या हो सकता था कि वह सच्चे शुभ कर्मों के मार्ग से तथा भगवद्भक्ति की स्वाभाविक हृदय-पद्धति से हटकर अनेक प्रकार के मंत्र, तंत्र और उपचारों में जा उलझे और उसका विश्वास अलौकिक सिद्धियों पर जा जमे? इसी दशा की ओर लक्ष्य करके गोस्वामी तुलसीदास ने कहा था—

गोरख जगायो जोग, भगति भगायो लोग।

सारांश यह कि जिस समय मुसलमान भारत में आए उस समय सच्चे धर्मभाव का बहुत कुछ ह्रास हो गया था। प्रतिवर्तन के लिए बहुत कड़े धक्कों की आवश्यकता थी।

ऊपर जिस अवस्था का दिग्दर्शन हुआ है, वह सामान्य जन-समुदाय की थी। शास्त्रज्ञ विद्वानों पर सिद्धों और जोगियों की बानियों का कोई असर न था। वे इधर-उधर पड़े अपना कार्य करते जा रहे थे। पंडितों के शास्त्रर्थ भी होते थे, दार्शनिक खंडन-मंडन के ग्रन्थ भी लिखे जाते थे। विशेष चर्चा वेदान्त की थी। ब्रह्मसूत्रों पर, उपनिषदों पर, गीता पर, भाष्यों की परम्परा विद्वत्मंडली के भीतर चली चल रही थी जिससे परम्परागत भक्ति-मार्ग के सिद्धान्त-पक्ष का कई रूपों में नूतन विकास हुआ।

कालदर्शी भक्त-कवि जनता के हृदय को सँभालने और लीन रखने के लिए दबी हुई भक्ति को जगाने लगे। क्रमशः भक्ति का प्रवाह ऐसा विकसित और प्रबल होता गया कि उसकी लपेट में केवल हिन्दू जनता ही नहीं, देश में बसनेवाले सहृदय

1. देखिए, पृ. 76-85

मुसलमानों में से भी न जाने कितने आ गए। प्रेमस्वरूप ईश्वर को सामने लाकर भक्त-कवियों ने हिन्दुओं और मुसलमानों दोनों को मनुष्य के सामान्य रूप में दिखाया और भेदभाव के दृश्यों को हटाकर पीछे कर दिया।

भक्ति का जो सोता दक्षिण की ओर से धीरे-धीरे उत्तर भारत की ओर पहले से ही आ रहा था उसे राजनीतिक परिवर्तन के कारण शून्य पड़ते हुए जनता के हृदय क्षेत्र में फैलने के लिए पूरा स्थान मिला। रामानुजाचार्य (संवत 1073) ने शास्त्रीय पद्धति से जिस सगुण भक्ति का निरूपण किया था उसकी ओर जनता आकर्षित होती चली आ रही थी।

गुजरात में स्वामी मध्वाचार्य जी (संवत 1254-1333) ने अपना द्वैतवादी वैष्णव सम्प्रदाय चलाया जिसकी ओर बहुत-से लोग झुके। देश के पूर्वी भाग में जयदेव जी के कृष्ण-प्रेम-संगीत की गूँज चली आ रही थी जिसके सुर में मिथिला के कोकिल (विद्यापति) ने अपना सुर मिलाया। उत्तर या मध्य भारत में एक ओर तो ईसा की पन्द्रहवीं शताब्दी में रामानुजाचार्य की शिष्य-परम्परा में स्वामी रामानन्द जी हुए जिन्होंने विष्णु के अवतार राम की उपासना पर जोर दिया और एक बड़ा भारी सम्प्रदाय खड़ा किया, दूसरी ओर वल्लभाचार्य जी ने प्रेममूर्ति कृष्ण को लेकर जनता को रसमग्न किया। इस प्रकार रामोपासक और कृष्णोपासक भक्तों की परम्पराएँ चलीं जिनमें आगे चलकर हिन्दी-काव्य को प्रौढ़ता पर पहुँचानेवाले जगमगाते रत्नों का विकास हुआ। इन भक्तों ने ब्रह्म के 'सत' और 'आनन्द' स्वरूप का साक्षात्कार राम और कृष्ण के रूप में इस बाह्य जगत के व्यक्त क्षेत्र में किया।

एक ओर तो प्राचीन सगुणोपासना का यह काव्यक्षेत्र तैयार हुआ, दूसरी ओर मुसलमानों के बस जाने से देश में जो नई परिस्थिति उत्पन्न हुई उसकी दृष्टि से हिन्दू-मुसलमान दोनों के लिए एक 'सामान्य भक्ति-मार्ग' का विकास भी होने लगा। उसके विकास के लिए किस प्रकार वीरगाथा-काल में ही सिद्धों और नाथपंथी योगियों के द्वारा मार्ग निकाला जा चुका था, यह दिखाया जा चुका है।[1] वज्रयान के अनुयायी अधिकतर नीची जाति के थे अत: जाति-पाँति की व्यवस्था से उनका असन्तोष स्वाभाविक था। नाथ-सम्प्रदाय में भी शास्त्रज्ञ विद्वान नहीं आते थे। इस सम्प्रदाय के कनफटे रमते जोगी घट के भीतर के चक्रों, सहस्रदल कमल, इला-पिंगला नाड़ियों इत्यादि की ओर संकेत करनेवाली रहस्यमयी बानियाँ सुनाकर और करामात दिखाकर अपनी सिद्धाई की धाक सामान्य जनता पर जमाए हुए थे। वे लोगों को ऐसी-ऐसी बातें सुनाते आ रहे थे कि वेदशास्त्र पढ़ने से क्या होता है, बाहरी पूजा-अर्चना की विधियाँ व्यर्थ हैं, ईश्वर तो प्रत्येक के घट के भीतर है, अन्तर्मुख साधनाओं से ही वह प्राप्त हो सकता है, हिन्दू-मुसलमान दोनों एक हैं, दोनों के लिए शुद्ध साधना का मार्ग भी

1. देखिए, पृ. 79

एक ही है, जाति-पाँति के भेद व्यर्थ खड़े किए गए हैं, इत्यादि। इन जोगियों के पंथ में कुछ मुसलमान भी आए। इसका उल्लेख पहले हो चुका है।[1]

भक्ति के आन्दोलन की जो लहर दक्षिण से आई उसी ने उत्तर भारत की परिस्थिति के अनुरूप हिन्दू-मुसलमान दोनों के लिए एक सामान्य भक्ति-मार्ग की भी भावना कुछ लोगों में जगाई। हृदयपक्ष-शून्य सामान्य अन्तस्साधना का मार्ग निकालने का प्रयत्न नाथपंथी कर चुके थे, यह हम कह चुके हैं।[2] पर रागात्मक तत्त्व से रहित साधना से ही मनुष्य की आत्मा तृप्त नहीं हो सकती। महाराष्ट्र देश के प्रसिद्ध भक्त नामदेव (सं. 1328-1408) ने हिन्दू-मुसलमान दोनों के लिए एक सामान्य भक्ति-मार्ग का भी आभास दिया। उसके पीछे कबीरदास ने विशेष तत्परता के साथ एक व्यवस्थित रूप में यह मार्ग 'निर्गुणपंथ' के नाम से चलाया। जैसाकि पहले कहा जा चुका है, कबीर के लिए नाथपंथी जोगी बहुत कुछ रास्ता निकाल चुके थे। भेदभाव को निर्दिष्ट करनेवाले उपासना के बाहरी विधानों को अलग रखकर उन्होंने अन्तस्साधना पर जोर दिया था। पर नाथपंथियों की अन्तस्साधना हृदयपक्ष-शून्य थी, उसमें प्रेमतत्त्व का अभाव था। कबीर ने यद्यपि नाथपंथ की बहुत-सी बातों को अपनी बानी में जगह दी, पर यह बात उन्हें खटकी। इसका संकेत उनके ये वचन देते हैं—

झिलमिल झगरा झूलते बाकी रही न काहु।
गोरख अटके कालपुर कौन कहावै साहु?
बहुत दिवस ते हिंडिया सुन्नि समाधि लगाइ।
करहा पड़िया गाड़ में दूरि परा पछिताइ॥

[करहा = (1) करभ, हाथी का बच्चा; (2) हठयोग की क्रिया करनेवाला]

अत: कबीर ने जिस प्रकार एक निराकार ईश्वर के लिए भारतीय वेदान्त का पल्ला पकड़ा उसी प्रकार उस निराकार ईश्वर की भक्ति के लिए सूफियों का प्रेमतत्त्व लिया और अपना 'निर्गुणपंथ' बड़ी धूमधाम से निकाला। बात यह थी कि भारतीय भक्ति-मार्ग साकार और सगुण रूप को लेकर चला था, निर्गुण और निराकार ब्रह्म भक्ति या प्रेम का विषय नहीं माना जाता। इसमें कोई सन्देह नहीं कि कबीर ने ठीक मौके पर जनता के उस बड़े भाग को सँभाला जो नाथपंथियों के प्रभाव से प्रेमभाव और भक्तिरस से शून्य और शुष्क पड़ता जा रहा था। उनके द्वारा यह बहुत ही आवश्यक कार्य हुआ। इसके साथ ही मनुष्यत्व की सामान्य भावना को आगे करके निम्न श्रेणी की जनता में उन्होंने आत्मगौरव का भाव जगाया और भक्ति के ऊँचे-से-ऊँचे सोपान की ओर बढ़ने के लिए बढ़ावा दिया। उनका 'निर्गुणपंथ' चल निकला जिसमें नानक, दादू, मलूकदास आदि अनेक सन्त हुए।

---

1. देखिए, पृ. 80
2. वही

कबीर तथा अन्य निर्गुणपंथी सन्तों के द्वारा अन्तस्साधना में रागात्मिका 'भक्ति' और 'ज्ञान' का योग तो हुआ, पर 'कर्म' की दशा वही रही जो नाथपंथियों के यहाँ थी। इन सन्तों के ईश्वर ज्ञानस्वरूप और प्रेमस्वरूप ही रहे, धर्मस्वरूप न हो पाए। ईश्वर के धर्मस्वरूप को लेकर, उस स्वरूप को लेकर, जिसकी रमणीय अभिव्यक्ति लोक की रक्षा और रंजन में होती है, प्राचीन वैष्णव भक्ति-मार्ग की रामभक्ति शाखा उठी। कृष्णभक्ति शाखा केवल प्रेमस्वरूप ही लेकर नई उमंग से फैली।

यहाँ पर एक बात की ओर ध्यान दिला देना आवश्यक प्रतीत होता है। साधना के जो तीन अवयव—कर्म, ज्ञान और भक्ति—कहे गए हैं, वे सब काल पाकर दोषग्रस्त हो सकते हैं। 'कर्म' अर्थशून्य विधि-विधानों से निकम्मा हो सकता है; 'ज्ञान' रहस्य और गुह्य की भावना से पाखंडपूर्ण हो सकता है और 'भक्ति' इन्द्रियोपभोग की वासना से कलुषित हो सकती है। भक्ति की निष्पत्ति श्रद्धा और प्रेम के योग से होती है। जहाँ श्रद्धा या पूज्यबुद्धि का अवयव—जिसका लगाव धर्म से होता है—छोड़कर केवल प्रेम-लक्षणा भक्ति ली जाएगी वहाँ वह अवश्य विलासिता से ग्रस्त हो जाएगी।

इस दृष्टि से यदि हम देखें तो कबीर का 'ज्ञानपक्ष' तो रहस्य और गुह्य की भावना से विकृत मिलेगा, पर सूफियों से जो प्रेमतत्त्व उन्होंने लिया वह सूफियों के यहाँ चाहे कामवासनाग्रस्त हुआ हो, पर 'निर्गुणपंथ' में अविकृत रहा। यह निस्सन्देह प्रशंसा की बात है। वैष्णवों की कृष्णभक्ति शाखा ने केवल प्रेमलक्षणा भक्ति ली; फल यह हुआ कि उसने अश्लील विलासिता की प्रवृत्ति जगाई। रामभक्ति शाखा में भक्ति सर्वांगपूर्ण रही; इससे वह विकृत न होने पाई। तुलसी की भक्तिपद्धति में कर्म (धर्म) और ज्ञान का पूरा सामंजस्य और समन्वय रहा। इधर आजकल अलबत्ता कुछ लोगों ने कृष्णभक्ति-शाखा के अनुकरण पर उसमें भी 'माधुर्य भाव' का गुह्य रहस्य घुसाने का उद्योग किया है जिससे 'सखी सम्प्रदाय' निकल पड़े हैं और राम की भी 'तिरछी चितवन' और 'बाँकी अदा' के गीत गाए जाने लगे हैं।

यह सामान्य भक्ति-मार्ग एकेश्वरवाद का एक अनिश्चित स्वरूप लेकर खड़ा हुआ, जो कभी ब्रह्मवाद की ओर ढलता था और कभी पैगम्बरी खुदावाद की ओर। यह 'निर्गुणपंथ' के नाम से प्रसिद्ध हुआ। इसकी ओर ले जानेवाली सबसे पहली प्रवृत्ति जो लक्षित हुई वह ऊँच-नीच और जाति-पाँति के भाव का त्याग और ईश्वर की भक्ति के लिए मनुष्य मात्र के समान अधिकार का स्वीकार था। इस भाव का सूत्रपात भक्ति-मार्ग के भीतर महाराष्ट्र और मध्य देश में नामदेव और रामानन्द जी द्वारा हुआ। महाराष्ट्र देश में नामदेव का जन्मकाल शक संवत 1192 और मृत्युकाल शक संवत 1272 प्रसिद्ध है। ये दक्षिण के नरुसीबमनी (सतारा जिला) के दर्जी थे। पीछे पंढरपुर के विठोबा (विष्णु भगवान) के मन्दिर में भगवद्भजन करते हुए अपना दिन बिताते थे।

महाराष्ट्र के भक्तों में नामदेव का नाम सबसे पहले आता है। मराठी भाषा के अभंगों के अतिरिक्त इनकी हिन्दी-रचनाएँ भी प्रचुर परिमाण में मिलती हैं। इन

हिन्दी-रचनाओं में एक विशेष बात यह पाई जाती है कि कुछ तो सगुणोपासना से सम्बन्ध रखती हैं और कुछ निर्गुणोपासना से। इसके समाधान के लिए इनके समय की परिस्थिति की ओर ध्यान देना आवश्यक है। आदि काल के अन्तर्गत यह कहा जा चुका है कि मुसलमानों के आने पर पठानों के समय में गोरखपंथी योगियों का देश में बहुत प्रभाव था। नामदेव के ही समय में प्रसिद्ध ज्ञानयोगी ज्ञानदेव हुए हैं जिन्होंने अपने को गोरख की शिष्य-परम्परा में बताया है। ज्ञानदेव का परलोकवास बहुत थोड़ी अवस्था में ही हुआ, पर नामदेव उनके उपरान्त बहुत दिनों तक जीवित रहे। नामदेव सीधे-सादे सगुण भक्ति-मार्ग पर चले जा रहे थे, पर पीछे उस नाथपंथ के प्रभाव के भीतर भी ये लाए गए, जो अन्तर्मुख साधना द्वारा सर्वव्यापक निर्गुण ब्रह्म के साक्षात्कार को ही मोक्ष का मार्ग मानता था। लानेवाले थे ज्ञानदेव।

एक बार ज्ञानदेव इन्हें साथ लेकर तीर्थयात्रा को निकले। मार्ग में ये अपने प्रिय विग्रह विठोबा (भगवान) के वियोग में व्याकुल रहा करते थे। ज्ञानदेव इन्हें बराबर समझाते जाते थे कि भगवान क्या एक ही जगह हैं; वे तो सर्वत्र हैं, सर्वव्यापक हैं। यह मोह छोड़ो। तुम्हारी भक्ति अभी एकांगी है, जब तक निर्गुण-पक्ष की भी अनुभूति तुम्हें न होगी, तब तक तुम पक्के न होगे। ज्ञानदेव की बहन मुक्ताबाई के कहने पर एक दिन 'सन्त-परीक्षा' हुई। जिस गाँव में यह सन्त-मंडली उतरी थी, उसमें एक कुम्हार रहता था। मंडली के सब सन्त चुपचाप बैठ गए। कुम्हार घड़ा पीटने का पिटना लेकर सबके सिर पर जमाने लगा। चोट-पर-चोट खाकर भी कोई विचलित न हुआ। पर जब नामदेव की ओर बढ़ा तब वे बिगड़ खड़े हुए। इस पर वह कुम्हार बोला, 'नामदेव को छोड़ और सब घड़े पक्के हैं।' बेचारे नामदेव कच्चे घड़े ठहराए गए। इस कथा से यह स्पष्ट लक्षित हो जाता है कि नामदेव को नाथपंथ के योगमार्ग की ओर प्रवृत्त करने के लिए ज्ञानदेव की ओर से तरह-तरह के प्रयत्न होते रहे।

सिद्ध और योगी निरन्तर अभ्यास द्वारा अपने शरीर को विलक्षण बना लेते थे। खोपड़ी पर चोट खा-खाकर उसे पक्की करना उनके लिए कोई कठिन बात न थी। अब भी एक प्रकार के मुसलमान फकीर अपने शरीर पर जोर-जोर से डंडे जमाकर भिक्षा माँगते हैं।

नामदेव किसी गुरु से दीक्षा लेकर अपनी सगुण भक्ति में प्रवृत्त नहीं हुए थे, अपने ही हृदय की स्वाभाविक प्रेरणा से हुए थे। ज्ञानदेव बराबर उन्हें 'बिनु गुरु होइ न ज्ञान' समझाते आते थे। सन्तों के बीच निर्गुण ब्रह्म के सम्बन्ध में जो कुछ कहा-सुना जाता है और ईश्वर-प्राप्ति की जो साधना बताई जाती है, वह किसी गुरु की सिखाई हुई होती है। परमात्मा के शुद्ध निर्गुण स्वरूप के ज्ञान के लिए ज्ञानदेव का आग्रह बराबर बढ़ता गया। गुरु के अभाव के कारण किस प्रकार नामदेव में परमात्मा की सर्वव्यापकता का उदार भाव नहीं जम पाया था और भेदभाव बना था, इस पर भी एक कथा चली आती है। कहते हैं कि एक दिन स्वयं विठोबा (भगवान) एक मुसलमान

फकीर का रूप धरकर नामदेव के सामने आए। नामदेव ने उन्हें नहीं पहचाना। तब उनसे कहा गया कि वे तो परब्रह्म भगवान ही थे। अन्त में बेचारे नामदेव ने नागनाथ नामक शिव के स्थान पर जाकर बिसोबा खेचर या खेचरनाथ नामक एक नाथपंथी कनफटे से दीक्षा ली। इसके सम्बन्ध में उनके ये वचन हैं—

मन मेरी सुई, तन मेरा धागा। खेचर जी के चरण पर नामा सिम्पी लागा।

× × ×

सुफल जन्म मोको गुरु कीना। दुःख बिसार सुख अन्तर दीना॥
ज्ञान दान मोको गुरु दीना। राम नाम बिन जीवन हीना॥

× × ×

किसू हूँ पूजूँ दूजा नजर न आई।
एके पाथर किज्जे भाव। दूजे पाथर धरिए पाव॥
जो वो देव तो हम बी देव। कहै नामदेव हम हरि की सेव॥

यह बात समझ रखनी चाहिए कि नामदेव के समय में ही देवगिरि पर पठानों की चढ़ाइयाँ हो चुकी थीं और मुसलमान महाराष्ट्र में भी फैल गए थे। इसके पहले से ही गोरखनाथ के अनुयायी हिन्दुओं और मुसलमानों दोनों के लिए अन्तस्साधना के एक सामान्य मार्ग का उपदेश देते आ रहे थे।

इनकी भक्ति के अनेक चमत्कार भक्तमाल में लिखे हैं, जैसे—विठोबा (ठाकुरजी) की मूर्ति का इनके हाथ से दूध पीना, अविन्द नागनाथ के शिवमन्दिर के द्वार का इनकी ओर घूम जाना इत्यादि। इनके माहात्म्य ने यह सिद्ध कर दिखाया कि 'जाति-पाँति पूछै नहिं कोई। हरि को भजै सो हरि का होई।'

इनकी इष्ट सगुणोपासना के कुछ पद नीचे दिए जाते हैं जिनमें शबरी, केवट आदि की सुगति तथा भगवान की अवतार लीला का कीर्तन बड़े प्रेमभाव से किया गया है—

अम्बरीष को दियौ अभय पद, राज विभीषन अधिक करयो।
नवनिधि ठाकुर दई सुदामहि, ध्रुव जो अटल अजहूँ न टरयो॥
भगत हेत मारयो हरिनाकुस, नृसिंह रूप ह्वै देह धरयो।
नामा कहै भगति बस केसव, अजहूँ बलि के द्वार खरौ॥

× × ×

दसरथ-राय-नन्द राजा मेरा रामचन्द। प्रणवै नामा तत्त्व रस अमृत पीजै॥

× × ×

धनि धनि मेघा-रोमावली, धनि धनि कृष्ण ओढ़े काँवली।
धनि धनि तू माता देवकी, जिह गृह रमैया कँवलापती॥
धनि धनि बनखंड वृन्दाबना, जहँ खेलै श्रीनारायना।
बेनु बजावै, गोधन चारैं, नामे का स्वामि आनँद करै॥

यह तो हुई नामदेव की व्यक्तोपासना सम्बन्धी हृदय-प्रेरित रचना। आगे गुरु से सीखे हुए ज्ञान की उद्धरणी अर्थात 'निर्गुन बानी' भी कुछ देखिए—

माइ न होती, बाप न होते, कर्म्म न होता काया।
हम नहिं होते, तुम नहिं होते, कौन कहाँ ते आया॥
चन्द न होता, सूर न होता, पानी पवन मिलाया।
शास्त्र न होता, वेद न होता, करम कहाँ ते आया॥

× × ×

पांडे तुम्हरी गायत्री लोधे का खेत खाती थी।
लैकरि ठेंगा टँगरी तारे लंगत लंगत आती थी॥
पांडे तुम्हरा महादेव धौल बलद चढ़ा आवत देखा था।
पांडे तुम्हरा रामचन्द सो भी आवत देखा था॥
रावन सेन्ती सरबर होई, घर की जोय गँवाई थी।
हिन्दू अन्धा तुरुकौ काना, दुवौ ते ज्ञानी सयाना॥

× × ×

हिन्दू पूजै देहरा, मुसलमान मसीद।
नामा सोई सेविया जहँ देहरा न मसीत॥

सगुणोपासक भक्त भगवान के सगुण और निर्गुण दोनों रूप मानता है, पर भक्ति के लिए सगुण रूप ही स्वीकार करता है, निर्गुण रूप ज्ञानमार्गियों के लिए छोड़ देता है। सब सगुणमार्गी भक्त भगवान के व्यक्त रूप के साथ-साथ उनके अव्यक्त और निर्विशेष रूप का भी निर्देश करते आए हैं जो बोधगम्य नहीं। वे अव्यक्त की ओर संकेत-भर करते हैं, उसके विवरण में प्रवृत्त नहीं होते। नामदेव क्यों प्रवृत्त हुए, यह ऊपर दिखाया जा चुका है। जबकि उन्होंने एक गुरु से ज्ञानोपदेश लिया तब शिष्यधर्मानुसार उसकी उद्धरणी आवश्यक हुई।

नामदेव की रचनाओं में यह बात साफ दिखाई पड़ती है कि सगुण भक्ति के पदों की भाषा तो ब्रज या परम्परागत काव्य-भाषा है, पर 'निर्गुण बानी' की भाषा नाथपंथियों द्वारा गृहीत खड़ी बोली या सधुक्कड़ी भाषा।

नामदेव की रचना के आधार पर यह कहा जा सकता है कि 'निर्गुण-पंथ' के लिए मार्ग निकालनेवाले नाथपंथ के योगी और भक्त नामदेव थे। जहाँ तक पता चलता है, 'निर्गुण मार्ग' के निर्दिष्ट प्रवर्तक कबीरदास ही थे जिन्होंने एक ओर तो स्वामी रामानन्द जी के शिष्य होकर भारतीय अद्वैतवाद की कुछ स्थूल बातें ग्रहण कीं और दूसरी ओर योगियों और सूफी फकीरों के संस्कार प्राप्त किए। वैष्णवों से उन्होंने अहिंसावाद और प्रपत्तिवाद लिये। इसी से उनके तथा 'निर्गुणवाद' वाले दूसरे सन्तों के वचनों में कहीं भारतीय अद्वैतवाद की झलक मिलती है तो कहीं योगियों के

नाड़ी-चक्र की, कहीं सूफियों के प्रेमतत्त्व की, कहीं पैगम्बरी कट्टर खुदावाद की और कहीं अहिंसावाद की। अत: तात्त्विक दृष्टि से न तो हम इन्हें पूरे अद्वैतवादी कह सकते हैं और न एकेश्वरवादी। दोनों का मिला-जुला भाव इनकी बानी में मिलता है। इनका लक्ष्य एक ऐसी सामान्य भक्ति पद्धति का प्रचार था जिसमें हिन्दू और मुसलमान दोनों योग दे सकें और भेदभाव का कुछ परिहार हो। बहुदेवोपासना, अवतार और मूर्तिपूजा का खंडन ये मुसलमानी जोश के साथ करते थे और मुसलमानों की कुरबानी (हिंसा), नमाज़, रोजा आदि की असारता दिखाते हुए ब्रह्म, माया, जीव, अनहद नाद, सृष्टि, प्रलय आदि की चर्चा पूरे हिन्दू ब्रह्म-ज्ञानी बनकर करते थे। सारांश यह कि ईश्वर-पूजा की उन भिन्न-भिन्न बाह्य विधियों पर से ध्यान हटाकर, जिनके कारण धर्म में भेदभाव फैला हुआ था, ये शुद्ध ईश्वर-प्रेम और सात्त्विक जीवन का प्रचार करना चाहते थे।

इस प्रकार देश में सगुण और निर्गुण के नाम से भक्ति-काव्य की दो धाराएँ विक्रम की पन्द्रहवीं शताब्दी के अन्तिम भाग से लेकर सत्रहवीं शताब्दी के अन्त तक समानान्तर चलती रहीं। भक्ति के उत्थान-काल के भीतर हिन्दी भाषा की कुछ विस्तृत रचना पहले-पहल कबीर ही की मिलती है अत: पहले निर्गुण मत के सन्तों का उल्लेख उचित ठहरता है। यह निर्गुण धारा दो शाखाओं में विभक्त हुई—एक तो ज्ञानाश्रयी शाखा और दूसरी शुद्ध प्रेममार्गी शाखा (सूफियों की)।

पहली शाखा भारतीय ब्रह्मज्ञान और योग-साधना को लेकर तथा उसमें सूफियों के प्रेमतत्त्व को मिलाकर उपासना के क्षेत्र में अग्रसर हुई और सगुण के खंडन में उसी जोश के साथ तत्पर रही जिस जोश के साथ पैगम्बरी मत बहुदेवोपासना और मूर्तिपूजा आदि के खंडन में रहते हैं। इस शाखा की रचनाएँ साहित्यिक नहीं हैं—फुटकल दोहों या पदों के रूप में हैं जिनकी भाषा और शैली अधिकतर अव्यवस्थित और ऊटपटाँग है। कबीर आदि दो-एक प्रतिभा-सम्पन्न सन्तों को छोड़ औरों में ज्ञानमार्ग की सुनी-सुनाई बातों का पिष्टपेषण तथा हठयोग की बातों के कुछ रूपक भद्दी तुकबन्दियों में हैं। भक्तिरस में मग्न करनेवाली सरसता भी बहुत कम पाई जाती है। बात यह है कि इस पंथ का प्रभाव शिष्ट और शिक्षित जनता पर नहीं पड़ा, क्योंकि उसके लिए न तो इस पंथ में कोई नई बात थी, न नया आकर्षण। संस्कृत बुद्धि, संस्कृत हृदय और संस्कृत वाणी का वह विकास इस शाखा में नहीं पाया जाता जो शिक्षित समाज को अपनी ओर आकर्षित करता है। पर अशिक्षित और निम्न श्रेणी की जनता पर इन सन्त-महात्माओं का बड़ा भारी उपकार है। उच्च विषयों का कुछ आभास देकर, आचरण की शुद्धता पर जोर देकर, आडम्बरों का तिरस्कार करके, आत्मगौरव का भाव उत्पन्न करके, इन्होंने इसे ऊपर उठाने का स्तुत्य प्रयत्न किया। पाश्चात्यों ने इन्हें जो 'धर्मसुधारक' की उपाधि दी है, वह इसी बात को ध्यान में रखकर।

दूसरी शाखा शुद्ध प्रेममार्गी सूफी कवियों की है जिनकी प्रेमगाथाएँ वास्तव में साहित्य-कोटि के भीतर आती हैं। इस शाखा के सब कवियों ने कल्पित कहानियों

के द्वारा प्रेम-मार्ग का महत्त्व दिखाया है। इन साधक कवियों ने लौकिक प्रेम के बहाने उस 'प्रेमतत्त्व' का आभास दिया है जो प्रियतम ईश्वर से मिलानेवाला है। इन प्रेम-कहानियों का विषय तो वही साधारण होता है अर्थात किसी राजकुमार का किसी राजकुमारी के अलौकिक सौन्दर्य की बात सुनकर उसके प्रेम में पागल होना और घर-बार छोड़कर निकल पड़ना तथा अनेक कष्ट और आपत्तियाँ झेलकर अन्त में उस राजकुमारी को प्राप्त करना। पर 'प्रेम की पीर' की जो व्यंजना होती है, वह ऐसे विश्वव्यापक रूप में होती है कि वह प्रेम इस लोक से परे दिखाई पड़ता है।

हमारा अनुमान है कि सूफी कवियों ने जो कहानियाँ ली हैं वे सब हिन्दुओं के घर में बहुत दिनों से चली आती कहानियाँ हैं जिनमें आवश्यकतानुसार उन्होंने हेर-फेर किया है। कहानियों का मार्मिक आधार हिन्दू है। मनुष्य के साथ पशु-पक्षी और पेड़-पौधों को भी सहानुभूति-सूत्र में बद्ध दिखाकर एक अखंड जीवन-समष्टि का आभास देना हिन्दू प्रेम-कहानियों की विशेषता है। मनुष्य के घोर दुःख पर वन के वृक्ष भी रोते हैं, पक्षी भी सन्देशे पहुँचाते हैं। यह बात इन कहानियों में भी मिलती है।

शिक्षितों और विद्वानों की काव्य-परम्परा में यद्यपि अधिकतर आश्रयदाता राजाओं के चरितों और पौराणिक या ऐतिहासिक आख्यानों की ही प्रवृत्ति थी, पर साथ ही कल्पित कहानियों का भी चलन था, इसका पता लगता है। दिल्ली के बादशाह सिकन्दर शाह (संवत 1546-1574) के समय में कवि ईश्वरदास ने 'सत्यवती कथा' नाम की एक कहानी दोहे, चौपाइयों में लिखी थी जिसका आरम्भ तो व्यास-जनमेजय के संवाद से पौराणिक ढंग पर होता है, पर जो अधिकतर कल्पित, स्वच्छन्द और मार्मिक मार्ग पर चलनेवाली है। वनवास के समय पांडवों को मार्कंडेय ऋषि मिले जिन्होंने यह कथा सुनाई—

मथुरा के राजा चन्द्रउदय को कोई सन्तति न थी। शिव की तपस्या करने पर उनके वर से राजा को सत्यवती नाम की एक कन्या हुई। वह जब कुमारी हुई तब नित्य एक सुन्दर सरोवर में स्नान करके शिव का पूजन किया करती। इन्द्रपति नामक एक राजा के ऋतुवर्ण आदि चार पुत्र थे। एक दिन ऋतुवर्ण शिकार खेलते-खेलते घोर जंगल में भटक गया। एक स्थान पर उसे एक कल्पवृक्ष दिखाई पड़ा जिसकी शाखाएँ तीस कोस तक फैली थीं। उस पर चढ़कर चारों ओर दृष्टि दौड़ाने पर उसे एक सुन्दर सरोवर दिखाई पड़ा जिसमें कई कुमारियाँ स्नान कर रही थीं। वह जब उतरकर वहाँ गया तो सत्यवती को देख मोहित हो गया। कन्या का मन भी उसे देख कुछ डोल गया। ऋतुवर्ण जब उसकी ओर एकटक ताकता रह गया तब सत्यवती को क्रोध आ गया और उसने यह कहकर कि—

एक चित्त हमैं चितवै जस जोगी चित्त जोग।
धरम न जानसि पापी, कहसि कौन तैं लोग॥

शाप दिया कि 'तू कोढ़ी और व्याधिग्रस्त हो जा।'

ऋतुवर्ण वैसा ही हो गया और फूट-फूटकर रोने लगा—

रौवे ब्याधी बहुत पुकारी। छोन्ह ब्रिछ रोवैं सब झारी॥
बाघ सिंह रोवत बन माहीं। रोवत पंछी बहुत ओनाहीं॥

यह व्यापक विलाप सुनकर सत्यवती उस कोढ़ी के पास जाती है; पर वह उसे यह कहकर हटा देता है कि 'तुम जाओ, अपना हँसो-खेलो'। सत्यवती का पिता राजा एक दिन जब उधर से निकला तब कोढ़ी के शरीर से उठी दुर्गन्ध से व्याकुल हो गया। घर आकर उस दुर्गन्ध की शान्ति के लिए राजा ने बहुत दान-पुण्य किया। जब राजा भोजन करने बैठा तब उसकी कन्या वहाँ न थी। राजा कन्या के बिना भोजन ही न करता था। कन्या को बुलाने जब राजा के दूत गए तब वह शिव की पूजा छोड़कर न आई। इस पर राजा ने क्रुद्ध होकर दूतों से कहा कि सत्यवती को जाकर उसी कोढ़ी को सौंप दो। दूतों का वचन सुनकर कन्या नीम की टहनी लेकर उस कोढ़ी की सेवा के लिए चल पड़ी और उससे कहा—

तोहि छाँड़ि अब मैं कित जाऊँ। माइ-बाप सौंपा तुव ठाऊँ॥

सत्यवती प्रेम से उसकी सेवा करने लगी और एक दिन उसे कन्धे पर बिठाकर तीर्थस्थान कराने ले गई, जहाँ बहुत-से देवता, मुनि, किन्नर आदि निवास करते थे। वहाँ जाकर सत्यवती ने कहा, 'यदि मैं सच्ची सती हूँ तो रात हो जाए।' इस पर चारों ओर घोर अन्धकार छा गया। सब देवता तुरन्त सत्यवती के पास दौड़े आए। सत्यवती ने उनसे ऋतुवर्ण को सुन्दर शरीर प्राप्त करने का वर माँगा। व्याधिग्रस्त ऋतुवर्ण ने तीर्थ में स्नान किया और उसका शरीर निर्मल हो गया। देवताओं ने वहीं दोनों का विवाह करा दिया।

ईश्वरदास ने ग्रन्थ के रचना-काल का उल्लेख इस प्रकार किया है—

भादौ मास पाष उजियारा। तिथि नौमी औ मंगलवारा॥
नषत अस्विनी, मेष क चन्दा। पंच जना सो सदा अनन्दा॥
जोगिनीपुर दिल्ली बड़ थाना। साह सिकन्दर बड़ सुल्ताना॥
कंठे बैठ सरसुती विद्या गनपति दीन्ह।
ता दिन कथा आरम्भ यह इसरदास कवि कीन्ह॥

पुस्तक में पाँच-पाँच चौपाइयों (अर्द्धालियों) पर एक दोहा है। इस प्रकार 58 दोहे पर यह समाप्त हो गई है। भाषा अयोध्या के आस-पास की ठीक ठेठ अवधी है। 'बाटै' (= है) का प्रयोग जगह-जगह है। यही अवधी भाषा, चौपाई, दोहे का क्रम और कहानी का रूप-रंग सूफी कवियों ने ग्रहण किया। आख्यान काव्यों के लिए चौपाई, दोहे की परम्परा बहुत पुराने (विक्रम की ग्यारहवीं शती के) जैन चरित काव्यों में मिलती है, इसका उल्लेख पहले हो चुका है।

सूफियों के प्रेम-प्रबन्धों में खंडन-मंडन की बुद्धि को किनारे रखकर, मनुष्य के हृदय को स्पर्श करने का ही प्रयत्न किया गया है जिससे इनका प्रभाव हिन्दुओं और मुसलमानों पर समान रूप से पड़ता है। बीच-बीच में रहस्यमय परोक्ष की ओर जो मधुर संकेत मिलते हैं, वे बड़े हृदयग्राही होते हैं। कबीर में जो रहस्यवाद मिलता है वह बहुत कुछ उन पारिभाषिक संज्ञाओं के आधार पर है जो वेदान्त और हठयोग में निर्दिष्ट हैं। पर इन प्रेम-प्रबन्धकारों ने जिस रहस्यवाद का आभास बीच-बीच में दिया है, उसके संकेत स्वाभाविक और मर्मस्पर्शी हैं। शुद्ध प्रेममार्गी सूफी कवियों की शाखा में सबसे प्रसिद्ध जायसी हुए, जिनकी 'पद्मावत' हिन्दी-काव्यक्षेत्र में एक अद्‌भुत रत्न है। इस सम्प्रदाय के सब कवियों ने पूरबी हिन्दी अर्थात अवधी का व्यवहार किया है जिसमें गोस्वामी तुलसीदास जी ने अपना रामचरितमानस लिखा है।

अपना भावात्मक रहस्यवाद लेकर सूफी जब भारत में आए तब यहाँ उन्हें केवल साधनात्मक रहस्यवाद योगियों, रसायनियों और तांत्रिकों में मिला। रसेश्वरदर्शन का उल्लेख 'सर्वदर्शनसंग्रह' में है। जायसी आदि सूफी कवियों ने हठयोग और रसायन की कुछ बातों को भी कहीं-कहीं अपनी कहानियों में स्थान दिया है।

जैसा ऊपर कहा जा चुका है, भक्ति के उत्थानकाल के भीतर हिन्दी भाषा में कुछ विस्तृत रचना पहले पहल कबीर की ही मिलती है, अतः पहले निर्गुण सम्प्रदाय की 'ज्ञानाश्रयी शाखा' का संक्षिप्त विवरण आगे दिया जाता है जिसमें सर्वप्रथम कबीरदास जी सामने आते हैं।

तुलसी की काव्यपद्धति

काव्य के दो स्वरूप हमें देखने में आते हैं—अनुकृत (इमिटेटिव) या प्रकृत (रियलिस्टिक) तथा अतिरंजित (एक्जैजरेटिव) या प्रगीत (लिरिकल)। कवि की भावुकता की सच्ची झलक वास्तव में प्रथम स्वरूप में ही मिलती है। जीवन के अनेक मर्मपक्षों की वास्तविक सहानुभूति जिसके हृदय में समय-समय पर जागती रहती है उसी से ऐसे रूपव्यापार हमारे सामने लाते बनेगा जो हमें किसी भाव में मग्न कर सकते हैं और उसी से उस भाव की ऐसी स्वाभाविक रूप में व्यंजना भी हो सकती है जिसको सामान्यत: सबका हृदय अपना सकता है। अपनी व्यक्तिगत सत्ता की अलग भावना से हटाकर निज के योगक्षेम के सम्बन्ध से मुक्त करके, जगत के वास्तविक दृश्यों और जीवन की वास्तविक दशाओं में जो हृदय समय-समय पर रमता रहता है, वही सच्चा कविहृदय है। सच्चे कवि वस्तु-व्यापार का चित्रण बहुत बढ़ा-चढ़ा और चटकीला कर सकते हैं, भावों की व्यंजना अत्यन्त उत्कर्ष पर पहुँचा सकते हैं, पर वास्तविकता का आधार नहीं छोड़ते। उनके द्वारा अंकित वस्तु-व्यापार योजना इसी जगत की होती है; उनके द्वारा भाव उसी रूप में व्यंजित होते हैं जिस रूप में उनकी अनुभूति जीवन में होती है या हो सकती है। भारतीय कवियों की मूल प्रवृत्ति वास्तविकता की ओर ही रही है। यहाँ काव्य जीवनक्षेत्र से अलग खड़ा किया गया केवल तमाशा ही नहीं रहा है।

काव्य का दूसरा स्वरूप—अतिरंजित या प्रगीत—वस्तुवर्णन तथा भाव-व्यंजना दोनों में पाया जाता है। कुछ कवियों की प्रवृत्ति रूपों और व्यापारों की ऐसी योजना की ओर होती है जैसी सृष्टि के भीतर नहीं दिखाई पड़ा करती। उनकी कल्पना कभी स्वर्णकमलों से कलित सुधासरोवर के कूलों पर मलयानिल-स्पन्दित पाटलों के बीच विचरती है, कभी मरकत भूमि पर खड़े मुक्ताखचित प्रवाल-भवनों में पुष्पराग और नीलमणि के स्तम्भों के बीच हीरे के सिंहासनों पर जा टिकती है, कभी सायं प्रभात के कनकमेखलामंडित विविध वर्णमय घनपटलों के परदे डालकर विकीर्ण तारकसिकताकणों के बीच बहती आकाश गंगा में अवगाहन करती है। इस प्रकार की कुछ रूप-योजनाएँ प्राचीन आख्यानों में रूढ़ होकर पौराणिक (माइथालॉजिकल) हो गई हैं और मनुष्य की नाना जातियों में विश्वास से सम्बन्ध रखती हैं; जैसे, सुमेरु

पर्वत, सूर्यचन्द्र के पहियावाला रथ, समुद्रमंथन, समुद्रलंघन, सिर पर पहाड़ लादकर आकाश मार्ग से उड़ना, इत्यादि। इन्हें काव्यगत अत्युक्ति या कल्पना की उड़ान के अन्तर्गत हम नहीं लेंगे।

काव्य में उपर्युक्त ढंग की रूपव्यापार योजना प्रस्तुत (उपमेय) और अप्रस्तुत (उपमान) दोनों पक्षों में पाई जाती है। कुछ कवियों का झुकाव दोनों पक्षों में अलौकिक या अतिरंजित की ओर रहता है और कुछ का केवल अप्रस्तुत पक्ष में; जैसे—'मखतूल के झूल झुलावत केशव भानु मनो शनि अंक लिये।'

भाव-व्यंजना के क्षेत्र में काव्य का अतिरंजित या प्रगीत स्वरूप अधिकतर मुक्तक पद्यों में—विशेषत: शृंगार या प्रेम सम्बन्धी—पाया जाता है। कहीं विरह ताप से सुलगते हुए शरीर से उठे धुएँ के कारण ही आकाश नीला दिखाई पड़ता है। कौवे काले हो जाते हैं। कहीं रक्त के आँसुओं की बूँदें टेसू के फूलों, नई कोयलों और गुंजा के दानों के रूप में बिखरी हुई दिखाई पड़ती हैं। कहीं जगत को डुबानेवाले अश्रुप्रवाह के खारेपन से समुद्र खारे हो जाते हैं। कहीं भस्मीभूत शरीर की राख का एक-एक कण हवा के साथ उड़ता हुआ प्रिय के चरणों में लिपटना चाहता है। इसी प्रकार कहीं प्रिय का श्वास मलयानिल होकर लगता है; कहीं उसके अंग का स्पर्श कपूर के कर्दम या कमल दलों की खाड़ी में ढकेल देता है।

गो.तु. 4 (2100-76)

यहाँ पर यह कह देना आवश्यक है कि गोस्वामी जी की रुचि काव्य के अतिरंजित या प्रगीत स्वरूप की ओर नहीं थी। गीतावली गीतकाव्य है पर उसमें भी भावों की व्यंजना उसी रूप में हुई है जिस रूप में मनुष्यों को उनकी अनुभूति हुआ करती है या हो सकती है। यह बात आगे के प्रसंगों में उद्धृत उदाहरणों से स्पष्ट हो जाएगी। केवल दो-एक जगह उन्होंने कवियों की अतिरंजित या प्रलपित उक्तियों का अनुकरण किया है; जैसे, सीताजी के विरह-ताप के इस वर्णन में जो हनुमान राम से कहते हैं—

जेहि बाटिका बसति तहँ खग मृग तजि तजि भजे पुरातन भौन।
स्वास समीर भेंट भइ भोरेहु तेहि मग पग न धर्‌यो तिहुँ पौन॥

पर ये दोनों पंक्तियाँ ऐसी हैं कि यदि तुलसी के सामान्य पाठकों को सुनाई जाएँ तो वे इन्हें तुलसी की न समझेंगे। तात्पर्य यह है कि गोस्वामी जी की दृष्टि वास्तविक जीवन दशाओं के मार्मिक पक्षों के उद्घाटन की ओर थी, काल्पनिक वैचित्र्यविधान की ओर नहीं।

ऊपर जो बात कही गई उसका अर्थ 'कलावादी' लोगों के निकट यह होगा कि तुलसीदास 'नूतन सृष्टि निर्माण' वाले कवि नहीं थे। ऐसे लोगों के गुरुओं का कहना है कि ज्ञात जगत परिमित है और मन (या अन्त:करणविशिष्ट आत्मा) का विस्तार असीम और अपरिमित है; अत: पूरी कविता वही है जो वास्तविक जगत या जीवन में

बद्ध न रहकर, वस्तु और अनुभूति दोनों के लोकातीत स्वरूप दिखाया करे। कल्पना के इन 'विश्वामित्रों' से योरप भी कुछ दिन परेशान रहा। 'कलावादी' जिसे 'नूतन सृष्टि' कहते हैं वह स्वच्छ और स्थिर दृष्टिवालों के निकट वास्तविक का विकृत रूप मात्र है—ऐसा विकृत जो प्राय: कुतूहल मात्र उत्पन्न करके रह जाता है, हृदय के मर्मस्थल को स्पर्श नहीं करता, कोई सच्ची और गम्भीर अनुभूति नहीं जगाता।

तुलसी की गम्भीर वाणी शब्दों की कलाबाजी, उक्तियों की झूठी तड़क-भड़क आदि खेलवाड़ों में भी नहीं उलझी है। वह श्रोताओं या पाठकों को ऐसी भूमियों पर ले जाकर खड़ा करने में ही अग्रसर रही है जहाँ से जीते-जागते जगत की रूपात्मक और क्रियात्मक सत्ता के बीच भगवान की भावमयी मूर्ति की झाँकी मिल सकती है। गोस्वामी जी का उद्देश्य लोक के बीच प्रतिष्ठित रामत्व में लीन करना है; कुतूहल या मनोरंजन की सामग्री एकत्र करना नहीं। श्लेष, यमक, परिसंख्या इत्यादि कोरे चमत्कारविधायक अलंकार रखने के लिए ही उन्होंने कहीं रचना नहीं की है। इन अलंकारों का प्रयोग भी उन्होंने दो ही चार जगह किया है। वे चमत्कारवादी नहीं थे, 'दोहावली' में कुछ दोहों की दुरूहता का कारण उनकी चमत्कारप्रियता नहीं, समासपद्धति का अवलम्बन है, जिसमें अर्थ का कुछ आक्षेप ऊपर से करना पड़ता है; जैसे यह दोहा लीजिए—

उत्तम मध्यम नीच गति, पाहन सिकता पानि।
प्रीति परिच्छा तिहुँन की; बैर बितिक्रम जानि॥

जो इस संस्कृत श्लोक का अनुवाद है—

उत्कृष्ट मध्यम निकृष्ट जनेषु मैत्री
यद्वच्छिलासु सिकतासु जलेषु रेखा।
वैरं निकृष्टमभिमध्यम उत्तमे च
यद्वच्छिलासु सिकतासु जलेषु रेखा॥

श्लोक के भाव को थोड़े में व्यक्त करने के लिए 'उत्तम, मध्यम, निकृष्ट' को फिर उलटे क्रम से न रखकर 'बीतिक्रम' शब्द से काम चलाया गया है। 'रेखा' शब्द न लाने से अर्थ बिलकुल लापता हो गया है। अनुवाद की यह असफलता समास या चुस्ती के प्रयास के कारण हुई है; नहीं तो गोस्वामी जी के समान संस्कृत उक्तियों का अनुवाद करनेवाला हिन्दी का और दूसरा कवि नहीं। दोहावली में जितने क्लिष्ट दोहे हैं उनकी क्लिष्टता का कारण यही समासशैली है। ऐसे दोहों में 'न्यूनपदत्व' दोष प्राय: पाया जाता है।

अनुकरण मनुष्य के स्वभाव के अन्तर्गत है। गोस्वामी जी ने जैसे सब प्रकार की प्रचलित पद्य शैलियों या छन्दों में रचना की है वैसे ही कहीं दो-एक जगह कूट

और आलंकारिक चमत्कार आदि का भी कौशल दिखा दिया है जिसके उदाहरण 'दोहावली' में मिलेंगे। 'दोहावली' में कुछ दोहे ज्योतिष की परिभाषाओं और संकेतों को लेकर रचे गए हैं। बात यह है कि 'दोहावली' में गोस्वामी जी कवि और सूक्तिकार, इन दोनों रूपों में विराजमान हैं। भक्ति और प्रेम का स्वरूप व्यक्त करनेवाले दोहे तो 'काव्य' के अन्तर्गत लिये जाएँगे, पर नीतिपरक दोहे 'सूक्ति' की श्रेणी में स्थान पाएँगे।

'दोहावली' के समान 'रामचरितमानस' में भी गोस्वामी जी कवि के रूप में ही नहीं, धर्मोपदेष्टा और नीतिकार के रूप में भी हमारे सामने आते हैं। 'मानस' के काव्य पक्ष का तो कहना ही क्या है। उसके भीतर मनुष्य जीवन में साधारणत: आनेवाली प्रत्येक दशा और प्रत्येक परिस्थिति का सन्निवेश तथा उस दशा और परिस्थिति का अत्यन्त स्वाभाविक, मर्मस्पर्शी और सर्वग्राह्य चित्रण है। जैसा लोकाभिराम राम का चरित था, वैसी ही प्रसादमयी गम्भीर गिरा, संस्कृत और हिन्दी दोनों में, उसके प्रकाश के लिए मिली। इस काल में तो 'रामचरितमानस' हिन्दू जीवन और हिन्दू संस्कृति का सहारा हो गया है। भारतवर्ष के जिस कोने में लोग इस ग्रन्थ को पूरा-पूरा नहीं समझ सकते, वहाँ भी वे थोड़ा-बहुत जितना समझ पाते हैं, उतने ही के लिए इसे पढ़ते हैं। कथाएँ तो और भी कही जाती हैं, पर जहाँ सबसे अधिक श्रोता देखिए और उन्हें रोते और हँसते पाइए, वहाँ समझिए कि तुलसीकृत रामायण हो रही है। साधारण जनता के मानस पर तुलसी के 'मानस' का अधिकार इतने ही से समझा जा सकता है।

इसी एक ग्रन्थ से जनसाधारण को नीति का उपदेश, सत्कर्म की उत्तेजना, दु:ख में धैर्य, आनन्दोत्सव में उत्साह, कठिन स्थिति को पार करने का बल सब कुछ प्राप्त होता है। यह उनके जीवन का साथी हो गया है।

जिस धूमधाम से इस ग्रन्थ की प्रस्तावना उठती है उसे देखते ही इसके महत्त्व का आभास मिलने लगता है। ऐसे दृष्टिविस्तार के साथ, जगत की ऐसी गम्भीर समीक्षा के साथ और किसी ग्रन्थ की प्रस्तावना नहीं लिखी गई। रामायणियों में प्रसिद्ध है कि 'बाल' के आदि अयोध्या के मध्य और 'उत्तर' के अन्त की गम्भीरता की थाह डूबने से मिलती है। बात भी कुछ ऐसी ही है। मनुष्य जीवन की दशा के हिसाब से देखें तो 'बालकांड' में आनन्दोत्सव अपनी हद को पहुँचता है; 'अयोध्या' में गार्हस्थ्य की विषम स्थिति सामने आती है; 'अरण्य', 'किष्किन्धा' और 'सुन्दर' कर्म और उद्योग का पक्ष प्रतिबिम्बित करते हैं तथा 'लंका' में और 'उत्तर' में कर्म की चरम सीमा, विजय और विभूति का चित्र दिखाई पड़ता है।

जैसाकि कहा जा चुका है, 'मानस' में तुलसीदास जी धर्मोपदेष्टा और नीतिकार के रूप में भी सामने आते हैं। वह ग्रन्थ एक धर्मग्रन्थ के रूप में भी लिखा गया और माना जाता है। इससे शुद्ध काव्य की दृष्टि से देखने पर उसके बहुत-से प्रसंग और वर्णन खटकते हैं; जैसे, पातिव्रत और मित्रधर्म के उपदेश, उत्तरकांड में गरुड़पुराण के ढंग का कर्मों का ऐसा फलाफल कथन—

हरि गुरु निन्दक दादुर होई । जन्म सहस्त्र पाव तन सोई॥
सुर श्रुति निन्दक जे अभिमानी। रौरव नरक परहिं ते प्रानी॥
सबकै निन्दा जे जड़ करहीं । ते चमगादर होइ अवतरहीं॥

अब विचारना यह चाहिए कि साहित्य की दृष्टि से ऐसे कोरे उपदेशों का 'मानस' में स्थान क्या होगा। 'मानस' एक 'प्रबन्ध काव्य' है। 'प्रबन्ध काव्य' में कवि लोग पात्रों की प्रकृति और शील का चित्रण भी किया करते हैं। 'मानस' में उक्त प्रकार के उपदेशात्मक वचन किसी-न-किसी पात्र के मुँह से कहलाए गए हैं। अतः यह कहा जा सकता है कि ऐसे वचन पात्रों के शीलव्यंजक मात्र हैं और काव्यप्रबन्ध के अन्तर्गत हैं। पर विचार करने पर यह साफ झलक जाता है कि उन उपदेशात्मक वचनों द्वारा कवि का लक्ष्य वक्ता पात्रों का चरित्र-चित्रण करना नहीं, उपदेश ही देना है। चरित्र-चित्रण मात्र के लिए जो वचन कहलाए जाते हैं उनके यथार्थ-अयथार्थ का संगत-असंगत होने का विचार नहीं किया जाता।[1] पर 'मानस' में आए उपदेश इसी दृष्टि से रखे जान पड़ते हैं कि लोग उन्हें ठीक मानकर उन पर चलें। अतः यही मानना ठीक होगा कि ऐसे स्थलों पर गोस्वामी जी का कवि का रूप नहीं, उपदेशक का ही रूप है। अब हम इन कोरे और नीरस उपदेशों को काव्यक्षेत्र के भीतर समझें या बाहर? भीतर समझने के लिए यही एक शास्त्रीय युक्ति है कि जैसे समूचे प्रबन्ध के रस से बीच-बीच में आए हुए 'आगे चले बहुरि रघुराई' ऐसे नीरस पद भी रसवान हो जाते हैं, वैसे ही इस प्रकार के कोरे उपदेश भी।

अब रहा यह कि गोस्वामी जी ने 'रामचरितमानस' की रचना में वाल्मीकि से भिन्न पथ का जो बहुत जगह अवलम्बन किया है, वह किस विचार से। पहली बात तो यह है कि वाल्मीकि ने राम के नरत्व और नारायणत्व, इन दो पक्षों में से नरत्व की पूर्णता प्रदर्शित करने के लिए उनके उचित चरित का गान किया है। पर गोस्वामी ने राम का नारायणत्व लिया है और अपने 'मानस' को भगवद्भक्ति के प्रचार का साधन बनाया है। इससे कहीं-कहीं उन्होंने नरत्वसूचक लक्षणों को दृष्टि के सामने से हटा दिया है। जैसे वनवास का दुःसंवाद सुनाने जब राम कौशल्या के पास जाने लगे हैं तब वाल्मीकि ने उनके दीर्घ निःश्वास और कम्पित स्वर का उल्लेख किया है, सीता को अयोध्या में रहने के लिए समझाते समय उन्होंने कहा है कि भरत के सामने मेरी प्रशंसा न करना; इसी प्रकार मृग को मारकर लौटते समय आश्रम पर

1. दोज कॉन्सेप्ट्स ह्विच आर फाउंड मिंग्ल्ड ऐंड फ्यूज्ड विद इंट्यूशंज आर नो लांगर कॉन्सेप्ट्स इन सो फार ऐज दे आर रियली मिंग्ल्ड ऐंड फ्यूज्ड, फार दे हैव लास्ट आल इंडिपेंडेंस ऐंड ऑटोनामी, फार एग्जाम्पुल द फिलासाफिकल मैक्जिम्स प्लेस्ड इन द माउथ आव ए परसानेज आव ट्रैजेडी आर कामेडी, टु परफार्म देयर द फंक्शन नाट आव कॉन्सेप्ट्स बट आव कैरेक्टरिस्टिक्स आव सच परसानेज।

—*'ऐस्थेटिक्स', बेनेडेटो क्रोचे कृत*

सीता के न रहने की आशंका उन्हें होने लगी है तब उनके मुँह से निकल पड़ा है कि 'कैकेयी अब सुखी होगी।' ऐसे स्थलों पर राम में इस प्रकार का क्षोभ गोस्वामी जी ने नहीं दिखाया है। पर साथ ही काव्यत्व की उन्होंने पूरी रक्षा की है; अस्वाभाविकता नहीं आने दी है। अवसर के अनुसार दुःख, शोक आदि की उनके द्वारा पूरी व्यंजना कराई है। अध्यात्मरामायण भक्तिपरक ग्रन्थ है, इससे अनेक स्थलों पर उन्होंने उसी का अनुसरण किया है।

पर बहुत कुछ परिवर्तन गोस्वामी जी ने अपने समय की लोकरुचि और साहित्य की रूढ़ि के अनुसार किया है। वाल्मीकि ने प्रेम का स्फुरण केवल लोक-कर्तव्यों के बीच में ही दिखाया है, उनसे अलग नहीं। उनकी रामायण में सीता-राम के प्रेम का परिचय हम विवाह के उपरान्त ही पाते हैं पर गोस्वामी जी के बहुत पहले से ही काव्यों में विवाह के पूर्व नायक-नायिका के प्रेम का प्रादुर्भाव दिखाने की प्रथा प्रतिष्ठित चली आती थी। इससे उन्होंने भी प्रेमाख्यानी रंग (रोमैंटिक टर्न) देने के लिए जयदेव के प्रसन्नराघव नाटक का अनुसरण करके धनुषयज्ञ के प्रसंग में 'फुलवारी' के दृश्य का सन्निवेश किया। उन्होंने जनक की वाटिका में राम और सीता का साक्षात्कार कराके दोनों के हृदय में प्रेम का उदय दिखाया। पर इस प्रेम-प्रसंग में भी रामकथा के पुनीत स्वरूप में कुछ भी अन्तर न आने पाया; लोक-मर्यादा का लेशमात्र भी अतिक्रमण न हुआ। राम-सीता एक-दूसरे का अलौकिक सौन्दर्य देखकर मुग्ध होते हैं। सीता मन-ही-मन राम को अपना वर बनाने की लालसा करती हैं, उनके ध्यान में मग्न होती हैं, पर 'सुमिरि पिता पनु मनु छोभा।' वे इस बात का कहीं आभास नहीं देतीं कि पिता चाहे लाख करें, मैं राम को छोड़ और किसी के साथ विवाह न करूँगी। इसी प्रकार राम भी यह कहीं व्यंजित नहीं करते कि धनु चाहे जो तोड़े, मेरे देखते सीता के साथ कोई विवाह नहीं कर सकता।

वाल्मीकि ने विवाह हो जाने के उपरान्त मार्ग में परशुराम का मिलना लिखा है। पर गोस्वामी जी ने उनका झमेला विवाह के पूर्व धनुर्भंग होते ही रखा है। इसे भी रसात्मकता की मात्रा बढ़ाने की काव्ययुक्ति ही समझना चाहिए। वीरगाथा काल के पहले से ही वीरकाव्यों की यह परिपाटी चली आती थी कि नायिका को प्राप्त करने के पहले नायक के मार्ग में अनेक प्रकार की विघ्न-बाधाएँ खड़ी होती थीं जिन्हें नायक अपना अद्भुत पराक्रम दिखाता हुआ दूर करता था। इससे नायक के व्यक्तित्व का प्रभाव नायिका पर और अधिक हो जाता था, उस पर वह और भी अधिक मुग्ध हो जाती थी। 'रासो' नाम से प्रचलित वीरकाव्यों में वीरनायक अपने विरोधियों को परास्त करने के उपरान्त नायिका को ले जाता था। रामचन्द्रजी का तेज और पराक्रम धनुष तोड़ने पर व्यक्त हुआ ही था और सीता पर उसका अनुरागवर्द्धक प्रभाव पड़ा ही था कि परशुराम के कूद पड़ने से प्रभाववृद्धि का दूसरा अवसर निकल आया। परशुराम ऐसे जगद्विजयी और तेजस्वी का भी तेज राम के सामने फीका पड़ गया। उस समय

राम की ओर सीता का मन कितने और अधिक वेग से आकर्षित हुआ होगा, राम के स्वरूप ने किस शक्ति के साथ उनके हृदय में घर किया होगा!

गोस्वामी जी ने यद्यपि अपनी रचना 'स्वान्तः सुखाय' बताई है, पर वे कला की कृति के अर्थ और प्रभाव की प्रेषणीयता (कम्युनिकेबिलिटी) को बहुत ही आवश्यक मानते थे? किसी रचना का वही भाव जो कवि के हृदय में था यदि पाठक या श्रोता के हृदय तक न पहुँच सका तो ऐसी रचना कोई शोभा नहीं प्राप्त कर सकती; उसे एक प्रकार से व्यर्थ समझना चाहिए—

मनि मानिक मुकता छबि जैसी । अहि, गिरि, गज सिर सोह न तैसी।
नृप किरीट तरुनी तन पाई । लहहिं सकल सोभा अधिकाई।
तैसइ सुकवि कवित बुध कहहीं । उपजहिं अनत, अनत छबि लहहीं॥

आजकल सब बातें विलायती दृष्टि से देखी जाती हैं। अतः यह पूछा जा सकता है कि तुलसीदास की रचना अधिकतर स्वानुभूति निरूपिणी (सब्जेक्टिव) है अथवा बाह्यार्थ निरूपिणी (आब्जेक्टिव)। रामचरितमानस के सम्बन्ध में तो यह प्रश्न हो ही नहीं सकता क्योंकि वह एक प्रबन्ध काव्य या महाकाव्य है। प्रबन्ध काव्य सदा बाह्यार्थ निरूपक होता है। शेष ग्रन्थों में से 'गीतावली' यद्यपि गीति-काव्य है फिर भी वह आदि से अन्त तक कथा ही को लेकर चली है। उसमें या तो वस्तुव्यापार-वर्णन है अथवा पात्रों के मुँह से भाव-व्यंजना। अतः वह भी बाह्यार्थ निरूपक ही कही जाएगी। कवितावली में भी कथाप्रसंगों को लेकर ही फुटकल पद्यों की रचना की गई है। हाँ, उसके उत्तरकांड में कवि राम की दयालुता, भक्तवत्सलता आदि के साथ-साथ अपनी दीनता, निरवलम्बता, कातरता इत्यादि का भी वर्णन करता है। 'विनयपत्रिका' में अलबत्ता तुलसीदास जी अपनी दशा का निवेदन करने बैठे हैं। उस ग्रन्थ में वे जगह-जगह अपनी प्रतीति, अपनी भावना और अपनी अनुभूति को स्पष्ट 'अपनी' कहकर प्रकट करते हैं; जैसे—

(क) संकर साखि जौ राखि कहौं कछु तौ जरि जीह गरो।
अपनो भलो राम नामहिं तें तुलसिहि समुझि परो॥
(ख) बहुमत सुनि, बहु पंथ पुराननि जहाँ तहाँ झगरो सो।
गुरु कह्यो राम भजन नीको मोहिं लगत राजडगरो सो॥
(ग) को जानै को जैहे जमपुर, को सुरपुर, परधाम को।
तुलसिहि बहुत भलो लागत जग जीवन रामगुलाम को।
(घ) नाहिं न नरक परत मोकहँ डर, यद्यपि हौं अति हारो।
यह बड़ि त्रास दास तुलसी प्रभु, नामहु पाप न जारो॥

पर इस बात को ध्यान में रखना चाहिए कि तुलसी की अनुभूति ऐसी नहीं जो एकदम सबसे न्यारी हो। 'विनय' में कलि की करालता से उत्पन्न जिस व्याकुलता

या कातरता का उन्होंने वर्णन किया है वह केवल उन्हीं की नहीं, समस्त लोक की है। इसी प्रकार जिस दीनता, निरवलम्बता, दोषपूर्णता या पापमग्नता की भावना की उन्होंने व्यंजना की है वह भी भक्त मात्र के हृदय की सामान्य वृत्ति है। वह और सब भक्तों की अनुभूति से अविच्छिन्न नहीं; उसमें कोई व्यक्तिगत वैलक्षण्य नहीं।

यहाँ पर यह सूचित कर देना आवश्यक है कि 'स्वानुभूति निरूपक' और 'बाह्यार्थ निरूपक' यह भेद स्थूल दृष्टि से ही किया हुआ है। कवि अपने से बाहर की जिन वस्तुओं का वर्णन करता है उन्ह भी वह जिस रूप में आप अनुभव करता है, उसी रूप में रखता है। अत: वे भी उसकी स्वानुभूति ही हुईं। दूसरी ओर जिसे वह स्वानुभूति कहकर प्रकट करता है वह यदि संसार में किसी की अनुभूति से मेल नहीं खाएगी तो एक कौतुक मात्र होगी; काव्य नहीं। ऐसा काव्य और उसका कवि दोनों तमाशा देखने की चीज ठहरेंगे।[1] जिस अनुभूति की व्यंजना को श्रोता या पाठक का हृदय अपनाकर अनुरंजित होगा वह केवल कवि की ही नहीं रह जाएगी, श्रोता या पाठक की भी हो जाएगी? अपने हृदय को और लोगों के हृदयों से सर्वथा विलक्षण प्रकट करनेवाला एक सम्प्रदाय योरप में रहा है। वहाँ कुछ दिन नकली हृदयों के कारखाने जारी रहे। पर पीछे उन खिलौनों से लोग ऊब गए।

यह तो स्थिर बात है कि तुलसीदास जी ने वाल्मीकि रामायण, अध्यात्म रामायण, महारामायण, श्रीमद्भागवत, हनुमन्नाटक, प्रसन्नराघव नाटक इत्यादि अनेक ग्रन्थों से रचना की सामग्री ली है। इन ग्रन्थों की बहुत-सी उक्तियाँ उन्होंने ज्यों-की-त्यों अनूदित करके रखी हैं—जैसे, वर्षा और शरद ऋतु के वर्णन बहुत कुछ भागवत से लिये हुए हैं। धनुषयज्ञ के प्रसंग में उन्होंने हनुमन्नाटक और प्रसन्नराघव नाटक से बहुत सहायता ली है। पर उन्होंने जो संस्कृत उक्तियाँ ली हैं उन्हें भाषा पर अपने अद्वितीय अधिकार के बल से एकदम मूल हिन्दी रचना के रूप में कर डाला है। कहीं से संस्कृतपन या वाक्यविन्यास की दुरूहता नहीं आने दी है। बहुत जगह तो उन्होंने उक्ति को अधिक व्यंजक बनाकर और चमका दिया है। उदाहरण के लिए हनुमन्नाटक का यह श्लोक लीजिए—

या विभूतिर्दशग्रीवे शिरश्छेदेऽपि शङ्करात्।
दर्शनाद्रामदेवस्य सा विभूतिर्विभीषणे॥

---

1. योरप में जो कलावादी सम्प्रदाय (ऐस्थेटिक स्कूल) चला था वह इन दो बातों में से पहली बात को ही लेकर दौड़ पड़ा था, दूसरी बात की ओर उसने ध्यान नहीं दिया था, जैसाकि पैटर के इस कथन से स्पष्ट है—
जस्ट इन प्रोपोर्शन ऐज द राइटर्स एम, कांशस्ली आर अनकांशस्ली, कम्ज टु बि द ट्रैंस्क्राइबिंग, नाट अव द वर्ल्ड, नाट अव मियर फैक्ट, बट अव हिज सेंस अव इट, ही बिकम्ज ऐन आर्टिस्ट, हिज वर्क फाइन आर्ट; ऐंड गुड आर्ट इन प्रोपोर्शन टु ट्रुथ अव हिज प्रेजेंटमेंट अव दैट सेंस, ऐज इन दोज हम्बलर आर प्लेनर फंक्शन अव लिटरेचर आल्सो, ट्रुथ-ट्रुथ टु बेयर फैक्ट देयर—इज द एसेंस अव सच आर्टिस्टिक क्वैलिटी ऐज दे मे हैव।

इसे गोस्वामी जी ने इस रूप में लिया है—

जो सम्पति सिव रावनहि दीन्हि दिएँ दस माथ।
सोइ सम्पदा बिभीषनहिं, सकुचि दीन्हि रघुनाथ॥

इस अनुवाद में 'दस माथ दिएँ' के जोड़ में 'दरसन ही तें' न रखने से याचक के बिना प्रयास प्राप्त करने का जोर तो निकल गया, पर 'सकुचि' पद लाने से दाता के असीम औदार्य की भावना से उक्ति परिपूर्ण हो गई है। 'सकुचि' शब्द की व्यंजना यह है कि इतनी बड़ी सम्पत्ति भी देते समय राम को बहुत कम जान पड़ी।

काव्य में लोकमंगल

आत्मबोध और जगद्‌बोध के बीच ज्ञानियों ने गहरी खाईं खोदी पर हृदय ने कभी उसकी परवाह न की, भावना दोनों को एक ही मानकर चलती रही। इस दृश्य-जगत के बीच जिस आनन्दमंगल की विभूति का साक्षात्कार होता रहा उसी के स्वरूप की नित्य और चरम भावना द्वारा भक्तों के हृदय में भगवान के स्वरूप की प्रतिष्ठा हुई। लोक में इसी स्वरूप के प्रकाश को किसी ने 'रामराज्य' कहा, किसी ने 'आसमान की बादशाहत'। यद्यपि मूसाइयों और उनके अनुगामी ईसाइयों की धर्म-पुस्तक में आदम खुदा की प्रतिमूर्ति बताया गया पर लोक के बीच नर में नारायण की दिव्य कला का सम्यक् दर्शन और उसके प्रति हृदय का पूर्ण निवेदन भारतीय भक्तिमार्ग में ही दिखाई पड़ा।

सत, चित् और आनन्द—ब्रह्म के इन तीन स्वरूपों में से काव्य और भक्तिमार्ग 'आनन्द' स्वरूप को लेकर चले। विचार करने पर लोक में इस आनन्द की अभिव्यक्ति की दो अवस्थाएँ पाई जाएँगी—साधनावस्था और सिद्धावस्था। अभिव्यक्ति के क्षेत्र में ब्रह्म के 'आनन्द' स्वरूप का सतत आभास नहीं रहता, उसका आविर्भाव और तिरोभाव होता रहता है। इस जगत में न तो सदा और सर्वत्र लहलहाता वसन्त विकास रहता है, न सुख-समृद्धिपूर्ण हास-विलास। शिशिर के आतंक से सिमटी और झोंके झेलती वनस्थली की खिन्नता और हीनता के बीच से ही क्रमशः आनन्द की अरुण आभा धुँधली-धुँधली फूटती हुई अन्त में वसन्त की पूर्ण प्रफुल्लता और प्रचुरता के रूप में फैल जाती है, इसी प्रकार लोक की पीड़ा, बीधा, अन्याय, अत्याचार के बीच दबी हुई आनन्दज्योति भीषण शक्ति में परिणत होकर अपना मार्ग निकालती है और फिर लोकमंगल और लोकरंजन के रूप में अपना प्रकाश करती है।

कुछ कवि और भक्त तो जिस प्रकार आनन्दमंगल के सिद्ध या आविर्भूत स्वरूप को लेकर सुख-सौन्दर्यमय माधुर्य, सुषमा, विभूति, उल्लास, प्रेम-व्यापार इत्यादि उपभोग पक्ष की ओर आकर्षित होते हैं उसी प्रकार आनन्द-मंगल की साधनावस्था या प्रयत्नपक्ष को लेकर पीड़ा, बाधा, अन्याय, अत्याचार आदि के दमन में तत्पर शक्ति के संचरण में भी—उत्साह, क्रोध, करुणा, भय, घृणा इत्यादि की गतिविधि में भी—पूरी रमणीयता देखते हैं। वे जिस प्रकाश को फैला हुआ देखकर मुग्ध होते हैं

उसी प्रकार फैलने के पूर्व उसका अन्धकार को हटाना देखकर भी। ये ही पूर्ण कवि हैं, क्योंकि जीवन की अनेक परिस्थितियों के भीतर ये सौन्दर्य का साक्षात्कार करते हैं, साधनावस्था या प्रयत्नपक्ष को ग्रहण करनेवाले कुछ ऐसे कवि भी होते हैं जिनका मन सिद्धावस्था या उपभोग पक्ष की ओर नहीं जाता, जैसे, भूषण। इसी प्रकार कुछ कवि या भावुक आनन्द के केवल सिद्ध स्वरूप या उपभोग पक्ष में ही अपनी वृत्ति रमा सकते हैं। उनका मन सदा सुख-सौन्दर्यमय, माधुर्य, दीप्ति, उल्लास, प्रेमक्रीड़ा इत्यादि के प्राचुर्य ही की भावना में लगता है। इसी प्रकार की भावना या कल्पना उन्हें कलाक्षेत्र के भीतर समझ पड़ती है।

उपर्युक्त दृष्टि से हम काव्यों के दो विभाग कर सकते हैं—

(1) आनन्द की साधनावस्था या प्रयत्नपक्ष को लेकर चलनेवाले।

(2) आनन्द की सिद्धावस्था या उपभोगपक्ष को लेकर चलनेवाले।

डंटन (थियोडोर वैट्स) ने जिसे शक्तिकाव्य (पोएट्री ऐज ऐन एनर्जी)[1] कहा है वह हमारे प्रथम प्रकार के अन्तर्गत आ जाता है जिसमें लोकप्रवृत्ति को परिचालित करनेवाला प्रभाव होता है, जो पाठकों या श्रोताओं के हृदय में भावों की स्थायी प्रेरणा उत्पन्न कर सकता है। पर डंटन ने शक्तिकाव्य से भिन्न को जो कलाकाव्य (पोएट्री ऐज ऐन आर्ट) कहा है वह कला का उद्‌देश्य केवल मनोरंजन मानकर। वास्तव में कला की दृष्टि दोनों प्रकार के काव्यों में अपेक्षित है। साधनावस्था या प्रयत्नपक्ष को लेकर चलनेवाले काव्यों में भी यदि कला में चूक हुई तो लोकगति को परिचालित करनेवाला स्थायी प्रभाव न उत्पन्न हो सकेगा। यहीं तक नहीं, व्यंजित भावों के साथ पाठकों की सहानुभूति या साधारणीकरण तक, जो रस की पूर्ण अनुभूति के लिए आवश्यक है, न हो सकेगा। यदि 'कला' का वही अर्थ लेना है जो कामशास्त्र की चौंसठ कलाओं में है—अर्थात मनोरंजन या उपभोगमात्र का विधायक—तो काव्य के सम्बन्ध में दूर ही से इस शब्द को नमस्कार करना चाहिए। काव्यसमीक्षा में फ्रांसीसियों की प्रधानता के कारण इस शब्द को इसी अर्थ में ग्रहण करने से यूरोप में काव्यदृष्टि इधर कितनी संकुचित हो गई, इसका निरूपण हम किसी अन्य प्रबन्ध में करेंगे।

आनन्द की साधनावस्था या प्रयत्नपक्ष को लेकर चलनेवाले काव्यों के उदाहरण हैं—रामायण, महाभारत, रघुवंश, शिशुपालवध, किरातार्जुनीय। हिन्दी में रामचरितमानस, पद्‌मावत (उत्तरार्ध), हम्मीररासो, पृथ्वीराजरासो, छत्रप्रकाश इत्यादि प्रबन्ध काव्य, भूषण आदि कवियों के वीररसात्मक मुक्तक तथा आल्हा आदि प्रचलित वीरगाथात्मक गीत। उर्दू के वीररसात्मक मरसिये। यूरोपीय भाषाओं में इलियड, ओडेसी, पैराडाइज लास्ट, रिवोल्ट ऑफ इस्लाम इत्यादि प्रबन्ध काव्य तथा पुराने बैलड।

---

1. देखिए, पोएट्री एंड दि रिनेसाँ आव वंडर।

आनन्द की सिद्धावस्था या उपभोग पक्ष को लेकर चलनेवाले काव्यों के उदाहरण हैं—आर्यासप्तशती, गाथासप्तशती, अमरुशतक, गीतगोविन्द तथा शृंगाररस के फुटकल पद्य। हिन्दी में सूरसागर, कृष्णभक्त कवियों की पदावली, बिहारी सतसई, रीतिकाल के कवियों के फुटकल शृंगारी पद्य, रासपंचाध्यायी ऐसे वर्णनात्मक काव्य तथा आजकल की अधिकांश छायावादी कविताएँ। फ़ारसी, उर्दू के शेर और गजलें। अंग्रेजी की लिरिक कविताएँ तथा कई प्रकार की वर्णनात्मक कविताएँ।

आनन्द की साधनावस्था

लोक में फैली दु:ख की छाया को हटाने में ब्रह्म की आनन्दकला जो शक्तिमय रूप धारण करती है उसकी भीषणता में भी अद्‌भुत मनोहरता, कटुता में भी अपूर्व मधुरता, प्रचंडता में भी गहरी आर्द्रता साथ लगी रहती है। विरुद्धों का यही सामंजस्य कर्मक्षेत्र का सौन्दर्य है जिसकी ओर आकर्षित हुए बिना मनुष्य का हृदय नहीं रह सकता। इस सामंजस्य का और कई रूपों में भी दर्शन होता है। किसी कोट-पतलून-हैटवाले को धाराप्रवाह संस्कृत बोलते अथवा किसी पंडितवेशधारी सज्जन को अंग्रेजी की प्रगल्भ वक्तृता देते सुन व्यक्तित्व का जो एक चमत्कार-सा दिखाई पड़ता है उसकी तह में भी सामंजस्य का यही सौन्दर्य समझना चाहिए। भीषणता और सरसता, कोमलता और कठोरता, कटुता और मधुरता, प्रचंडता और मृदुता का सामंजस्य ही लोकधर्म का सौन्दर्य है। आदिकवि वाल्मीकि की वाणी इसी सौन्दर्य के उद्‌घाटन-महोत्सव का दिव्य संगीत है। सौन्दर्य का यह उद्‌घाटन असौन्दर्य का आवरण हटाकर होता है। धर्म और मंगल की यह ज्योति अधर्म और अमंगल की घटा को फाड़ती हुई फूटती है। इससे कवि हमारे सामने असौन्दर्य, अमंगल, अत्याचार, क्लेश इत्यादि भी रखता है; रोष, हाहाकार और ध्वंस का दृश्य भी लाता है। पर सारे भाव, सारे रूप और सारे व्यापार भीतर-भीतर आनन्द-कला के विकास में ही योग देते पाए जाते हैं। यदि किसी ओर उन्मुख ज्वलन्त रोष है तो उसके और सब ओर करुणा दृष्टि फैली दिखाई पड़ती है। यदि किसी ओर ध्वंस और हाहाकार है तो और सब ओर उसका सहगामी रक्षा और कल्याण है। व्यास ने भी अपने 'जयकाव्य'[1] में अधर्म के पराभव और धर्म की जय का सौन्दर्य प्रत्यक्ष किया था।

वह व्यवस्था या वृत्ति, जिससे लोक में मंगल का विधान होता है, 'अभ्युदय' की सिद्धि होती है, धर्म है। अत: अधर्मवृत्ति को हटाने में धर्म-प्रवृत्ति की तत्परता—चाहे वह उग्र और प्रचंड हो, चाहे कोमल और मधुर—भगवान की आनन्दकला के विकास की ओर बढ़ती हुई गति है। यह गति यदि सफल हुई तो 'धर्म की जय' कहलाती है। इस गति में भी सुन्दरता है और इसकी सफलता में भी। यह बात नहीं है कि जब यह

1. महाभारत।

गति सफल होती है तभी इसमें सुन्दरता आती है। गति में सुन्दरता रहती ही है, आगे चलकर चाहे यह सफल हो, चाहे विफल। विफलता में भी एक निराला ही सौन्दर्य होता है। तात्पर्य यह कि यह गति आदि से अन्त तक सुन्दर होती है—अन्त चाहे सफलता के रूप में हो चाहे विफलता के। उपर्युक्त दोनों आर्ष कवियों ने पूर्णता के विचार से धर्म की गति का सौन्दर्य दिखाते हुए उसका सफलता में पर्यवसान किया है। ऐसा उन्होंने उपदेशक की बुद्धि से नहीं किया है, धर्म की जय के बीच भगवान की मूर्ति के साक्षात्कार पर मुग्ध होकर किया है। यदि राम द्वारा रावण का वध तथा कृष्ण के साहाय्य द्वारा जरासन्ध और कौरवों का दमन न हो सकता तो भी रामकृष्ण की गतिविधि में पूरा सौन्दर्य रहता, पर उनमें भगवान की पूर्ण कला का दर्शन न होता क्योंकि भगवान की शक्ति अमोघ है।

आनन्दकला के प्रकाश की ओर बढ़ती हुई गति की विफलता में भी सौन्दर्य का दर्शन करनेवाले अनेक कवि हुए हैं। अंग्रेजी कवि शेली संसार में फैले पाखंड, अन्याय और अत्याचार के दमन तथा मनुष्य-मनुष्य के बीच सीधे सरल प्रेमभाव के सार्वभौम संचार का स्वप्न देखनेवाले कवि थे। उनके 'इस्लाम का विप्लव' (द रिवोल्ट ऑफ इस्लाम) नामक द्वादश सर्गबद्ध महाकाव्य में मनुष्य जाति के उद्धार में रत नायक और नायिका (लाओन एंड सिथ्ना) में मंगलशक्ति के अपूर्व संचय की छटा दिखाकर तथा उनके द्वारा एक बार दुर्दान्त अत्याचार के पराभव के मनोरम आभास से अनुरंजित करके अन्त में उस शक्ति की विफलता की विषादमयी छाया से लोक को फिर आवृत्त दिखाकर छोड़ दिया है।

जैसा ऊपर कह आए हैं, मंगल-अमंगल के द्वंद्व में कवि लोग अन्त में मंगलशक्ति की जो सफलता दिखा दिया करते हैं उसमें सदा शिक्षावाद (डिडैक्टिसिज्म) या अस्वाभाविकता की गन्ध समझकर नाक-भौं सिकोड़ना ठीक नहीं। अस्वाभाविकता तभी आएगी जब बीच का विधान ठीक न होगा अर्थात जब प्रत्येक अवसर पर सत्पात्र सफल और दुष्ट पात्र विफल या ध्वस्त दिखाए जाएँगे। पर सच्चे कवि ऐसा कभी नहीं करते। इस जगत में अधर्म प्राय: दुर्दमनीय शक्ति प्राप्त करता है जिसके सामने धर्म की शक्ति बार-बार उठकर व्यर्थ होती रहती है। कवि जहाँ मंगलशक्ति की सफलता दिखाता है वहाँ कला की दृष्टि से सौन्दर्य का प्रभाव डालने के लिए धर्मशासक की हैसियत से डराने के लिए नहीं कि यदि ऐसा कर्म करोगे तो ऐसा फल पाओगे। कवि कर्मसौन्दर्य के प्रभाव द्वारा प्रवृत्ति या निवृत्ति अन्त:प्रकृति में उत्पन्न करता है, उसका उपदेश नहीं देता।

कवि सौन्दर्य से प्रभावित रहता है और दूसरों को भी प्रभावित करना चाहता है। किसी रहस्यमयी प्रेरणा से उसकी कल्पना में कई प्रकार के सौन्दर्यों का जो मेल आपसे आप हो जाया करता है उसे पाठक के सामने भी वह प्राय: रख देता है जिस पर कुछ लोग कह सकते हैं कि ऐसा मेल क्या संसार में बराबर देखा जाता है।

मंगलशक्ति के अधिष्ठान राम और कृष्ण जैसे पराक्रमशाली और धीर हैं वैसा ही उनका रूपमाधुर्य और उनका शील भी लोकोत्तर है। लोकहृदय आकृति और गुण, सौन्दर्य और सुशीलता, एक ही अधिष्ठान में देखना चाहता है। इसी से 'यत्रकृतिस्तत्र गुणा वसन्त' सामुद्रिक की यह उक्ति लोकोक्ति के रूप में चल पड़ी। 'नैषध' में नल हंस से कहते हैं—

न तुलाविषये तवाकृतिर्न वचो वर्त्मनि ते सुशीलता।
त्वदुदाहरणाऽकृतौ गुणा इति सामुद्रिकसारमुद्रणा॥[1]

[नैषधीय चरित, द्वितीय सर्ग, 5]

भीतरी और बाहरी सौन्दर्य, रूप-सौन्दर्य और कर्मसौन्दर्य के मेल की यह आदत धीरोदात्त आदि भेदनिरूपण से बहुत पुरानी है और बिलकुल छूट भी नहीं सकती। यह हृदय की एक भीतरी वासना की तुष्टि के हेतु कला की रहस्यमयी प्रेरणा है। 19वीं शताब्दी के कवि शेली—जो राजशासन, धर्मशासन, समाजशासन आदि सब प्रकार की शासन व्यवस्था के घोर विरोधी थे—इस प्रेरणा से पीछा न छुड़ा सके। उन्होंने भी अपने प्रबन्ध काव्य में रूप-सौन्दर्य और कर्मसौन्दर्य का ऐसा ही मेल किया है। उनके नायक (या नायिका) जिस प्रकार पीड़ा, अत्याचार आदि से मनुष्य जाति का उद्धार करने के लिए अपना प्राण तक उत्सर्ग करनेवाले घोर से घोर कष्ट और यंत्रणा से मुँह न मोड़नेवाले, पराक्रमी, दयालु और धीर हैं उसी प्रकार रूपमाधुर्य—सम्पन्न भी।[2]

आज भी किसी कवि से राम की शारीरिक सुन्दरता कुम्भकर्ण को और कुम्भकर्ण की कुरूपता राम को न देते बनेगी। माइकेल मधुसूदन दत्त ने मेघनाद को अपने काव्य का रूपगुणसम्पन्न नायक बनाया पर लक्ष्मण को वे कुरूप न कर सके। उन्होंने जो उलटफेर किया वह कला या काव्यानुभूति की किसी प्रकार की प्रेरणा से नहीं, बल्कि एक पुरानी धारणा तोड़ने की बहादुरी दिखाने के लिए, जिसका शौक किसी विदेशी नई शिक्षा के पहले-पहल प्रचलित होने पर प्रायः सब देशों में कुछ दिन रहा करता है। इसी प्रकार बंगभाषा के एक दूसरे कवि नवीनचन्द्र ने अपने 'कुरुक्षेत्र'।

---

1. आपकी आकृति का न तो कोई उपमान है और न आपकी सुशीलता ही वाणी के पथ पर आ सकती—वाणी द्वारा कही जा सकती। 'आकृति में गुणों का निवास होता' सामुद्रिकशास्त्र रहस्य के इस नियम के उदाहरण आप ही हैं।
2. सर्टेन इट इज दैट विद शेली गुडनेस इज एवर नियर टु सेंसुअस ब्यूटी एंड पासेज ईजिली इंटू पैशन। हेंस हिज च्वाएस आव हिरोइक टाइप रादर दैन सिम्पुल वंस, अव लाओं एंड सिद्ना एंड प्रोमेथिअस रादर दैन माइकेल, मैथ्यू एटसेटरा। लाओं एंड सिद्ना पजेस यूथ, स्ट्रेंथ एंड ब्यूटी नो लेस दैन करेज एंड द इंस्टिंक्ट फार सेल्फ-सैक्रिफाइस एंड देयर पैशन फार फ्रीडम। ए फर्दर ऐडमिरेबुल इंस्टैंस आव दिस हारमनी आव गुडनेस एंड ब्यूटी इज सीन इन द डेस्क्रिशन आव लेडी बेनी फिशेंट हू टेंडेड—द गार्डेन अव 'द सेंजिटिव प्लैंट'।

—'स्टडीज इन शेली', ए.टी. स्ट्रांग कृत।

नामक काव्य में कृष्ण का आदर्श ही बदल दिया है। उसमें वे ब्राह्मणों के अत्याचार से पीड़ित जनता के उद्धार के लिए उठ खड़े हुए एक क्षत्रिय महात्मा के रूप में अंकित किए गए हैं। अपने समय में उठी हुई किसी खास हवा की झोंक में प्राचीन आर्ष काव्यों के पूर्णतया निर्दिष्ट स्वरूपवाले आदर्श पात्रों को एकदम कोई नया मनमाना रूप देना भारती के पवित्र मन्दिर में व्यर्थ गड़बड़ मचाना है।

शुद्ध मर्मानुभूति द्वारा प्रेरित कुशल कवि भी प्राचीन आख्यानों को बराबर लेते आए हैं और अब भी लेते हैं। वे उनके पात्रों में अपनी नवीन उद्‌भावना का, अपनी नई कल्पित बातों का, बराबर आरोप करते हैं, पर वे बातें उन पात्रों के चिरप्रतिष्ठित आदर्शों के मेल में होती हैं। केवल अपने समय की परिस्थिति विशेष को लेकर जो भावनाएँ उठती हैं उनके आश्रय के लिए जब कि नए आख्यानों और नए पात्रों की उद्‌भावना स्वच्छन्दतापूर्वक की जा सकती है तब पुराने आदर्शों को विकृत या खंडित करने की क्या आवश्यकता है।

कर्मसौन्दर्य के जिस स्वरूप पर मुग्ध होना मनुष्य के लिए स्वाभाविक है और जिसका विधान कविपरम्परा बराबर करती चली आ रही है, उसके प्रति उपेक्षा प्रकट करने, और कर्मसौन्दर्य के एक दूसरे पक्ष में ही—केवल प्रेम और भ्रातृभाव के प्रदर्शन और आचरण में ही—काव्य का उत्कर्ष मानने का जो एक नया फैशन टॉल्स्टॉय के समय से चला है वह एकदेशीय है। दीन और असहाय जनता को निरन्तर पीड़ा पहुँचाते चले जानेवाले क्रूर आततायियों को उपदेश देने, उनसे दया की भिक्षा माँगने और प्रेम जताने तथा उनकी सेवाशुश्रूषा करने में ही कर्तव्य की सीमा नहीं मानी जा सकती, कर्मक्षेत्र का एकमात्र सौन्दर्य नहीं कहा जा सकता। मनुष्य के शरीर के जैसे दक्षिण और वाम दो पक्ष हैं वैसे ही उसके हृदय के भी कोमल और कठोर, मधुर और तीक्ष्ण, दो पक्ष हैं और बराबर रहेंगे। काव्यकला की पूरी रमणीयता इन दोनों पक्षों के समन्वय के बीच मंगल या सौन्दर्य के विकास में दिखाई पड़ती है।

भावों की प्रक्रिया की समीक्षा से पता चलता है कि उदय से अस्त तक भावमंडल का कुछ भाग तो आश्रय की चेतना के प्रकाश (कांशस) में रहता है और कुछ अन्तस्संज्ञा के क्षेत्र (सबकांशस रीजन) में छिपा रहता है। संचारी भावों के संचरण काल में कभी-कभी उनके स्थायी भाव कारणरूप में अन्तस्संज्ञा के भीतर पड़ जाते हैं। रतिभाव में संचारी होकर आई हुई असूया या ईर्ष्या ही को लीजिए। जिस क्षण में वह अपनी चरम सीमा पर पहुँची हुई होती है उस क्षण में आश्रय को ही रति भाव की कोमल सत्ता का ज्ञान नहीं रहता, उस क्षण में उसके भीतर ईर्ष्या की ही तीक्ष्ण प्रतीति रहती है और बाहर ईर्ष्या के ही लक्षण दिखाई देते हैं। जिस प्रकार किसी आश्रय के भीतर कोई एक भाव स्थायी रहता है और अनेक भाव तथा अन्तर्दशाएँ उसके संचारी के रूप में आती हैं उसी प्रकार किसी प्रबन्ध काव्य के प्रधान पात्र में कोई मूल प्रेरक भाव या बीजभाव रहता है जिसकी प्रेरणा से घटनाचक्र चलता है और अनेक भावों

के स्फुटन के लिए जगह निकलती चलती है। इस बीजभाव को साहित्य ग्रन्थों में निरूपित स्थायीभाव और अंगीभाव[1] दोनों से भिन्न समझना चाहिए।

बीजभाव द्वारा स्फुरित भावों में कोमल और मधुर-कठोर और तीक्ष्ण—दोनों प्रकार के भाव रहते हैं। यदि बीजभाव की प्रकृति मंगलविधायनी होती है तो उसकी व्यापकता और निविशेषता के अनुसार सारे प्रेरित भाव तीक्ष्ण और कठोर होने पर भी सुन्दर होते हैं। ऐसे बीजभाव की प्रतिष्ठा जिस पात्र में होती है उसके सब भावों के साथ पाठकों की सहानुभूति होती है अर्थात पाठक या श्रोता भी रसरूप में उन्हीं भावों का अनुभव करते हैं जिन भावों की वह व्यंजना करता है। ऐसे पात्र की गति में बाधा डालनेवाले पात्रों के उग्र या तीक्ष्ण भावों के साथ पाठकों का वास्तव में तादात्म्य नहीं होता, चाहे उनकी व्यंजना में रस की निष्पत्ति करनेवाले तीनों अवयव वर्तमान हों। राम यदि रावण के प्रति क्रोध, या घृणा की व्यंजना करेंगे तो पाठक या श्रोता का भी हृदय उस क्रोध या घृणा की अनुभूति में योग देगा। इस क्रोध या घृणा में भी काव्य का पूर्ण सौन्दर्य होगा। पर रावण यदि राम के प्रति क्रोध या घृणा की व्यंजना करेगा तो रस के तीनों अवयवों के कारण 'शास्त्रस्थिति सम्पादन'[2] चाहे हो जाए पर उस व्यंजित भाव के साथ पाठक के भाव का तादात्म्य कभी न होगा, पाठक केवल चरित्रद्रष्टा मात्र रहेगा; उसका केवल मनोरंजन होगा, भाव में लीन करनेवाली प्रथम कोटि की रसानुभूति उसकी न होगी।

ऊपर कहा गया है कि किसी शुभ बीजभाव की प्रेरणा से प्रवर्तित तीक्ष्ण और उग्र भावों की सुन्दरता की मात्र उस बीजभाव की निर्विशेषता और व्यापकता के अनुसार होती है। जैसे यदि करुणा किसी व्यक्ति की विशेषता पर अवलम्बित होगी—कि पीड़ित व्यक्ति हमारा कुटुम्बी मित्र आदि है—तो उस करुणा के द्वारा प्रवर्तित तीक्ष्ण या उग्र भावों में उतनी सुन्दरता न होगी। पर बीजरूप में अन्तस्संज्ञा में स्थित करुणा यदि इस ढब की होगी कि इतने पुरवासी, इतने देशवासी, इतने मनुष्य पीड़ा पा रहे हैं तो उसके द्वारा प्रवर्तित तीक्ष्ण या उग्र भावों का सौन्दर्य उत्तरोत्तर अधिक होगा। यदि किसी काव्य में वर्णित दो पात्रों में से एक तो अपने भाई को अत्याचार और पीड़ा से बचाने के लिए अग्रसर हो रहा है और दूसरा किसी बड़े भारी जनसमूह को, गति में बाधा डालनेवालों के प्रति, दोनों के प्रदर्शित क्रोध के सौन्दर्य के परिमाण में बहुत अन्तर होगा।

भावों की छानबीन करने पर मंगल का विधान करनेवाले दो भाव ठहरते हैं—करुणा और प्रेम। करुणा की गति रक्षा की ओर होती है और प्रेम की रंजन की ओर। लोक में प्रथम साध्य रक्षा है। रंजन का अवसर उसके पीछे आता है।

---

1. प्रधान भाव, नाटकों के लक्षण में कथित अंगी रस।
2. रसव्यक्तिमपेक्ष्यैषामंगानां सन्निवेशनम्।
न तु केवलया शास्त्रस्थिति सम्पादनेच्छया॥ —साहित्यदर्पण।

अतः साधनावस्था या प्रयत्नपक्ष को लेकर चलनेवाले काव्यों का बीजभाव करुणा ही ठहरता है। इसी से शायद अपने दो नाटकों में रामचरित को लेकर चलनेवाले महाकवि भवभूति ने 'करुण' को ही एकमात्र रस कह दिया।[1] रामायण का बीजभाव करुणा है जिसका संकेत क्रौंच को मारनेवाले निषाद के प्रति वाल्मीकि के मुँह से निकले वचन द्वारा आरम्भ ही में मिलता है। उसके उपरान्त भी बालकांड के 15वें सर्ग में इसका आभास दिया गया है जहाँ देवताओं ने ब्रह्मा से रावण द्वारा पीड़ित लोक की दारुण दशा का निवेदन किया है। उक्त आदिकाव्य के भीतर लोकमंगल की शक्ति के उदय का आभास ताड़का और मारीच के दमन के प्रसंग में ही मिल जाता है। पंचवटी से वह शक्ति जोर पकड़ती दिखाई देती है। सीताहरण होने पर उसमें आत्मगौरव और दाम्पत्य-प्रेम की प्रेरणा का भी योग हो जाता है। ध्यान देने की बात यह है कि इस आत्मगौरव और दाम्पत्य-प्रेम की प्रेरणा बीच से प्रकट होकर वह उस विराट् मंगलोन्मुखी गति में समन्वित हो जाती है। यदि राक्षसराज पर चढ़ाई करने का मूल कारण केवल आत्मगौरव या दाम्पत्य प्रेम होता तो राम के 'कालाग्नि सदृश क्रोध' में काव्य का वह लोकोत्तर सौन्दर्य न होता। लोक के प्रति करुणा जब सफल हो जाती है, लोक जब पीड़ा और विघ्नबाधा से मुक्त हो जाता है तब रामराज्य में जाकर लोक के प्रति प्रेमप्रवर्तन का, प्रजा के रंजन का, उसके अधिकाधिक सुख के विधान का अवकाश मिलता है।

जो कुछ ऊपर कहा गया है उससे यह स्पष्ट है कि काव्य का उत्कर्ष केवल प्रेमभाव की कोमल व्यंजना में ही नहीं माना जा सकता जैसाकि टॉलस्टॉय के अनुयायी या कुछ कलावादी कहते हैं। क्रोध आदि उग्र और प्रचंड भावों के विधान में भी, यदि उनकी तह में करुण भाव अव्यक्त रूप में स्थित हो, पूर्ण सौन्दर्य का साक्षात्कार होता है। स्वतंत्रता के उन्मत्त उपासक, घोर परिवर्तनवादी शेली के महाकाव्य 'दि रिवोल्ट ऑव इस्लाम' के नायक-नायिका अत्याचारियों के पास जाकर उपदेश देनेवाले, गिड़गिड़ानेवाले, अपनी साधुता, सहनशीलता और शान्त वृत्ति का चमत्कारपूर्ण प्रदर्शन करनेवाले नहीं हैं। वे उत्साह की उमंग में प्रचंड वेग से युद्धक्षेत्र में बढ़नेवाले, पाखंड, लोकपीड़ा और अत्याचार देख पुनीत क्रोध के सात्त्विक तेज से तमतमानेवाले, भय या स्वार्थवश आततायियों की सेवा स्वीकार करनेवालों के प्रति उपेक्षा प्रकट करनेवाले हैं। शेली ने भी काव्यकला का मूलतत्त्व प्रेमभाव ही माना था पर अपने को सुख-सौन्दर्यमय में माधुर्य भाव तक ही बद्ध न रखकर प्रबन्ध क्षेत्र में भी अच्छी तरह घुसकर भावों की अनेकरूपता का विन्यास किया था। स्थिर

---

1. एको रसः करुण एव निमित्तभेदात्
भिन्नः पृथक् पृथगिवाश्रयते विवर्तान्।
आवर्तबुद्बुतरंगमयान् विकरान्
अम्भो यथा सलिलमेव हि तत्समस्तम्॥ —उत्तररामचरित, 347

(स्टैटिक) सौन्दर्य और गत्यात्मक (डायनैमिक) सौन्दर्य, उपभोगपक्ष और प्रयत्नपक्ष, दोनों उनमें पाए जाते हैं।

टॉलस्टॉय के मनुष्य-मनुष्य में भातृप्रेम में संचार को ही एकमात्र काव्यतत्त्व कहने का बहुत कुछ कारण साम्प्रदायिक था। इसी प्रकार कलावादियों का केवल कोमल और मधुर की लीक पकड़ना मनोरंजन मात्र की हलकी रुचि और दृष्टि की परिमिति के कारण समझना चाहिए। टॉलस्टॉय के अनुयायी प्रयत्न पक्ष को लेते अवश्य हैं पर केवल पीड़ितों की सेवा-शुश्रूषा की दौड़धूप, आततायियों पर प्रभाव डालने के लिए साधुता के लोकोत्तर प्रदर्शन, त्याग, कष्ट सहिष्णुता इत्यादि में ही उसका सौन्दर्य स्वीकार करते हैं। साधुता की इस मृदुल गति को वे 'आध्यात्मिक शक्ति' कहते हैं। पर भारतीय दृष्टि से हम इसे भी प्राकृतिक शक्ति—मनुष्य की अन्त:प्रकृति की सात्त्विक विभूति—मानते हैं। विदेशी अर्थ में इस 'आध्यात्मिक' शब्द का प्रयोग हमारी देशभाषाओं में भी प्रचार पा रहा है। 'अध्यात्म' शब्द की, मेरी समझ में, काव्य या कला के क्षेत्र में कहीं कोई जरूरत नहीं है।

पूर्ण प्रभविष्णुता के लिए काव्य में हम भी सत्त्वगुण की सत्ता आवश्यक मानते हैं पर दोनों रूपों में—दूसरे भावों की तह में अर्थात अन्तस्संज्ञा में स्थित अव्यक्त बीजरूप में भी और प्रकाशरूप में भी। हम पहले कह आए हैं कि लोक में मंगलविधान की ओर प्रवृत्त करनेवाले दो भाव हैं—करुणा और प्रेम। यह भी दिखा आए हैं कि क्रोध, युद्धोत्साह आदि प्रचंड और उग्र वृत्तियों की तह में यदि इन दोनों में से कोई भाव बीजरूप में स्थित होगा तभी सच्चा साधारणीकरण और पूर्ण सौन्दर्य का प्रकाश होगा। उच्च दशा का प्रेम और करुणा दोनों सत्त्वगुण-प्रधान हैं। त्रिगुणों में सत्त्वगुण सबके ऊपर है। यहाँ तक कि उसकी ऊपरी सीमा नित्य पारमार्थिक सत्ता के पास तक—व्यक्त और अव्यक्त की सीध तक—जा पहुँचती है। इसी से शायद वल्लभाचार्य जी ने सच्चिदानन्द के सत् स्वरूप का प्रकाश करनेवाली शक्ति को 'संधिनी' कहा है। व्यवहार में भी 'सत' शब्द के दो अर्थ लिये जाते हैं—'जो वास्तव में हो तथा 'अच्छा या शुभ'।

जब कि अव्यक्तावस्था से छूटी हुई प्रकृति के व्यक्त स्वरूप जगत में आदि से अन्त तक सत्त्व, रजस और तमस् तीनों गुण रहेंगे तब समष्टि रूप लोक के बीच मंगल का विधान करनेवाला ब्रह्म की आनन्दकला के प्रकाश की यही पद्धति हो सकती है कि तमोगुण और रजोगुण दोनों सत्त्वगुण के अधीन होकर इशारे पर काम करें। इस दशा में किसी ओर अपनी प्रवृत्ति के अनुसार काम करने पर भी समष्टि रूप में और सब ओर वे सत्त्वगुण के लक्ष्य की ही पूर्ति करेंगे। सत्त्वगुण के इस शासन में कठोरता, उग्रता और प्रचंडता भी सात्त्विक तेज के रूप में भासित होगी। इसी से अवतार रूप में हमारे यहाँ भगवान की मूर्ति एक ओर तो 'वज्रादपि कठोर' और दूसरी ओर 'कुसुमादपि मृदु' रखी गई है—

कुलिसहु चाहि कठोर अति, कोमल कुसुमहु चाहि।

आनन्द की सिद्धावस्था

साधना या प्रयत्न में तत्पर रहने के लिए फल की सुन्दरता या सुखदता की पूर्ण भावना जाग्रत करने की आवश्यकता हुआ करती है। साध्य आनन्द की प्रचुरता तथा उस आनन्द के विषय की सुन्दरता या सुखदता हमारे मन में जितना ही घर करेगी उतनी ही अधिक तन्मयता के साथ हम उस आनन्द तथा उसके विषय तक पहुँचनेवाली साधना में प्रवृत्त होंगे। एक बहुत ही ऊँचे प्रकार का सुख देनेवाली वस्तु का नाम सुन्दरता है। लड्डू खाना, इत्र सूँघना, मुलायम गद्दे पर सोना, कोमल संगीत सुनना, सुन्दर रूप देखना—ये सब सुखद होते हैं। इनमें से पिछली दो बातों का सुख पहली तीन बातों के सुख से ऊँचे दरजे का जान पड़ता है। कारण विचारने पर यही सुझाई पड़ता है कि आँख और कान दोनों का ज्ञानव्यापार में प्रधान योग रहता है। अत: इनका सुख शेष इन्द्रियों के सुखों से ऊँचे दरजे का होना चाहिए। वास्तव में यदि यह सुख अपने शुद्ध रूप में रखा जाए, और प्रकार के स्थूल सुखों से मिलाया न जाए, तो ऊँचा जरूर दिखाई देता है।

दर्शनवृत्ति की बोधदशा भी होती है और रागात्मिका दशा भी। नई वस्तुओं को देखकर जानकारी भी हो सकती है, प्रेम, क्रोध आदि भी। मन की दर्शनवृत्ति की रागात्मिका दशा ही सौन्दर्य की अनुभूति कहलाती है। जो सुदर्शन हो, जिसकी आकृति रुचिकर हो, वही सुन्दर होता है, यद्यपि इस शब्द का प्रयोग लक्षणा से और विस्तृत अर्थ में भी किया जाता है। उदाहरण के लिए कर्मसौन्दर्य शब्द लीजिए जिसका व्यवहार हमने अन्यत्र अनेक स्थलों पर किया है। रूप-सौन्दर्य से मध्यम कोटि की वस्तु नादसौन्दर्य या शब्द-माधुर्य है। जिस प्रकार दर्शनवृत्ति की बोधदशा और रागात्मिका दशा ये दो दशाएँ होती हैं, उसी प्रकार श्रवण-वृत्ति की भी। शब्द द्वारा ज्ञानसंचार और माधुर्यसंचार दोनों होते हैं। वार्तालाप, उपदेश, व्याख्यान इत्यादि में शब्द द्वारा नई बातों की जानकारी होती है? संगीत में हमें शब्द द्वारा माधुर्य की अनुभूति होती है। कहने की आवश्यकता नहीं कि नाम के सम्बन्ध में 'सुन्दर', 'मधुर', 'कोमल' आदि शब्दों का प्रयोग भी लाक्षणिक ही होता है। शास्त्रीय दृष्टि से इस प्रकार के लाक्षणिक प्रयोग भाषा की त्रुटि सूचित करते हैं। श्रवण के विषय शब्द की रुचिरता के लिए यदि कोई अलग शब्द होता तो दर्शनेन्द्रिय, रसनेन्द्रिय और त्वगिन्द्रिय की अनुभूतियों से लिये हुए 'सुन्दर', 'मधुर' और 'कोमल' शब्द अधिकतर कवियों और साहित्य समीक्षकों के ही काम में आते हैं।

रूप और गति दोनों दृष्टि के विषय हैं। अत: दर्शनवृत्ति को तुष्ट करनेवाले दो प्रकार के विषय ठहरते हैं—रूप और गति। प्रयत्नपक्ष में गति की रुचिरता का वर्णन

साधनावस्था के अन्तर्गत हो चुका है। उपभोगपक्ष में गति की रुचिरता हमें नृत्यकला आदि में दिखाई पड़ती है। इस प्रकार दर्शन और श्रवण दोनों के उपभोगपक्ष लेकर कई कलाओं का प्रादुर्भाव हुआ। दर्शन की तुष्टि के लिए चित्रकला, मूर्तिकला और नृत्यकला का, श्रवण की तुष्टि के लिए संगीत का। काव्य का इतना व्यापक विधान होता है कि उसमें इन सबका थोड़ा-बहुत योग रहा करता है पर इससे यह न समझना चाहिए कि उपभोगपक्ष की तुष्टि ही काव्य का एकान्त लक्ष्य है। रसात्मक तुष्टि का क्षेत्र उपयोगवृत्ति से और आगे तक है, यह बात साधनावस्था के अन्तर्गत कही जा चुकी है। गोस्वामी तुलसीदास जी का रामचरितमानस मनोरंजन करके या जी बहलाकर ही नहीं रह जाता। वह हृदय के मूल में सत्त्व की ज्योति जगाता है।

पर यहाँ हमें उस काव्यभूमि का वर्णन करना है जिसमें 'आनन्द' अपनी सिद्धावस्था में दिखाई पड़ती है, जहाँ सब प्रकार के प्रयत्नों की अशान्ति तिरोहित और उपभोग की कला जगी रहती है। 'आनन्द' का ध्वज यहाँ चलता नहीं दिखाई पड़ता, गड़ा दिखाई पड़ता है। यहाँ नगाड़े की धमक, गर्जन-तर्जन और हुंकार नहीं, विप्लव, ध्वंस और हाहाकार नहीं, वेग और तेज की तिग्मता नहीं। यह दीप्ति, माधुर्य और कोमलता की स्निग्ध भूमि है, लहलहाते सरस प्रसार और परिमल घटित पुष्पहास कलकंठकू जित क्षेत्र है, मद और उल्लास की मृदुल तरंगमयी संगीतधार का मानसलोक है। इस भूमि का प्रवर्तक भाव है प्रेम।

देश के विस्तार और काल की दौड़ के बीच ऐसी भूमियाँ कहीं-कहीं और कभी-कभी मिल जाया करती हैं। सच पूछिए तो मनुष्य अपने जीवनपथ पर इन्हीं के लोभ में बराबर दौड़ता चला आता है।[1] यहीं तक नहीं, 'सुगुन छीर और अवगुन जल' मिले इस महाप्रपंच से कल्पना द्वारा इन्हें अलग करके वह एक निराला आनन्दलोक खड़ा करता है जो शुष्क धार्मिकों का स्वर्ग और कवियों का स्वप्न ठहरता है। जिनके भीतर सत्त्व की ज्योति अत्यन्त क्षीण या मन्द होती है, जिन्हें धर्म के सौन्दर्य का साक्षात्कार नहीं होता, जिनका मन कर्म की भावना में न लगकर फल ही की भावना में लगता है, वे इसी स्वर्ग की कामना से बहुत से गिनाए हुए पुण्य कार्य, बिना उनके सम्पादन का प्रकृत सुख अनुभव किए यों ही रूखे ढंग से करते पाए जाते हैं—

ऊपर कह आए हैं कि उस काव्यभूमि में जहाँ आनन्द अपनी सिद्धावस्था में दिखाई पड़ता है प्रवर्तक भाव है प्रेम। इसी भाव के विविध प्रकार के आलम्बनों और उद्दीपनों का चित्रण इस भूमि के विभव पक्ष में पाया जाता है। दीप्ति, माधुर्य और कोमलता के नाना रूप यहाँ मिलते हैं। बाहर नयनाभिराम रूपरेखा, विकसित वर्णवैचित्र्य,

1. मेनी ए ग्रीन आइल नीड्स मस्ट बी
इन द डीप वाइड सी अव मिजरी;
आर द मैराइनर, बर्न ऐंड वैन,
नेवर दस कुड वाएज आन। —शेली

दीप्ति, विभूति प्रभूति, चमक-दमक, शीतल स्निग्ध छाया, कल कंठस्वर स्पन्दित सौरभ समन्वित समीर, स्मित आनन, चपल भ्रूविलास, हास-परिहास, संगीतसज्जा, वीणा की झंकार इत्यादि है तो भीतर सौन्दर्य की मादक अनुभूति प्रेमोल्लास, स्वप्न, स्मृति-विस्मृति, ब्रीड़ा क्रीड़ा, दर्शनपिपासा, उत्कंठा, मुग्धता इत्यादि।

इस भूमि के मानस या आभ्यन्तर पक्ष की एक खासी उलझन हमारे पुराने आचार्य सुलझा गए हैं। यद्यपि प्रेमदशा के भीतर सुखात्मक और दु:खात्मक दोनों प्रकार के भाव पाए जाते हैं पर कान में 'प्रेमानन्द, शब्द ही पड़ता है, 'प्रेमापन्न' नहीं। इससे प्रेम आनन्द स्वरूप है' यह लोकधारणा प्रकट होती है, जो साहित्य-मीमांसकों को भी मान्य है। वियोगकाल की सारी अश्रुधारा इस आनन्दस्वरूप को नहीं धो सकती; अश्रुधारा के तल में आनन्द की रेखाएँ दिखाई पड़ती रहती हैं। विरह में आनन्द नष्ट नहीं हुआ रहता, केवल 'आवृत्त' रहता है। विरहियों का रोना एक प्रकार का हँसना ही है। उनके तीव्र ताप और प्रचंड ज्वाला की जड़ में एक रसमयी शीतलता रहती है। जब तक प्रिय इस जगत में रहता है तब तक उसके कहीं दूर चले जाने पर भी, उसका कहीं पता न रहने पर भी, जो दु:ख और वेदना होती है, वह प्रेम-भाव की ही अनुभूति समझी जाती है और साहित्य में विप्रलम्भ शृंगार के ही अन्तर्गत मानी जाती है। बात यह है कि वियोगकाल चाहे कितना ही दारुण हो उसके बीच-बीच में मिलने की लालसा जगती रहती है, संयोग की कल्पना के सुख का अनुभव होता रहता है, प्रिय के रूप आदि का ध्यान आने पर मन लुभाता रहता है। यह लालसा या यह लुब्धता, आनन्द के ढंग की चीज है, दु:ख के ढंग की नहीं। आनन्द के रूप में ही प्रेम का उदय होता है और उसका यह भीतरी रूप बराबर बना रहता है। किसी के रूप-सौन्दर्य और शील-सौन्दर्य का पहले-पहल साक्षात्कार या परिचय होते ही सबसे पहली अनुभूति आनन्द की होती है; सबसे पहले हृदय विकसित और लुब्ध होता है। सारांश यह कि प्रेमकाल जीवन का आनन्दकाल ही है। इसी से भक्ति-मार्ग में वल्लभाचार्य जी ने भक्ति या प्रेम ही को साध्य कह दिया है।

प्रेम वास्तव में राग का ही पूर्ण विकसित रूप है। राग और द्वेष दोनों की स्थिति वासना के रूप में प्रत्येक प्राणी में होती है। वासनात्मक अवस्था में इन दोनों के विषय सामान्य रहते हैं। समान्यत: सुख देनेवाली या चिरकाल से साथ रहनेवाली वस्तुओं के प्रति राग और दु:ख देनेवाली वस्तुओं के प्रति द्वेष का बीज सबके हृदयक्षेत्र में ढका रहता है। यही राग जब व्यक्त होकर किसी विशेष व्यक्ति की ओर पहले-पहल उन्मुख होता है तब 'लुभाना' कहलाता है और जब उस विशेष में जाकर स्थिर हो जाता है तब प्रेम कहा जाता है। सीधी बात यह कि वासनात्मक अवस्था से भावात्मक अवस्था में आया हुआ राग ही अनुराग या प्रेम है। राग वास्तव में व्यक्तिबद्ध नहीं होता। किसी के रूप, गुण आदि का उत्कर्ष सुनकर जो पूर्वराग होता है वह भी उत्तेजित राग ही रहता है, यद्यपि उत्तेजना व्यक्ति विशेष के ही उत्कर्ष का परिचय

पाकर होता है पर पूर्वराग की दशा में प्रेम की अनन्यता और पूर्ण एकनिष्ठता नहीं रहती, वह पीछे प्राप्त होती है। किसी के प्रति पूर्वराग उत्पन्न होने पर यह सम्भावना रहती है कि अन्य समय उससे अधिक उत्कर्षवाले किसी दूसरे का परिचय पाकर वह उस पर हो जाए।

राग मिलनेवाली वासना है और द्वेष अलग करनेवाली। रासायनिक मूल द्रव्यों के राग से ही सृष्टि का विकास होता है। राग की अभिव्यक्ति विशेष, दाम्पत्य और वात्सल्य भाव से ही सजीव प्राणियों की परम्परा चिरकाल से चलती आ रही है। प्रेम में पालन की प्रवृत्ति प्रत्यक्ष है। माता का प्रेम शिशु का पालन करता है। पर प्रेम द्वारा पालन का विधान एक परिमित क्षेत्र के भीतर तथा अबोध और निर्विघ्न दशा में ही सम्भव है। विघ्न और बाधा की दशा में प्रेम काम करता हुआ नहीं दिखाई देता, एक ओर करुणा और दूसरी ओर क्रोध का प्रवर्तन ही देखा जाता है। जब तक शान्ति है, कहीं से अत्याचार आदि की बाधा नहीं उपस्थित हुई है तब तक तो माता प्रेम के बल से अपने शिशुओं का पालन करती चली चलती है। पर जब कोई बच्चों को मारता है, कष्ट या पीड़ा पहुँचाता है तब रक्षा अपेक्षित होती है अत: प्रेम तो हृदय के किसी कोने में जा छिपता है, क्रोध और करुणा का उदय होता है। तात्पर्य यह कि अत्याचार द्वारा उपस्थित घोर विघ्नबाधा की दशा में प्रेमपात्र की भी रक्षा का सीधा लगाव प्रेम से नहीं रहता करुणा से रहता है।

उपर्युक्त विवेचन से यह स्पष्ट है कि 'आनन्द' की सिद्धावस्था—शान्ति सुख की अवस्था—लेकर चलनेवाले कवियों का ही 'प्रेम' को बीजभाव मानना ठीक है 'आनन्द' की साधनावस्था लेकर चलनेवालों का ही नहीं। पर आनन्द की साधनावस्था या प्रयत्नपक्ष को लेकर चलनेवाले यूरोपीय लोकमंगलवादियों का एक दल, जिसके अनुयायी हमारे यहाँ के श्री रवीन्द्रनाथ ठाकुर भी हैं, मनुष्य-मनुष्य के बीच भ्रातृप्रेम को ही काव्यभूमि का एकमात्र आधिकारिक भाव मानता है। इस दल के लोग साधनावस्था को लेकर भी माधुर्य और कोमलता के बाहर नहीं जाना चाहते। ये अपने हृदयगत काव्यदेश की कोमलता और मधुरता के साथ तीक्ष्णता, कठोरता और उग्रता का सामंजस्य नहीं कर सकते, अत: काव्य के कोमल और मधुर पक्ष में ही लीन रहते हैं। ऐसे लोग लोकरक्षा की साधनावस्था के विधान में भी 'प्रेम' को ही बीजभाव बनाना चाहते हैं। पर साधनावस्था के वर्णन में हम कह आए हैं कि उक्त विधान में हमारे यहाँ के कवियों ने 'करुणा' को ही बीजभाव रखा है। इन दोनों मतों में, सच पूछिए तो, तत्त्व-भेद नहीं है, दृष्टिभेद है। 'प्रेम' को बीजभाव माननेवालों की दृष्टि उसके मूल वासनात्मक रूप 'राग' की ओर रहती है जो मनुष्य की अन्त:प्रकृति में निहित रहकर सम्पूर्ण सजीव सृष्टि के साथ किसी गूढ़ सम्बन्ध की अनुभूति के रूप में समय-समय पर जगा करता है। अच्छी तरह देखा जाए तो मनुष्य की प्रकृति के भीतर अव्यक्त रूप में यह रागात्मक सम्बन्ध-सूत्र चर-अचर सारे प्राणियों के साथ

जुड़ा हुआ है। केवल मनुष्य-मनुष्य को ही जोड़नेवाला नहीं है। पर इतने असीम और व्यापक रूप से वासनात्मक राग ही रह सकता है, उसका व्यक्त और स्फुरित स्वरूप प्रेम नहीं। प्रेम का आलम्बन—परिमित, परिचित और निर्दिष्ट होगा; अपरिमित, अपरिचित और अनिर्दिष्ट नहीं।

राग की वासना दो भावों का प्रवर्तन करती है—प्रेम का और करुणा का। इनमें से प्रेम का व्यापार तो परिमित, परिचित और निर्दिष्ट के प्रति होता है। प्रेम के लिए व्यक्ति की कोई विशेषता अपेक्षित होती है। अपने प्रवर्तक 'राग' के समान उसमें निर्विशेषता नहीं होती। इस प्रकार की निर्विशेषता करुणा में ही होती है।

यदि किसी अत्याचारपीड़ित अपरिचित को देख कोई व्याकुल होकर सहायता के लिए दौड़ पड़े तो प्रेम को बीजभाव माननेवाला कहेगा 'उसके हृदय में बड़ा प्रेम है', पर करुणा को बीजभाव माननेवाला कहेगा 'बह बड़ा दयालु है।' इनमें से प्रथम जिसे 'प्रेम' कहता है वह वास्तव में प्रत्यक्ष प्रेरणा करनेवाले करुण भाव के मूल में रहनेवाली 'राग' नाम की वासना है। यह पहले कहा जा चुका है कि राग नाम की वासना का विषय सामान्य होता है और प्रेम नामक भाव का आलम्बन कोई निर्दिष्ट विशेष होता है। आर्द्र होकर सहायता करनेवाले का उस अपरिचित पीड़ित व्यक्ति से प्रेम था, यह न कहा जाता है न कहा जा सकता है। कहा यहाँ तक जा सकता है कि अन्त:प्रकृति में सामान्यत: सब जीवों के प्रति जो राग की वासना निहित थी उसी प्रभाव से करुणा उत्पन्न हुई जिसने उसे व्याकुल और सहायता के लिए सन्नद्ध किया। यह कहा जा चुका है कि शुद्ध करुणा के उद्रेक के लिए पीड़ित आलम्बन में किसी प्रकार की विशेषता अपेक्षित नहीं। यह बात नहीं है कि जिससे प्रेम हो उसी की पीड़ा देख करुणा उत्पन्न हो। करुणा वैर प्रीति कुछ नहीं देखती। करुणा करनेवाले के मन में केवल यही रहता है कि उसके समान ही सुख-दु:ख अनुभव करनेवाला कोई प्राणी है जिसे कष्ट या पीड़ा पहुँच रही है। इससे स्पष्ट है कि करुणा प्रेम से एक स्वतंत्र भाव है। वह रक्षा का कार्य प्रेम के संचारी के रूप में करती हो, यह बात भी नहीं है। यह कार्य उसका अपना है। उसका मूल चाहे अन्तर्निहित राग की वासना में हो, पर कविता अव्यक्त मूल को लेकर नहीं चलती, व्यक्त प्रसार को लेकर चलती है।

कविता अभिव्यंजना है। वह अभिव्यक्ति या विकास को लेकर चलती है। इस दृष्टि से हमारे यहाँ के कवियों ने लोकरक्षा के विधान में करुणा को ही बीजभाव रखा है। करुणा से रक्षा का विधान होता है; प्रेम से पालन और रंजन का। रक्षा और पालन में अन्तर अच्छी तरह समझ लेना चाहिए। विष्णु भगवान जगत का पालन तो हर समय करते रहते हैं, पर रक्षा समय-समय पर किया करते हैं। रक्षा आपद्ग्रस्त की होती है, पालन रक्षित का होता है। बच्चे को समय पर दूध पिलाना पालन है; भूख से मरते को खिला देना रक्षा है। लोकरक्षा का विधान किसी आई हुई आपत्ति से बचाने का विधान है। अत: लोकमंगल की साधनावस्था या प्रयत्न पक्ष

को लेकर चलनेवाले कवियों या समीक्षकों को 'करुणा' ही को बीजभाव कहना चाहिए। सिद्धावस्था की प्रशान्त भूमि पर चलनेवाले कवियों का ही 'प्रेमतत्त्व' को बीजभाव कहना ठीक है।

यहाँ पर अब हमें सिद्धावस्था के सम्बन्ध में ही विचार करना है जो काव्य की प्रशान्त, निर्विघ्न और अबाध भूमि है। इस भूमि में पालन और रंजन का ही पूर्ण प्रसाद दिखाई पड़ता है। इस भूमि का एकमात्र अधिष्ठाता देवता-प्रेम है। उसी के द्वारा पालन और रंजन दोनों सम्पन्न होते हैं। वात्सल्य भाव द्वारा पालन का और दाम्पत्य भाव द्वारा रंजन का विधान होता है। इसका तात्पर्य यह नहीं कि इनके अतिरिक्त अन्य प्रकार के प्रेम द्वारा पालन और रंजन नहीं होता। इन दोनों भावों को रसपद्धति में मुख्य रूप से ग्रहण करने का अभिप्राय केवल इतना ही है कि इनमें पालन और रंजन दोनों चरम उत्कर्ष को पहुँचते हैं। आनन्द की सिद्धावस्था पर ही दृष्टि रखनेवाले कवियों का 'प्रेम' को ही प्रवर्तक या बीजभाव मानना ठीक है किन्तु पालन और रंजन दोनों पक्षों के सहित। पर महाराज भोज ने रंजन पक्ष ही लेकर शृंगार (दाम्पत्य भाव) को ही एकमात्र रस कहा है।[1] इससे यह प्रकट होता है कि काव्यसमीक्षा के क्षेत्र में सिद्धान्त या 'वाद' बहुत कुछ रुचिवैचित्र्य के इशारे पर खड़े हुआ करते हैं, सम्यक् दृष्टि के अनुरोध से कम। काव्य के जिस देश की ओर किसी की रुचि अधिक होती है उसी को वह काव्य का सम्पूर्ण देश मानना-मनाना चाहता है।

आरम्भ में ही यह कहा जा चुका है कि आनन्द की सिद्धावस्था या उपभोग-पक्ष का दर्शन करनेवाली काव्यभूमि दीप्ति, माधुर्य और कोमलता की भूमि है जिसमें प्रवर्तक या बीजभाव प्रेम है। काव्य की इस भोगभूमि में दुःखात्मक भावों को बेधड़क चले आने की इजाजत नहीं। आने के पहले उन्हें प्रेम का पूरा शासन स्वीकार करना पड़ता है और बहुत दबकर आना पड़ता है। पड़ोसियों का नाकों दम करनेवाले, माघ में लू चलानेवाले विरहताप की अपेक्षा बीच-बीच में छानेवाली आशासुख की शीतलता अधिक मानी गई है।[2] यहाँ अधर्म, ईर्ष्या, त्रास इत्यादि स्वतंत्र सिर नहीं उठा सकते।

हास्य और आश्चर्य नामक आनन्दात्मक भाव अलबत्ता स्वतंत्र विचर सकते हैं। आश्चर्य असामान्यता पर होता है अतः उसका आविर्भाव काव्य की कर्मभूमि और भोग-भूमि—आनन्द की साधनावस्था और सिद्धावस्था—दोनों में देखा जाता है। यहाँ हमें केवल भोगभूमि की चर्चा करना है। इस भूमि में आश्चर्य के विषय असामान्य शोभा, सौन्दर्य, दीप्ति, आत्मोत्सर्ग, विरहवेदना इत्यादि पाए जाते हैं।

---

1. शृंगार एवैकश्चतुर्वर्गैककारणं रस इति। —शृंगारप्रकाश, प्रथम प्रकाश, 3
2. सीरै जतननु सिसिर रितु सहि बिरहिनि तन तापु।
   बसिबे कौं ग्रीषम दिननु परयौ परोसिनि पापु ॥266॥
   सुनत पथिक मुँह, माह निसि चलति लुवै उहि गाम।
   बिनु बूझै, बिनुही कहैं, जियति बिचारी बाम ॥285॥ —बिहारीरत्नाकर

बहुत से लोग इस असामान्य या विरल को ही काव्य की एकमात्र सामग्री मानते हैं जिनमें से कुछ तो उसे प्रस्तुत अर्थ या विषय के स्वरूप में और कुछ युक्ति के स्वरूप में देखना चाहते हैं। आनन्द की सिद्धावस्था लेकर चलनेवाले काव्यों में अर्थात काव्य की भोगभूमि में आश्चर्य अधिकतर रंजन का अंग होकर आया करता है। विभाव पक्ष में असामान्य शोभा, दीप्ति, प्राचुर्य प्रफुल्लता, कोमलता, सौकुमार्य इत्यादि के द्वारा अद्‌भुत या अलौकिक रंजन की योजना की जाती है। सारांश यह कि मन और इन्द्रियों के सुखद विषय ही काव्य की इस भूमि में लिये जाते हैं अतः उन विषयों की प्रचुरता और असामान्यता की भावना रंजन की अनुभूति में योग देती है। असामान्यता या चमत्कार की रुचिवाले कार्य बाह्य प्रकृति का चित्रण उसकी असाधारण विभूति को—उसकी चमक-दमक, सजावट, वैचित्र्य, अनोखेपन इत्यादि को—लेकर ही करते हैं। इसी रुचि को बहुत से लोग कला की रुचि मानते हैं। उनके मत से जगत के साधारण और अरुचि के बीच से असाधारण और रुचिर को छाँट-छाँटकर सजाना ही और कलाओं के समान काव्यकला का भी काम है। श्रीयुत रवीन्द्रनाथ ठाकुर अपने 'साहित्य' धर्म नामक निबन्ध में कहते हैं—

'कोठार और रसोईघर की गृहस्थ को रोज आवश्यकता पड़ती है, पर संसार के लोगों से वह उन्हें छिपाए रखने की कोशिश करता है। बैठक के बिना भी काम चल सकता है, फिर भी उसी घर में सारा साज-सामान रहता है, पूरी सजावट रहती है। घर का मालिक उसी घर में तसवीरें टाँगकर, कार्पेट बिछाकर उस पर सदा के लिए अपनी छाप लगा देना चाहता है। उस घर को उसने खास तौर से छाँटा है। उसी के द्वारा वह सबसे परिचित होना चाहता है। अपनी व्यक्तिगत महिमा से। इसीलिए उसकी बैठक अलंकृत रहती है।'

इस कथन का अभिप्राय यह है कि इस 'सजावट की रुचि' का ही एक रूप काव्य की रुचि है, इसी रुचि की प्रेरणा से कवि की कल्पना काम करती है और इसी रुचि की तुष्टि के लिए कविता पढ़ी या सुनी जाती है। पर जो कुछ अब तक कहा जा चुका है उसके अनुसार ऊपर उद्धृत कथन काव्य के केवल एक पक्षविशेष का निरूपण करता है। यह अवश्य है कि इस पक्ष पर खड़े होनेवाले पहले भी रहे हैं और अब भी बहुत से लोग हैं। शृंगार को ही एकमात्र रस माननेवाले महाराज भोज का जिक्र हो चुका है। भोज ऐसे राजाओं के दरबार में रत्नों की जगमगाहट और यश की चाँदनी फैलानेवाली वाणी का बहुत ही अनुरंजनकारी संग्रह हमारे साहित्य में है। फारस की शायरी भी अधिकतर चुनी हुई सजावट लेकर चली है। फ्रांस और इटली के प्रभाव से यूरोप में भी 'सजावट और अनूठेपन' की वासना को ही कला की मूल वासना समझनेवाले बहुत से हैं।

कहना न होगा कि 'सजावट और अनूठेपन' का वह सिद्धान्त असामान्यतावाद के ही अन्तर्गत है। काव्य का यह असामान्यतावाद धीरे-धीरे उस लोकोत्तरवाद तक

पहुँचा जिसका प्रतिपादन काव्य को आध्यात्मिक क्षेत्र में ले जाने के लिए किया गया। श्रीयुत रवीन्द्र कहते हैं—

'जिसे सीमा में बाँध सकें उसका नाम भी रखा जा सकता है, किन्तु जो सीमा के बाहर है, जो पकड़ने या छूने में नहीं आ सकता, उसे बुद्धि द्वारा नहीं पाते, बोध के अन्दर—किसी भीतरी तह में—पाते हैं। उपनिषद में ब्रह्म के सम्बन्ध में कहा है—न तो उसे मन में पाते हैं, न वचन में। उसे जब पाते हैं तब आनन्द के अनुभव में। हमारी इस अनुभव की भूख आत्मा की भूख है। वह इसी अनुभव से अपने को पहचानती है। जिस प्रेम में, जिस ध्यान में, जिस दर्शन में केवल इस अनुभव की भूख मिटती है वही स्थान पाता है साहित्य में, रूपकला में।'

श्रीयुत रवीन्द्र के उपयुक्त दोनों कथनों को मिलाकर विचार करने पर यह स्पष्ट हो जाता है कि उनका लक्ष्य आनन्द ही सिद्धावस्था या उपभोगपक्ष को भासित करनेवाली काव्यभूमि की ओर है। यह कहा जा चुका है कि इस भूमि में शोभा, दीप्ति, प्राचुर्य, प्रफुल्लता, कोमलता इत्यादि द्वारा रंजन की योजना की जाती है। प्रथम उद्धरण इसी भूमि की ओर स्पष्ट संकेत करता है। उसमें सजावट की रुचि का—शोभन, दीप्त और रुचिर के चुनाव की प्रवृत्ति का—पूरा आभास मिलता है। इस उपभोग या रंजन की जो वृत्ति आश्चर्य के मेल में होती है उसकी ओर दूसरा उद्धरण इशारा करता है। उस उद्धरण में शोभा सौन्दर्य की असीमता के आनन्द का उल्लेख है जो आगे चलकर इस प्रकार बताया गया है—

'बाहर जिस अखंड आकाश में ग्रह ताराओं का मेला लगा रहता है उसकी असीमता का आनन्द सिर्फ हमारे अनुभव में ही है। जीवनलीला के लिए वह आकाश बिलकुल फालतू है। जमीन के भीतर रहनेवाला कीड़ा इस बात का सबूत है।'

विभाव पक्ष में शोभन और दीप्त को चुनकर उनकी असामान्यता द्वारा अद्भुत रंजन की सामग्री तैयार करना तथा भावपक्ष में अनुभूति और व्यंजना का वैचित्र्य प्रदर्शित करना काव्य में कलावान् के नए और पुराने अनुयायियों का लक्ष्य रहा है। शोभा और दीप्ति की लोकोत्तर कल्पना हमारे यहाँ के भक्तों में भी भगवान की विभूति की भावना मानी जाती है और विलायती ढंग की 'आध्यात्मिक कविता' में भी असीम और अनन्त की झाँकी समझी जाती है। हमारे यहाँ के भक्तिमार्ग में इसे 'अचिन्त्यैश्वर्य योग' कहते हैं।

माधुर्य पक्ष

असामान्यता, दीप्ति, चमत्कार इत्यादि से सर्वथा स्वतंत्र आकर्षण माधुर्य का है। इस गुण के अधिष्ठान का असामान्य, अलौकिक या दीप्त होना आवश्यक नहीं। सामान्य से सामान्य, तुच्छ-से-तुच्छ वस्तुओं और दृश्यों में माधुर्य का पूरा आकर्षण

रहता है। महाकवि कालिदास ने बरसात में चारों ओर दिखाई पड़नेवाले खुमी के पौधों[1], तुरन्त के जुते खेतों की मिट्टी और 'भ्रूविलासानभिज्ञ' गाँव की सीधी-सादी स्त्रियों और पुरानी कहानी कहते हुए बुड्ढों तक में इस माधुर्य का साक्षात्कार किया है। परम भावुक अंग्रेज कवि वड्र्सवर्थ का हृदय पगडंडी के किनारे उगे हुए गर्द से मैले तुच्छ-से-तुच्छ फूल के पौधे (मीनेस्ट फ्लावर) को भी अपनाता था।[2] हृदय की पूरी व्यापकता हम दीप्ति और माधुर्य, असामान्य और सामान्य, दोनों पक्षों के रसात्मक ग्रहण में मानते हैं। साहित्य की पुस्तकों में 'सब अवस्थाओं में पाई जानेवाली रमणीयता' को माधुर्य कहा है—

सर्वावस्थाविशेषेषु माधुर्यं रमणीयता।

—साहित्यदर्पण, 3/97

सामान्य से सामान्य प्राकृतिक वस्तुओं में, नगण्य-से-नगण्य के जीवन-व्यापार में इस माधुर्य का अनुभव होता है। अतीत की स्मृति में, कौमार अवस्था के परिचित पुराने पेड़ों और उजाड़ टीलों में, किसानों के झोंपड़ों में, काई और कीचड़भरे तालों में, चरकर लौटती हुई गायों के धूल उड़ाते हुए झुंड में, गड़रियों और ग्वालों की कमली में, ऊसर की पगडंडियों में मन को लीन करनेवाला जो गुण है, वह माधुर्य है। प्रत्येक देश के सच्चे कवियों ने सीधे-सादे और सामान्य में भी बराबर इस माधुर्य का अनुभव किया है। इस माधुर्य की अनुभूति के स्वरूप को दीप्ति और सज्जा की अनुभूति के स्वरूप से सर्वथा भिन्न समझना चाहिए। जैसे घास के चौरस मैदान को मखमली कालीन या पन्ने का फर्श कहने से माधुर्य की अनुभूति के ठीक स्वरूप की व्यंजना नहीं होगी। ऐसे कथन में केवल दीप्ति और सजावट की भावना पाई जाएगी।

रूप-सौन्दर्य के अन्तर्गत प्राय: दीप्ति और माधुर्य दोनों मिले रहते हैं। दीप्ति चकित और स्तम्भित करती है। प्रेमकाव्यों में कहीं-कहीं नायिका के रूप को देखते ही नायक जो मूर्च्छित होकर गिर जाया करते हैं उसे दीप्ति का प्रभाव समझना चाहिए। जायसी की पद्मावत में शिवमन्दिर में प्रवेश करती हुई पद्मिनी को देखते ही राजा रत्नसेन तो मूर्च्छित हो ही गए, शिव और देवता लोग भी स्तब्ध[3] हो गए। रूप में लोभ उत्पन्न करनेवाली या लुभानेवाली वस्तु, मन को पास खींचनेवाली शक्ति माधुर्य है। दीप्ति मात्र में चिपक नहीं होती। लोग न जाने कितने दमकते हुए रूप देखते हैं, चकित होते हैं पर सब जगह उनका मन नहीं चिपका करता। प्रेम के रूप में रोग का आविर्भाव माधुर्य पाकर ही होता है। पर इस माधुर्य की अनुभूति व्यक्तिगत होती है। दीप्ति का

1. मेघदूत, पूर्वमेघ, 11, 16, 32
2. टु मी द मीनेस्ट फ्लावर दैट ब्लोज कैन गिव थॉट्स दैट डू आफेन लाइ टू डीप फार टीयर्स। ओड आन इंटिमेशंस आव—इंमाटैलिटी फ्रॉम रिकलेक्शंज आव अर्ली चाइल्डहुड।
3. देखिए 'विचार वीथी'।

स्वीकार तो बहुत से आदमी एक साथ करते हैं, पर किसी व्यक्ति या वस्तु में माधुर्य दस-पाँच आदमियों में एक या दो ही आदमी देखेंगे। लैला में मजनूँ की ही आँख ने माधुर्य देखा था। सान्निध्य और सम्पर्क की प्रबल प्रवृत्ति जगानेवाली दशा, जिसे आसक्ति कहते हैं माधुर्य भावना के संचार से ही प्राप्त होती है। भवधारा के भीतर चलनेवाली जो भावधारा है मनुष्य के हृदय को द्रवीभूत करके उसमें मिलनेवाली भावना माधुर्य की है। 'कविता क्या है' नामक प्रबन्ध[1] में काव्य को हमने भावयोग कहा है।[2] इस भावयोग की चर साधना से हृदय को जो मुक्तावस्था प्राप्त होती है वह इसी माधुर्य की अनुभूति के सहारे। भेद में अभेद की रसात्मक प्रतीति इसी माधुर्य का स्वाद है जिसे हमारे यहाँ के भक्तों ने भगवान का प्रसाद बताया है—ऐसा प्रसाद जिससे आत्मा का पोषण होता है।

1. देखिए पद्मावत, वसन्त खंड।
2. देखिए चिन्तामणि, प्रथम भाग।

मत और सिद्धान्त

यह आरम्भ में ही कहा जा चुका है कि मुसलमान फकीरों की एक प्रसिद्ध गद्दी की शिष्य-परम्परा में होते हुए भी, तत्त्वदृष्टि-सम्पन्न होने के कारण, जायसी के भाव अत्यन्त उदार थे। पर विधि-विरोध, विद्वानों की निन्दा, अनधिकार चर्चा, समाजविद्वेष आदि इनकी उदारता के भीतर नहीं थे। व्यक्तिगत साधना की उच्च भूमि पर पहुँचकर भी लोकरक्षा और लोकरंजन के प्रतिष्ठित आदर्शों को ये प्रेम और सम्मान की दृष्टि से देखते थे। न्यायनिष्ठ राजशक्ति, सच्ची वीरता, सुखविधायक प्रभुत्व, अनुरंजनकारी ऐश्वर्य, ज्ञानवर्धक पांडित्य में ये भगवान की लोकरक्षिणी कला का दर्शन करते थे और उनकी स्तुति करना वाणी का सदुपयोग मानते थे। साधारण धर्म और विशेष धर्म दोनों के तत्त्व को ये समझते थे। लोकमर्यादा के अनुसार जो सम्मान की दृष्टि से देखे जाते हैं उनके उपहास और निन्दा द्वारा निम्न श्रेणी की जनता की ईर्ष्या और अहंकार वृत्ति को तुष्ट करके यदि चाहते तो ये भी एक नया 'पंथ' खड़ा कर सकते थे। पर इनके हृदय में यह वासना न थी। पीरों, पैगम्बरों, मुल्लों और पंडितों की निन्दा करने के स्थान पर इन्होंने ग्रन्थारम्भ में इनकी स्तुति की है और अपने को 'पंडितों का पछलगा' कहा है।

विधि पर इनकी पूरी आस्था थी। 'वेद, पुराण' और 'कुरान' आदि को ये लोक-कल्याणमार्ग प्रतिपादित करनेवाले वचन मानते थे। जो वेद प्रतिपादित मार्ग पर न चलकर मनमाने मार्ग पर चलते हैं, उन्हें जायसी अच्छा नहीं समझते—

राघव पूज जाखिनी, दुइज देखाएसि साँझ।
वेदपंथ जे नहिं चलहिं, ते भूलहिं बन माँझ?
झूठ बोल थिर रहै न राँचा। पंडित सोइ वेदमत साँचा॥
वेद वचन मुख साँच जो कहा। सो जुग जुग अहथिर होइ रहा॥

आरम्भ में ही कहा जा चुका है कि वल्लभाचार्य, रामानन्द, चैतन्य महाप्रभु आदि के प्रभाव से जिस शान्तिपूर्ण और अहिंसामय वैष्णव धर्म के प्रवाह ने सारे देश को भक्तिरस में मग्न किया उसका सबसे अधिक विरोध उग्र हिंसापूर्ण शाक्त मत और वाममार्ग से दिखाई पड़ा। मंत्र-तंत्र के प्रयोग करनेवाले, भूत, प्रेत और

यक्षिणी आदि सिद्ध करनेवाले तांत्रिकों और शाक्तों के प्रति उस समय समाज के भाव कैसे हो रहे थे, इसका पता राघव चेतन के चरित्र-चित्रण से मिलता है। शाक्तमत विहित मंत्र-तंत्र और प्रयोग आदि वेदविरुद्ध अनाचार के रूप में समझे जाने लगे थे। गोस्वामी तुलसीदास ने भी कई जगह समाज की प्रवृत्ति का आभास दिया है; जैसे—

जे परिहरि हरिहर चरन, भजहिं भूतगन घोर।
तिनकी गति मोहिं देहु विधि जो जननी मत मोर॥

प्रेमप्रधान वैष्णव मत के इस पुनरुत्थान में अहिंसा का भाव यों तो सारी जनता में आदरलाभ कर चुका था पर साधुओं और फकीरों के हृदय में विशेष रूप से बद्धमूल हो गया था। क्या हिन्दू, क्या मुसलमान, क्या सगुणोपासक, क्या निर्गुणोपासक, सब प्रकार के साधु और फकीर इसका महत्त्व स्वीकार कर चुके थे। कबीरदास का यह दोहा प्रसिद्ध ही है—

बकरी पाती खात है ताकी काढ़ी खाल।
जो नर बकरी खात हैं तिनकौ कौन हवाल॥

इसी प्रकार और बहुत जगह कबीरदास जी ने पशुहिंसा के विरुद्ध वाणी सुनाई है, जैसे—

दिन भर रोजा रहत हैं, रात हनत हैं गाय।
ये तो खून से बन्दगी, कैसे ख़ुशी खुदाय॥
खुश खाना है खीचड़ी, माहिं पड़ा टुक लौन।
मांस पराया खाय के, गला कटावै कौन?॥

इस साधु प्रवृत्ति के अनुसार जायसी ने पशुहिंसा के विरुद्ध अपने विचार, युद्धस्थल के वर्णन में, इस प्रकार प्रकट किए हैं—

जिन्ह जस मांसू भखा परावा। तस तिन्ह कर लेइ औरन खावा॥

जायसी मुसलमान थे इससे उनकी उपासना निराकारोपासना ही कही जाएगी। पर सूफी मत की ओर पूरी तरह झुकी होने के कारण उनकी उपासना में साकारोपासना की-सी सहृदयता थी। उपासना के व्यवहार के लिए सूफी परमात्मा को अनन्त सौन्दर्य, अनन्त शक्ति और अनन्त गुणों का समुद्र मानकर चलते हैं। सूफियों के अद्वैतवाद ने एक बार मुसलमानी देशों में बड़ी हलचल मचाई थी। ईरान, तूरान, आदि में आर्य संस्कार बहुत दिनों तक दबा न रह सका। शामी कट्टरपन के प्रवाह के बीच भी उसने अपना सिर उठाया। मंसूर हल्लाज खलीफा के हुक्म से सूली पर चढ़ाया गया

पर 'अनलहक' (मैं ब्रह्म हूँ) की आवाज बन्द न हुई। फारस के पहुँचे हुए शायरों की प्रवृत्ति इसी अद्वैतपक्ष की ओर रही।

पैगम्बरी एकेश्वरवाद (मोनोथेइज्म) और इस अद्वैतवाद (मोनिज्म) में बड़ा सिद्धान्तभेद था। एकेश्वरवाद और बात है, अद्वैतवाद और बात। एकेश्वरवाद स्थूल देववाद है और अद्वैतवाद सूक्ष्म आत्मवाद या ब्रह्मवाद। बहुत-से देवी-देवताओं को मानना और सबके दादा एक बड़े देवता (ईश्वर) को मानना एक ही बात है। एकेश्वरवाद भी देववाद ही है। भावना में कोई अन्तर नहीं है। पर अद्वैतवाद गूढ़ दार्शनिक चिन्तन का फल है, सूक्ष्म अन्तर्दृष्टि द्वारा प्राप्त तत्त्व है, जिसको अनुभूतिमार्ग में लेकर सूफी आदि अद्वैती भक्त सम्प्रदाय चले। एकेश्वरवाद का मतलब यह है कि एक सर्वशक्तिमान् सबसे बड़ा देवता है जो सृष्टि की रचना, पालन और नाश करता है। अद्वैतवाद का मतलब है कि दृश्य जगत की तह में उसका आधारस्वरूप एक ही अखंड नित्य तत्त्व है और वही सत्य है। उससे स्वतंत्र और कोई अलग सत्ता नहीं है और न आत्मा-परमात्मा में कोई भेद है। दृश्य जगत के नाना रूपों को उसी अव्यक्त ब्रह्म के व्यक्त आभास मानकर सूफी लोग भावमग्न हुआ करते हैं।

अत: स्थूल एकेश्वरवाद और ब्रह्मवाद में भेद यह हुआ कि एकेश्वरवाद के भीतर ब्राह्यार्थवाद छिपा है क्योंकि यह जीवात्मा, परमात्मा और जड़ जगत तीनों को अलग-अलग तत्त्व मानता है पर ब्रह्मवाद में शुद्ध परमात्मा के अतिरिक्त और सत्ता नहीं मानी जाती, आत्मा और परमात्मा में भी कोई भेद नहीं माना जाता। अत: स्थूल दृष्टिवाले पैगम्बरी एकेश्वरवादियों के निकट यह कहना कि 'आत्मा और परमात्मा एक ही है' अथवा 'मैं ही ब्रह्म हूँ' कुफ्र की बात है। इसी से सूफियों को कट्टर मुसलमान एक तरह के काफिर समझते थे। सूफी मजहबी दस्तूर (कर्मकांड और संस्कार) आदि के सम्बन्ध में भी कुछ आजाद दिखाई देते थे और मोक्ष के लिए किसी पैगम्बर आदि मध्यस्थ की जरूरत नहीं बताते थे। इस प्रकार के भावों का प्रचार वे कथाओं द्वारा भी किया करते थे। जैसे कयामत के दिन जब मुहम्मद साहब खुदा के सामने सबको पेश करने लगेंगे तब कुछ लोग भीड़ से अलग दिखाई देंगे। मुहम्मद साहब कहेंगे, 'ऐ खुदावन्द! ये लोग कौन हैं, मैं नहीं जानता।' खुदा उस वक्त कहेगा, 'ऐ मुहम्मद! जिनको तुमने पेश किया वे तुम्हें जानते हैं, मुझे नहीं जानते। ये लोग मुझे जानते हैं, तुम्हें नहीं जानते।' फारस के शिक्षित समाज का झुकाव इसी सूफी मत की ओर बहुत कुछ रहा। जायसी ने सूफियों के उदार प्रेममार्ग के प्रति अपना अनुराग प्रकट किया है—

प्रेम पहार कठिन बिधि गढ़ा। सो पै चढ़े जो सिर सौं चढ़ा॥
पंथ सूरि कर उठा अँकूरू। चोर चढ़ै की चढ़ मंसूरू॥

यहाँ पर संक्षेप में सूफी मत का कुछ परिचय दे देना आवश्यक जान पड़ता है। आरम्भ में सूफी एक प्रकार के फकीर या दरवेश थे जो खुदा की राह पर अपना जीवन

ले चलते थे, दीनता और नम्रता के साथ बड़ी फटी हालत में दिन बिताते थे, ऊन के कम्बल लपेटे रहते थे, भूख-प्यास सहते थे, और ईश्वर के प्रेम में लीन रहते थे। कुछ दिनों तक तो इस्लाम की साधारण धर्मशिक्षा के पालन में विशेष त्याग और आग्रह के अतिरिक्त इनमें कोई नई बात या विलक्षणता नहीं दिखाई पड़ती थी। पर ज्यों-ज्यों ये साधना के मानसिक पक्ष की ओर अधिक प्रवृत्त होते गए, त्यों-त्यों इस्लाम के बाह्य विधानों से उदासीन होते गए। फिर तो धीरे-धीरे अन्त:करण की पवित्रता और हृदय के प्रेम को ही मुख्य कहने लगे और बाहरी बातों को आडम्बर। मुहम्मद साहब के लगभग ढाई सौ वर्ष पीछे इनकी चिन्तन-पद्धति का विकास हुआ और ये इस्लाम के एकेश्वरवाद (तौहीद) से अद्वैतवाद पर जा पहुँचे। जिस प्रकार हमारे यहाँ अद्वैतवादी, विशिष्टाद्वैतवादी, विशुद्धाद्वैतवादी और द्वैतवादी आदि सब श्रुतियों को ही आधार मानकर उन्हीं के वचनों को प्रमाण में लाते थे उसी प्रकार वे कुरान के वचनों की अपने ढंग पर व्याख्या करते थे। कहते हैं कि अद्वैतवाद का बीज इन्हें कुरान के कुछ वचनों में ही मिला, जैसे 'अल्लाह के मुख के सिवा सब वस्तुएँ नाशवान् (हालिक) हैं; चाहे तू जिधर फिरे अल्लाह का मुँह उधर ही पावेगा।' चाहे जो हो, कुरान का अल्लाह रूप 'पुरुषविशेष' सूफियों के यहाँ आकर अद्वैत पारमार्थिक सत्ता हुआ।

इसमें सन्देह नहीं कि सूफियों को अद्वैतवाद पर लानेवाले प्रभाव अधिकतर बाहर के थे। खलीफा लोगों के जमाने में कई देशों के विद्वान बगदाद और बसरे में आते-जाते थे। आयुर्वेद, दर्शन, ज्योतिष, विज्ञान आदि अनेक भाषाओं के ग्रन्थों का अरबी में भाषान्तर भी हुआ। यूनानी भाषा के किसी ग्रन्थ का अनुवाद 'अरस्तू के सिद्धान्त' के नाम से अरबी भाषा में हुआ जिसमें अद्वैतवाद का दार्शनिक रीति पर प्रतिपादन था। इसके अतिरिक्त भारतवर्ष के वेदान्तकेसरी का गर्जन भी दूर-दूर तक गूँज गया था। मुहम्मद बिन कासिम के साथ आए हुए कुछ अरब सिन्ध में रह गए थे। इतिहासों में लिखा है कि वे और उनकी सन्तति ब्राह्मणों के साथ बहुत मेल-जोल से रहीं। इन अरबों में कुछ सूफी भी थे जिन्होंने हिन्दुओं के अद्वैतवाद का ज्ञान प्राप्त किया और साधना की बातें भी सीखीं। सिन्ध के अबूअली प्राणायाम की विधि (पास-ए-अनफास) जानते थे। उन्होंने बायजीद को 'फना' (गुजर जाना अर्थात अहं भाव का सर्वथा त्याग और विषयवासना की निवृत्ति) का सिद्धान्त बताया। कहने की आवश्यकता नहीं कि यह 'फना' बौद्धों के निर्वाण की प्रतिध्वनि थी। बल्ख और तुर्किस्तान आदि देशों में बौद्ध सिद्धान्तों की गूँज तब तक कुछ बनी हुई थी। बहुत से शक और तुरुष्क उस समय तक बौद्ध बने और पीछे भी कुछ दिनों तक रहे। चंगेज खाँ बौद्ध ही था। अलाउद्दीन के समय में कुछ ऐसे मंगोल भारतवर्ष में भी आकर बसे थे जो 'नए बने हुए मुसलमान' कहे गए हैं।

अब सूफियों की सिद्धान्त सम्बन्धिनी कुछ खास बातों का थोड़े में उल्लेख करता हूँ जिससे जायसी के दोनों ग्रन्थों का तात्पर्य समझने में सहायता मिलेगी। सूफी लोग

मनुष्य के चार विभाग मानते हैं—(1) नफ्स (विषयभोग वृत्ति या इन्द्रिय), (2) रूह (आत्मा या चित्), (3) कल्ब (हृदय) और (4) अक्ल (बुद्धि)।

नफ्स के साथ युद्ध साधक का प्रथम लक्ष्य होना चाहिए। कल्ब (हृदय) और रूह (आत्मा) द्वारा ही साधक अपनी साधना करते हैं। कुछ लोग हृदय का एक सबसे भीतरी तल 'सिर्र' भी मानते हैं। कल्ब और रूह का भेद सूफियों में बहुत स्पष्ट नहीं है। हमारे यहाँ मन (अन्त:करण) और आत्मा में प्राकृतिक-अप्राकृतिक का जैसा भेद है वैसा कोई भेद नहीं है। 'कल्ब' भी एक भूतातीत पदार्थ कहा गया है, प्रकृति का विकार या भौतिक पदार्थ नहीं। उसके द्वारा ही सब प्रकार का वस्तुज्ञान होता है अर्थात उसी पर वस्तु का प्रतिबिम्ब पड़ता है, ठीक वैसे जैसे दर्पण पर पड़ता है। शाहजहाँ के पुत्र दाराशिकोह ने अपनी छोटी-सी पुस्तक 'रिसालए हकनुमा' में चार जगत कहे हैं—(1) आलमे नासूत—भौतिक जगत, (2) आलमे मलकूत या आलमे अरवाह—चित् जगत या आत्म जगत, (3) आलमे जबरूत—आनन्दमय जगत जिसमें सुख-दु:ख आदि द्वंद्व नहीं और (4) आलमे लाहत—सत्य जगत या ब्रह्म। 'कल्ब' रूह (आत्मा) और रूपात्मक जगत के बीच का एक साधनरूप पदार्थ है। इसका कुछ स्पष्टीकरण दाराशिकोह के इस विवरण से होता है—

'दृश्य जगत में जो नाना रूप दिखाई पड़ते हैं वे तो अनित्य हैं पर उन रूपों की जो भावनाएँ होती हैं वे अनित्य नहीं हैं। वे भावचित्र नित्य हैं। उसी भावचित्र जगत (आलमे मिसाल) से हम आत्मजगत को जान सकते हैं जिसे 'आलमे गैब' और 'आलमे ख्वाब' भी कहते हैं। आँख मूँदने पर जो रूप दिखाई पड़ता है वही उस रूप की आत्मा या सारसत्ता है। अत: यह स्पष्ट है कि मनुष्य की आत्मा उन्हीं रूपों की है जो रूप बाहर दिखाई पड़ते हैं, भेद इतना ही है कि अपनी सारसत्ता में स्थित रूप पिंड या शरीर से मुक्त होते हैं। सारांश यह कि आत्मा और बाह्य रूपों का बिम्ब प्रतिबिम्ब सम्बन्ध है। स्वप्न की अवस्था में आत्मा का यही सूक्ष्म रूप दिखाई पड़ता है जिसमें आँख, कान, नाक आदि सबकी वृत्तियाँ रहती हैं पर स्थूल रूप नहीं रहते।'

इस विवरण से यह आभास मिलता है कि सूफियों के अनुसार 'ज्ञान' या 'प्रत्यय' तो है आत्मा और जिस पर विविध ज्ञान या भावचित्र अंकित होते हैं वह है 'कल्ब' वा हृदय। ऊपर जो चार जगत कहे गए हैं उन पर ध्यान देने से प्रथम को छोड़ शेष तीन जगत हमारे यहाँ के 'सच्चिदानन्द' के विश्लेषण प्रतीत होंगे। सूफियों के अनुसार 'सत' ही चरम पारमार्थिक सत्ता है। वह सत्य या ब्रह्म चित्त या आत्मजगत से भी परे है। हमारे यहाँ बहुत से वेदान्ती भी ब्रह्म को आत्मस्वरूप या परमात्मा कहते हुए भी चिद्रूप कहना ठीक नहीं समझते। उनका कहना है कि आत्मा के सान्निध्य से जड़ बुद्धि में उत्पन्न धर्म ही चित्त अर्थात ज्ञान कहलाता है। अत: बुद्धि के इस धर्म का आरोप आत्मा या ब्रह्म पर उचित नहीं। ब्रह्म को निर्गुण और अज्ञेय ही कहना चाहिए।

पारमार्थिक वस्तु या सत्य के बोध के लिए 'कल्ब' का स्वच्छ निर्मल होना आवश्यक है। उसकी शुद्धि जिक्र (स्मरण) और मुराकबत (ध्यान) से होती है। स्मरण और ध्यान से ही 'मंजु मन मुकुर' का मल छूट सकता है। जिक्र या स्मरण की प्रथमावस्था है अहंभाव का त्याग अर्थात अपने को भूल जाना और परमावस्था है ज्ञाता और ज्ञान दोनों की भावना का नाश अर्थात यह भावना न रहना कि हम ज्ञाता हैं और यह किसी वस्तु का ज्ञान है बल्कि अर्थ या विषय के आकार का ही रह जाना। कहने की आवश्यकता नहीं कि यह योग की निर्विकल्प या असम्प्रज्ञात समाधि है।

सूफी मत की भक्ति का स्वरूप प्राय: वही है जो हमारे यहाँ की भक्ति का। नफ्स के साथ जिहाद (धर्मयुद्ध) विरति पक्ष है और जिक्र और मुराकबत (स्मरण और ध्यान) नवधा भक्ति पक्ष। रति और विरति इन दोनों पक्षों को लिये बिना अनन्य भक्ति की साधना हो नहीं सकती। हम व्यावहारिक सत्ता के बीच अपने होने का अनुभव करते हैं। जगत केवल नामरूप और असत् सही पर ये नामरूपात्मक दृश्य जब तक ध्यान की परमावस्था द्वारा एकदम मिटा न दिए जाएँ, तब तक हमें इनका कुछ इन्तजाम करके चलना चाहिए। जबकि हम अपने रतिभाव को पूर्णतया दूसरे (अदृश्य) पक्ष में लगाना चाहते हैं तब पहले उसे दृश्य पक्ष से धीरे-धीरे सुलझाकर अलग करना पड़ेगा। साधना के व्यवहारक्षेत्र में हमें ईश्वर और जगत, ये दो पक्ष मानकर चलना ही पड़ेगा। तीसरे हम ऊपर से होंगे। इसी से भक्ति के साथ एक ओर तो वैराग्य दिखाई पड़ता है, दूसरी ओर योग।[1]

'कल्ब' क्या है, इस पर कुछ विचार हो चुका। जबकि कल्ब पर पड़े हुए प्रतिबिम्ब का ही आत्मा को बोध होता है तब वह शुद्ध वेदान्त की दृष्टि से आत्मा के साथ लगा हुआ अन्त:करण ही है और जड़ प्रकृति का ही विकार है। प्रकृति का विकार होने से वह भी 'जगत' के अन्तर्भूत है। इस पद्धति पर चलने से हम वेदान्त के 'प्रतिबिम्बवाद' पर पहुँचते हैं। जायसी ने इसी भारतीय पद्धति का अनुसरण करके जगत को दर्पण कहा है जिसमें ब्रह्म का प्रतिबिम्ब पड़ता है।

'कल्ब' या हृदय को भी सूफियों ने जो रूह (आत्मा) के समान अभौतिक माना है वह अपने प्रेममार्ग या भक्तिमार्ग की भावना के अनुसार उसे परमात्मा के नित्य स्वरूप के अन्तर्भूत करने के लिए। जैसाकि गोस्वामी तुलसीदास जी की आलोचना में हम कह चुके हैं, परोक्ष 'चित्त' और परोक्ष 'शक्ति' मात्र की भावना से मनुष्य की वृत्ति पूर्णतया तुष्ट न हुई, इससे वह परोक्ष 'हृदय' की खोज में बराबर रहा। भक्ति मार्ग में जाकर परमात्मा का 'हृदय' मनुष्य को मिला और मनुष्य की सम्पूर्ण सत्ता का एक परोक्ष आधार प्रतिष्ठित हो गया। मनुष्य का हृदय मानो उस परोक्ष हृदय के बिना अकेले ऊबता-सा था। किस प्रकार उस 'परोक्ष हृदय' का आभास ईसाई मत

1. यहाँ 'योग' शब्द का व्यवहार उसी अर्थ में है जो 'याज्ञवल्क्य स्मृति' में है—संयोगो योग इत्युक्तो जीवात्मपरमात्मन:।

ने पहले-पहल संसार की भिन्न-भिन्न जातियों को दिया, इसका वर्णन अंग्रेज कवि ब्राउनिंग ने मार्मिक ढंग से किया है। कारसिश नामक एक विद्वान अरब हकीम की भेंट लाजरस नामक एक यहूदी से होती है जो अपनी जाति के एक ईसाई हकीम द्वारा अपने मरकर जिलाए जाने की बात कहता है और ईसाई मत के प्रेमतत्त्व का सन्देश भी सुनाता है।

अरब हकीम उस यहूदी से मिलने का वृत्तान्त अपने एक मित्र को लिखते हुए उक्त प्रेममार्ग की चर्चा इस प्रकार करता है—

'द वेरी गाड! थिंक अबीब डस्ट दाऊ थिंक?
सो द आल-ग्रेट वेयर द आल-लविंग टू—
सो, थ्रू द थंडर कम्स ए ह्यूमन वाएस,
सेइंग, 'ओ हार्ट आइ मेड, ए हार्ट बीट्स हियर!
फेस, माइ हैंड्स फैशंड, सी इट इन माइसेल्फ।
दाउ हैस्ट नो पावर, नार मेएस्ट कन्सीव आव माइन।
बट लव आइ गेव दी, विद माइसेल्फ टु लव,
ऐंड दाऊ मस्ट लव मी हू हैव डाइड फार दी'।'[1]

(भावार्थ—'हबीब! सोचो तो; वही सर्वशक्तिमान् ईश्वर प्रेममय भी है। मेघगर्जन के बीच से मनुष्य का-सा यह स्वर सुनाई पड़ता है—'हे मेरे बनाए हुए हृदय! इधर भी हृदय है। हे मेरे बनाए हुए मुखड़े! मुझमें भी मुखड़ा देख। तुझमें शक्ति नहीं है और न तू मेरी शक्ति का अनुमान कर सकता है। पर प्रेम मैंने तुझको दिया है कि तू मुझसे प्रेम कर जो तेरे लिए मर चुका है'।)

तत्त्वज्ञानसम्पन्न प्राचीन यूनानी (यवन) जाति के बीच जब 'पाल' नामक यहूदी स्थूल सीधे-सादे प्रेममय ईसाई मत का ही प्रचार करने गया तब किस प्रकार ज्ञानगर्व से भरे यूनानियों ने उस 'असभ्य यहूदी' की बातों की पहले उपेक्षा की, पर पीछे उसके शान्तिदायक सन्देश पर मुग्ध हुए, यह बात वर्णन करने के लिए ब्राउनिंग ने इसी प्रकार के एक और पत्र की रचना की है।

ब्राउनिंग के समान ही और यूरोपियनों की भी यही धारणा थी कि प्रेमतत्त्व या भक्तिमार्ग का आविर्भाव पहले-पहल ईसाई मत में हुआ और ईसाई उपदेशकों द्वारा भिन्न-भिन्न देशों में फैला। भारतवर्ष के 'भागवत सम्प्रदाय' की प्राचीनता पूर्णतया सिद्ध हो जाने पर भी बहुतेरे अब तक उस प्रिय धारणा को छोड़ना नहीं चाहते। सच पूछिए तो 'भगवान' के हृदय की पूर्ण भावना भारतीय भक्तिमार्ग में ही हुई।

ईसाई मत को पीछे से भगवान के हृदय का वहाँ तक आभास मिला जहाँ तक उपास्य उपासक का सम्बन्ध है। व्यक्तिगत साधना के क्षेत्र के बाहर उस हृदय की

1. ऐन एपिसल कंटेनिंग द स्ट्रेंज मेडिकल एक्सपीरिएंस आव कारसिस दि अरब फिजिशियन।

खोज नहीं की गई। केवल इतने ही से सन्तोष किया गया कि ईश्वर शरणागत भक्तों के पापों को क्षमा करता है और सब प्राणियों से प्रेम रखता है। इतने से ईश्वर और मनुष्य के बीच के व्यवहार में तो वह हृदय दिखाई पड़ा पर मनुष्य मनुष्य के बीच के व्यवहार में अभिव्यक्त होनेवाले तथा लोकरक्षा और लोकरंजन करनेवाले हृदय की ओर ध्यान न गया। लोक में जिस हृदय से दीन-दुखियों की रक्षा की जाती है, गुरुजनों का आदर-सम्मान किया जाता है, भारी-भारी अपराध क्षमा किए जाते हैं, अत्यन्त प्रबल और असाध्य अत्याचारियों का ध्वंस करने में अद्‌भुत पराक्रम दिखाया जाता है, नाना कर्तव्यों और स्नेह सम्बन्धों का अत्यन्त भव्य निर्वाह किया जाता है, सारांश यह कि जिससे लोक का सुखद परिपालन होता है, वह भी उसी एक 'परम हृदय' की अभिव्यक्ति है, इसकी भावना भारतीय भक्तिपद्धति में ही हुई।

जिस समय 'निर्गुनिए' भक्तों की लोकधर्म से उदासीन या विमुख करनेवाली वाणी सर्वसाधारण के कानों में गूँज रही थी उस समय गोस्वामी तुलसीदास जी ने किस प्रकार भक्ति के उपयुक्त प्राचीन व्यापक स्वरूप की जनसाधारण के बीच प्रतिष्ठा की, गोस्वामी जी की आलोचना में हम दिखा चुके हैं।

सूफी लोग साधक की क्रमशः चार अवस्थाएँ कहते हैं—(1) 'शरीअत'—अर्थात धर्मग्रन्थों के विधिनिषेध का सम्यक् पालन। यह है हमारे यहाँ का कर्मकांड। (2) 'तरीकत'—अर्थात बाहरी क्रियाकलाप से परे होकर हृदय की शुद्धता द्वारा भगवान का ध्यान। इसे उपासना कांड कह सकते हैं। (3) 'हकीकत'—भक्ति और उपासना के प्रभाव से सत्य का सम्यक् बोध जिससे साधक तत्त्वदृष्टिसम्पन्न और त्रिकालज्ञ हो जाता है। इसे ज्ञानकांड समझिए। (4) 'मारफत'—अर्थात सिद्धावस्था जिसमें कठिन उपवास और मौन आदि की साधना द्वारा अन्त में साधक की आत्मा-परमात्मा में लीन हो जाती है और वह भगवान की सुन्दर प्रेममयी प्रकृति (जमाल) का अनुसरण करता हुआ प्रेममय हो जाता है।

जायसी ने इन अवस्थाओं का उल्लेख 'अखरावट' में इस प्रकार किया है—

कही 'सरीअत' चिस्ती पीरू। उधरित असरफ औ जहँगीरू॥
राह 'हकीकत' परै न चूकी। पैठि 'मारफत' मार बुड़ूकी॥

यह कह आए हैं कि जायसी को विधि पर पूरी आस्था थी। वे उसको साधना की पहली सीढ़ी कहते हैं जिस पर पैर रखे बिना कोई आगे बढ़ नहीं सकता—

साँची राह 'सरीअत' जेहि बिश्वास न होई।
पाँव राख तेहि सीढ़ी, निभ्रम पहुँचै साई॥

साधक के लिए कहा गया है कि वह प्रकट में तो सब लोकव्यवहार करता रहे, सैकड़ों लोगों के बीच अपना काम करता रहे, पर भीतर हृदय में भगवान की भावना करता रहे, जैसाकि जायसी ने कहा है—

परगट लोक चार कहु बाता। गुपुत भाउ मन जासौं राता॥

इसे 'खिलवत दर अंजुमन' कहते हैं।

नफ्स के साथ जिहाद करते हुए—इन्द्रियदमन करते हुए—उस परमात्मा तक पहुँचने का जो मार्ग बताया गया है वह 'तरीकत' कहलाता है। इस मार्ग का अनुसरण करनेवाले को क्षुत्पिपासा सहन, एकान्तवास और मौन का आश्रय लेना चाहिए। इस मार्ग में कई पड़ाव हैं जो 'मुकामात' कहलाते हैं। इनमें से पहला 'मुकाम' है 'तौबा'। जायसी ने जो चार टिकान या बसेरे कहे हैं (चारि बसेरे सौं चढ़े, सत सौं उतरै पार) वे या तो ऊपर कही हुई चार अवस्थाएँ हैं अथवा ये ही मुकामात हैं। ये 'मुकामात' या अवस्थाएँ उन आभ्यन्तर अवस्थाओं के अधीन हैं जो परमात्मा के अनुग्रह से कल्ब या हृदय के बीच उपस्थित होती हैं और 'अहवाल' कहलाती हैं। इसी 'अहवाल' की अवस्था का प्राप्त होना 'हाल आना' कहलाता है जिसमें भक्त अपने को बिलकुल भूल जाता है और ब्रह्मानन्द में झूमने लगता है। जायसी ने इन पद्यों में इसी अवस्था की ओर संकेत किया है—

कया जो परम तन्त मन लावा। घूम माति, सुनि और न भावा॥
जस मद पिए घूम कोइ नाद सुने पै घूम।
तेहि तें बरजै नीक है, चढ़े रहसि कै दूम॥

इस 'हाल'[1] या प्रलयावस्था के दो पक्ष हैं—त्यागपक्ष और प्राप्तिपक्ष। त्यागपक्ष के अन्तर्गत हैं—(1) फना (अपनी अलग सत्ता की प्रतीति के परे हो जाना), (2) फकद (अहंभाव का नाश) और सुक्र (प्रेममद)। प्राप्तिपक्ष के अन्तर्गत हैं—(1) बका (परमात्मा में स्थिति), (2) वज्द (परमात्मा की प्राप्ति) और (3) शह्न (पूर्ण शान्ति)।

बसरा और बगदाद बहुत दिनों तक सूफियों के प्रधान स्थान रहे। बसरे में 'राबिया' और बगदाद में 'मंसूर हल्लाज' प्रसिद्ध सूफी हुए हैं। मंसूर हल्लाज की पुस्तक 'किताबे तवासीफ' सूफियों का सिद्धान्त ग्रन्थ माना जाता है। अतः उसके अनुसार ईश्वर और सृष्टि के सम्बन्ध में सूफियों का सिद्धान्त नीचे दिया जाता है—

परमात्मा की सत्ता का सार है प्रेम। सृष्टि के पूर्व परमात्मा का प्रेम निर्विशेष भाव से अपने ऊपर था इससे वह अपने को—अकेले अपने आपको ही—व्यक्त करता रहा। फिर अपने उस एकान्त अद्वैतवाद प्रेम को, उस अपरत्वरहित प्रेम को, बाह्य विषय के रूप में देखने की इच्छा से उस शून्य से अपना एक प्रतिरूप या प्रतिबिम्ब उत्पन्न किया जिसमें उसी के गुण और नामरूप थे। यही प्रतिरूप 'आदम' कहलाया जिसमें और जिसके द्वारा परमात्मा ने अपने को व्यक्त किया—

1. यह 'हाल' समाधि की अवस्था है जिसकी प्राप्ति सूफी एकमात्र 'ईश्वरप्रणिधान' द्वारा ही मानते हैं।

आपुहि आपुहि चाह देखावा। आदम रूप भेस धरि आवा॥

हल्लाज ने ईश्वरत्व और मनुष्यत्व में कुछ भेद रखा है। वह 'ब्रह्मैव भवति' तक नहीं पहुँचता है। साधना द्वारा ईश्वर की प्राप्ति हो जाने पर भी, ईश्वर की सत्ता में लीन हो जाने पर भी, कुछ विशिष्टता बनी रहती है। ईश्वरत्व (लाहूत), मनुष्यत्व (नासूत) में वैसे ही ओतप्रोत हो जाता है—बिलकुल एक नहीं हो जाता—जैसे शराब में पानी। इसी से ईश्वर दशाप्राप्त मनुष्य कहने लगता है 'अनहलक'—मैं ही ईश्वर हूँ। ईश्वरत्व का इस प्रकार मनुष्यत्व में ओतप्रोत हो जाना—हल हो जाना—'हुलूल' कहलाता है। इस हुलूल में अवतारवाद की झलक है, इससे मुल्लाओं ने इसका घोर विरोध किया। जो कुछ हो, हल्लाज ने यह प्रतिपादित किया कि अद्वैत परमसत्ता में ही भेदविधान है, उसमें भी विशिष्टता है, जैसे कि रामानुजाचार्य जी ने किया था।

इब्न अरबी ने 'लाहूत' और 'नासूत' की यह व्याख्या की है कि दोनों एक ही परमसत्ता के दो पक्ष हैं। लाहूत नासूत हो सकता है और नासूत लाहूत। इस प्रकार उसने ईश्वर और जीव दोनों के परे ब्रह्म को रखा और वेदान्तियों के उस भेद पर आ पहुँचा जो वे ब्रह्म और ईश्वर अर्थात निर्गुण ब्रह्म और सगुण ब्रह्म में करते हैं। वेदान्त में भी एक ही ब्रह्म शुद्ध सत्त्व में प्रतिबिम्बित होने पर ईश्वर और अशुद्ध सत्त्व में प्रतिबिम्बित होने पर जीव कहलाता है। परब्रह्म के नीचे एक और ज्योतिस्वरूप की भावना पश्चिम की पुरानी जातियों में भी थी—जैसे, प्राचीन मिस्रियों में 'लोगस' की, यहूदियों में 'कबाला' की और पारसियों में 'बहमन' की। ईसाइयों में भी 'पवित्रात्मा' के रूप में वह बना हुआ है।

सूफियों के एक प्रधान वर्ग का मत है कि नित्य पारमार्थिक सत्ता एक ही है। यह अनेकत्व जो दिखाई पड़ता है वह उसी एक का ही भिन्न-भिन्न रूपों में आभास है। यह नामरूपात्मक दृश्य जगत उसी एक सत् की बाह्य अभिव्यक्ति है। परमात्मा का बोध इन्हीं नामों और गुणों के द्वारा हो सकता है। इसी बात को ध्यान में रखकर जायसी ने कहा—

दीन्ह रतन बिधि चारि, नैन, बैन, सरवन्न, मुख।
पुनि जब मेटिहि मारि, मुहमद तब पछिताब मैं॥ [अखरावट]

इस परम सत्ता के दो स्वरूप हैं—नित्यत्व और अनन्तत्त्व; दो गुण हैं—जनकत्व और जन्यत्व। शुद्ध सत्ता में न तो नाम है, न गुण। जब वह निर्विशेषत्व या निर्गुणत्व से क्रमशः अभिव्यक्ति के क्षेत्र में आती है तब उस पर नाम और गुण लगे प्रतीत होते हैं। इन्हीं नामरूपों और गुणों की समष्टि का नाम जगत है। सत्ता और गुण दोनों मूल में जाकर एक ही हैं। दृश्य जगत भ्रम नहीं है, उस परम सत्ता की आत्माभिव्यक्ति या अपर रूप में उसका अस्तित्व है। वेदान्त की भाषा में वह ब्रह्म का ही 'कनिष्ठ स्वरूप' है। हल्लाज के मत की अपेक्षा यह मत वेदान्त के अद्वैतवाद के अधिक निकट है।

सूफियों के मत का जो थोड़ा-सा दिग्दर्शन ऊपर कराया गया उससे इस बात पर ध्यान गया होगा कि उनके अद्वैतवाद में दो बातें स्फुट नहीं हैं—(1) परम सत्ता चित्स्वरूप ही है, (2) जगत अध्यास मात्र है। पर जैसाकि पाठकों को पढ़ने से ज्ञात होगा, जायसी सूफियों के अद्वैतवाद तक ही नहीं रहे हैं, वेदान्त के अद्वैतवाद तक भी पहुँचे हैं। भारतीय मत-मतान्तरों की उनमें अधिक झलक है।

ज्ञानकांड के निर्गुण ब्रह्म को यदि उपासना क्षेत्र में ले जाएँगे तो उसे सगुण करना ही पड़ेगा। जिन्होंने मूर्ति के निषेध को ठीक खुदा के पास तक पहुँचा देनेवाला रास्ता समझा था, वे भी उसकी देशकाल-सम्बन्ध शून्य भावना नहीं कर सके थे। खुदा का कयामत के दिन एक जगह बैठना, चारों ओर सब जीवों का इकट्ठा होना, बगल में हजरत मुहम्मद या ईसा का होना, जड़ द्रव्य लेकर अपनी ही सूरत-शक्ल का पुतला बनाना और उसमें रूह फूँकना, छह दिन काम करके सातवें दिन आराम करना, ये सब बातें अव्यक्त और निर्गुण की नहीं हैं। ज्ञानेन्द्रियगोचर आकार के बिना चाहे किसी प्रकार काम चल भी जाए पर मन का गोचर गुणों के बिना तो किसी दशा में नहीं चल सकता। अतः मूर्तामूर्त सबको उस ब्रह्म का व्यक्ताव्यक्त रूप माननेवाले सूफी यदि उस ब्रह्म की भावना अनन्त सौन्दर्य और अनन्त गुणों से सम्पन्न प्रियतम के रूप में करें तो उनके सिद्धान्त में कोई विरोध नहीं आ सकता। उपनिषदों में भी उपासना के लिए ब्रह्म की सगुण भावना की गई है। सूफी लोग ब्रह्मानन्द का वर्णन लौकिक प्रेमानन्द के रूप में करते हैं और इस प्रसंग में शराब, मद आदि को भी लाते हैं।

प्रतीकोपासना (अग्नि, जल, वायु आदि के रूप में) और प्रतिमापूजन के प्रति जो घोर द्वेषभाव पैगम्बरी मतों में फैला हुआ था वह सूफियों की उदार और व्यापक दृष्टि में अत्यन्त अनुचित और घोर अज्ञानमूलक दिखाई पड़ा। उस कट्टरपन का शान्त विरोध प्रकट करने के लिए वे कभी-कभी अपने उपास्य प्रियतम की भावना 'बुत' (प्रतिमा) के रूप में करते थे। जितना ही इस 'बुत' का विरोध किया गया उतना ही वह फ़ारसी की शायरी में दखल जमाता गया। सूफी बराबर 'खुदा के नूर को हुस्ने बुताँ के परदे में' देखते रहे। सूफियों के प्राधान्य के कारण धीरे-धीरे 'बुत' और 'मैं' (शराब) दोनों शायरी के अंग हो गए। शायर लोग 'खुदा खुदा करना' और 'बुतों के आगे सिजदा करना' दोनों बराबर ही समझने लगे।[1]

पद्मावत में अद्वैतवाद की झलक स्थान-स्थान पर दिखाई पड़ती है। अद्वैतवाद के अन्तर्गत दो प्रकार के द्वैत का त्याग लिया जाता है—आत्मा और परमात्मा के द्वैत का तथा ब्रह्म और जड़ जगत के द्वैत का। इनमें से सूफियों का जोर पहली बात पर ही समझना चाहिए। यजुर्वेद के वृहदारण्यक उपनिषद का 'अहं ब्रह्मास्मि' वाक्य जिस प्रकार ब्रह्म की एकता और अपरिच्छिन्नता का प्रतिपादन करता है उसी

1. करूँ मैं सिजदः बुतों के आगे, तू ऐ बरहमन! 'खुदा, खुदा' कर।

प्रकार सूफियों का 'अनलहक' वाक्य भी। इस अद्वैतवाद के मार्ग में बाधक होता है अहंकार। यह अहंकार यदि छूट जाए तो इस ज्ञान का उदय हो जाए कि 'सब मैं ही हूँ', मुझसे अलग कुछ नहीं है—

हौं हौं कहत सबै मति खोई। जौ तू नाहिं आहि सब कोई॥
आपुहि गुरु सो आपुहि चेला। आपुहि सब औ आपु अकेला॥

'अखरावट' में जायसी ने 'सोऽहं' इस तत्त्व की अनुभूति से ही पूर्ण शान्ति की प्राप्ति बताई है—

'सोऽहं सोऽहं' बसि जो करई। सो बूझै, सो धीरज धरई॥

वेदान्त का अनुसरण करते हुए जायसी ब्रह्म और जगत की समस्या पर भी जाते हैं और जगत को ब्रह्म से अलग नहीं करते। जगत की जो अलग सत्ता प्रतीत होती है, वह पारमार्थिक नहीं है, अवभास या छायामात्र है—

जब चीन्हा तब और न कोई। तन मन, जिउ, जीवन सब सोई॥
'हौं हौं' कहत धोख इतराहीं। जब भा सिद्ध कहाँ परछाहीं॥

चित्त अचित्त की इस अनन्यता के प्रतिपादन के लिए वेदान्त 'विवर्तवाद' का आश्रय लेता है जिसके अनुसार यह जगत ब्रह्म का विवर्त (कल्पित कार्य) है। मूल सत्य द्रव्य ब्रह्म ही है जिस पर अनेक असत्य अर्थात सदा बदलते रहनेवाले दृश्यों का अध्यारोप होता है। जो नामरूपात्मक दृश्य हम देखते हैं वह न तो ब्रह्म का वास्तविक स्वरूप ही है, न ब्रह्म का कार्य या परिणाम ही है। वह है केवल अध्यास या भ्रान्तिज्ञान। उसकी कोई अलग सत्ता नहीं है। नित्य तत्त्व एक ब्रह्म ही है। इसी सामान्य सिद्धान्त के स्पष्टीकरण के लिए वेदान्त में प्रतिबिम्बवाद, दृष्टि-सृष्टिवाद, अवच्छेदवाद, अजातवाद (प्रौढ़िवाद) आदि कई वाद चलते हैं।

'प्रतिबिम्बवाद' का तात्पर्य यह है कि नामरूपात्मक दृश्य (जगत) ब्रह्म के प्रतिबिम्ब हैं। बिम्ब ब्रह्म है; यह जगत उसका प्रतिबिम्ब है। इस प्रतिबिम्बवाद की ओर जायसी ने 'पद्मावत' में बड़े ही अनूठे ढंग से संकेत किया है। दर्पण में पद्मिनी के रूप की झलक देख अलाउद्दीन कहता है—

देख एक कौतुक हौं रहा। रहा अँतरपट पै नहिं अहा॥
सरवर देख एक मैं सोई। रहा पानि औ पान न होई॥
सरग आइ धरती महँ छावा। रहा धरति, पै धरत न आवा॥

परदा था भी और नहीं भी था—अर्थात इस विचार से तो व्यवधान था कि उस स्वरूप का हम स्पर्श नहीं कर सकते थे और इस विचार से नहीं भी था कि उस

व्यवधान में उस स्वरूप की छाया दिखाई पड़ती थी। प्रकृति की दो शक्तियाँ मानी जाती हैं—आवरण और विक्षेप। आवरण द्वारा वह मूल निर्गुण सत्ता के वास्तव स्वरूप को ढकती है और विक्षेप द्वारा उसके स्थान पर बदलनेवाले नाना रूपों को निकालती है। जबकि ये नाना रूप ब्रह्म ही के प्रतिबिम्ब हैं तब हम यह नहीं कह सकते कि वह आवरण या परदा ऐसा है जिसमें ब्रह्म का आभास बिलकुल नहीं मिल सकता। सरोवर में पानी था, पर पानी तक पहुँच नहीं होती थी—उस शीतल करनेवाले तत्त्व की झलक मिलती है, पर उसकी प्राप्ति यों नहीं हो सकती। पूर्ण साधना द्वारा यदि उसकी प्राप्ति हो जाए तो भवताप से चिर-निवृत्ति हो जाए और आत्मा की प्यास सब दिन के लिए बुझ जाए। 'सरग आइ धरती महँ छावा'—स्वर्गीय अमृत तत्त्व इसी पृथ्वी में व्याप्त है और पकड़ में नहीं आता है। इसी भाव को जायसी ने 'अखरावट' में अधिक स्पष्ट रूप में प्रकट किया है—

आपुहि आपु जो देखै चहा । आपनि प्रभुत आप से कहा॥
सबै जगत दरपन कै लेखा । आपुहि दरपन, आपुहि देखा॥
आपुहि बन औ आपु पखेरू । आपुहि सौजा, आपु अहेरू॥
आपुहि पुहुप फूलि बन फूलै । आपुहि भँवर बासरस भूलै॥
आपुहि घट घट महँ मुख चाहै। आपुहि आपन रूप सराहै॥
दरपन बालक हाथ, मुख देखै, दूसर गनै।
तस भा दुइ एक साथ, मुहमद एकै जानिए॥

'आपुहि दरपन आपुहि देखा' इस वाक्य से दृश्य और द्रष्टा, ज्ञेय और ज्ञाता का एक दूसरे से अलग न होना सूचित होता है। इसी अर्थ को लेकर वेदान्त में यह कहा जाता है ब्रह्म जगत का केवल निमित्त कारण ही नहीं, उपादान कारण भी है। 'आपुहि आपु जो देखै चहा' का मतलब यह है कि अपनी ही शक्ति की लीला का विस्तार जब देखना चाहा। शक्ति या माया ब्रह्म ही की है, ब्रह्म से पृथक् उसकी कोई स्वतंत्र सत्ता नहीं। 'आपुहि घट घट महँ मुख चाहै'—प्रत्येक शरीर में जो कुछ सौन्दर्य दिखाई पड़ता है वह उसी का है। किस प्रकार एक ही अखंड सत्ता के अलग-अलग बहुत से प्रतिबिम्ब दिखाई पड़ते हैं, यह बताने के लिए जायसी यह पुराना उदाहरण देते हैं—

गगरी सहस पचास, जो कोउ पानी भरि धरै।
सूरुज दिपै अकास, मुहमद सब महँ देखिए॥

जिस ज्योति से मनुष्य उस परमहंस ब्रह्म की छाया देखता है वह स्थिर है क्योंकि वह ब्रह्म ही है। वह ब्रह्मज्योति अपनी माया से आच्छादित होने पर भी न उससे मिली हुई कही जा सकती है न अलग—मिली हुई इसलिए नहीं कि नामरूपात्मक दृश्यों का उसके स्वरूप पर कोई प्रभाव नहीं पड़ सकता, अलग इसलिए नहीं कि उसकी अभिव्यक्ति छाया रूप में रहती है—

देखेउ परमहंस परछाहीं । नयन ज्योति सौं बिछुरति नाहीं॥
जगमग जल महँ दीसै जैसे। नाहिं मिला नहिं बेहरा तैसे॥

नाम, रूप असत्य हैं अर्थात बदलते रहते हैं पर उनकी तह में जो आत्मसत्ता है वह नित्य और अपरिणामी है, इसका स्पष्ट शब्दों में उल्लेख इस सोरठे में है—

बिगरि गए सब नावँ, हाथ, पाँव, मुँह, सीस धर।
तोर नाँव केहि ठाँव, मुहमद सोइ बिचारिए॥ [अखरावट]

नित्य तत्त्व और नामरूप का भेद समझाने के लिए वेदान्ती समुद्र और तरंग का या सुवर्ण और अलंकार का दृष्टान्त लाया करते हैं। अखरावट में वह भी मौजूद है—

सुन्न समुद चख माहिं, जल जैसी लहरै उठहिं।
उठि उठि मिटि मिटि जाहिं, मुहमद खोज न पाइए॥

वह अव्यक्त तत्त्व यद्यपि घट-घट में व्याप्त है, नामरूपात्मक जगत की तह में है, पर नामरूपों का उस पर कोई प्रभाव नहीं, वह निर्लिप्त और अविकारी है—'न चैनं क्लेदयन्त्यापो न शोषयति मारुतः'—

चख महँ नियर, निहारत दूरी। सब घट माहँ रहा भरि पूरी।
पवन न उड़ै, न भीजै पानी । अगिनि जरै जस निरमल बानी॥

ब्रह्म अपनी माया का विस्तार करके उसमें अपना प्रतिबिम्ब देखता है। इस बात को समझाने के लिए जायसी आँख की पुतली के बिन्दु की ओर संकेत करते हैं। यह बिन्दु जब अपनी शक्ति का प्रसार करता है तभी जगत को देखता है। इस बात की ओर पूर्ण ध्यान देकर विचार करने से मनुष्य को दृग्दृश्य विवेक प्राप्त हो सकता है और वह यह समझ सकता है कि दृश्य की प्रतीति होना अव्यक्त में अव्यक्त का सामना ही है, नित्य अव्यक्त तत्त्व ब्रह्म मायापट का विस्तार करके—अर्थात दिक्काल आदि का आरोप करके—अपना प्रतिबिम्ब डालता है। अव्यक्तमूल प्रतिबिम्ब प्रतीति के रूप में फिर उसी अव्यक्त नित्य चित्तत्व में पलटकर समाता है—

पुतरी महँ जो बिंदि एक कारी। देखै जगत सो पट बिस्तारी॥
हेरत दिस्टि उघरि तस आई। निरखि सुन्न महँ सुन्न समाई॥

प्रसिद्ध जर्मन दार्शनिक फिक्ट ने भी जगत की प्रतीति की प्रायः यही पद्धति बताई है।

ब्रह्म को 'ईश्वर' संज्ञा किस प्रकार प्राप्त होती है इसका विवरण वेदान्त के ग्रन्थों में मिलता है। पहले प्रकृति रजोगुण की प्रवृत्ति से दो रूपों में विभक्त होती है—सत्त्वप्रधान और तमःप्रधान। सत्त्वप्रधान के भी दो रूप हो जाते हैं—शुद्ध सत्त्व

(जिसमें सत्त्व गुण पूर्ण हों) और अशुद्ध सत्त्व (जिसमें सत्त्व अंशतः हो)। प्रकृति के इन्हीं भेदों में प्रतिबिम्बित होने के अनुसार ब्रह्म कभी 'ईश्वर', कभी 'हिरण्यगर्भ' और कभी 'जीव' कहलाता है। जब माया या शक्ति के तीन गुणों में से शुद्ध सत्त्व का उत्कर्ष होता है तब उसे 'माया' कहते हैं और इस माया में प्रतिबिम्बित होनेवाले ब्रह्म को सगुण यानी व्यक्त ईश्वर कहते हैं। अशुद्ध सत्त्व की प्रधानता को 'अविद्या' और उसमें प्रतिबिम्बित होनेवाले चित्त या ब्रह्म को प्राज्ञ या जीव कहते हैं—इस सिद्धान्त का भी आभास जायसी ने इस प्रकार किया है—

भए आपु औ कहा गोसाईं। सिर नावहु सगरिउ दुनियाईं॥

आप ही तो सब कुछ हुआ, पर माया के भेद के अनुसार एक ओर तो ईश्वर (सर्वशक्तिमान् विधायक और शासक) रूप में व्यक्त हुआ और दूसरी ओर जीव रूप में, जो उस ईश्वर को सिर नवाता है।

ब्रह्म और जीव, आत्मा और परमात्मा की एकता इस प्रकार भी समझाई जाती है कि 'जो पिंड में है वही ब्रह्मांड में है'। इस तथ्य को लेकर साधना के क्षेत्र में एक विलक्षण रहस्यवाद की उत्पत्ति हुई जिसकी प्रेरणा से योग में पिंड या घट के भीतर ही ब्रह्म का एक विशेष स्थान निर्दिष्ट हुआ और उसके पास तक पहुँचानेवाले विकट मार्ग (नाभि से चलकर) की कल्पना की गई। जायसी ने इस रहस्यवादी भावना को स्वीकार किया है—

सातौं दीप नवौ खंड, आठौ दिसा जो आहिं।
जो बरह्मंड सो पिंड है, हेरत अन्त न जाहि॥

और एक पूरा रूपक बाँधकर पिंड को ही ब्रह्मांड बनाया है—

टा टुक झाँकहु सातौं खंडा। खंडै खंड लखहु बरम्हंडा॥
पहिल खंड जो सनीचर नाऊँ। लखि न अँटकु पौरी महँ ठाऊँ॥
दूसर खंड बृहस्पति तहँवाँ। काम दुवार भोगघर जहँवाँ॥
तीसर खंड जो मंगल मानहुँ। नाभि कँवल महँ ओहि अस्थानहु॥
चौथ खंड जो आदित अहई। बाईं दिसि अस्तन महँ रहई॥
पाँचवँ खंड सुक्र उपराहीं। कंठ माहँ औ जीभ तराहीं॥
छठएँ खंड बुद्धि कर बासा। दोउ भौंहन्ह के बीच निवासा॥
सातवँ सोम कपार महँ, कहा जो दसवँ दुवार।
जो वह पवँरि उघारै, सो बड़ सिद्ध अपार॥

इसमें जायसी ने मनुष्य शरीर के पैर, गुह्येन्द्रिय, नाभि, स्तन, कंठ, दोनों भौंहों के बीच के स्थान और कपाल को क्रमशः शनि, बृहस्पति, मंगल, आदित्य, शुक्र, बुध और सोम-स्वरूप कहा है। एक और ध्यान देने की बात यह है कि कवि ने

जिस क्रम से एक दूसरे के ऊपर ग्रहों की स्थिति लिखी है वह सूर्यसिद्धान्त आदि ज्योतिष के ग्रन्थों के अनुकूल है।

तत्त्व दृष्टि से 'पिंड और ब्रह्मांड की एकता' के निश्चय पर पहुँच जाने पर फिर उसी के अनुकूल साधना मार्ग सामने आता है, जो योगशास्त्र का विषय है। पतंजलि ने विभूतिपाद में नाभिचक्र, कंठकूप, कूर्मनाड़ी और मूर्द्धज्योति का ही उल्लेख किया है, पर हठयोग में काव्यव्यूह का विशेष विस्तार से वर्णन है जिसकी चर्चा पहले कर आए हैं। मूर्द्धज्योति या ब्रह्मरन्ध्र को ही जायसी ने 'दसवाँ द्वार' कहा है जहाँ वृत्ति को ले जाकर लीन करने से ब्रह्म के स्वरूप का साक्षात्कार हो सकता है। जायसी ने वेदान्त के सिद्धान्तों के साथ हठयोग की बातों का भी समावेश क्यों किया, इसका कारण उपर्युक्त विवेचन से स्पष्ट हो गया होगा। तत्त्वज्ञान के पश्चात् उसके अनुकूल साधना होनी चाहिए। जबकि यह सिद्ध हो गया कि जो ब्रह्म विश्व की आत्मा के रूप में ब्रह्मांड में व्याप रहा है वही मनुष्य के पिंड या शरीर में भी है तब शरीर के भीतर ही उसके साक्षात्कार की साधना का निरूपण होना ही चाहिए।

अब यह देखिए कि तत्त्व दृष्टि से जायसी सृष्टिविकास का किस रूप में वर्णन करते हैं। वे कहते हैं कि सृष्टि के पहले ब्रह्म अपने को अपने में समेटे हुए था—'रहा आपु महँ आपु समाना' (अखरावट)। सर्गोन्मुख होने के पहले वह 'वज्रबीज' अव्यक्त था—

बजर बीज बीरौ अस, ओहि न रंग न भेस।

अंकुरित होने पर उसमें से दो पत्ते निकले—एक चित्तत्व, दूसरा पार्थिव तत्त्व—

होतै बिरवा भए दुइ पाता। पिता सरग औ धरती माता॥

इन्हीं दो से फिर अनेक प्रकार की चराचर सृष्टि हुई—

बिरिछ एक लागीं दुइ डारा । एकहिं ते नाना परकारा॥
मातु के रकत पिता के बिन्दू । उपने दुवौ तुरुक औ हिन्दू॥
रकत हुते तन भए चौरंगा । बिन्दु हुते जिउ पाँचौ संगा॥
जस ए चारिउ धरति बिलाहीं । तस वै पाँचहु सरगहिं जाहीं॥

एक ही वृक्ष की दो डालियाँ हुईं—एक चेतन तत्त्व अर्थात जीवात्मा और दूसरा अचेतन अर्थात जड़ द्रव्य। चित्त पुरुषपक्ष या पितृपक्ष है और अचित्त प्रकृति पक्ष या मातृपक्ष है। चित्त को आकाशरूप (चिदाकाश) सूक्ष्म समझना चाहिए और अचित्त को पृथ्वीस्वरूप स्थूल।

जबकि व्यक्त चित्त (जीव) और व्यक्त अचित्त (विकृति) दोनों एक ब्रह्म से उत्पन्न हैं तब ब्रह्मा में भी ये दोनों पक्ष अव्यक्त या सूक्ष्म रूप में होंगे। इस प्रकार जायसी के उक्त कथन में रामानुज के विशिष्टाद्वैत की झलक साफ है जिसके अनुसार

ब्रह्म चिदचिद्विशिष्ट है अर्थात चित्त और अचित्त दोनों उसके अंग हैं। जायसी ने आगे चलकर तो ब्रह्म को द्विकलात्मक साफ कहा है—

खा खेलार जस है दुइ करा। उहै रूप आदम अवतरा॥

ब्रह्म के सूक्ष्म चित्त से जीवात्माओं की उत्पत्ति और सूक्ष्म अचित्त से उनके शरीर और जड़ जगत की उत्पत्ति हुई। विशिष्टाद्वैत के अनुसार ब्रह्म केवल निमित्त कारण है; उपादान है जड़ (स्थूल अचित्त) और जीव (स्थूल चित्त)। पर दूरारूढ़ वेदान्त के अद्वैतवाद में ब्रह्म सब भेदों (स्वगत, सजातीय और विजातीय) से रहित तथा जगत का निमित्त और उपादान दोनों माना जाता है। सूफियों को भी आत्मा और परमात्मा में किसी प्रकार का पारमार्थिक भेद (जन्य जनक का भी), मान्य नहीं है। अतः अद्वैतियों के अनुकूल यदि हम 'बिरिछ एक लागीं दुइ डारा' का अर्थ करना चाहें तो जीव और जड़ को क्रमशः ब्रह्म के श्रेष्ठ और कनिष्ठ स्वरूप (जिन्हें गीता में परा और अपरा प्रकृति कहा है) मानकर कर सकते हैं। श्रेष्ठ स्वरूप निर्विकार रहता है और कनिष्ठ स्वरूप (माया) में अनेक प्रकार के भेद और विकार दिखाई पड़ते हैं। पर अद्वैतवाद के अनुकूल सृष्टि के वर्णन में अधिक जटिलता है और शब्दों के प्रयोग में सावधानी की भी बहुत आवश्यकता है। इसका निर्वाह जायसी के लिए कठिन था। इसी से आगे चलकर इन्होंने चित्तत्व के समुंद्र से जो असंख्य प्रकार के भीतर जीवबिन्दुओं की वर्षा कराई है वह शुद्ध वेदान्त के अपरिच्छिन्न चित्त के अनुकूल नहीं है, विशिष्टाद्वैत भावना से ही मेल खाती है—

रहा जो एक जल गुपुत समुन्दा। बरसा सहस अठारह बुन्दा।
सोई अंश घटहिं घट मेला। औ सोइ बरन बरन होइ खेला॥

इस चौपाई में 'गुपुत समुन्दा' सूक्ष्म चित्त है जिससे अनेक प्रकार के जीवात्माओं की उत्पत्ति हुई।

यहीं तक नहीं[1] उत्पत्ति का और आगे चलकर जो वर्गीकरण किया गया है वह भी विचारणीय है; जैसे—

रकत हुते तन भए चौरंगा । बिन्दु हुते जिउ पाँचौ संगा॥
जस ए चारिउ धरति बिलाहीं। तस वै पाँचौ सरगहि जाहीं॥

'रक्त' से अभिप्राय यहाँ माता के रज अर्थात प्रकृति के उपादान से है। प्रकृति के क्रमागत विकार से नाना प्रकार के शरीर संघटित हुए, यहाँ तक तो ठीक-ही-ठीक

1. द्वेवावब्रह्मणो रूपे, मूर्तं चैवामूर्तं च, मर्त्यं चामृतं च।

—बृहदारण्यक (मूर्तामूर्त ब्राह्मण)

है। पर चित्तत्व के अन्तर्गत जीवात्मा के अतिरिक्त पाँचों ज्ञानेन्द्रियाँ (या पंचप्राण अर्थ लीजिए) भी हैं। यह मत भारतीय दृष्टि से शास्त्रसम्मत नहीं है। सांख्य और वेदान्त दोनों में ज्ञानेन्द्रियाँ और अन्त:करण तथा प्राण भी प्रकृति के उत्तरोत्तर विकास माने जाते हैं। पर अन्त:करण या मन से आत्मा भिन्न है, यह सूक्ष्म भावना पश्चिमी देशों में स्फुट नहीं थी। पर 'जस वै पाँचौ सरगहि जाहीं' का भारतीय अध्यात्म की दृष्टि से यह अर्थ ले सकते हैं कि जीवात्मा के साथ 'लिंग' शरीर लगाया जाता है।

पद्मावत के आरम्भ में सृष्टि का जो वर्णन है वह तो बिलकुल स्थूल तथा नैयायिकों, पौराणिकों तथा जनसाधारण के 'आरम्भवाद' के अनुसार है। यहीं तक नहीं, उसमें हिन्दुओं और मुसलमानों दोनों की भावनाओं का मेल है। उसमें एक ओर तो पुराणों के 'सप्तद्वीप' और 'नव खंड' हैं, और दूसरी ओर 'नूर' की उत्पत्ति और 'हिशद हजार आलम'। उक्त वर्णन में एक बात पर और ध्यान जाता है। कवि ने सर्वत्र भूतकालिक रूप 'कीन्हेसि' का प्रयोग किया है जिसमें शामी पैगम्बरी मतों (यहूदी, ईसाई और इस्लाम की इसी परिमित भावना का आभास मिलता है कि वर्तमान सृष्टि प्रथम और अन्तिम है। इन मतों के अनुसार ईश्वर ने न तो इसके पहले सृष्टि की थी और न वह आगे कभी करेगा। इसमें न तो कल्पान्तर की कल्पना है, न जीवों के पुनर्जन्म की। कयामत या प्रलय आने तक सब जीवात्मा इकट्ठे होते जाएँगे और अन्त में सबका फैसला एक साथ हो जाएगा। जो पुण्यात्मा होंगे वे अनन्त काल तक स्वर्ग भोगने चले जाएँगे और जो पापी होंगे वे अनन्त काल तक नरक भोगा करेंगे। 'पद्मावत' में तो एक ही बार सृष्टि होने का थोड़ा-सा आभास मात्र है। पर 'अखरावट' में यह बात कुछ अधिक खोलकर कही गई है—

ऐस जो ठाकुर किय एक दाऊँ। पहिले रचा मुहम्मद नाऊँ॥

हिन्दू पौराणिक भावना के अनुसार भी सृष्टि का जहाँ वर्णन होगा वहाँ यही अभिप्राय प्रकट होगा कि ईश्वर 'सृष्टि करता है' अर्थात बराबर करता रहता है।

आदम की उत्पत्ति का और गेहूँ खाने के अपराध में आदम हौवा के स्वर्ग से निकाले जाने का उल्लेख भी है—

जबहीं किएउ जगत सब साजा। आदि चहेउ आदम उपराजा॥
खाएनि गोहूँ कुमति भुलाने। परे आइ जग महँ, पछिताने॥ [अखरावट]
छोह न कीन्ह निछोही ओहू। का हम्ह दोष लाग एक गोहूँ॥ [पद्मावत]

स्तुति खंड में यह इस्लामी विश्वास भी मौजूद है कि ईश्वर ने पहले नूर (पैगम्बर) या ज्योति उत्पन्न की और मुहम्मद ही की खातिर से स्वर्ग और पृथ्वी की रचना की—

कीन्हेसि प्रथम जोति परगासू। कीन्हेसि तेहि पिरीति कविलासू॥

'कविलास' शब्द का प्रयोग जायसी ने बराबर स्वर्ग के अर्थ में किया है।

यह तो प्रसिद्ध ही है कि यहूदियों के पुराने पैगम्बर मूसा की उस सृष्टि कथा को ईसाइयों ने भी माना और मुसलमानों ने भी लिया जिसके अनुसार ईश्वर ने छह दिन में आकाश, पृथ्वी, जल तथा वनस्पतियों और जीवों को अलग-अलग उत्पन्न किया और अन्त में मनुष्य का पुतला बनाकर उसमें अपनी रूह फूँकी। इस्लाम में आकर सृष्टि की इस पौराणिक कथा में दो-एक बातों का अन्तर पड़ा। मूसा के खुदा को सृष्टि बनाने में छह दिन लगे थे, पर अल्लाह ने सिर्फ 'कुन' कहकर एक क्षण में सारी सृष्टि खड़ी कर दी। ज्योति की प्रथम उत्पत्ति का उल्लेख मूसा के वर्णन में भी है पर इस्लाम में उस ज्योति का अर्थ 'मुहम्मद का नूर' किया जाता है। कहने की आवश्यकता नहीं कि सृष्टि का उक्त पैगम्बरी वर्णन किसी तात्त्विक क्रम पर नहीं है। जायसी ने भी आरम्भ में ज्योति का नाम लेकर फिर आगे किसी क्रम का अनुसरण नहीं किया है। वे सिर्फ वस्तुएँ गिनाते गए हैं। पर 'पद्मावत' में एक स्थान पर भूतों की उत्पत्ति का क्रम इस प्रकार कहा गया है—

पवन होइ भा पानी, पानी होइ भइ आगि।
आगि होइ भइ माटी, गोरखधन्धै लागि॥

यह क्रम तैत्तिरीयोपनिषद् में जो क्रम कहा गया है उससे नहीं मिलता। तैत्तिरीयोपनिषद् में यह क्रम है—आत्मा (परमात्मा) से आकाश, आकाश से वायु, वायु से अग्नि, अग्नि से जल और जल से पृथ्वी। यह क्रम इस आधार पर है कि पहले एक गुण का पदार्थ हुआ, फिर उससे दो गुणवाला और फिर उस दो गुणवाले से तीन गुणवाला—इसी प्रकार बराबर होता गया। पर जायसी का क्रम किस आधार पर है, नहीं कहा जा सकता। हाँ, पाँच भूतों के स्थान पर जायसी ने जो चार ही कहे हैं वह प्राचीन यूनानियों के विचार के अनुसार है जिसका प्रचार अरब आदि देशों में हुआ। प्राचीन पाश्चात्यों की भूतकल्पना इतनी सूक्ष्म न थी कि वे भूतों के अन्तर्गत आकाश को लेते। आकाश के सम्बन्ध में अरब और फारस आदि मुसलमानी देशों के जनसाधारण की भावना भी बहुत स्थूल थी। वे उसे नक्षत्रों से जुड़ा हुआ एक शामियाना समझते थे, इसी से जायसी ने कहा है—

गगन अन्तरिख राखा, बाज खम्भ बिनु टेक॥

'अखरावट' में उपनिषद की कुछ बातें कहीं-कहीं ज्यों-की-त्यों मिलती हैं। आत्मा के सम्बन्ध में जायसी कहते हैं—

पवन चाहि मन बहुत उताइल। तेहि तें परम आसु सुठि पाइल॥
मन एक खंड न पहुँचै पावै । आसु भुवन चौदह फिरि आवै॥
पवनहिं महँ जो आपु समाना । सब भा बरन जो आपु अमाना॥
जैस डोलाए बेना डोलै । पवन सबद होइ किछुइ न बोलै॥

यही बात ईशोपनिषद् में कही गई है—

अनेजदेकं मनसो जवीयो नैनद्देवाऽऽप्नुवन् पूर्वमर्षत्।
तद्धावतोऽन्यानत्येति तिष्ठत्तस्मिन्नपो मातरिश्वा दधाति॥ 4॥

अर्थात—आत्मा अचल मन से अधिक वेगवाला है, इन्द्रियाँ उसको नहीं पा सकतीं। वह मन, इन्द्रिय आदि दौड़नेवालों से ठहरा हुआ भी, परे निकल जाता है और उसी की सत्ता से वायु में कर्मशक्ति है।

सारांश यह है कि अद्वैतपक्ष मान्य होने पर भी जायसी ने अन्य पक्षों की भावना द्वारा उद्घाटित स्वरूपों का भी पूरे औत्सुक्य के साथ अवलोकन किया है। सूक्ष्म और स्थूल दोनों प्रकार के विचारों का समावेश उनमें है। जगह-जगह उन्होंने संसार को असत्य और माया कहा है जिससे मूल पारमार्थिक सत्ता का केवल आत्मस्वरूप होना ध्वनित होता है। साथ ही, जगत को दर्पण कहना, नामरूपात्मक दृश्यों को प्रतिबिम्ब या छाया कहना यह सूचित करता है कि अचित्त को ब्रह्म तो नहीं कह सकते, पर है वह उसी रूप की छाया जिस रूप में यह जगत दिखाई पड़ता है। दूसरी ओर ईश्वर की भावना कर्ता या केवल निमित्त कारण के रूप में भी सृष्टिवर्णन में उन्होंने की है। यहीं तक नहीं, कहीं-कहीं उन्होंने हिन्दू और मुस्लिम भावना का मेल भी एक नए और अनूठे ढंग से किया है।

इस प्रकार के कई परस्पर भिन्न सिद्धान्तों की झलक से यह लक्षित होता है कि उन्होंने जो कुछ कहा है वह उनके तर्क या 'ब्रह्मजिज्ञासा' का फल नहीं है; उनकी सारग्राहिणी और उदार भावुकता का फल है, उनके अनन्य प्रेम का फल है। इसी प्रेमाभिलाष की प्रेरणा से प्रेमी भक्त उस अखंड रूपज्योति को किसी-न-किसी कला के दर्शन के लिए सृष्टि का कोना-कोना झाँकता है, प्रत्येक मत और सिद्धान्त की ओर आँख उठाता है और सर्वत्र जिधर देखता है उधर उसका कुछ-न-कुछ आभास पाता है। यही उदार प्रवृत्ति सब सच्चे भक्तों की रही है। जायसी की उपासना 'माधुर्य भाव' से, प्रेमी और प्रिय के भाव से है। उनका प्रियतम संसार के परदे के भीतर छिपा हुआ है। जहाँ जिस रूप में उसका आभास कोई दिखाता है वहाँ उसी रूप में उसे देख ये गद्गद होते हैं। वे उसे पूर्णतया ज्ञेय या प्रमेय नहीं मानते। उन्हें यही दिखाई पड़ता है कि प्रत्येक मत अपनी पहुँच के अनुसार, अपने मार्ग के अनुसार, उसका कुछ अंशतः वर्णन करता है। किसी मत या सिद्धान्त विशेष का यह आग्रह कि ईश्वर ऐसा ही है, भ्रम है। जायसी कहते हैं—

सुनि हस्ती कर नावँ, अँधरन्ह टोवा धाइकै।
जेइ टोवा जेहि ठाँव, मुहमद सो तैसै कहा॥

'एकांगदस्सिनो' (एकांगदर्शियों) का यह दृष्टान्त पहले पहल बुद्ध ने दिया था। इसको जायसी ने बड़ी मार्मिकता से अपनी उदार मनोवृत्ति की व्यंजना के लिए लिया

है। इससे यह व्यंजित होता है कि प्रत्येक मत में सत्य का कुछ-न-कुछ अंश रहता है। इंग्लैंड के प्रसिद्ध तत्त्वदर्शी हर्बर्ट स्पेंसर ने भी यही कहा है कि 'कोई मत कैसा ही हो उसमें कुछ-न-कुछ सत्य का अंश रहता है। भूतप्रेतवाद से लेकर बड़े-बड़े दार्शनिक वादों तक सबमें एक बात सामान्यत: पाई जाती है कि सबके सब संसार का मूल कोई अज्ञेय और अप्रमेय रहस्य समझते हैं जिसका वर्णन प्रत्येक मत करना चाहता है, पर पूरी तरह कर नहीं सकता।'

यह बात प्रसिद्ध है कि पहुँचे हुए साधक अपने अनुभव को गुप्त रखते हैं। उसे प्रकट करना वे ठीक नहीं समझते। जायसी भी कहते हैं—

मति ठाकुर कै सुनि कै, कहै जो हिय मझियार।
बहुरि न मत तासौं करै, ठाकुर दूजी बार॥

इस मौन का रहस्य यही है कि अध्यात्म का विषय स्वसंवेद्य और अनिर्वचनीय है। शब्दों में उसका ठीक-ठीक प्रकाश हो नहीं सकता। शब्दों में प्रकट करने के प्रयत्न से दो बातें होती हैं—एक तो शब्द भावना को परिमित करके अनुभूति में कुछ बाधक हो जाते हैं—दूसरे श्रोता के तर्क-वितर्क से भी वृत्ति चंचल हो जाती है। जो अचिन्त्य है वह शब्दों में ठीक-ठीक कैसे आ सकता है?

अचिन्त्या: खलु ये भावा न तांस्तर्केण साधयेत्।

इसी से ब्रह्म के सम्बन्ध में तीन बार प्रश्न करने पर एक ऋषि ने तीनों बार मौन ही द्वारा उत्तर दिया था।

यहाँ तक तो तत्त्वसिद्धान्त की बात हुई। सामाजिक विचार जायसी के प्राय: वैसे ही थे जैसे उस समय जनसाधारण के थे। अरब, फारस आदि देशों में स्त्रियों का पद बहुत नीचा समझा जाता था। वे विलास की सामग्री मात्र समझी जाती थीं। प्राचीन भारत की बात तो नहीं कह सकते पर इधर बहुत दिनों से इस देश में भी यही भाव चला आ रहा है। बादल युद्ध में जाते समय अपनी स्त्री का हाथ छुड़ाकर उससे कहता है—

तिरिया भूमि खड़ग कै चेरी। जीत जो खड़ग होइ तेहि केरी॥

साहित्य

बहुधा यह प्रश्न होता है कि साहित्य क्या है? विद्या के वैज्ञानिक विभागों का नाम लेते ही हमें उनके यथार्थ धर्म का ज्ञान हो जाता है। हम लोग जानते हैं कि न्याय क्या है, ज्योतिष क्या है, सांख्य क्या है; किन्तु यह हम सुगमता के साथ नहीं कह सकते कि साहित्य से किस वस्तु से अभिप्राय है। हम यहाँ पर यह दिखलावेंगे कि साहित्य का यथार्थ धर्म क्या है और विज्ञान से उसका कहाँ तक सम्बन्ध है। क्या साहित्य से पुस्तक मात्र का बोध होता है? कभी नहीं। क्योंकि तब उसके अन्तर्गत विज्ञान, ज्योतिष, न्याय और विद्या के और भी अन्य विभाग आ जाएँगे। कभी हम लोग वेदव्यास की गीता को अध्यात्म के अन्तर्गत और कभी साहित्य के अन्तर्गत मान लेते हैं; किन्तु कोई मनुष्य, यदि वह उन्मत्त न हो, ज्योतिष या यूक्लिड (Euclid) के रेखागणित को साहित्य के नाम से नहीं पुकारेगा। क्या वाक्य रचना ही का नाम साहित्य है? अथवा साहित्य सुन्दर गढ़ी हुई स्टाइल में लिखने को कहते हैं? या यह लिखने की एक कृत्रिम और उपार्जित प्रणाली है?

बहुत से विचारवान पुरुष इन्हीं पूर्वोक्त बातों को साहित्य का लक्षण मान उससे घृणा करते हैं। उनके मत में साहित्य और कुछ नहीं, शब्दों की क्रीड़ा मात्र है।

साहित्य केवल लेखन-प्रणाली ही का नाम है; वाचालता का नहीं। भिन्नता उसकी प्रणाली में, उसके सर्वांग-पूर्ण और दिगन्तव्यापी होने में है। जो बात कही जाती है वह बोलनेवाले के पास से बहुत दूर नहीं जा सकती; वायु में उसका नाश हो जाता है। जब शब्दों को, सारगर्भित और उन्नत भावों को प्रकट करने के लिए, प्रयोग करना होता है; जब उन्हें सृष्टि के अन्त तक स्थायी रखना आवश्यक होता है; और जब उनके द्वारा भावी सन्तति का उपकार वांछित होता है, तब उन्हें लिखना पड़ता है, अर्थात साहित्य के रूप में ढालना पड़ता है। किन्तु इससे यह न समझना चाहिए कि यह हाथ की किसी प्रकार की कारीगरी है; नहीं—यह गुण वाणी ही का है। यह कानों को सम्बोधन करता है, न कि नेत्रों को। इसको हम वाणी की शक्ति कहते हैं। जब हम लिखने लगते हैं तब ऐसे शब्दों का हम प्रयोग करते हैं जैसे 'बोलना', 'पुकारना' इत्यादि। हम इस पर अधिक ज़ोर देते हैं, क्योंकि इससे यह देखा जाता है कि वाणी, अर्थात साहित्य, एक व्यक्ति की निज की क्रिया है। यह कई मनुष्यों

के संयोग से अथवा किसी यंत्र की सहायता से उत्पन्न हुई कोई वस्तु नहीं है। किन्तु सदा इसकी स्फूर्ति एक साथ एक ही व्यक्ति में होती है। एक ही ध्वनि के दो पृथक् व्यक्ति कर्ता नहीं हो सकते और एक ही कथा को दो मनुष्य एक साथ नहीं कह सकते; अर्थात वाणी एक समय में एक ही मनुष्य की हो सकती है और वह उसी की कल्पना और उसी का अनुभव है। किसी एक विशेष प्रकार की कल्पना एक मनुष्य-विशेष की निज की और स्वाभाविक सम्पत्ति है, यद्यपि सम्भव है कि और लोग भी वैसी ही या उससे मिलती-जुलती कल्पना रखते हों। यह कल्पना मनुष्य में वैसी ही निराली है जैसे उसकी बोली और क्रियाएँ उसमें निराली हैं, और जैसे उसका चेहरा और उसका ढंग उसमें निराला है। सारांश यह कि साहित्य 'विचार' का बोधक है, न कि 'पदार्थ' का।

यह बात विद्या के उस विभाग की परीक्षा करने से स्पष्ट हो जाएगी जो विज्ञान से सम्बन्ध रखता है, अर्थात जो ऐसी वस्तुओं का बोध कराता है जो किसी व्यक्ति-विशेष में नहीं, वरन् जो, यदि इस सम्पूर्ण संसार में कोई मनुष्य उनको जानने वा उनके विषय में चर्चा करने को भी न होता, तो भी वे स्थित रहतीं और यद्यपि शब्द उनको प्रकट करने के लिए प्रयोग किए जाते हैं, तथापि ऐसे शब्द केवल एक प्रकार के संकेत या चिन्ह-स्वरूप हैं—भाषा नहीं। चाहे कितना ही अधिक हम उनका व्यवहार करें और कितने ही प्रकार से उन्हें लिखकर स्थायी बनाएँ, तिस पर भी उनसे हम किसी प्रकार का साहित्य नहीं निकाल सकते और न उन्हें उस नाम से पुकार ही सकते हैं। रेखागणित की शकलें इसी प्रकार की हैं। वे स्वयं-स्थित हैं; उनका होना हम लोगों के उनके समझने पर अवलम्बित नहीं और न हम लोगों की इच्छा पर; वे पदार्थों के स्वभाव से सम्बद्ध हैं और ऐसे नियमों के अधीन हैं जो हम लोगों से अलग हैं। वे शब्द जिनमें वे शकलें प्रकट की गई हैं, भाषा या साहित्य नहीं, वरन् संकेत मात्र हैं। रेखागणित की शकलें बीजगणित के अंकों में दिखलाई जा सकती हैं। यह बात प्रमाणसिद्ध है। जो बात गणित के विषय में घटती है वही और-और वैज्ञानिक विषयों में भी पाई जाती है। शब्दों की सहायता वे केवल पहियों की भाँति लेते हैं, जो उन्हें खींचकर साहित्य-प्रदेश से बाहर ले जाते हैं। अध्यात्म, धर्मशास्त्र, अर्थ-विद्या और रसायन इत्यादि साहित्य के अन्तर्गत नहीं आ सकते, क्योंकि वे तीक्ष्ण वैज्ञानिक परीक्षा को सहन करने योग्य हैं।

इसी से अरस्तू के ग्रन्थ पहले देखने में तो साहित्य-विषयक जान पड़ते हैं; किन्तु उनमें से बहुतेरे लक्षण का विचार करने पर विज्ञान के निकट पहुँच जाते हैं, यद्यपि वे वस्तुएँ जिनका वह वर्णन करता है सर्वदा सारवान और प्रत्यक्ष नहीं हैं; परन्तु उन्हें वह इस ढंग से प्रकट करता है, मानो वे उसके हृदय की कल्पना और विचार नहीं हैं, अर्थात उन्हें वह वैज्ञानिक रीति से प्रकट करता है। बहुत से ऐतिहासिक लेखक भी अपने ग्रन्थों पर अपने मानसिक भाव, चित्त की प्रवृत्ति और पक्षपात इत्यादि का

ऐसा रंग चढ़ा देते हैं कि उनमें साहित्य की सी झलक आ जाती है। सारांश यह कि विज्ञान पदार्थ, या 'तत्त्व' का बोधक है और साहित्य 'कल्पना' और 'विचार' का; विज्ञान ब्रह्मांड-व्याप्त है और साहित्य का स्थान किसी एक व्यक्ति में। विज्ञान शब्दों को संकेत की भाँति काम में लाता है; किन्तु साहित्य में भाषा का सबसे प्रशस्त प्रयोग है और अलंकार, मुहावरा, वाक्य-रचना, माधुर्य और सरसता तथा अन्यान्य लक्षण उसमें सम्मिलित हैं। साहित्य भिन्न-भिन्न लोगों का भिन्न-भिन्न प्रकार से भाषा को काम में लाना है। यह बात बहुत-से ग्रन्थों को देखने से विदित होती है। भाषा स्वयं अपना मूल किसी जाति-विशेष में रखती है। उसके रहन-सहन का बड़ा भारी प्रभाव उस पर पड़ता है; कभी-कभी तो यहाँ तक कि किसी मुहावरे या वाक्य-विशेष की उत्पत्ति हम लोग किसी व्यक्ति-विशेष से बतलाते हैं; हम उसका इतिहास तक जानते हैं।

किसी भाषा के शब्दों के भाव और रूप, और उसको बोलनेवाली जाति के स्वभाव और आशय, में जो सम्बन्ध है वह प्रत्यक्ष है। बहुतेरे लोग भाषा का उसी प्रकार प्रयोग करते हैं जैसाकि वे होता हुआ देखते हैं। प्रतिभाशाली पुरुष उसका प्रयोग तो करता है, किन्तु उसे अपने आशय के अधीन रखता है और उसे एक निराले ढंग पर ले चलता है। कल्पना-समूह, विचार-माला, अनुभव और उत्साह इत्यादि जो उसके चित्त में उत्पन्न होते हैं, उन्हीं को वह अपनी भाषा में व्यक्त करता है। उसकी भाषा वैसी ही बहुरूपिणी है जैसे उसकी आन्तरिक क्रियाएँ हैं; क्रियाएँ वास्तव में उसकी छाया के सदृश हैं। जैसे उसकी कल्पना उसकी निज की है; उसके विचार उसके निज के हैं; वैसे ही उसकी भाषा या स्टाइल भी उसकी निज की है।

'विचार' और 'वाणी' एक-दूसरे से पृथक् नहीं किए जा सकते। गोस्वामी तुलसीदास जी कहते हैं—"गिरा अर्थ जल बीचि सम, कहियत भिन्न न भिन्न।" वे एक ही वस्तु के दो विभाग हैं। 'विचार' और 'कल्पना' भाषा द्वारा प्रकट किए जाते हैं। यही साहित्य है। पदार्थ साहित्य नहीं, पदार्थों का शब्द-रूपी संकेत भी साहित्य नहीं और केवल शब्द भी साहित्य नहीं—'विचार' का नाम साहित्य है। ये विचार भाषा द्वारा प्रकट किए जाते हैं। मनुष्य की बुद्धि को पशुओं की बुद्धि से जिस अंश में विशेषता है उसको ग्रीक भाषा में स्वहवे कहते हैं। स्वहवे का तात्पर्य 'बुद्धि' और 'वाणी' से है। यह नहीं जान पड़ता कि इनमें से कौन अर्थ यथार्थ है; मेरी जान तो उसमें दोनों बातें सम्मिलित हैं; क्योंकि वे एक-दूसरे से पृथक् नहीं कही जा सकतीं; वे यथार्थ में एक ही हैं। जिस प्रकार अग्नि से प्रकाश का जुदा होना असम्भव है उसी प्रकार 'वाणी' या भाषा के बिना 'विचार' का होना असम्भव है। समालोचकों को इस विषय पर बहुत विचार कर सम्मति स्थिर करनी चाहिए। बहुतों का मत है कि सुन्दर रचना अर्थात साहित्य किसी वस्तु पर ऊपर से कलई कर देना है; अथवा एक प्रकार के आभूषणों से विभूषित करना है, जिसका साधन केवल ऐसे ही मनुष्य करते हैं जिन्हें ऐसी तुच्छ बातों में रुचि होती है और उसके लिए समय मिलता है।

वे समझते हैं कि विचारों का कर्ता एक पुरुष हो सकता है और वाणी या भाषा का दूसरा। जैसे कोई मनुष्य जो लिखना-पढ़ना नहीं जानता है, एक पत्र-लेखक के पास जाता है और अपने चित्त का भाव उस पर किसी प्रकार प्रकट करता है। कभी वह किसी धनी आदमी से उपकार चाहता है, कभी किसी पदाधिकारी से किसी त्रुटि का संशोधन चाहता है, कभी किसी रमणी से प्रेम की अभिलाषा रखता है, इत्यादि। और वह पत्र-लेखक उस मनुष्य के भावों को ग्रहण करके उसे ऐसे-ऐसे शब्द ढूँढ़कर देता है जिनकी आवश्यकता होती है। यह बात वह उसी भाँति करता है जैसे बिसाती ने उसे कागज, कलम इत्यादि लिखने की सामग्री दी थी। सो 'विचार' और 'शब्द' किसी-किसी की समझ में दो पृथक् वस्तु हैं; इसी से उनकी क्रियाएँ भी विभक्त हैं। (बहुत से देशों में इसी का नाम सुन्दर रचना है) वे साहित्य-रचना को एक प्रकार का व्यवसाय और चातुरी मानते हैं। वे उसको ऐसा ही समझते हैं जैसे भोजन के समय सोने के पात्र और गुलदस्ते इत्यादि, जो भोजन को तो अधिक स्वादिष्ट नहीं बना देते, किन्तु आनन्द को बढ़ाते हैं।

परन्तु क्या यह कोई कह सकता है कि वाल्मीकि, वेदव्यास, कालिदास और भवभूति इत्यादि की रचना वाक्य-रचना ही के निमित्त थी; उन विचारों को प्रकट करने के लिए न थी जो उनके चित्त में थे। यह कहना तो प्रचलित पद्धति के कभी अनुकूल न होगा। बल्कि यों कहा जा सकता है कि लेखक के चित्त में कल्पना अथवा विचार एक प्रकार की धारा है जो वाणी के द्वारा वेग के साथ बह निकलती है। 'कल्पना' और 'विचार' उसके अन्त:करण के निवासी हैं जो शब्दों के रूप में परिवर्तित होकर, जैसे भाप जल के रूप में परिवर्तित हो जाता है, उसके मुख से निकल पड़ते हैं और उसके चित्त को एक तरह से हल्का कर देते हैं। उसके चित्त की अवस्था और प्रवृत्ति, उसका आन्तरिक स्वभाव, सौन्दर्य तथा उसके विवेचन की सूक्ष्मता और शक्ति इत्यादि उसकी भाषा में प्रतिबिम्बित हो जाते हैं। केवल शब्द ही नहीं बल्कि उसके छन्द, अनुप्रास, समास इत्यादि भी उसके चित्त के उद्वेग से उत्पन्न होते हैं। ये सब बातें जन्म से होती हैं, उनका अस्तित्व और उनकी पूर्णता उसके गुण के उतने स्मारक नहीं हैं जितने उसकी शक्ति के। यह बात गद्य और पद्य दोनों प्रकार की रचना में समान रूप से पाई जाती है। कादम्बरी की शब्द-योजना का अपूर्व माधुर्य और, साथ-ही-साथ, उसका उन भावों के अनुकूल होना जिन्हें कवि ने प्रकट किया है, कौन नहीं स्वीकार करेगा?

जब विचार और कल्पना कवि की निज की वस्तु हैं तो कोई आश्चर्य नहीं जो उसका स्टाइल अर्थात लिखने का तर्ज़ और उसकी भाषा भी केवल उसके विषय ही का प्रतिबिम्ब न हो, बल्कि उसके हृदय का भी प्रतिबिम्ब हो। भाषा की प्रगल्भता, रचना की सरसता और शब्दों के चुनाव और प्रयोग में स्वच्छन्दता, जो प्राय: गद्य के लेखकों में कृत्रिम जान पड़ती हैं, स्वाभाविक उन्नत

बुद्धि और उन्नत प्रणाली के सिवा और कुछ नहीं है। विशाल बुद्धि की कार्य-प्रणाली भी विशाल होती है। कवि की भाषा न केवल उसके उन्नत विचार ही प्रकट करती है, वरन् स्वयं उसको भी। चाहे कवि बहुत थोड़े शब्द काम में लावे; किन्तु वह अपनी साधारण कल्पनाओं को भी उपजाऊ बनाता है। उनमें से नए-नए अंकुर निकालता है, और अपने पदों की गति को बढ़ाता हुआ तथा अपनी वाग्वीणा के प्रत्येक स्वर को खींचकर एक करता हुआ अपनी शक्ति और पूर्णता का अनुभव कराता है। एक तीव्र समालोचक शायद इसको शब्दों की भरमार कहे, किन्तु वास्तव में यह हृदय की सम्पन्नता है।

कालिदास ने भी इस प्रकार के अनेक उदाहरण अपने काव्यों में दिए हैं जो सब ऐसे सुन्दर हैं कि उनमें से किसी एक को उद्धृत करने के लिए चुनना कठिन है; यथा—

पितुरनन्तरमुत्तरकोसलान्
समधिगम्य समाधिजितेन्द्रियः।
दशरथः प्रशशास महारथो
यमवतामवताञ्च धुरि स्थितः॥

इसीलिए संस्कृत कवि 'शब्द-शिल्पकार'[1] कहे जाते हैं। मैं यहाँ पर यह कहना चाहता हूँ कि यह लेखन-प्रणाली पूर्वकथित नियमों के सर्वथा अनुसार है। उन नियमों के अवलम्बी लेखकों में किसी प्रकार की कृत्रिमता वा भाव-रंकता नहीं पाई जाती। संस्कृत साहित्य की रचना निस्सन्देह बहुत गम्भीर और विस्तृत है। उसमें बहुत-सा समय, परिश्रम और विचार व्यय हुए हैं। मैं यह मानता हूँ कि उसमें कहीं-कहीं भद्दापन है। बहुत से प्राचीन और नवीन कवि ऐसे हैं जो वास्तव में लम्बे-लम्बे सामासिक पदों की रचना ही में अपनी साहित्य-रचना का उद्देश्य और अन्त मानने के दोषी हैं; वे विचारों और भावों को तिलांजलि देकर शब्दों ही पर टूट पड़े हैं। उनका पक्ष मैं नहीं ले सकता। इस प्रकार के कई कवि हमारे यहाँ हो गए हैं। दंडी की गद्य-रचना यद्यपि बहुत ही पांडित्यपूर्ण है, परन्तु किसी-किसी स्थान पर उसकी प्रणाली, भाव और अवसर से अनावश्यक रूप से आगे बढ़ गई है।

इन पिछली बातों को मानने पर भी मैं यह नहीं स्वीकार कर सकता कि प्रतिभा को परिश्रम की आवश्यकता ही नहीं। प्रतिभा अभ्यास से उन्नति ही नहीं कर सकती, उसमें भूल-चूक होने की सम्भावना ही नहीं, और जो एक बार चित्त के उद्वेग में निकला और लिखा गया वह किसी दूसरे अवसर पर पूर्ण और संशोधित नहीं किया जा सकता। चित्रकार या शिल्पकार की ओर देखिए। जिस वस्तु को उसे प्रकट करना होता है उसकी वह पहले अपने चित्त में कल्पना कर लेता है। क्या यह कोई कह

1. संस्कृत के प्रसिद्ध विद्वान सर मोनियर विलियम्स ने निज सम्पादित 'नलोपाख्यान' की भूमिका में संस्कृत-साहित्य की आलोचना करते हुए कहा है।

सकता है कि अपने विषय का वह अध्ययन नहीं करता? क्या वह पहले हलकी रेखाएँ नहीं खींच लेता है? क्या कोई कहेगा कि शकुन्तला के पत्र-लेखन का आधुनिक रूप कल्पना को कुछ समय तक धैर्य के साथ काम में लाने से नहीं सिद्ध हुआ है? तो फिर जो बात चित्रकारी, शिल्पविद्या और संगीत के विषय में पाई जाती है वही साहित्य-रचना में भी चरितार्थ क्यों न हो? भाषा क्यों न उसी प्रकार उपयोग में लाई जाए जैसे बढ़ई की लकड़ी? शब्द क्यों न उसी प्रकार काम में लाए जाएँ जैसे रंग? शेक्सपियर कहता है—

"The Poet's eye in fine frenfy rolling
Doth glance from heaven to earth, from earth to heaven
And as imagination bodies forth
The forms of things unknown, the Poets pen
Turns them to shapes and give to airy nothing
A local habitation and a name."

अर्थात "कवि की मतवाली दृष्टि लहराती हुई स्वर्ग से पृथ्वी और पृथ्वी से स्वर्ग तक जाती है; और जैसे-जैसे कल्पना अज्ञात-पूर्व वस्तुओं का स्वरूप सामने उपस्थित करती है, उसकी लेखनी उन्हें आकार में लाती है और अदृष्ट और असार वस्तुओं को लोक में नाम और स्थान देती है।"

"Here the words are not used as vehicle of ideas but ideas are made subservient to them."

यह क्या कोई आश्चर्य की बात है जो उसकी लेखनी किसी समय भूल में पड़ जाए, कहीं विश्राम ले, काटे और फिर से लिखे? यह वह तब तक करेगी जब तक उसे यह निश्चय न हो जाएगा कि उन भावों या कल्पनाओं को, जो उसके हृदयनेत्र के सम्मुख हैं, यथावत् प्रदर्शित करने में वह कृतकार्य हो गई। इसके प्रमाण बहुत से कवि और ग्रन्थकार हो गए हैं। ऐडिसन (Addison) के समान स्वच्छन्द लेखक के विषय में भी किंवदन्ती है—चाहे वह सत्य हो या असत्य—कि एक बार उसे कुछ राजकीय पत्रों के प्रकाशित करने में इस कारण देर हो गई कि उसे लेख को कई बार पढ़-पढ़कर ठीक करने की आदत पड़ गई थी। ऐसे ग्रन्थकार अपने हृदयस्थित नमूने को सामने रखकर काम करते थे और ऐसे-ऐसे शब्दों को निकालने के लिए यत्न और परिश्रम करते थे जिनसे वह ठीक-ठीक उतारा जा सके। वरजिल (Virgil) ने अपनी एनीड (Eneid) को, यद्यपि उसकी रचना बहुत ही मनोहर है, जला देना चाहा था, क्योंकि उसने उसे सर्वांग सुन्दर बनाने के लिए और अधिक परिश्रम आवश्यक समझा।

इन बातों से मेरा अभिप्राय उस दूषित लेखन प्रणाली को माननीय ठहराने का नहीं है, जिसके अवलम्बी लेखकगण विषय और भाव की ओर कुछ न ध्यान करके

उपयुक्त या अनुपयुक्त शब्द रूपी भड़कीले रंग भरते चले जाते हैं। मैं उसी को स्वाभाविक चित्रकार मानता हूँ जिसके नेत्रों के सामने प्रचुर और सुन्दर कल्पनाएँ उपस्थित हों और जिसका उद्देश्य केवल उसी को (अधिक को नहीं) यथावत रूप से प्रदर्शित कर देने का रहता है जिसे वह कल्पित करता है, या जिसका वह अनुभव करता है।

इस चित्रकार और शिल्पकार के उदाहरण द्वारा हम और-और बातों का भी निर्णय कर सकते हैं। मैं अब तक साहित्य-रचना में 'विचार' और 'भाषा' का सम्बन्ध दिखलाता आया हूँ। मैं यह भी दिखला चुका हूँ कि यह अनुमान, कि भाषा एक बाहरी वस्तु है और कल्पना से भिन्न, मनुष्य की इच्छानुसार, काम में लाई जा सकती है—कहाँ तक सत्य है। अब एक दूसरी बात का विचार करना है। एक भाषा का किसी अन्य भाषा में सुगमतापूर्वक अनुवादित हो जाना साहित्य-रचना के उत्तम होने की परख नहीं है। जिन लोगों को ऐसा भ्रम है वे समझते हैं कि एक भाषा ठीक दूसरी भाषा के सदृश है; और जो-जो भाव, जो-जो कल्पनाओं की तरंगें, तथा जो-जो अलंकार और शब्द-सौन्दर्य एक भाषा में हैं वही दूसरे में भी हैं। हाँ, विज्ञान-विषयक बातों को प्रकट करने के लिए संसार की सब सभ्य भाषाएँ किसी एक वैज्ञानिक विभाग के लिए उनसे अधिक उपयुक्त होती हैं जिनमें वैज्ञानिक तत्त्वों के प्रतिपादन के लिए नए शब्द गढ़ने पड़ते हैं या किसी अन्य भाषा से लेना पड़ता है।

जब कुल भाषाएँ वैज्ञानिक तत्त्वों को संकेत रूप से प्रदर्शित करने में एक ही प्रकार से उपयुक्त नहीं हैं, तब कब सम्भव है कि संसार की सब भाषाएँ समान प्रभावशालिनी, समान सरस और किसी सम्पन्न अन्तःकरण की जातीय रुचिर कल्पनाओं की समान व्यंजक हों। एक बड़ा ग्रन्थकार अपनी मातृभाषा को चुन लेता है; उसका अध्ययन करता है; उसको पढ़ता और उपयुक्त बनाता है; और तब अपनी कल्पनाओं के समुदाय को उस अपनी प्राप्त की हुई और बनाई हुई भाषा की नलियों द्वारा बहाता है। अब यह कैसे हो सकता है कि यह सृष्टि जो उसकी निज की है, भूमंडल की किसी दूसरी भाषा में परिवर्तित कर दी जा सके। कुछ लोग समझते हैं कि ग्रन्थकार वही श्रेष्ठ है जिसकी रचना किसी दूसरी भाषा में अनुवादित हो सके, अर्थात एक ग्रन्थकार का भाव एक भाषा में उसी रुचिरता के साथ समझा जाए जैसाकि दूसरी में। इस सिद्धान्त से तो पहाड़े संसार की सब साहित्य-रचना से उत्कृष्ट ठहरते हैं; क्योंकि अनुवाद करने से उनका कोई भाग नष्ट नहीं होता और वे किसी एक भाषा की सम्पत्ति नहीं कहे जा सकते। मैं तो यह समझता हूँ कि कल्पनाएँ जितनी ही अद्‍भुत और नवीन होंगी, उतना ही उनको शब्दों में लाना कठिन होगा; उनका किसी एक भाषा में प्रादुर्भाव होना ही उनके किसी अन्य भाषा में कहे जाने की सम्भावना को कम कर देता है। जंगली जातियों की भाषाओं में मुश्किल से कोई उत्तम कल्पना या बुद्धि-विषयक बात प्रकट की जा सकती है। हॉटेंटॉट (Hotentot) वायसक्विमस

(Esquimaux) लोगों की भाषा से क्या कालिदास, भवभूति और शेक्सपियर की प्रतिभा भी नापी जा सकती है?

अब फिर हम अपने शिल्पकार और चित्रकार के उदाहरण की ओर झुकते हैं। जो बात चित्रकार अपने पटल पर प्रकट कर सकता है, कारीगर उसे पत्थर पर नहीं कर सकता। एक व्यक्ति जितना ही अधिक किसी कला विशेष के नियमों और शैलियों के अनुसार अपने गुण को ले चलेगा, इतना ही कम वह उसको किसी दूसरी कला की ओर लगा सकेगा। हर एक कला-कौशल का धर्म जुदा-जुदा होता है, जो आप एक के द्वारा कर सकते हैं, दूसरे के द्वारा नहीं कर सकते; जो आप चित्रकारी में प्रकट कर सकते हैं पच्चीकारी में नहीं; जो वस्तु आप स्फटिक पर प्रदर्शित कर सकते हैं; वह हाथी दाँत पर नहीं। ठीक यही बात भिन्न-भिन्न भाषाओं के विषय में भी चरितार्थ होती है। हम संस्कृत साहित्य को उस कारण क्यों दूषित मान लें कि उसका अनुवाद अंग्रेजी में नहीं हो सकता? वह मनोहरता जो उसमें है, अंग्रेजी के लिए नहीं बनाई गई। जैसाकि ऊपर कहा जा चुका है, भाषा किसी जाति विशेष की सम्पत्ति है जिसका रहन-सहन और स्वभाव उसमें चित्रित रहता है और जो उसी जाति की आवश्यकताओं को पूर्ण करने के लिए बनाई गई है।

अब हम अपनी तीसरी बात की जाँच के लिए उद्यत होते हैं। वह धर्म सम्बन्धी तथा वेद और स्मृति इत्यादि पुस्तकों की रचना की बात है। अब तक हम इस परीक्षा में तत्पर थे कि स्टाइल या वाक्यरचना एक बाहरी और कृत्रिम वस्तु है। इससे उसका किसी दूसरी भाषा में अनुवादित होना कठिन होता है। अब हम इसका विचार करते हैं कि वेद आदि धार्मिक ग्रन्थ इस प्रकार की अलंकृत रचना से सर्वथा मुक्त हैं कि नहीं! क्या आप समझते हैं कि उनमें कहीं शब्द वैचित्र्य अलंकार, और सरसता नहीं है? इस वेदान्त वाक्य ही को लीजिए—

आत्मानं रथिनं विद्धि शरीरं रथमेव तु।
बुद्धिं तु सारथिं विद्धि मनः प्रग्रहमेव च॥
इन्द्रियाणि ह्यानाहुर्विषयांस्तेषु गोचरान्।
सोध्वनः पारमाप्नोति तद्विष्णोः परमंपदम्॥

क्या यह समझने में कठिन नहीं है? क्या इसमें रूपक अलंकार नहीं है? मैं तो कहता हूँ कि जितना अंश ऐसे ग्रन्थों का अलंकृत रचना इत्यादि लक्षणों से रहित है, और जो शुद्ध सीधी-सादी भाषा में पवित्र पदार्थों का बोध करता है, वह विज्ञान के अन्तर्गत है, साहित्य के नहीं।

ऊपर जो बातें कही गईं उन सबका अब मैं सारांश प्रकाशित करता हूँ कि साहित्य क्या है? इस प्रश्न का उत्तर यह दिया जा चुका है कि वह 'विचारों' का शब्दों में अवतीर्ण होना है। और विचारों से तात्पर्य कल्पना, अनुभव, विवेचना तथा

और अन्यान्य मन की क्रियाओं से है। साहित्य उन श्रेष्ठ मनुष्यों की शिक्षा और वार्ता है जिन्हें अपनी जाति के प्रतिनिधि रूप में बोलने का अधिकार प्राप्त है और जिनके शब्दों में उनके स्वदेशीय बन्धुगण अपने-अपने भावों का प्रतिबिम्ब देखते हैं और अपने अनुभव के सारांश का पता लगाते हैं।

उत्तम ग्रन्थकार वह नहीं है जो गद्य या पद्य में, सुन्दर भड़कीले-भड़कीले शब्दों से गुँथा हुआ कोई पद बना सके; उत्कृष्ट कवि वही है जिसे कुछ कहना होता है और जो यह जानता है कि उसे किस प्रकार कहना चाहिए। मैं उसके लिए सूक्ष्म और गहरे विचार, ज्ञान की अधिकता, न्याय और तर्क, तथा मानुषी प्रकृति का अध्ययन इत्यादि आवश्यक नहीं बतलाना चाहता हूँ। उसकी ईश्वर-प्रदत्त प्रतिभा ही प्रकट करने की शक्ति है। वह दो वस्तुओं का स्वामी है। 'विचार' और 'शब्द' ये दो नाम में तो एक-दूसरे से भिन्न हैं; किन्तु पृथक् नहीं किए जा सकते। वह उद्वेग के साथ लिखता है, क्योंकि वह तीव्र अनुभव करता है; जोर के साथ लिखता है, क्योंकि वह प्रत्यक्ष देखता है, उसकी दृष्टि स्वच्छ है, इस कारण उसकी रचना में कहीं गड़बड़ नहीं हो तो कल्पनाएँ उसके हृदय से उठती हैं और उसके मुख से सुन्दर-सुन्दर शब्दों का रूप धारण करके निकलती हैं। जब उसके चित्त पर कोई प्रभाव पड़ता है तब उसकी सारी काल्पनिक सृष्टि कम्पायमान हो जाती है। शुद्ध कल्पना के प्रकट करने को वह शुद्ध और तदनुकूल शब्द रखता है। एक भी शब्द अधिक किंवा कम नहीं। यदि वह संक्षेप में कोई बात कहता है तो इसलिए कि वहाँ थोड़े ही शब्दों की आवश्यकता रहती है। जहाँ अधिक शब्द रखकर वह अपनी रचना को विस्तृत करता है वहाँ भी हर एक शब्द अपना-अपना लक्ष्य रखता है, और सब मिलकर उसकी वाणी की प्रौढ़गति को सहायता पहुँचाते हैं, न कि उसको अपने बोझ से दबाते हैं। वह उसको प्रकट करता है जिसका अनुभव सब करते हैं; किन्तु प्रकट नहीं कर सकते। उसकी बातें उसके देश के लोगों में कहावत के रूप में प्रचलित हो जाती हैं और उसके वाक्य लोगों की नित्यप्रति की बोलचाल में व्यवहृत होने लगते हैं।

हम लोगों में कालिदास और अंग्रेजी में शेक्सपियर इसी प्रकार के कवियों में हैं। भाषाओं में विभिन्नता के कारण उनका सम्बन्ध किसी एक ही से हो जाता है, किन्तु जो बात वे प्रकट करते हैं वह सम्पूर्ण मनुष्य-जाति से सम्बन्ध रखती है।

यदि वाणी की शक्ति ईश्वर का सबसे उत्तम प्रसाद है; यदि भाषा की उत्पत्ति बहुत से विद्वानों द्वारा ईश्वर से मानी गई है; यदि शब्दों द्वारा अन्तःकरण के गुप्त रहस्य प्रकट किए जाते हैं; चित्त की वेदना को शान्ति दी जाती है; हृदय में बैठा हुआ शोक बाहर निकाल दिया जाता है; दया उत्पन्न की जाती है और बुद्धि चिरस्थायी बनाई जाती है; यदि बड़े ग्रन्थकारों द्वारा बहुत से मनुष्य मिलकर एक बनाए जाते हैं; जातीय लक्षण स्थापित होता है; भूत और भविष्य तथा पूर्व-पश्चिम एक-दूसरे के सम्मुख उपस्थित किए जाते हैं; और यदि ऐसे लोग मनुष्य जाति में अवतार स्वरूप

माने जाते हैं—तो साहित्य की अवहेलना करना और उसके अध्ययन से मुख मोड़ना कितनी बड़ी भारी कृतघ्नता है! हम लोगों को यह दृढ़ विश्वास रखना चाहिए कि जितना ही हम इसमें, चाहे जिस भाषा द्वारा हो, अधिकार प्राप्त करेंगे और उसके रस का आस्वादन करेंगे, उतना ही हम दूसरों को लाभ पहुँचाने में समर्थ होंगे—चाहे वे कम हों या अधिक, धनी हों या दरिद्र; क्योंकि वे सब हमारी लेखनी के प्रभाव-मंडल के भीतर आ जाएँगे।

[सरस्वती, मई 1904]
Newman's Idea of a University ds Literature
नामक निबन्ध के आधार पर।

कविता क्या है?

मनुष्य अपने भावों, विचारों और व्यापारों के लिए दूसरों के भावों, विचारों और व्यापारों के साथ कहीं मिलाता और कहीं लड़ाता हुआ अन्त तक चला चलता है और इसी को जीना कहता है। जिस अनन्त-रूपात्मक क्षेत्र में यह व्यवसाय चलता रहता है उसका नाम है जगत। जब तक कोई अपनी पृथक् सत्ता की भावना को ऊपर किए इस क्षेत्र के नाना रूपों और व्यापारों को अपने योग-क्षेम, हानि-लाभ, सुख-दुःख आदि से सम्बद्ध करके देखता रहता है तब तक उसका हृदय एक प्रकार से बद्ध रहता है। इन रूपों और व्यापारों के सामने जब कभी वह अपनी पृथक् सत्ता की धारणा से छूटकर—अपने आपको बिलकुल भूलकर—विशुद्ध अनुभूति मात्र रह जाता है, तब वह मुक्त हृदय हो जाता है। जिस प्रकार आत्मा की मुक्तावस्था ज्ञानदशा कहलाती है, उसी प्रकार हृदय की यह मुक्तावस्था रसदशा कहलाती है। हृदय की इसी मुक्ति की साधना के लिए मनुष्य की वाणी जो शब्द-विधान करती आई है, उसे कविता कहते हैं। इस साधना को हम भावयोग कहते हैं और कर्मयोग एवं ज्ञानयोग का समकक्ष मानते हैं।

कविता ही मनुष्य के हृदय को स्वार्थ-सम्बन्धों के संकुचित मंडल से ऊपर उठाकर लोक-सामान्य भाव-भूमि पर ले जाती है, जहाँ जगत की नाना गतियों के मार्मिक स्वरूप का साक्षात्कार और शुद्ध अनुभूतियों का संचार होता है, इस भूमि पर पहुँचे हुए मनुष्य को कुछ काल के लिए अपना पता नहीं रहता। वह अपनी सत्ता को लोक-सत्ता में लीन किए रहता है। उसकी अनुभूति सबकी अनुभूति होती है या हो सकती है। इस अनुभूति-योग के अभ्यास से हमारे मनोविकार का परिष्कार तथा शेष सृष्टि के साथ हमारे रागात्मक सम्बन्ध की रक्षा और निर्वाह होता है। जिस प्रकार जगत अनेक रूपात्मक है उसी प्रकार हमारा हृदय भी अनेक भावात्मक है। इन अनेक भावों का व्यायाम और परिष्कार तभी समझा जा सकता है जब कि इन सबका प्रकृत सामंजस्य जगत के भिन्न-भिन्न रूपों, व्यापारों या तथ्यों के साथ हो जाए। इन्हीं भावों के सूत्र से मनुष्य-जाति जगत के साथ तादात्म्य का अनुभव चिरकाल से करती चली आई है। जिन रूपों और व्यापारों से मनुष्य आदिम युगों से ही परिचित है, जिन रूपों और व्यापारों को सामने पाकर वह नर-जीवन के आरम्भ

से ही लुब्ध और क्षुब्ध होता आ रहा है, उनका हमारे भावों के साथ मूल या सीधा सम्बन्ध है। अत: काव्य के प्रयोजन के लिए हम उन्हें मूल रूप और सूल व्यापार कह सकते हैं। इस विशाल विश्व के प्रत्यक्ष से अप्रत्यक्ष और गूढ़ से गूढ़ तथ्यों को भावों के विषय या आलम्बन बनाने के लिए इन्हीं मूल रूपों में और व्यापारों में परिणत करना पड़ता है। जब तक वे इन मूल मार्मिक रूपों से नहीं लाए जाते तब तक उन पर काव्य दृष्टि नहीं पड़ती।

वन, पर्वत, नदी, नाले, निर्झर, कछार, पटपर, चट्टान, वृक्ष, लता, झाड़, फूस, शाखा, पशु, पक्षी, आकाश, मेघ, नक्षत्र, समुद्र इत्यादि ऐसे ही चिर-सहचर रूप हैं। खेत, ढुर्री, हल, झोंपड़े, चौपाये इत्यादि भी कुछ कम पुराने नहीं हैं। इसी प्रकार पानी का बहना, सूखे पत्तों का झड़ना, बिजली का चमकना, घटा का घिरना, नदी का उमड़ना, मेह का बरसना, कोहरे का छाना, डर से भागना, लोभ से लपकना, छीनना, झपटना, नदी या दल-दल से बाँह पकड़कर निकालना, हाथ से खिलाना, आग में झोंकना, गला काटना ऐसे व्यापारों का भी मनुष्य-जाति के भावों के साथ अत्यन्त प्राचीन साहचर्य है। ऐसे आदि रूपों और व्यापारों में वंशानुगत वासना की दीर्घ-परम्परा के प्रभाव से, भावों के उद्बोधन की गहरी शक्ति संचित है, अत: इनके द्वारा जैसा रस-परिपाक सम्भव है वैसा कल-कारखाने, गोदाम, स्टेशन, इंजन, हवाई जहाज ऐसी वस्तुओं तथा अनाथालय के लिए चेक काटना, सर्वस्वहरण के लिए जाली दस्तावेज बनाना, मोटर की चरखी घुमाना या इंजन में कोयला झोंकना आदि व्यापारों द्वारा नहीं।

सभ्यता के आवरण और कविता

सभ्यता की वृद्धि के साथ-साथ ज्यों-ज्यों मनुष्यों के व्यापार बहुरूपी और जटिल होते गए त्यों-त्यों उसके मूल रूप बहुत कुछ आच्छन्न होते गए। भावों के आदिम और सीधे लक्ष्यों के अतिरिक्त और-और लक्ष्यों की स्थापना होती गई; वासनाजन्य मूल व्यापारों के सिवा बुद्धि द्वारा निश्चित व्यापारों का विधान बढ़ता गया। इस प्रकार बहुत-से ऐसे व्यापारों से मनुष्य घिरता गया जिनके साथ उसके भावों का सीधा लगाव नहीं। जैसे आदि में भय का लक्ष्य अपने शरीर और अपनी सन्तति ही की रक्षा तक था, पर पीछे गाय, बैल, अन्न आदि की रक्षा आवश्यक हुई, यहाँ तक कि होते-होते धन, मान, अधिकार, प्रभुत्व इत्यादि अनेक बातों की रक्षा की चिन्ता ने घर किया और रक्षा के उपाय भी वासनाजन्य प्रवृत्ति से भिन्न प्रकार के होने लगे। इसी प्रकार क्रोध, घृणा, लोभ आदि अन्य भावों के विषय भी अपने मूल रूपों से भिन्न रूप धारण करने लगे। कुछ भावों के विषय तो अमूर्त तक होने लगे, जैसे कीर्ति की लालसा। ऐसे भावों को ही बौद्धदर्शन में 'अरूपराग' कहते हैं।

भावों के विषयों और उनके द्वारा प्रेरित व्यापारों से जटिलता आने पर भी उनका सम्बन्ध मूल विषयों और मूल व्यापारों से भीतर-भीतर बना है और बराबर बना रहेगा। किसी का कुटिल भाई उसे सम्पत्ति से एकदम वंचित रखने के लिए वकीलों की सलाह से एक नया दस्तावेज तैयार करता है। इसकी खबर पाकर वह क्रोध से नाच उठता है। प्रत्यक्ष व्यावहारिक दृष्टि से तो उसके क्रोध का विषय है वह दस्तावेज या कागज का टुकड़ा। पर उस कागज के टुकड़े के भीतर वह देखता है कि उसे और उसकी सन्तति को अन्न-वस्त्र न मिलेगा। उसके क्रोध का प्रकृत विषय न तो वह कागज का टुकड़ा है और न उस पर लिखे हुए काले-काले अक्षर। ये तो सभ्यता के आवरण मात्र हैं। अत: उसके क्रोध में और कुत्ते के क्रोध में जिसके सामने का भोजन कोई दूसरा कुत्ता छीन रहा है, काव्य-दृष्टि से कोई भेद नहीं है—भेद है केवल विषय का थोड़ा रूप बदलकर आने का। इसी रूप बदलने का नाम है सभ्यता। इस रूप बदलने से होता यह है कि क्रोध आदि को भी अपना रूप कुछ बदलना पड़ता है, वह भी कुछ सभ्यता के साथ अच्छे कपड़े-लत्ते पहनकर समाज में आता है जिससे मार-पीट, छीन-खसोट आदि भद्दे समझे जानेवाले व्यापारों का कुछ निवारण होता है।

पर यह प्रच्छन्न रूप वैसा मर्मस्पर्शी नहीं हो सकता। इसी से प्रच्छन्नता का उद्घाटन कवि-कर्म का एक मुख्य अंग है। ज्यों-ज्यों सभ्यता बढ़ती जाएगी त्यों-त्यों कवियों के लिए यह काम बढ़ता जाएगा। मनुष्य के हृदय की वृत्तियों से सीधा सम्बन्ध रखनेवाले रूपों और व्यापारों को प्रत्यक्ष करने के लिए उसे बहुत-से पदों को हटाना पड़ेगा। इससे यह स्पष्ट है कि ज्यों-ज्यों हमारी वृत्तियों पर सभ्यता के नए-नए आवरण चढ़ते जाएँगे त्यों-त्यों एक ओर तो कविता की आवश्यकता बढ़ती जाएगी, दूसरी ओर कवि-धर्म कठिन होता जाएगा। ऊपर जिस क्रुद्ध व्यक्ति का उदाहरण दिया गया है, वह यदि क्रोध से छुट्टी पाकर अपने भाई के मन में दया का संचार करना चाहेगा तो क्षोभ के साथ उससे कहेगा, "भाई! तुम यह सब इसीलिए न कर रहे हो कि पक्की हवेली में बैठकर हलवा-पूरी खाओ, मैं बैठा सूखे चने चबाऊँ; तुम्हारे लड़के दोपहर को भी दुशाले ओढ़कर निकलें और मेरे बच्चे रात को भी ठंड से काँपते रहें।" यह हुआ प्राकृत रूप का प्रत्यक्षीकरण। इसमें सभ्यता के बहुत-से आवरणों को हटाकर वे मूल गोचर रूप सामने रख गए हैं जिनसे हमारे भावों का सीधा लगाव है और इस कारण भावों को उत्तेजित करने में अधिक समर्थ हैं। कोई बात जब इस रूप में आएगी तभी उसे काव्य के उपयुक्त रूप प्राप्त होगा। "तुमने हमें नुकसान पहुँचाने के लिए जाली दस्तावेज बनाया" इस काव्य में रसात्मकता नहीं। इसी बात को ध्यान में रखकर ध्वनिकार ने कहा है—"नहि कवेरितिवृत्तमात्र निर्वहिणात्मपदलाभ: ।"

देश की वर्तमान दशा के वर्णन में यदि हम केवल इस प्रकार वाक्य कहते जाएँ कि "हम मूर्ख, बलहीन और आलसी हो गए हैं, हमारा धन विदेश चला जाता है,

रुपए का डेढ़ पाव घी बिकता है, स्त्री-शिक्षा का अभाव है" तो ये छन्दोबद्ध होकर भी काव्य पद के अधिकारी न होंगे। सारांश यह है कि काव्य के लिए अनेक स्थलों पर हमें भावों के विषयों के मूल और आदिम रूपों तक जाना होगा जो मूर्त और गोचर होंगे। जब तक भावों से सीधा और पुराना लगाव रखनेवाले मूर्त और गोचर रूप न मिलेंगे तब तक काव्य का वास्तविक ढाँचा खड़ा न हो सकेगा। भावों के अमूर्त विषयों की तह में भी मूर्त और गोचर रूप छिपे मिलेंगे, जैसे यशोलिप्सा में कुछ दूर भीतर चलकर उस आनन्द के उपभोग की प्रवृत्ति छिपी हुई पाई जाएगी जो अपनी तारीफ कान में पड़ने से हुआ करता है।

काव्य में अर्थग्रहण मात्र से काम नहीं चलता; बिम्बग्रहण अपेक्षित होता है। यह बिम्बग्रहण निर्दिष्ट, गोचर और मूर्त विषय का ही हो सकता है। 'रुपए का डेढ़ पाव घी मिलता है' इस कथन से कल्पना में यदि कोई बिम्ब या मूर्ति उपस्थित होगी तो वह तराजू लिये हुए बनिए की होगी जिससे हमारे करुण भाव का कोई लगाव न होगा बहुत कम लोगों को घी खाने को मिलता है, अधिकतर लोग रूखी-सूखी खाकर रहते हैं, इस तथ्य तक हम अर्थग्रहण परम्परा द्वारा इस चक्कर के साथ पहुँचते हैं—एक रुपए का बहुत कम घी मिलता है, इससे रुपए वाले ही घी खा सकते हैं, पर रुपए वाले बहुत कम हैं, इससे अधिकांश जनता घी नहीं खा सकती, रूखी-सूखी खाकर रहती है।

कविता और सृष्टि-प्रसार

हृदय पर नित्य प्रभाव रखनेवाले रूपों और व्यापारों की भावना के सामने लाकर कविता बाह्य प्रकृति के साथ मनुष्य की अन्त:प्रकृति का सामंजस्य घटित करती हुई उसके भावात्मक सत्ता के प्रकार का प्रसार करती है। यदि अपने भावों को समेटकर मनुष्य अपने हृदय को शेष सृष्टि से किनारे कर ले या स्वार्थ की पशुवृत्ति में ही लिप्त रखे तो उसकी मनुष्यता कहाँ रहेगी? यदि वह लहलहाते हुए खेतों और जंगलों, हरी घास के बीच घूम-घूमकर बहते हुए नालों, काली चट्टानों पर चाँदी की तरह ढलते हुए झरनों, मंजरियों से लदी हुई अमराइयों और पटपर के बीच खड़ी झाड़ियों को देख क्षण भर लीन न हुआ, यदि कलरव करते हुए पक्षियों के आनन्दोत्सव में उसने योग न दिया, यदि खुले हुए फूलों को देख वह न खिला, यदि सुन्दर रूप सामने पाकर अपनी भीतरी कुरूपता का उसने विसर्जन न किया, यदि दीन-दुखी का आर्तनाद सुन वह न पसीजा, यदि अनाथों और अबलाओं पर अत्याचार होते देख क्रोध से न तिलमिलाया, यदि किसी बेढब और विनोदपूर्ण दृश्य या उक्ति पर न हँसा, तो उसके जीवन में रह क्या गया? इस विश्व-काव्य की रस-धारा में जो थोड़ी देर के लिए निमग्न न हुआ उसके जीवन को मरुस्थल की यात्रा ही समझना चाहिए।

काव्यदृष्टि कहीं तो (1) नर-क्षेत्र के भीतर रहती है, (2) कहीं मनुष्येतर बाह्य सृष्टि के और (3) कहीं समस्त चराचर के।

1. पहले नर-क्षेत्र को लेते हैं। संसार में अधिकतर कविता इसी क्षेत्र के भीतर हुई है। नरत्व की बाह्य प्रकृति और अन्त:प्रकृति के नाना सम्बन्धों और पारस्परिक विधानों का संकलन या उद्भावना ही काव्यों में—मुक्तक हों या प्रबन्ध—अधिकतर पाई जाती है।

प्राचीन महाकाव्यों और खंडकाव्यों के मार्ग में यद्यपि शेष दो क्षेत्र भी बीच-बीच में पड़ जाते हैं पर मुख्य यात्र नर-क्षेत्र के भीतर ही होती है। वाल्मीकि रामायण में यद्यपि बीच-बीच में ऐसे विशद वर्णन बहुत कुछ मिलते हैं, जिनमें कवि की मुग्ध दृष्टि प्रधानत: मनुष्येतर बाह्य प्रकृति के रूप-जाल में फँसी पाई जाती है, पर उसका प्रधान विषय लोक-चरित ही है। और प्रबन्ध-काव्यों के सम्बन्ध में भी यही बात कही जा सकती है। रहे मुक्तक या फुटकर पद्य, वे भी अधिकतर मनुष्य ही की भीतरी-बाहरी वृत्तियों से सम्बन्ध रखते हैं। साहित्य-शास्त्र की रस-निरूपण-पद्धति में आलम्बनों के बीच बाह्य प्रकृति को स्थान ही नहीं मिला है। यह उद्दीपन मात्र मानी गई है। शृंगार के उद्दीपन रूप में जो प्राकृतिक दृश्य लाए जाते हैं, उनके प्रति रतिभाव नहीं होता, नायक या नायिका के प्रति होता है। वे दूसरे के प्रति उत्पन्न प्रीति को उद्दीपित करनेवाले होते हैं, स्वयं प्रीति के पात्र या आलम्बन नहीं होते। संयोग में वे सुख बढ़ाते हैं और वियोग में काटने दौड़ते हैं। जिस भावोद्रेक और जिस ब्योरे के साथ नायक या नायिका के रूप का वर्णन किया जाता है, उस भावोद्रेक और उस ब्योरे के साथ उनका नहीं। कहीं-कहीं तो उनके नाम गिनाकर ही काम चला लिया जाता है।

मनुष्यों के रूप, व्यापार या मनोवृत्तियों के सादृश्य, साधर्म्य की दृष्टि से जो प्राकृतिक वस्तु-व्यापार आदि लाए जाते हैं उनका स्थान भी गौण ही समझना चाहिए। वे नर-सम्बन्धी भावना को ही तीव्र करने के लिए रखे जाते हैं।

2. मनुष्येतर बाह्य प्रकृति का आलम्बन के रूप में ग्रहण हमारे यहाँ संस्कृत के प्राचीन प्रबन्ध काव्यों के बीच-बीच में ही पाया जाता है। वहाँ प्रकृति का ग्रहण आलम्बन के रूप में हुआ है, इसका पता वर्णन की प्रणाली से लग जाता है। पहले कह आए हैं कि किसी वर्णन में आई हुई वस्तुओं का मन में ग्रहण दो प्रकार का हो सकता है—बिम्बग्रहण और अर्थग्रहण। किसी ने कहा 'कमल'! अब इस 'कमल' पद का ग्रहण कोई इस प्रकार भी कर सकता है कि ललाई लिये हुए सफेद पंखुड़ियों और झुके हुए नाल आदि के सहित एक फूल की मूर्ति मन में थोड़ी देर के लिए आ जाए या कुछ देर बनी रहे; और इस प्रकार भी कह सकता है कि कोई चित्र उपस्थित न हो; केवल पद का अर्थ मात्र समझकर काम चला लिया जाए। काव्य के दृश्य-चित्रण में पहले प्रकार का संकेत-ग्रहण अपेक्षित होता है और व्यवहार तथा शास्त्रचर्चा में दूसरे प्रकार का। बिम्बग्रहण वहीं होता है जहाँ कवि अपने सूक्ष्म निरीक्षण द्वारा

वस्तुओं के अंग-प्रत्यंग, वर्ण, आकृति तथा उनके आस-पास की परिस्थितियों का परस्पर संश्लिष्ट विवरण देता है। बिना अनुराग के ऐसे सूक्ष्म ब्योरों पर न दृष्टि जा ही सकती है, न रम ही सकती है। अत: जहाँ ऐसा पूर्ण और संश्लिष्ट चित्रण मिले, वहाँ समझना चाहिए कि कवि ने बाह्य प्रकृति को आलम्बन के रूप में ग्रहण किया है। उदाहरण के लिए वाल्मीकि का यह हेमन्त वर्णन लीजिए—

अवश्याय-निपातेन किञ्चित्प्रक्लिन्नशाद्वला।
वनानां शोभते भूमिर्निविष्टतरुणातपा॥
स्पृशन्तु विपुलं शीतमृदकं द्विरद: सुखम्।
अत्यन्ततृषितो वन्य: प्रतिसंहरते करम्॥
अवश्याय-तमोनद्धा नीहार-तमसावृता:।
प्रसुप्ता इव लक्ष्यन्ते विपुष्पा वनराजय:॥
वाष्पसंछन्नसलिला रुतविज्ञेयसारसा:।
हिमार्द्र बालुकैस्तीरै: सरितो भान्ति साम्प्रतम्॥
जरा-जर्जरिते: पद्मै: शीर्णकेशरकर्णिकै:।
नालशेषैर्हिमध्वस्तैर्न भान्ति कमलाकर:॥

(वन की भूमि जिसकी हरी-हरी घास ओस गिरने से कुछ-कुछ नीली हो गई है, तरुण धूप के पड़ने से कैसी शोभा दे रही है। अत्यन्त प्यासा जंगली हाथी बहुत शीतल जल के स्पर्श से अपनी सूँड़ सिकोड़ लेता है। बिना फूल के वन-समूह कोहरे के अन्धकार में सोए से जान पड़ते हैं। नदियाँ, जिनका जल कोहरे से ढका हुआ है और जिनमें सारस पक्षियों का पता केवल उनके शब्द से लगता है, हिम से आर्द्र बालू के तटों से ही पहचानी जाती हैं। कमल, जिनके पत्ते जीर्ण होकर झड़ गए हैं, जिनकी केसर-कणिकाएँ टूट-फूटकर छितरा गई हैं, पाले से ध्वस्त होकर नाल मात्र खड़े हैं।)

मनुष्येतर बाह्य प्रकृति का इसी रूप में ग्रहण कुमारसम्भव के आरम्भ तथा रघुवंश के बीच-बीच में मिलता है। नाटक यद्यपि मनुष्य ही की भीतरी-बाहरी प्रवृत्तियों के प्रदर्शन के लिए लिखे जाते हैं और भवभूति अपने मार्मिक और तीव्र अन्तर्वृत्ति विधान के लिए ही प्रसिद्ध हैं, पर उनके 'उत्तर रामचरित' में कहीं-कहीं बाह्य प्रकृति के बहुत ही सांग और संश्लिष्ट खंड-चित्र पाए जाते हैं। पर मनुष्येतर बाह्य प्रकृति की जो प्रधानता मेघदूत में मिली है, वह संस्कृत के और किसी काव्य में नहीं। 'पूर्वमेघ' तो यहाँ से वहाँ तक प्रकृति की ही एक मनोहर झाँकी या भारत भूमि के स्वरूप का ही मधुर ध्यान है। जो इस स्वरूप के ध्यान में अपने को भूलकर कभी-कभी मग्न हुआ करता है वह घूम-घूमकर वक्तृता दे या न दे, चन्दा इकट्ठा करे या न करे, देशवासियों को आमदनी का औसत निकाले या न निकाले, सच्चा देशप्रेमी है। मेघदूत

न कल्पना की क्रीड़ा है, न कला की विचित्रता। वह है प्राचीन भारत के सबसे भावुक हृदय की अपनी प्यारी भूमि की रूप-माधुरी पर सीधी-सादी प्रेम-दृष्टि।

अनन्त रूपों में, प्रकृति हमारे सामने आती है—कहीं मधुर, सुसज्जित या सुन्दर रूप में, कहीं रूखे बेडौल या कर्कश रूप में, कहीं भव्य, विशाल या विचित्र रूप में, कहीं उग्र, कराल या भयंकर रूप में। सच्चे कवि का हृदय उसके इन सब रूपों में लीन होता है, क्योंकि उसके अनुराग का कारण अपना खास सुख-भोग नहीं, बल्कि चिरसाहचर्य द्वारा प्रतिष्ठित वासना है। जो केवल प्रफुल्ल-प्रसून प्रसार के सौरभ-संचार, मकरन्द-लोलुप, मधुप-गुंजार, कोकिल-कूजित निकुंज और शीतल सुख-स्पर्श समीर इत्यादि की चर्चा किया करते हैं; वे विषयी या भोगलिप्सु हैं। इसी प्रकार जो केवल मुक्ताभास हिमबिन्दु मंडित मरकताभ शाद्वल-जल, अत्यन्त विशाल गिरिशिखर से गिरते हुए जल-प्रपात के गम्भीर गर्त से उठी हुई सीकर-नीहारिका के बीच विविधवर्णस्फुरण की विशालता, भव्यता और विचित्रता में ही अपने हृदय के लिए कुछ पाते हैं, वे तमाशबीन हैं, सच्चे भावुक या सहृदय नहीं। प्रकृति के साधारण-असाधारण सब प्रकार के रूपों में रमनेवाले वर्णन हमें वाल्मीकि, कालिदास, भवभूति आदि संस्कृत के प्राचीन कवियों में मिलते हैं। पिछले खेवे के कवियों में मुक्तक-रचना में तो अधिकतर प्राकृतिक वस्तुओं का अलग-अलग उल्लेख मात्र उद्दीपन की दृष्टि से किया गया है। प्रबन्ध-रचना में जो थोड़ा-बहुत संश्लिष्ट चित्रण किया है वह प्रकृति की विशेष रूप-विभूति को लेकर ही। अंग्रेजी के पिछले कवियों के वड्र्सवर्थ की दृष्टि सामान्य में चिर-परिचित, सीधे-सादे प्रशान्त और मधुर दृश्यों की ओर रहती थी, पर शैली की असाधारण-भव्य और विशाल की ओर।

साहचर्य-सम्भूत रस के प्रभाव से सामान्य सीधे-सादे चिर-परिचित दृश्यों में कितने माधुर्य की अनुभूति होती है! पुराने कवि कालिदास ने वर्षा के प्रथम जल से सिक्त तुरन्त की जोती हुई धरती तथा उसके पास बिखरी हुई भोली चितवनवाली ग्रामवनिताओं में साफ-सुथरे ग्रामचैत्यों और कथा-कोविद ग्रामवृद्धों में इसी प्रकार के माधुर्य का अनुभव किया था। आज भी इसका अनुभव लोग करते हैं। बाल्य या कौमार अवस्था में जिस पेड़ के नीचे हम अपनी मंडली के साथ बैठा करते थे; चिड़चिड़ी बुढ़िया की जिस झोंपड़ी के पास से होकर हम आते-जाते थे, उसकी मधुर स्मृति हमारी भावना को बराबर लीन किया करती है। बुड्ढी की झोंपड़ी में न कोई चमक-दमक थी, न कला-कौशल का वैचित्र्य। मिट्टी की दीवारों पर फूस का छप्पर पड़ा था, नींव के किनारे चढ़ी हुई मिट्टी पर सत्यानाशी के नीलाभ हरित कँटीले, कटावदार पौधे खड़े थे जिनके पीले फूलों के गोल सम्पुटों के बीच लाल-लाल बिन्दियाँ झलकती थीं।

सारांश यह है कि केवल असाधारणत्व की रुचि सच्ची सहृदयता की पहचान नहीं है। शोभा और सौन्दर्य की भावना के साथ जिसमें मनुष्य-जाति के उस समय के पुराने सहचरों की वंश-परम्परागत स्मृति वासना के रूप में बनी हुई है, जब वह

प्रकृति के खुले क्षेत्र में विचरती थी, वे ही पूरे सहृदय भावुक कहे जा सकते हैं। वन्य और ग्रामीण दोनों प्रकार के जीवन प्राचीन हैं; दोनों पेड़-पौधों, पशु-पक्षियों, नदी-नालों और पर्वत-मैदानों के बीच व्यतीत होते हैं, अतः प्रकृति के अधिक रूपों के साथ सम्बन्ध रखते हैं। हम पेड़-पौधों और पशु-पक्षियों से सम्बन्ध तोड़कर बड़े-बड़े नगरों में आ बसे, पर उनके बिना रहा नहीं जाता। हम उन्हें हर वक्त पास न रखकर एक घेरे में बन्द करते हैं और कभी-कभी मन बहलाने के लिए उनके पास चले जाते हैं। हमारा साथ उनसे भी छोड़ते नहीं बनता। कबूतर हमारे घर के छज्जों के नीचे सुख से सोते हैं, गौरैये हमारे घर के भीतर आ बैठते हैं, बिल्ली अपना हिस्सा या तो म्याँव-म्याँव करके माँगती है या चोरी से ले जाती है, कुत्ते घर की रखवाली करते हैं, और वासुदेव जी कभी-कभी दीवार फोड़कर निकल पड़ते हैं। बरसात के दिनों में जब सुर्खी-चूने की कड़ाई की पखा न कर हरी-हरी घास पुरानी छत पर निकलने लगती है, तब हमें उसके प्रेम का अनुभव होता है। वह मानो हमें ढूँढ़ती हुई आती है कि "तुम हमसे क्यों दूर-दूर भागे फिरते हो?"

जो केवल अपने विलास या शरीर-सुख की सामग्री ही प्रकृति में ढूँढ़ा करते हैं उनमें उस रागात्मक 'सत्त्व' की कमी है जो व्यक्त सत्ता मात्र के साथ एकता की अनुभूति में लीन करके हृदय के व्यापकत्व का आभास देता है। सम्पूर्ण सत्ताएँ एक ही परम सत्ता और सम्पूर्ण भाव एक ही परम भाव के अन्तर्भूत हैं। अतः बुद्धि की क्रिया से हमारा ज्ञान जिस अद्वैत भूमि पर पहुँचता है उसी भूमि तक हमारा भावात्मक हृदय भी इस सत्त्व-रस के प्रभाव से पहुँचता है। इस प्रकार अन्त में जाकर दोनों पक्षों की वृत्तियों का समन्वय हो जाता है। इस समन्वय के बिना मनुष्यत्व की साधना पूरी नहीं हो सकती।

मार्मिक तथ्य

मनुष्येतर प्रकृति के बीच के रूप-व्यापार कुछ भीतरी भावों या तथ्यों की भी व्यंजना करते हैं। पशु-व्यापार के सुख, हर्ष-विषाद, राग-द्वेष, तोष-क्षोभ, कृपा-क्रोध इत्यादि भावों की व्यंजना जो उनकी आकृति, चेष्टा, शब्द आदि से होती है, वह तो प्रायः बहुत प्रत्यक्ष होती है। कवियों को उन पर अपने भावों का आरोप करने की आवश्यकता प्रायः नहीं होती। तथ्यों का आरोप या सम्भावना अलबत्ता वे कभी-कभी किया करते हैं। पर इस प्रकार का आरोप कभी-कभी कथन को 'काव्य' के क्षेत्र से घसीटकर 'सूक्ति' या 'सुभाषित' के क्षेत्र में डाल देता है। जैसे 'कौवे सबेरा होते ही क्यों चिल्लाने लगते हैं? वे समझते हैं कि सूर्य अन्धकार का नाश करता बढ़ा आ रहा है, कहीं धोखे से हमारा भी नाश न कर दे।' यह सूक्ति मात्र है, काव्य नहीं। जहाँ तथ्य केवल आरोपित या सम्भावित रहते हैं वहाँ वे अलंकार रूप में ही रहते हैं। पर जिन

तथ्यों का आभास हमें पशु-पक्षियों के रूप, व्यापार की परिस्थिति में ही मिलता है वे हमारे भावों के विषय वास्तव में हो सकते हैं। मनुष्य सारी पृथ्वी छेंकता चला जा रहा है। जंगल कट-कटकर खेत, गाँव और नगर बनते चले जा रहे हैं। पशु-पक्षियों का भाग छिनता चला जा रहा है। उनके सब ठिकानों पर हमारा निष्ठुर अधिकार होता चला जा रहा है। वे कहाँ जाएँ? कुछ तो हमारी गुलामी करते हैं। कुछ हमारी बस्ती के भीतर या आस-पास रहते हैं और छीन-झपटकर अपना हक ले जाते हैं। हम उनके साथ बराबर ऐसा ही व्यवहार करते हैं, मानो उन्हें जीने का कोई अधिकार ही नहीं है। इन तथ्यों का सच्चा आभास हमें उनकी परिस्थिति से मिलता है। अतः उनमें से किसी की चेष्टा-विशेष में इन तथ्यों की मार्मिक व्यंजना की प्रतीति काव्यानुभूति के अन्तर्गत होगी। यदि कोई बन्दर हमारे सामने से कोई खाने-पीने की चीज उठा ले जाए और किसी पेड़ के ऊपर बैठा-बैठा हमें घुड़की दे, तो काव्य-दृष्टि से हमें ऐसा मालूम हो सकता है कि—

देते हैं घुड़की यह अर्थ-ओज-भरी हरि
जीने का हमारा अधिकार क्या न गया रह?
पर प्रतिषेध के प्रसार बीच तेरे नर!
क्रीड़ामय जीवन-उपाय है हमारा यह।
दानी जो हमारे रहे, वे भी दास तेरे हुए,
उनकी उदारता भी सकता नहीं तू सह।
फूली-फली उनकी उमंग उपकार की तू
छेंकता है जाता, हम जाएँ कहाँ, तू ही कह!

पेड़-पौधे, लता-गुल्म आदि कभी इसी प्रकार कुछ भावों या तथ्यों की व्यंजना करते हैं जो कभी-कभी कुछ गूढ़ होती है। सामान्य दृष्टि भी वर्षा की झड़ी के पीछे उनके हर्ष और उल्लास को, ग्रीष्म के प्रचंड आतप में उनकी शिथिलता और म्लानता को, शिशिर के कठोर शासन में उनकी दीनता को, मधुकाल में उनके रसोन्माद, उमंग और ह्रास को, प्रबल वात के झकोरों में उनकी विकलता को, प्रकाश के प्रति उनकी ललक को देख सकती है। इसी प्रकार भावुकों के समक्ष वे अपनी रूपचेष्टा आदि द्वारा कुछ मार्मिक तथ्यों की भी व्यंजना करते हैं। हमारे यहाँ के पुराने अन्योक्तिकारों ने कहीं-कहीं इस व्यंजना की ओर ध्यान दिया है। कहीं-कहीं का मतलब यह है कि बहुत जगह उन्होंने अपनी भावना का आरोप किया है, उनकी रूपचेष्टा या परिस्थिति से तथ्य-चयन नहीं! पर उनकी विशेष परिस्थितियों की ओर भावुकता से ध्यान देने पर बहुत-से मार्मिक तथ्य सामने आते हैं। कोसों तक फैले, कड़ी धूप में तपते मैदान के बीच एक अकेला वट-वृक्ष दूर तक छाया फैलाए खड़ा है। हवा के झोंकों से उसकी टहनियाँ और पत्ते हिल-हिलकर मानो बुला रहे हैं। हम धूप से व्याकुल होकर उसकी

ओर बढ़ते हैं। देखते हैं, उसकी जड़ के पास एक गाय बैठी आँखें मूँदे जुगाली कर रही है। हम लोग भी उसी के पास आराम से जा बैठते हैं। इतने में एक कुत्ता जीभ बाहर निकाले हाँफता हुआ उस छाया के नीचे आता है और हममें से कोई उठकर उसे छड़ी लेकर भगाने लगता है। इस परिस्थिति को देख हममें से कोई भावुक पुरुष उस पेड़ को इस प्रकार सम्बोधन करे तो कर सकता है—

काया की न छाया यह केवल तुम्हारी द्रुम
अन्तस के मर्म का प्रकाश यह छाया है।
भरी है इसी में वह स्वर्ग-स्वप्न-धरा अभी
जिसमें न पूरा-पूरा नर बह पाया है।
शान्तिसार शीतल प्रसार यह छाया धन्य!
प्रीति सा पसारे इसे कैसी हरी काया है।
हे नर! तू प्यारा इस तरु का स्वरूप देख,
देख फिर घोर रूप तूने जो कमाया है॥

ऊपर नर-क्षेत्र और मनुष्येतर सजीव सृष्टि के क्षेत्र का उल्लेख हुआ है। काव्य-दृष्टि कभी तो इन पर अलग-अलग रहती है कभी समष्टि-रूप में समस्त जीवन-क्षेत्र पर। कहने की आवश्यकता नहीं कि विच्छिन्न दृष्टि की अपेक्षा समष्टि-दृष्टि में अधिक व्यापकता और गम्भीरता रहती है। काव्य का अनुशीलन करनेवाले मात्र जानते हैं कि काव्य-सृष्टि सजीव दृष्टि तक ही बद्ध नहीं रहती है। वह प्रकृति के उस भाग की ओर भी जाती है जो निर्जीव या जड़ कहलाता है। भूमि, पर्वत, चट्टान, नाले, टीले, मैदान, समुद्र, आकाश, मेघ, नक्षत्र इत्यादि की रूप-गति आदि से भी हम सौन्दर्य, माधुर्य, भीषणता, भव्यता, विचित्रता, उदासी, उदारता, सम्पन्नता इत्यादि की भावना प्राप्त करते हैं। कड़कड़ाती धूप के पीछे उमड़ी हुई घटा की श्यामल स्निग्धता और शीतलता का अनुभव मनुष्य क्या पशु-पक्षी, पेड़-पौधे तक करते हैं। अपने इधर-उधर हरी-भरी लहलहाती प्रफुल्लता का विधान करती हुई नदी की अविराम जीवन-धारा में हम द्रवीभूत औदार्य का दर्शन करते हैं। पर्वत की ऊँची चोटियों में विशालता और भव्यता का, बाल-विलोड़ित जल-प्रसार में क्षोभ और आकुलता का, विकीर्णघन-खंड-मंडित, रश्मि-रंजित सान्ध्य-दिगंचल में चमत्कारपूर्ण सौन्दर्य का, ताप से तिलमिलाती धरा पर धूल झोंकते हुए अन्धड़ के प्रचंड झोंकों में उग्रता और उच्छृंखलता का, बिजली की कँपानेवाली कड़क और ज्वालामुखी के ज्वलन्त स्फोट में भीषणता का आभास मिलता है। ये सब विश्वरूपी महाकाव्य की भावनाएँ या कल्पनाएँ हैं। स्वार्थ-भूमि से परे पहुँचे हुए सच्चे अनुभूति-योगी या कवि इनके द्रष्टा मात्र होते हैं।

जड़ जगत के भीतर पाए जानेवाले रूप, व्यापार या परिस्थितियाँ अपने मार्मिक तथ्यों की भी व्यंजना करती हैं। जीवन में तथ्यों के साथ उनके साम्य का बहुत अच्छा

मार्मिक उद्घाटन कहीं-कहीं हमारे यहाँ के अन्योक्तिकारों ने किया है। जैसे, इधर नर-क्षेत्र के बीच देखते हैं तो सुख-समृद्धि और सम्पन्नता की दशा में दिन-रात घेरे रहनेवाले, स्तुति का खासा कोलाहल खड़ा करनेवाले, विपत्ति और दुर्दिन में पास नहीं फटकते; उधर जड़-जगत के भीतर देखते हैं तो भरे हुए सरोवर के किनारे जो पक्षी बराबर कलरव करते रहते हैं, वे उसके सूखने पर अपना-अपना रास्ता लेते हैं।

कोलाहल सुनि खगन के, सरवर! जनि अनुरागि।
ये सब स्वारथ के सखा, दुर्दिन दैहैं त्यागि॥
दुर्दिन दैहैं त्यागि, तोय तेरो जब जैहैं।
दूरहि ते तजि आस, पास कोऊ नहिं ऐहैं॥

इस प्रकार सूक्ष्म और मार्मिक दृष्टिवालों को और गूढ़ व्यंजना भी मिल सकती है। अपने इधर-उधर हरियाली और प्रफुल्लता का विधान करने के लिए यह आवश्यक है कि नदी कुछ काल तक एक बँधी हुई मर्यादा के भीतर बहती रहे। वर्षा की उमड़ी हुई उच्छृंखलता में पोषित हरियाली और प्रफुल्लता का ध्वंस सामने आता है। पर यह उच्छृंखलता और ध्वंस अल्पकालिक होता है और इसके द्वारा आगे के लिए पोषण की नई शक्ति का संचय होता है। उच्छृंखलता नदी की स्थायी वृत्ति नहीं है। नदी के इस स्वरूप के भीतर सूक्ष्म मार्मिक दृष्टि लोकगति के स्वरूप का साक्षात्कार करती है। लोकजीवन की धारा जब एक बँधे मार्ग पर कुछ काल तक अबाध गति से चलने पाती है तभी सभ्यता के किसी रूप का पूर्ण विकास और उसके भीतर सुख-शान्ति की प्रतिष्ठा होती है। जब जीवन-प्रवाह क्षीण और शाक्त पड़ने लगता है और गहरी विषमता आने लगती है तब नई शक्ति का प्रवाह फूट पड़ता है जिसमें वेग की उच्छृंखलता के सामने बहुत कुछ ध्वंस भी होता है। पर यह उच्छृंखल वेग जीवन का या जगत का नित्य स्वरूप नहीं है।

3. पहले कहा जा चुका है कि नर-क्षेत्र के भीतर बद्ध रहनेवाली काव्य-दृष्टि की अपेक्षा सम्पूर्ण जीवन-क्षेत्र और समस्त चराचर के क्षेत्र से मार्मिक तथ्यों का चयन करनेवाली दृष्टि उत्तरोत्तर अधिक व्यापक और गम्भीर कही जाएगी। जब कभी हमारी भावना का प्रसार इतना विस्तीर्ण और व्यापक होता है कि हम अनन्त व्यक्ति सत्ता के भीतर नरसत्ता के स्थान का अनुभव करते हैं तब हमारी पार्थक्य-बुद्धि का परिहार हो जाता है। उस समय हमारा हृदय ऐसी उच्च भूमि पर पहुँचा रहता है जहाँ उसकी वृत्ति प्रशान्त और गम्भीर हो जाती है, उसकी अनुभूति का विषय ही कुछ बदल जाता है।

तथ्य चाहे नरक्षेत्र के ही हों, चाहे अधिक व्यापक क्षेत्र के हों, कुछ प्रत्यक्ष होते हैं और कुछ गूढ़। जो तथ्य हमारे किसी भाव को उत्पन्न करे उसे उस भाव का आलम्बन कहना चाहिए। ऐसे रसात्मक तथ्य आरम्भ में ज्ञानेन्द्रियाँ उपस्थित करती हैं। फिर ज्ञानेन्द्रियों द्वारा प्राप्त सामग्री से भावना या कल्पना उनकी योजना

करती है। अतः यह कहा जा सकता है कि ज्ञान ही भावों में संचार के लिए मार्ग खोलता है। ज्ञान-प्रसार के भीतर ही भाव-प्रसार होता है। आरम्भ में मनुष्य की चेतन सत्ता अधिकतर इन्द्रियज ज्ञान की समष्टि के रूप में ही रही। फिर ज्यों-ज्यों अन्तःकरण का विकास होता गया और सभ्यता बढ़ती गई त्यों-त्यों मनुष्य का ज्ञान बुद्धि-व्यवसायात्मक होता गया। अब मनुष्य का ज्ञान-क्षेत्र बुद्धि-व्यवसायात्मक या विचारात्मक होकर बहुत ही विस्तृत हो गया है। अतः उसके विस्तार के साथ हमें अपने हृदय का विस्तार भी बढ़ाना पड़ेगा। विचारों की क्रिया से, वैज्ञानिक विवेचन और अनुसन्धान द्वारा उद्घाटित परिस्थितियों और तथ्यों के मर्मस्पर्शी पक्ष का मूर्त और सजीव चित्रण भी—उसका इस रूप में प्रत्यक्षीकरण भी कि वह हमारे किसी भाव का आलम्बन हो सके—कवियों का काम और उच्च काव्य का एक लक्षण होगा। कहने की आवश्यकता नहीं कि इन तथ्यों और परिस्थितियों के मार्मिक रूप न जाने कितनी बातों की तह में छिपे होंगे।

काव्य और व्यवहार

भावों या मनोविकारों के विवेचन में हम कह चुके हैं कि मनुष्य को कर्म में प्रवृत्त करनेवाली मूल वृत्ति भावात्मिका है। केवल तर्क-बुद्धि या विवेचना के बल से हम किसी कार्य में प्रवृत्त नहीं होते। जहाँ जटिल बुद्धि-व्यापार के अन्तर में किसी कर्म का अनुष्ठान देखा जाता है वहाँ भी तह में कोई भाव या वासना छिपी रहती है। चाणक्य जिस समय अपनी नीति की सफलता के लिए किसी निष्ठुर व्यापार में प्रवृत्त दिखाई पड़ता है उस समय वह दया, करुणा आदि सब मनोविकारों या भावों से परे दिखाई पड़ता है। पर थोड़ा अन्तर्दृष्टि गड़ाकर देखने से कौटिल्य को नचानेवाली डोर का छोर भी अन्तःकरण के रागात्मक खंड की ओर मिलेगा। प्रतिज्ञा-पूर्ति का आनन्द भावना और नन्दवंश के प्रति क्रोध या बैर की वासना बारी-बारी से उस डोर को हिलाती हुई मिलेगी। अर्वाचीन राष्ट्रनीति के गुरु-घंटाल जिस समय अपनी किसी गहरी चाल से किसी देश की निरपराध जनता का सर्वनाश करते हैं, उस समय वे दया आदि दुर्बलताओं से निर्लिप्त, केवल बुद्धि के कठपुतले दिखाई पड़ते हैं। पर उनके भीतर यदि छानबीन की जाए तो कभी अपने देशवासियों के सुख की उत्कंठा, कभी अन्य जाति के प्रति घोर विद्वेष, कभी अपनी जातीय श्रेष्ठता का नया या पुराना घमंड, इशारे करता हुआ मिलेगा।

बात यह कि केवल इस बात को जानकर ही हम किसी काम को करने या न करने के लिए तैयार नहीं होते कि वह काम अच्छा है या बुरा, लाभदायक है या हानिकारक! जब उसकी या उसके परिणाम की कोई ऐसी बात हमारी भावना में आती है जो आह्लाद, क्रोध, करुणा, भय, उत्कंठा आदि का संचार कर देती है तभी

हम उस काम को करने या न करने के लिए उद्यत होते हैं। शुद्ध ज्ञान या विवेक में कर्म की उत्तेजना नहीं होती। कर्म-प्रवृत्ति के लिए मन में कुछ वेग का आना आवश्यक है। यदि किसी जन-समुदाय के बीच कहा जाए कि अमुक देश तुम्हारा इतना रुपया प्रतिवर्ष उठा ले जाता है तो सम्भव है कि उस पर कुछ प्रभाव न पड़े। पर यदि दारिद्र्य और अकाल का भीषण और करुण दृश्य दिखाया जाए, पेट की ज्वाला से जले हुए कंकाल कल्पना के सम्मुख रखे जाएँ और भूख से तड़पते हुए बालक के पास बैठी हुई माता का आर्त-क्रन्दन सुनाया जाए तो बहुत-से लोग क्रोध और करुणा से व्याकुल हो उठेंगे और इस दशा को दूर करने का यदि उपाय नहीं तो संकल्प अवश्य करेंगे। पहले ढंग की बात कहना राजनीतिक या अर्थशास्त्री का काम है और पिछले प्रकार का दृश्य भावना में लाना कवि का। अत: यह धारणा कि काव्य व्यवहार का बाधक है, उसके अनुशीलन से अकर्मण्यता आती है, ठीक नहीं। कविता तो भाव-प्रसार द्वारा कर्मण्य के लिए कर्म-क्षेत्र का और विस्तार कर देती है।

उक्त धारणा का आधार यदि कुछ हो सकता है तो यही कि जो भावुक या सहृदय होते हैं अथवा काव्य के अनुशीलन से जिनके भाव-प्रसार का क्षेत्र विस्तृत हो जाता है, उनकी वृत्तियाँ उतनी स्वार्थबद्ध नहीं रह सकतीं। कभी-कभी वे दूसरों का जी दुखाने के डर से, आत्म-गौरव या कुल-गौरव या जाति-गौरव के ध्यान से अथवा जीवन के किसी पक्ष की उत्कर्ष-भावना में नग्न होकर अपने लाभ के कर्म में अतत्पर या उससे विरत देखे जाते हैं। अत: अर्थागम से 'हृष्ट, स्वकार्य साधयेत्' के अनुयायी काशी के ज्योतिषी और कर्मकांडी, कानपुर के बनिए और दलाल, कचहरियों के अमले और मुख्तार ऐसों को कार्य-भ्रंशकारी, मूर्ख, निरे निठल्ले या खब्त-उल-हवास समझ सकते हैं। जिनकी भावना किसी बात के मार्मिक पक्ष का चित्रानुभव करने में तत्पर रहती है, जिनके भाव चराचर के बीच किसी की भी आलम्बनोपयुक्त रूप या दशा में पाते ही उसकी ओर दौड़ पड़ते हैं, वे सदा अपने लाभ के ध्यान से या स्वार्थ-बुद्धि द्वारा ही परिचालित नहीं होते। उसकी यही विशेषता अर्थपरायणों को—अपने काम से काम रखनेवालों को—एक त्रुटि-सी जान पड़ती है। कवि और भावुक हाथ-पैर न हिलाते हों, यह बात नहीं है। पर अर्थियों के निकट उनकी बहुत-सी क्रियाओं का कोई अर्थ नहीं होता।

मनुष्यता की उच्च भूमि

मनुष्य की चेष्टाओं और कर्मकलाप के भावों का मूल सम्बन्ध निरूपित हो चुका है और यह भी दिखाया जा चुका है कि कविता इन भावों या मनोविकारों के क्षेत्र को विस्तृत करती हुई इनका प्रसार करती है। पशुत्व से मनुष्यत्व में जिस प्रकार अधिक ज्ञान-प्रसार की विशेषता है उसी प्रकार अधिक भाव-प्रसार की भी। पशुओं के प्रेम

की पहुँच प्राय: अपने जोड़े, बच्चों या खिलाने-पिलानेवालों तक ही होती है। इसी प्रकार उनका क्रोध भी अपने सतानेवालों तक ही जाता है, स्ववर्ग या पशुमात्र को सतानेवालों तक नहीं पहुँचता। पर मनुष्य में ज्ञान-प्रसार के साथ भाव-प्रसार भी क्रमश: बढ़ता गया है। अपने परिजनों, अपने सम्बन्धियों, अपने पड़ोसियों, अपने देशवासियों क्या मनुष्य मात्र और प्राणिमात्र तक से प्रेम करने भर को जगह उसके हृदय में बन गई है। मनुष्य की त्योरी मनुष्य को ही सतानेवाले पर नहीं चढ़ती, गाय-बैल और कुत्ते-बिल्ली को सतानेवाले पर भी चढ़ती है। पशु की वेदना देखकर भी उनके नेत्र सजल होते हैं। बन्दर को शायद बन्दरिया के मुँह में ही सौन्दर्य दिखाई पड़ता होगा; पर मनुष्य पशु-पक्षी, फूल-पत्ते और रेत-पत्थर में भी सौन्दर्य पाकर मुग्ध होता है। इस हृदय-प्रसार का स्मारक स्तम्भ काव्य है जिसकी उत्तेजना से हमारे जीवन में एक नया जीवन आ जाता है। हम सृष्टि के सौन्दर्य को देखकर रसमग्न होने लगते हैं, कोई निष्ठुर कार्य हमें असह्य होने लगता है, हमें जान पड़ता है कि हमारा जीवन कई गुना बढ़कर सारे संसार में व्याप्त हो गया है।

कवि-वाणी के प्रसार से हम संसार के सुख-दु:ख, आनन्द-क्लेश आदि का शुद्ध स्वार्थमुक्त रूप में अनुभव करते हैं। इस प्रकार के अनुभव के अभ्यास से हृदय का बन्धन खुलता है और मनुष्यता की उच्च भूमि की प्राप्ति होती है। किसी अर्थपिशाच कृपण को देखिए, जिसने केवल अर्थ लोभ के वशीभूत होकर क्रोध, दया, श्रद्धा, भक्ति, आत्माभिमान आदि भावों को एकदम दबा दिया है और संसार के मार्मिक पक्ष से मुँह मोड़ लिया है। न सृष्टि के किसी रूपमाधुर्य को देख वह पैसों का हिसाब-किताब भूल कभी मुग्ध होता है, न किसी दीन-दुनिया को देख कभी करुणा से द्रवीभूत होता है, न कोई अपमानसूचक बात सुनकर क्रुद्ध या क्षुब्ध होता है। यदि उससे किसी लोमहर्षण अत्याचार की बात कही जाए तो वह मनुष्य धर्मानुसार क्रोध या घृणा प्रकट करने के स्थान पर रुखाई के साथ कहेगा कि "जाने दो, हमसे क्या मतलब; चलो अपना काम देखें।" यह महाभयानक मानसिक रोग है। इससे मनुष्य आधा मर जाता है। इसी प्रकार किसी महाक्रूर पुलिस कर्मचारी को जाकर देखिए जिसका हृदय पत्थर के समान जड़ और कठोर हो गया है, जिसे दूसरे के दु:ख और क्लेश की भावना स्वप्न में भी नहीं होती है। ऐसों को सामने पाकर स्वभावत: यह मन में आता है कि क्या इनकी भी कोई दवा है? इनकी दवा कविता है।

कविता ही हृदय को प्रकृत दशा में लाती है और जगत के बीच क्रमश: उसका अधिकाधिक प्रसार करती हुई उसे मनुष्यत्व की उच्च भूमि पर ले जाती है। भावयोग की सबसे उच्च कक्षा पर पहुँचे हुए मनुष्य का जगत के साथ पूर्ण तादात्म्य हो जाता है, उसकी अलग भावसत्ता नहीं रह जाती, उसका हृदय विश्व-हृदय हो जाता है। उसकी अश्रुधारा में जगत की अश्रुधारा का, उसके हास-विलास में जगत के आनन्द-नृत्य का, उसके गर्जन-तर्जन में जगत के गर्जन-तर्जन का आभास मिलता है।

भावना या कल्पना

इस निबन्ध के आरम्भ में ही हम काव्यानुशीलन को भावयोग कह आए हैं और उसे कर्मयोग और ज्ञानयोग के समकक्ष बता आए हैं। यहाँ पर अब यह कहने की आवश्यकता प्रतीत होती है कि 'उपासना' भावयोग का ही एक अंग है। पुराने धार्मिक लोग उपासना का अर्थ 'ध्यान' ही लिया करते हैं। जो वस्तु हमसे अलग है, हमसे दूर प्रतीत होती है, उसकी मूर्ति मन में लाकर उसके सामीप्य का अनुभव करना ही उपासना है। साहित्यवाले इसी को 'भावना' कहते हैं और आजकल के लोग 'कल्पना'। जिस प्रकार भक्ति के लिए उपासना या ध्यान की आवश्यकता होती है, उसी प्रकार और भावों के प्रवर्तन के लिए भी भावना या कल्पना अपेक्षित होती है। जिनकी भावना या कल्पना शिथिल या अशक्त होती है, किसी कविता या सरस उक्ति को पढ़-सुनकर उनके हृदय में मार्मिकता होते हुए भी वैसी अनुभूति नहीं होती। बात यह है कि उनके अन्तःकरण में चटपट वह सजीव और स्पष्ट मूर्ति-विधान नहीं होता जो भावों को परिचालित कर देता है। कुछ कवि किसी बात के सारे मार्मिक अंगों का पूरे ब्योरे के साथ चित्रण कर देते हैं, पाठक या श्रोता की कल्पना के लिए बहुत कम काम छोड़ते हैं और कुछ कवि कुछ मार्मिक खंड रखते हैं जिन्हें पाठक की तत्पर कल्पना आप-से-आप पूर्ण करती है।

कल्पना दो प्रकार की होती है—विधायक और ग्राहक। कवि में विधायक कल्पना अपेक्षित होती है और श्रोता या पाठक में अधिकतर ग्राहक। अधिकतर कहने का अभिप्राय यह है जहाँ कवि पूर्ण चित्रण नहीं करता वहाँ पाठक या श्रोता को भी अपनी ओर से कुछ मूर्ति-विधान करना पड़ता है। योरपीय साहित्य-मीमांसा में कल्पना को बहुत प्रधानता दी गई है। है भी यह काव्य का अनिवार्य साधन, पर है साधन ही साध्य नहीं, जैसाकि उपर्युक्त विवेचन से स्पष्ट है। किसी प्रसंग के अन्तर्गत कैसा ही, विचित्र मूर्ति-विधान हो पर यदि उसमें उपर्युक्त भावसंचार की क्षमता नहीं है तो वह काव्य के अन्तर्गत न होगा।

मनोरंजन

प्रायः सुनने में आता है कि कविता का उद्देश्य मनोरंजन है। पर जैसाकि हम पहले कह आए हैं, कविता का अन्तिम लक्ष्य जगत के मार्मिक पक्षों का प्रत्यक्षीकरण करके उनके साथ मनुष्य-हृदय का सामंजस्य-स्थापन है। इतने गम्भीर उद्देश्य के स्थान पर केवल मनोरंजन का हल्का उद्देश्य सामने रखकर जो कविता का पठन-पाठन या विचार करते हैं, वे रास्ते ही में रह जानेवाले पथिक के समान हैं। कविता पढ़ते समय मनोरंजन अवश्य होता है, पर उसके उपरान्त कुछ और भी होता है और वही सब

कुछ है। मनोरंजन वह शक्ति है जिससे कविता अपना प्रभाव जमाने के लिए मनुष्य की चित्तवृत्ति को स्थिर किए रहती है, इधर-उधर जाने नहीं देती। अच्छी-से-अच्छी बात को भी कभी-कभी जो केवल कान से सुन भर लेते हैं, उनकी ओर उनका मनोयोग नहीं होता। केवल यही कहकर कि 'परोपकार करो', 'दूसरों पर दया करो', 'चोरी करना महापाप है', हमें यह आशा कदापि न करनी चाहिए कि कोई अपकारी उपकारी, कोई क्रूर दयावान् या कोई चोर साधु हो जाएगा। क्योंकि ऐसे वाक्यों के अर्थ की पहुँच हृदय तक होती ही नहीं, वह ऊपर-ही-ऊपर रह जाता है। ऐसे वाक्यों द्वारा सूचित व्यापारों का मानव-जीवन के बीच कोई मार्मिक चित्र सामने न पाकर हृदय उनकी अनुभूति की ओर प्रवृत्त ही नहीं होता।

पर कविता अपनी मनोरंजन-शक्ति द्वारा पढ़ने या सुननेवाले का चित्त रमाए रहती है, जीवन-पट पर उक्त कर्मों की सुन्दरता या विरूपता अंकित करके हृदय के मर्मस्थलों का स्पर्श करती है। मनुष्य के कुछ कर्मों में जिस प्रकार दिव्य सौन्दर्य और माधुर्य होता है, उसी प्रकार कुछ कर्मों में भीषण कुरूपता और भद्दापन होता है। इसी सौन्दर्य या कुरूपता का प्रभाव मनुष्य के हृदय पर पड़ता है और इस सौन्दर्य या कुरूपता का सम्यक् प्रत्यक्षीकरण कविता ही कर सकती है।

कविता की इसी रमानेवाली शक्ति को देखकर जगन्नाथ पंडितराज ने रमणीयता का पल्ला पकड़ा और उसे काव्य का साध्य स्थिर किया तथा योरपीय समीक्षकों ने 'आनन्द' को काव्य का परम लक्ष्य ठहराया। इस प्रकार मार्ग को ही अन्तिम गन्तव्य स्थल मान लेने के कारण बड़ा गड़बड़झाला हुआ। मनोरंजन या आनन्द तो बहुत-सी बातों में हुआ करता है। किस्सा-कहानी सुनने में भी तो पूरा मनोरंजन होता है, लोग रात-रात भर सुनते रह जाते हैं। पर क्या कहानी सुनना और कविता सुनना एक ही बात है? हम रसात्मक कथाओं या आख्यानों की बात नहीं कहते हैं; केवल घटना वैचित्र्यपूर्ण कहानियों की बात कहते हैं। कविता और कहानी का अन्तर स्पष्ट है। कविता सुननेवाला किसी भाव में मग्न रहता है और कभी-कभी बार-बार एक ही पद्य सुनना चाहता है। पर कहानी सुननेवाला आगे की घटना के लिए आकुल रहता है। कविता सुननेवाला कहता है, "जरा फिर तो कहिए।" कहानी सुननेवाला कहता है, "हाँ! तब क्या हुआ!"

मन को अनुरंजित करना, उसे सुख या आनन्द पहुँचाना ही यदि कविता का अन्तिम लक्ष्य माना जाए तो कविता भी केवल विलास की एक सामग्री हुई। परन्तु क्या कोई कह सकता है कि वाल्मीकि ऐसे मुनि और तुलसीदास ऐसे भक्त ने केवल इतना ही समझकर श्रम किया कि लोगों को समय काटने का एक अच्छा सहारा मिल जाएगा? क्या इससे गम्भीर कोई उद्देश्य उनका न था? खेद के साथ कहना पड़ता है कि बहुत दिनों से बहुत-से लोग कविता को विलास की सामग्री समझते आ रहे हैं। हिन्दी के रीति-काल के कवि तो मानो राजाओं-महाराजाओं की कामवासना

उत्तेजित करने के लिए ही रखे जाते थे। एक प्रकार के कविराज तो रईसों के मुँह में मकरध्वज रस झोंकते थे, दूसरे प्रकार के कविराज कान में मकरध्वज रस की पिचकारी देते थे, पीछे से तो ग्रीष्मोपचार आदि के नुस्खे भी कवि लोग तैयार करने लगे। गर्मी के मौसम के लिए एक कवि जी व्यवस्था करते हैं—

सीतल गुलाबजल भरि चहबच्चन में,
डारि कै कमलदल न्हायबे को धँसिए।
कालिदास अंग-अंग अगर अतर संग,
केसर उसीर नीर घनसार धँसिए।
जेठ में गोविन्द लाल चन्दन के चहलन,
भरि-भरि गोकुल के महलन बसिए।

इसी प्रकार शिशिर के मसाले सुनिए—

गुलगुली गिलमैं, गलीचा हैं, गुनीजन हैं,
चिक हैं, चिराकैं हैं, चिरागन की माला हैं।
कहै पदमाकर है गणक गजा हू सजी,
सज्जा हैं, सुरा हैं, सुराही हैं सुप्याला हैं।
शिशिर के पाला को न व्यापत कसाला तिन्हैं,
जिनके अधीन एते उदित मसाला हैं।

सौन्दर्य

सौन्दर्य बाहर की कोई वस्तु नहीं है, मन के भीतर की वस्तु है। योरपीय कला-समीक्षा की यह एक बड़ी ऊँची उड़ान या बड़ी दूर की कौड़ी समझी गई है। पर वास्तव में यह भाषा के गड़बड़झाले के सिवा और कुछ नहीं है। जैसे वीरकर्म से पृथक् वीरत्व कोई पदार्थ नहीं वैसे ही सुन्दर वस्तु से पृथक् सौन्दर्य कोई पदार्थ नहीं। कुछ रूप-रंग की वस्तुएँ ऐसी होती हैं जो हमारे मन में आते ही थोड़ी देर के लिए हमारी सत्ता पर ऐसा अधिकार कर लेती हैं कि उसका ज्ञान ही हवा हो जाता है और हम उन वस्तुओं की भावना के रूप में ही परिणत हो जाते हैं। हमारी अन्तस्सत्ता की यही तदाकार-परिणति सौन्दर्य की अनुभूति है। इसके विपरीत कुछ रूप-रंग की वस्तुएँ ऐसी होती हैं जिनकी प्रतीति या जिनकी भावना हमारे मन में कुछ देर टिकने ही नहीं पाती और एक मानसिक आपत्ति-सी जान पड़ती है। जिस वस्तु के प्रत्यक्ष ज्ञान या भावना से तदाकार परिणति जितनी ही अधिक होगी, उतनी ही वह वस्तु हमारे लिए सुन्दर कही जाएगी। इस विवेचन से स्पष्ट है कि भीतर-बाहर का भेद व्यर्थ है। जो भीतर है वही बाहर है।

यही बाहर हँसता-खेलता, रोता-गाता, खिलता-मुरझाता जगत भीतर भी है जिसे हम मन कहते हैं। जिस प्रकार यह जगत रूपमय और गतिमय है उसी प्रकार मन भी। मन भी रूप-गति का संघात ही है। रूप मन और इन्द्रियों द्वारा संघटित है या मन और इन्द्रियाँ रूपों द्वारा, इससे यहाँ प्रयोजन नहीं। हमें तो केवल यही कहना है कि हमें अपने मन का और अपनी सत्ता का बोध रूपात्मक ही होता है।

किसी वस्तु के प्रत्यक्ष ज्ञान या भावना से हमारी अपनी सत्ता के क्रोध का जितना ही अधिक तिरोभाव और हमारे मन की उस वस्तु के रूप में जितनी ही पूर्ण परिणति होगी उतनी ही बढ़ी हुई हमारी सौन्दर्य की अनुभूति कही जाएगी। जिस प्रकार की रूपरेखा या वर्ण-विन्यास से किसी की तदाकार परिणति होती है, उसी प्रकार की रूपरेखा या वर्ण-विन्यास उसके लिए सुन्दर है। मनुष्यता की सामान्य भूमि पर पहुँची हुई संसार की सब सभ्य जातियों में सौन्दर्य के सामान्य आदर्श प्रतिष्ठित हैं। भेद अधिकतर अनुभूति की मात्रा में पाया जाता है। न सुन्दर को कोई एकबारगी कुरूप कहता है और न बिलकुल कुरूप को सुन्दर। जैसाकि कहा जा चुका है, सौन्दर्य का दर्शन मनुष्य मनुष्य ही में नहीं करता है, प्रत्युत पल्लव-गुम्फित पुष्पहास में, पक्षियों के पक्षजाल में, सिन्दूराभ सान्ध्य दिगंचल के हिरण्य-मेखला-मंडित घनखंड में, तुषारावृत्त तुंग-गिरि-शिखर में, चन्द्रकिरण में झलझलाते निर्झर में और जाने कितनी वस्तुओं में वह सौन्दर्य की झलक पाता है।

जिस सौन्दर्य की भावना में मग्न होकर मनुष्य अपनी पृथक् सत्ता की प्रतीति का विसर्जन करता है वह अवश्य एक दिव्य विभूति है। भक्त लोग अपनी उपासना या ध्यान में इसी विभूति का अवलम्बन करते हैं। तुलसी और सूर ऐसे सगुणोपासक भक्त राम और कृष्ण की सौन्दर्य-भावना में मग्न होकर ऐसी मंगल-दशा का अनुभव कर गए हैं जिसके सामने कैवल्य या मुक्ति की कामना का कहीं पता नहीं लगता।

कविता केवल वस्तुओं के ही रंग-रूप में सौन्दर्य की छटा नहीं दिखाती, प्रत्युत कर्म और मनोवृत्ति के भी अत्यन्त मार्मिक दृश्य सामने रखती है। वह जिस प्रकार विकसित कमल, रमणी के मुखमंडल आदि का सौन्दर्य मन में लाती है उसी प्रकार उदारता, वीरता, त्याग, दया, प्रेमोत्कर्ष इत्यादि कर्मों और मनोवृत्तियों का सौन्दर्य भी मन में जमाती है। जिस प्रकार वह शव को नोचते हुए कुत्तों और श्रृगालों के बीभत्स व्यापार की झलक दिखाती है उसी प्रकार क्रूरों की हिंसावृत्ति और दुष्टों की ईर्ष्या आदि की कुरूपता से भी क्षुब्ध करती है। इस कुरूपता का अवस्थान सौन्दर्य को पूर्ण और स्पष्ट अभिव्यक्ति के लिए ही समझना चाहिए। जिन मनोवृत्तियों का अधिकतर बुरा रूप हम संसार में देखा करते हैं उनका भी रूप सुन्दर कविता ढूँढ़कर दिखाती है। दशवदन-निधनकारी राम के क्रोध के सौन्दर्य पर कौन मोहित न होगा?

जो कविता रमणी के रूप-माधुर्य से हमें तृप्त करती है वही उसकी अन्तर्वृत्ति की सुन्दरता का आभास देकर हमें मुग्ध करती है। जिस बंकिम की लेखनी ने गढ़ पर

बैठी हुई राजकुमारी तिलोत्तमा के अंग-प्रत्यंग की सुषमा को अंकित किया है उसी ने नवाब-नन्दिनी आयशा के अन्तस् की अपूर्व सात्त्विकी ज्योति की झलक दिखाकर पाठकों को चमत्कृत किया है। जिस प्रकार बाह्य प्रकृति के बीच वन, पर्वत, नदी-निर्झर आदि की रूप-विभूति से हम सौन्दर्य-मग्न होते हैं, उसी प्रकार अन्त:प्रकृति में दया, दाक्षिण्य, श्रद्धा, भक्ति आदि वृत्तियों की स्निग्ध शीतल आभा में सौन्दर्य लहराता हुआ पाते हैं। यदि कहीं बाह्य और आभ्यन्तर दोनों सौन्दर्य का योग दिखाई पड़े तो फिर क्या कहना है! यदि किसी अत्यन्त सुन्दर पुरुष को धीरता, वीरता, सत्यप्रियता आदि अथवा किसी अत्यन्त रूपवती स्त्री की सुशीलता, कोमलता और प्रेम-परायणता आदि भी सामने रख दी जाएँ तो सौन्दर्य की भावना सर्वांगपूर्ण हो जाती है।

सुन्दर और कुरूप काव्य में बस ये ही दो पक्ष हैं। भला-बुरा, शुभ-अशुभ, पाप-पुण्य, मंगल-अमंगल, उपयोगी-अनुपयोगी—ये सब शब्द काव्य-क्षेत्र के बाहर के हैं। ये नीति, धर्म, व्यवहार, अर्थशास्त्र आदि के शब्द हैं। शुद्ध काव्य-क्षेत्र में न कोई बात भली कही जाती है न बुरी, न शुभ न अशुभ, न उपयोगी न अनुपयोगी। सब बातें केवल दो रूपों में दिखाई जाती हैं—सुन्दर और असुन्दर। जिसे धार्मिक शुभ या मंगल कहता है, कवि उसके सौन्दर्य-पक्ष पर आप ही मुग्ध रहता है और दूसरों को भी मुग्ध करता है। जिसे धर्मज्ञ अपनी दृष्टि के अनुसार शुभ या मंगल समझता है, उसी को कवि अपनी दृष्टि के अनुसार सुन्दर कहता है। दृष्टि-भेद अवश्य है। धार्मिक की दृष्टि जीव के कल्याण, परलोक में सुख, भवबन्धन से मोक्ष आदि की ओर रहती है। पर कवि की दृष्टि इन सब बातों की ओर नहीं रहती। वह उधर देखता है जिधर सौन्दर्य दिखाई पड़ता है। इतनी-सी बात ध्यान में रखने से ऐसे-ऐसे झमेलों में पड़ने की आवश्यकता बहुत कुछ दूर हो जाती है कि "कला में सत्-असत्, धर्माधर्म का विचार होना चाहिए या नहीं", "कवि को उपदेशक बनना चाहिए या नहीं।"

कवि की दृष्टि तो सौन्दर्य की ओर जाती है चाहे वह जहाँ हो—वस्तुओं के रूप-रंग में अथवा मनुष्यों के मन, वचन और कर्म में। उत्कर्ष-साधन के लिए, प्रभाव की वृद्धि के लिए, कवि लोग कई प्रकार के सौन्दर्यों का मेल भी किया करते हैं। राम की रूपमाधुरी और रावण की विकरालता भीतर का प्रतिबिम्ब-सी जान पड़ती है। मनुष्य के भीतरी-बाहरी सौन्दर्य के साथ चारों ओर की प्रकृति के सौन्दर्य को भी मिला देने से वर्णन का प्रभाव कभी-कभी बहुत बढ़ जाता है। चित्रकूट ऐसे रम्य स्थान में राम और भरत ऐसे रूपवानों की रम्य अन्त:प्रकृति की छटा का क्या कहना है!

चमत्कारवाद

काव्य के सम्बन्ध में 'चमत्कार' अनूठापन आदि शब्द बहुत दिनों से लाए जाते हैं। चमत्कार मनोरंजन की सामग्री है, इसमें सन्देह नहीं। इसमें जो लोग मनोरंजन को

ही काव्य का लक्ष्य समझते हैं, वे यदि कविता में चमत्कार ही ढूँढ़ा करें तो कोई आश्चर्य की बात नहीं। पर जो लोग इससे ऊँचा और गम्भीर लक्ष्य समझते हैं वे चमत्कार मात्र को काव्य नहीं मान सकते। चमत्कार से हमारा अभिप्राय यहाँ प्रस्तुत वस्तु के अद्‌भुतत्व या वैलक्षण्य से नहीं जो अद्‌भुत रस के आलम्बन में होता है। 'चमत्कार' से हमारा तात्पर्य उक्ति के चमत्कार से है, जिसके अन्तर्गत वर्ण-विन्यास की विशेषता (जैसे, अनुप्रास में), शब्दों की क्रीड़ा (जैसे श्लेष, यमक आदि में), वाक्य की वक्रता या वचनभंगी (जैसे, काव्यार्थापत्ति, परिसंख्या, विरोधाभास, असंगति इत्यादि में) तथा अप्रस्तुत वस्तुओं का अद्‌भुतत्व अथवा प्रस्तुत वस्तुओं के साथ उनके सादृश्य या सम्बन्ध की अनहोनी या दूरारूढ़ कल्पना (जैसे उत्प्रेक्षा, अतिशयोक्ति आदि में) इत्यादि बातें आती हैं।

चमत्कार का प्रयोग भावुक कवि भी करते हैं, पर किसी भाव की अनुभूति को तीव्र करने के लिए। जिस रूप या जिस मात्रा में भाव की स्थिति है उसी रूप और उसी मात्रा में उसकी व्यंजना के लिए प्रायः कवियों की व्यंजना का कुछ असामान्य ढंग पकड़ना पड़ता है। बातचीत में भी देखा जाता है कि कभी-कभी हम किसी को मूर्ख न कहकर 'बैल' कह देते हैं। इसका मतलब यही है कि उसकी मूर्खता की जितनी गहरी भावना मन में है वह 'मूर्ख' शब्द से नहीं व्यक्त होती। इसी बात को देखकर कुछ लोगों ने यह निश्चय किया कि यही चमत्कार या उक्ति-वैचित्र्य ही काव्य का नित्य लक्षण है। इस निश्चय के अनुसार कोई वाक्य, चाहे वह कितना ही मर्मस्पर्शी हो, यदि उक्ति-वैचित्र्यशून्य है तो काव्य के अन्तर्गत न होगा और कोई वाक्य जिसमें किसी भाव या कर्म-विचार की व्यंजना कुछ भी न हो पर उक्ति-वैचित्र्य हो, वह खासा काव्य कहा जाएगा। उदाहरण के लिए पद्‌माकर का यह सीधा-सादा वाक्य लीजिए—

नैन नचाय कही मुसुकाय 'लला फिर आइयो खेलन होरी'।

अथवा मंडन का यह सवैया लीजिए—

अलि! हौं तौ गई जमुना-जल को,
सो कहा कहौं, वीर! विपत्ति परी।
घहराय कै कारी घटा उनई,
इतनेई में गागर सीस धरी॥
रपट्यो पग, घाट चढ़्यौ न गयो,
कवि मंडन ह्वै कै विहाल गिरी।
चिर जीबहु नन्द को वारो अरी,
गहि बाँह गरीब ने ठाढ़ी करी॥

इसी प्रकार ठाकुर की यह अत्यन्त स्वाभाविक वितर्क-व्यंजना देखिए—

वा निरमोहिन रूप की रासि जऊ उर हेतु न ठानति ह्वै है।
बारहिं बार बिलोकि धरी-धरी सूरति तो पहिचानति ह्वै है।
ठाकुर या मन को परतीति है, जो पै सनेह न मानति ह्वै है।
आवत हैं नित मेरे लिए, इतनो तो विशेष कै जानति ह्वै है॥

मंडन ने प्रेम-गोपन के जो वचन कहलाए हैं, वे ऐसे ही हैं जैसे जल्दी में स्वभावतः मुँह से निकल पड़ते हैं। उनमें विदग्धता की अपेक्षा स्वाभाविकता कहीं अधिक झलक रही है। ठाकुर के सवैये में भी अपने प्रेम का परिचय देने के लिए आतुर नए प्रेमी के चित्त के वितर्क की बड़े सीधे-सादे शब्दों में, बिना किसी वैचित्र्य या लोकोत्तर चमत्कार के, व्यंजना की गई है। क्या कोई सहृदय वैचित्र्य के अभाव के कारण कह सकता है कि इनमें काव्यत्व नहीं है?

अब इनके सामने उन केवल चमत्कारवाली उक्तियों का विचार कीजिए जिनमें कहीं कोई कवि किसी राजा की कीर्ति की धवलता चारों ओर फैलती देख यह आशंका प्रकट करता है कि कहीं मेरी स्त्री के बाल भी सफेद न हो जाएँ अथवा प्रभात होने पर कौवों की काँव-काँव का कारण यह भय बताता है कि कालिमा या अन्धकार का नाश करने में प्रवृत्त सूर्य कहीं उन्हें काला देख उनका भी नाश न कर दे। भोज-प्रबन्ध तथा और-और सुभाषित-संग्रहों में इस प्रकार की उक्तियाँ भरी पड़ी हैं। केशव की रामचन्द्रिका में पचीसों ऐसे पद्य हैं जिनमें अलंकारों की भद्दी भरती के चमत्कार के सिवा हृदय को स्पर्श करनेवाली या किसी भावना में मग्न करनेवाली कोई बात न मिलेगी। उदाहरण के लिए पताका और पंचवटी के ये वर्णन लीजिए—

पताका

अति सुन्दर अति साधु। थिर न रहति पल आधु।
परम तपोमय मानि। दंडधारिणी जानि॥

पंचवटी

बेर भयानक सी अति लगै। अर्क समूह जहाँ जगमगै।
पांडव की प्रतिमा सम लेखौ। अर्जुन भीम महामति देखौ॥
है सुभगा सम दीपति पूरी। सिन्दुर औ तिलकावलि रूरी।
राजति है यह ज्यौं कुलकन्या। धाय विराजति है सँग धन्या॥

क्या कोई भावुक इन उक्तियों को शुद्ध काव्य कह सकता है? क्या ये उसके मर्म का स्पर्श कर सकती हैं?

ऊपर दिए अवतरणों में हम स्पष्ट देखते हैं कि किसी उक्ति की तह में उसके प्रवर्तक के रूप में यदि कोई भाव या मार्मिक अन्तर्वृत्ति छिपी है तो चाहे वैचित्र्य हो या न हो, काव्य की सरलता बराबर पाई जाएगी। पर यदि कोरा वैचित्र्य या चमत्कार ही चमत्कार है तो थोड़ी देर के लिए कुछ कुतूहल या मन-बहलाव चाहे हो जाए पर काव्य को लीन करनेवाली सरसता न पाई जाएगी। केवल कुतूहल तो बाल-वृत्ति है। कविता सुनना और तमाशा देखना एक ही बात नहीं है। यदि सब प्रकार की कविता में केवल आश्चर्य या कुतूहल का ही संचार मानें तब तो अलग-अलग स्थायी भावों की रसरूप में अनुभूति और भिन्न-भिन्न भावों के आश्रयों के साथ तादात्म्य का कहीं प्रयोजन ही नहीं रह जाता है।

यह बात ठीक है कि हृदय पर जो प्रभाव पड़ता है, उसके मर्म का जो स्पर्श होता है, वह उक्ति ही के द्वारा। पर उक्ति के लिए यह आवश्यक नहीं कि वह सदा विचित्र, अद्भुत या लोकोत्तर हो—ऐसी हो जो सुनने में नहीं आया करती या जिसमें बड़ी दूर की सूझ होती है। ऐसी उक्ति जिसे सुनते ही मन किसी भाव या मार्मिक भावना (जैसे प्रस्तुत वस्तु का सौन्दर्य आदि) में लीन न होकर एकबारगी कथन के अनूठे ढंग, वर्ण-विन्यास या पद-प्रयोग की विशेषता, दूर की सूझ, कवि की चातुरी या निपुणता इत्यादि का विचार करने लगे, वह काव्य नहीं, सूक्ति है। बहुत-से लोग काव्य और सूक्ति को एक ही समझा करते हैं। पर इन दोनों का भेद सदा ध्यान में रहना चाहिए। जो उक्ति हृदय में कोई भाव जागृत कर दे या उसे प्रस्तुत वस्तु या तथ्य की मार्मिक भावना में लीन कर दे, वह तो है काव्य। जो उक्ति केवल कथन के ढंग के अनूठेपन, रचना-वैचित्र्य, चमत्कार, कवि के श्रम या निपुणता के विचार में ही प्रवृत्त करे, वह है सूक्ति।

यदि किसी उक्ति में रसात्मकता और चमत्कार दोनों हों तो प्रधानता का विचार करके सूक्ति या काव्य का निर्णय हो सकता है। जहाँ उक्ति में अनूठापन अधिक मात्रा में होने पर भी उसकी तह में रहनेवाला भाव आच्छन्न नहीं हो जाता, वहाँ भी काव्य ही माना जाएगा। जैसे, देव का यह सवैया लीजिए—

साँसन में ही समीर गयो अरु आँसुन ही सब नीर गयो ढरि।
तेज गयो गुन लै अपनो अरु भूमि गई तन की तनुता करि॥
देव जियै मिखिबेई को आस कै, आसहु पास अकास रह्यो भरि।
जा दिन ते मुख फेरि हरै हँसि हेरि हियो जो लिए हरि जू हरि॥

सवैये का अर्थ यह है कि वियोग में उस नायिका के शरीर को संघटित करनेवाले पंचभूत धीरे-धीरे निकलते जा रहे हैं। वायु दीर्घ नि:श्वासों के द्वारा निकल गई, जलत्व सारा आँसुओं-ही-आँसुओं में ढल गया, तेज भी न रह गया—शरीर की सारी दीप्ति या कान्ति जाती रही, पार्थिव तत्त्व के निकल जाने से शरीर भी क्षीण हो गया; अब

तो उसके चारों ओर आकाश-ही-आकाश रह गया है—चारों ओर शून्य दिखाई पड़ रहा है। जिस दिन से श्रीकृष्ण ने उसकी ओर मुँह फेरकर ताका है और मन्द-मन्द हँसकर उसके मन को हर लिया है, उसी दिन से उसकी यह दशा है।

इस वर्णन में देव जी ने विरह की भिन्न-भिन्न दशाओं में चार भूतों के निकलने की बड़ी सटीक उद्‌भावना की है। आकाश का अस्तित्व भी बड़ी निपुणता से चरितार्थ किया है। यमक, अनुप्रास आदि भी हैं। सारांश यह कि उनकी उक्ति में एक पूरी सावयव कल्पना है, मजमून की पूरी बन्दिश है, पूरा चमत्कार या अनूठापन है। पर इस चमत्कार के बीच में भी विरह वेदना स्पष्ट झलक रही है, उसकी चकाचौंध में अदृश्य नहीं हो गई है। इसी प्रकार मतिराम के इस सवैये की पिछली दो पंक्तियों में वर्षा के रूपक का जो व्यंग्य चमत्कार है वह भाव-सबलता के साथ अनूठे ढंग से गुम्फित है—

दोऊ अनन्द सों आँगन माँझ
बिराजै असाढ़ की साँझ सुहाई।
प्यारी के बूझत और तिया को
अचानक नाम लियो रसिकाई।
आई उनै मुँह में हँसी, कोहि
तिया पुनि चाप सी भौंह चढ़ाई।
आँखिन ते गिरे आँसू के बूँद,
सुहास गयो उड़ि हंस की नाई॥

इसके विरुद्ध बिहारी को उन उक्तियों में जिनमें विरहिणी के शरीर के पास ले जाते-ले जाते शीशी का गुलाबजल सूख जाता है, उसके विरह-ताप की लपट के मारे माघ के महीने में भी पड़ोसियों का रहना कठिन हो जाता है, कृशता के कारण विरहिणी साँस खींचने के साथ दो-चार हाथ पीछे और साँस छोड़ने के साथ दो-चार हाथ आगे उड़ जाती है, अत्युक्ति का एक बड़ा तमाशा ही खड़ा किया गया है। कहाँ यह सब मजाक, कहाँ विरह की वेदना!

यह कहा जा चुका है कि उमड़ते हुए भाव की प्रेरणा से अक्सर कथन के ढंग में कुछ वक्रता आ जाती है। ऐसी वक्रता काव्य की प्रक्रिया के भीतर रहती है। उसका अनूठापन भाव-विधान के बाहर की वस्तु नहीं। उदाहरण के लिए दास जी की ये विरहदशासूचक उक्तियाँ लीजिए—

अब तौ बिहारी के वे बानक गए री,
तेरी तनदुति-केसर को नैन कसमीर भो।
श्रौन तुव बानी स्वाति-बूँदन के चातक भे,
साँसन को भरिबो द्रुपदजा को चीर भो।

हिय को हरष मरु धरनि को नीर भो,
रो! जियरो मनोभव-शरन को तुनीर भो।
एरी! बेगि करिकै मिलापु थिर थापु,
न तौ आपु अब चहक अतनु को शरीर भो॥

ऐसी ही भाव-प्रेरित वक्रता द्विजदेव की इस मनोहर उक्ति में है—

तू जो कही, सखि! लोनो सरूप,
सो मो अँखियान को लोनी गई लगि।

प्रेम के स्फुरण की विलक्षण अनुभूति नायिका को हो रही है—कभी आँसू आते हैं, कभी अपनी दशा पर आप अचरज होता है, कभी हल्की-सी हँसी भी आ जाती है कि अच्छी बला मैंने मोल ली। इसी बीच अपनी अन्तरंग सखी को सामने पाकर किंचित् विनोद-चातुरी की भी प्रवृत्ति होती है। ऐसी जटिल अन्तर्वृत्ति द्वारा प्रेरित उक्ति में विचित्रता आ ही जाती है। ऐसी चित्त-वृत्तियों के अवसर घड़ी-घड़ी नहीं आया करते। सूरदास जी का 'भ्रमरगीत' ऐसी भाव-प्रेरित वक्र उक्तियों से भरा पड़ा है।

उक्ति की वहीं तक की वचनभंगी या वक्रता के सम्बन्ध में हमसे कुन्तल जी का 'वक्रोक्तिः काव्यजीवितम्' मानते बनता है, जहाँ तक कि वह भावानुमोदित हो या किसी मार्मिक अन्तर्वृत्ति से सम्बद्ध हो; उसके आगे नहीं। कुन्तल जी की वक्रता बहुत व्यापक है जिसके अन्तर्गत वे वाक्य-वैचित्र्य की वक्रता और वस्तु-वैचित्र्य की वक्रता दोनों लेते हैं। सालंकृत वक्रता के चमत्कार ही में वे काव्यत्व मानते हैं। योरप में भी आजकल क्रोसे के प्रभाव से एक प्रकार का वक्रोक्तिवाद जोर पर है। विलायती वक्रोक्तिवाद लक्षणा-प्रधान है। लाक्षणिक चपलता और प्रगल्भता में ही, उक्ति के अनूठे स्वरूप में ही, बहुत-से लोग वहाँ कविता मानने लगे हैं। उक्ति ही काव्य होती है, यह तो सिद्ध बात है। हमारे यहाँ भी व्यंजक वाक्य ही काव्य माना जाता है। अब प्रश्न यह है कि कैसी उक्ति, किस प्रकार की व्यंजना करनेवाला वाक्य? वक्रोक्तिवादी कहेंगे कि ऐसी उक्ति जिसमें कुछ वैचित्र्य या चमत्कार हो, व्यंजना चाहे जिसकी हो, या किसी ठीक-ठीक बात की न भी हो पर जैसाकि हम कह चुके हैं, मनोरंजन मात्र काव्य का उद्देश्य न माननेवाले इस बात का समर्थन करने में असमर्थ होंगे। वे किसी लक्षणा में उसका प्रयोजन अवश्य ढूँढ़ेंगे।

कविता की भाषा

कविता में कही गई बात चित्र-रूप में हमारे सामने आनी चाहिए, यह हम पहले कह आए हैं। अतः उसमें गोचर-रूपों का विधान अधिक होता है। वह प्रायः ऐसे रूपों

और व्यापारों को ही लेती है जो स्वाभाविक होते हैं और संसार में सबसे अधिक मनुष्यों को सबसे अधिक दिखाई पड़ते हैं।

अगोचर बातों या भावनाओं को भी, जहाँ तक हो सकता है, कविता स्थूल गोचर रूप में रखने का प्रयास करती है। इस मूर्ति विधान के लिए वह भाषा की लक्षणा-शक्ति से काम लेती है। जैसे, "समय बीता जाता है।" कहने की अपेक्षा "समय भागा जाता है" कहना वह अधिक पसन्द करेगी। किसी काम से हाथ खींचना, किसी का रुपया खा जाना, कोई बात पी जाना, दिन ढलना या डूबना, मन मारना, मन छूना, शोभा बरसना, उदासी टपकना इत्यादि ऐसी ही कवि-समय-सिद्ध उक्तियाँ हैं जो बोलचाल में रूढ़ि होकर आ गई हैं। लक्षणा द्वारा स्पष्ट और सजीव आकार-प्रदान का विधान प्राय: सब देशों के कवि-कर्म में पाया जाता है। कुछ उदाहरण देखिए—

(क) धन्य भूमि बनपंथ पहारा। जहँ जहँ नाथ पाँव तुम धारा।—तुलसी

(ख) मनहु उमगि अँग अँग छबि छलकै।—तुलसी

(ग) चूनरि चारु चुई सी परै।

(घ) बनन में बागन में बगरो बसन्त है।—पद्माकर

(ङ) वृन्दावन बागन पै बसन्त बरसो परै।—पद्माकर

(च) हौं तो श्यामरंग में चोराय, चित्त चोरा-चोरी बोरत तो बोर्‌यो पै निचोरत बनै नहीं।—पद्माकर

(छ) एहो नन्दलाल ऐसो व्याकुल परी है बाल,
हाल ही चलौ तौ चलौ, जोरे, जुरि जाएगी।
कहै पद्माकर नहीं तौ ये झकोरे लगे,
ओरे लौं अचाका बिनु धोरे धुरि जाएगी।
तौ ही लगि चैन जौलौं चेतिहै न चन्द्रमुखी,
चेतैगी कहूँ तौ चाँदनी में चुरि जाएगी।

इन उदाहरणों से स्पष्ट है कि वस्तु या तथ्य के पूर्ण प्रत्यक्षीकरण तथा भाव या मार्मिक अन्तर्वृत्ति के अनुरूप व्यंजना के लिए लक्षणा का बहुत कुछ सहारा कवि को लेना पड़ता है।

भावना को मूर्त रूप में रखने की आवश्यकता के कारण कविता की भाषा में दूसरी विशेषता यह रहती है कि उसमें जाति संकेतवाले शब्दों की अपेक्षा विशेष-रूप-व्यापार सूचक शब्द अधिक रहते हैं। बहुत-से ऐसे शब्द होते हैं जिनसे किसी एक का नहीं, बल्कि बहुत-से रूपों का या व्यापारों का एक साथ चलता-सा अर्थ-ग्रहण हो जाता है। ऐसे शब्दों को हम जाति-संकेत कह सकते हैं। ये मूर्त विधान के प्रयोजन के नहीं होते। किसी ने कहा, "वहाँ बड़ा अत्याचार हो रहा है।" इस अत्याचार शब्द के अन्तर्गत मारना-पीटना, डाँटना-डपटना, लूटना-पाटना इत्यादि बहुत-से व्यापार हो सकते हैं, अत: 'अत्याचार' शब्द के सुनने से उन सब व्यापारों की एक मिली-

जुली अस्पष्ट भावना थोड़ी देर के लिए मन में आ जाती है। कुछ विशेष व्यापारों का स्पष्ट चित्र या मूर्त रूप नहीं खड़ा होता। इसमें ऐसे शब्द कविता के उतने काम के नहीं। ये तत्त्व-निरूपण, शास्त्रीय विचार आदि में ही अधिक उपयोगी होते हैं। भिन्न-भिन्न शास्त्रों में बहुत-से शब्द तो विलक्षण ही अर्थ देते हैं और पारिभाषिक कहलाते हैं। शास्त्र-मीमांसक या तत्त्व-निरूपक को किसी सामान्य तथ्य या तत्त्व तक पहुँचने की जल्दी रहती है। इससे वह किसी सामान्य धर्म के अन्तर्गत आनेवाली बहुत-सी बातों को एक मानकर अपना काम चलाता है। प्रत्येक का अलग-अलग दृश्य देखने-दिखाने में नहीं उलझता।

पर कविता कुछ वस्तुओं और व्यापारों को मन के भीतर मूर्त रूप में लाना और प्रभाव उत्पन्न करने के लिए कुछ देर रखना चाहती है। अत: उक्त प्रकार के व्यापक अर्थ-संकेतों से ही उसका काम नहीं चल सकता। इससे जहाँ उसे किसी स्थिति का वर्णन करना रहता है, वहाँ वह उसके अन्तर्गत सबसे अधिक मर्म-स्पर्शिनी कुछ विशेष वस्तुओं या व्यापारों को लेकर उनका चित्र खड़ा करने का आयोजन करती है। यदि कहीं के घोर अत्याचार का वर्णन करना होगा, तो वह कुछ निरपराध व्यक्तियों के वध, भीषण यंत्रणा, स्त्री-बच्चों पर निष्ठुर प्रहार आदि क्षोभकारी दृश्य सामने रखेगी। "वहाँ घोर अत्याचार हो रहा है" इस वाक्य द्वारा वह कोई प्रभाव नहीं उत्पन्न कर सकती। अत्याचार शब्द के अन्तर्गत न जाने कितने व्यापार आ सकते हैं, अत: उसे सुनकर या पढ़कर सम्भव है कि भावना में एक भी व्यापार स्पष्ट रूप से न आए या आए भी तो ऐसा जिसमें मर्म को क्षुब्ध करने की शक्ति न हो।

उपर्युक्त विचार से ही किसी व्यवहार या शास्त्र के पारिभाषिक शब्द भी काव्य में लाए जाने योग्य नहीं माने जाते। हमारे यहाँ के आचार्यों ने पारिभाषिक शब्दों के प्रयोग को 'अप्रतीतत्त्व' दोष माना है। पर दोष स्पष्ट होते हुए भी चमत्कार के प्रेमी कब मान सकते हैं? संस्कृत के अनेक कवियों ने वेदान्त, आयुर्वेद, न्याय के पारिभाषिक शब्दों को लेकर बड़े-बड़े चमत्कार खड़े किए हैं या अपनी बहुज्ञता दिखाई है। हिन्दी के किसी मुकदमेबाज कवित्त करनेवाले ने 'प्रेम फौजदारी' नाम की एक छोटी-सी पुस्तक में शृंगार रस की बातें अदालती कार्यवाहियों पर घटाकर लिखी हैं। 'एकतरफा डिगरी', 'तनकीह' ऐसे-ऐसे शब्द चारों ओर अपनी बहार दिखा रहे हैं, जिन्हें सुनकर कुछ अशिक्षित या भद्दी रुचिवाले वाह-वाह भी कर देते हैं।

शास्त्र के भीतर निरूपित तथ्य को भी जब कोई कवि अपनी रचना के भीतर लेता है, तब वह पारिभाषिक तथा अधिक व्याप्तिवाले जाति-संकेत शब्दों को हटाकर उस तथ्य को व्यंजित करनेवाले कुछ विशेष मार्मिक रूपों और व्यापारों का चित्रण करता है। कवि गोचर और मूर्त रूपों के द्वारा ही अपनी बात कहता है। उदाहरण के लिए गोस्वामी तुलसीदास जी के ये वचन लीजिए—

जेहि निसि सफल जीव सूतहिं तब कृपापात्र जन जागै।

इसमें माया में पड़े हुए जीव की अज्ञान दशा का काव्य-पद्धति पर कथन है। और देखिए—प्राणी आयु भर क्लेश-निवारण और सुख-प्राप्ति का प्रयास करता रह जाता है और कभी वास्तविक सुख-शान्ति प्राप्त नहीं करता; इस बात को गोस्वामी जी यों सामने रखते हैं—

डासत ही गई बीति निसा सब,
कबहुँ न नाथ! नींद भर सोयो।

भविष्य का ज्ञान अत्यन्त अद्भुत और रहस्यमय है। जिसके कारण प्राणी आनेवाली विपत्ति की कुछ भी भावना न करके अपनी दशा में मग्न रहता है। इस बात को गोस्वामी जी ने "चरै हरित तृन बलिपशु" इस चित्र द्वारा व्यक्त किया है। अंग्रेज कवि पोप ने भी भविष्य के अज्ञान का यही मार्मिक चित्र लिया है, यद्यपि उसने इस अज्ञान को ईश्वर का बड़ा भारी अनुग्रह कहा है—

उस बलिपशु को देख आज जिसका तू, रे नर!
अपने रँग में रक्त बहायेगा बेदी पर।
होता उसको ज्ञान कहीं तेरा है जैसा,
क्रीड़ा करता कभी उछलता फिरता ऐसा!
अन्तकाल तक हरा-भरा चारा चभलाता।
हनन हेतु उस उठे हाथ को चाटे जाता॥
आगम का अज्ञान ईश का परम अनुग्रह।[1]

बातचीत में भी जब किसी को अपने कथन द्वारा कोई मार्मिक प्रभाव उत्पन्न करना होता है, तब वह इसी पद्धति का अवलम्बन करता है। यदि अपनी पत्नी पर अत्याचार करनेवाले किसी व्यक्ति को उसे समझाना है तो वह कहेगा कि "तुमने इसका हाथ पकड़ा है।" यह न कहेगा कि "तुमने इसके साथ विवाह किया है।" विवाह शब्द के अन्तर्गत न जाने कितने विधि-विधान हैं जो सबके सब एकबारगी मन में आ भी नहीं सकते और उतने व्यंजक या मर्मस्पर्शी भी नहीं होते। अत: कहनेवाला उनमें से जो सबसे अधिक व्यंजक और स्वाभाविक व्यापार 'हाथ पकड़ना' है, जिससे सहारा देने का चित्र सामने आता है, उसे भावना में लाता है।

तीसरी विशेषता कविता की भाषा में वर्ण-विन्यास की है। "शुष्को वृक्षस्तिष्ठत्यग्रे" और "नीरसतरुरिह विलसति पुरत:" का भेद हमारी पंडितमंडली में बहुत दिनों से

1. The lamp thy riot dooms to bleed today,
Had he the reason, would he skip and play?
Pleased to the last he crops the flow'ry, food,
And licks the hand just raised to shed his blood,
The blindness to the future kindly given.
—Essay on Man.

प्रसिद्ध चला आता है। काव्य एक बहुत ही व्यापक कला है। जिस प्रकार मूर्त विधान के लिए कविता चित्र-विद्या की प्रणाली का अनुसरण करती है उसी प्रकार नाद-सौष्ठव के लिए वह संगीत का कुछ-कुछ सहारा लेती है। श्रुति-कटु मानकर कुछ वर्णों का त्याग, वृत्तिविधान, लय, अन्त्यानुप्रास आदि नाद सौन्दर्य-साधन के लिए ही हैं। नाद-सौष्ठव के निमित्त निरूपित वर्ण विशिष्टता को हिन्दी के हमारे कुछ पुराने कवि इतनी दूर तक घसीट ले गए कि उनकी बहुत-सी रचना बेडौल और भावशून्य हो गई। उसमें अनुप्रास की लम्बी लड़ी—वर्ण-विशेष की निरन्तर आवृत्ति—के सिवा और किसी बात पर ध्यान नहीं जाता। जो बात भाव या रस की धारा का मन के भीतर अधिक प्रसार करने के लिए थी, वह अलग चमत्कार या तमाशा खड़ा करने के लिए काम में लाई गई।

नाद-सौन्दर्य से कविता की आयु बढ़ती है। तालपत्र, भोजपत्र, कागज आदि का आश्रय छूट जाने पर भी वह बहुत दिनों तक लोगों की जिह्वा पर नाचती रहती है। बहुत-सी उक्तियों को लोग, उनके अर्थ की रमणीयता इत्यादि की ओर ध्यान ले जाने का कष्ट उठाए बिना ही, प्रसन्नचित्त रहने पर गुनगुनाया करते हैं। अतः नाद-सौन्दर्य का योग भी कविता का पूर्ण स्वरूप खड़ा करने के लिए कुछ-न-कुछ आवश्यक होता है। इसे हम बिलकुल हटा नहीं सकते। जो अन्त्यानुप्रास को फालतू समझते हैं, वे छन्द को पकड़े रहते हैं, जो छन्द को भी फालतू समझते हैं, वे लय में ही लीन होने का प्रयास करते हैं। संस्कृत से सम्बन्ध रखनेवाली भाषाओं में नाद-सौन्दर्य के समावेश के लिए बहुत अवकाश रहता है। अतः अंग्रेजी आदि अन्य भाषाओं की देखा-देखी, जिनमें इसके लिए कम जगह है, अपनी कविता को हम इस विशेषता से वंचित कैसे कर सकते हैं?

हमारी काव्य-भाषा में एक चौथी विशेषता भी है जो संस्कृत से ही आई है। वह यह है कि कहीं-कहीं व्यक्तियों के नामों के स्थान पर उनके रूप-गुण या कार्यबोधक शब्दों का व्यवहार किया जाता है, ऊपर से देखने में तो पद्य के नपे हुए चरणों में शब्द खपाने के लिए ही ऐसा किया जाता है, पर थोड़ा विचार करने पर इसमें गुरुतर उद्देश्य प्रकट होता है। सच पूछिए तो यह बात कृत्रिमता बचाने के लिए की जाती है। मनुष्यों के नाम यथार्थ में कृत्रिम संकेत हैं जिनमें कविता की पूर्ण परिपोषकता नहीं होती। अतएव कवि मनुष्यों के नामों के स्थान पर कभी-कभी उनके ऐसे रूपगुण या व्यापार की ओर इशारा करता है जो स्वाभाविक और अर्थगर्भित होने के कारण सुननेवाले की भावना के निर्माण में योग देते हैं। गिरिधर, मुरारि, त्रिपुरारि, दीनबन्धु, चक्रपाणि, मुरलीधर, सव्यसाची इत्यादि शब्द ऐसे ही हैं।

ऐसे शब्दों को चुनते समय इस बात का ध्यान रखना चाहिए कि वे प्रकरण-विरुद्ध या अवसर के प्रतिकूल न हों। जैसे, यदि कोई मनुष्य दुर्धर्ष अत्याचारी के हाथ से छुटकारा पाना चाहता हो तो उसके लिए "हे गोपिकारमण! हे वृन्दावन-बिहारी!"

आदि कहकर कृष्ण को पुकारने की अपेक्षा "हे मुरारि! हे कंसनिकन्दन!" आदि सम्बोधनों से पुकारना अधिक उपयुक्त है; क्योंकि श्रीकृष्ण के द्वारा कंस आदि दुष्टों का मारा जाना देखकर उसे अपनी रक्षा की आशा होती है, न कि उनका वृन्दावन में गोपियों के साथ विहार करना देखकर। इसी तरह किसी आपत्ति से उद्धार पाने के लिए कृष्ण को 'मुरलीधर' कहकर पुकारने की अपेक्षा 'गिरिधर' कहना अधिक अर्थसंगत है।

अलंकार

कविता में भाषा की सब शक्तियों से काम लेना पड़ता है। वस्तु या व्यापार की भावना चटकीली करने और भाव को अधिक उत्कर्ष पर पहुँचाने के लिए कभी किसी वस्तु का आकार या गुण बहुत बढ़ाकर दिखाना पड़ता है; कभी उसके रूप-रंग या गुण की भावना को उसी प्रकार के और रूप-रंग मिलाकर तीव्र करने के लिए समान रूप और धर्मशाली और-और वस्तुओं को सामने लाकर रखना पड़ता है। कभी-कभी बात को भी घुमा-फिराकर कहना पड़ता है। इस तरह के भिन्न-भिन्न विधान और कथन के ढंग अलंकार कहलाते हैं। इनके सहारे से कविता अपना प्रभाव बहुत कुछ बढ़ाती है। कहीं-कहीं तो इनके बिना काम ही नहीं चल सकता। पर साथ ही यह भी स्पष्ट है कि ये साधन हैं, साध्य नहीं! साध्य को भुलाकर इन्हीं को साध्य मान लेने से कविता का रूप कभी-कभी इतना विकृत हो जाता है कि वह कविता ही नहीं रह जाती। पुरानी कविता में कहीं-कहीं इस बात के उदाहरण मिल जाते हैं।

अलंकार चाहे अप्रस्तुत वस्तु-योजना के रूप में हों (जैसे—उपमा, रूपक, उत्प्रेक्षा, इत्यादि में), चाहे वाक्य-वक्रता के रूप में (जैसे—अप्रस्तुत-प्रशंसा, परिसंख्या, ब्याजस्तुति, विरोध इत्यादि में), चाहे वर्ण-विन्यास के रूप में (जैसे—अनुप्रास में) लाए जाते हैं, वे प्रस्तुत भाव या भावना के उत्कर्ष-साधन के लिए ही मुख के वर्णन में जो कमल, चन्द्र आदि सामने रखे जाते हैं वह इसीलिए जिनमें इनकी वर्ण-रुचिरता, कोमलता, दीप्ति इत्यादि के योग के सौन्दर्य की भावना और बढ़े। सादृश्य या साधर्म्य दिखाना उपमा, उत्प्रेक्षा इत्यादि का प्रकृत लक्ष्य नहीं है। इस बात को भूलकर कवि-परम्परा में बहुत-से ऐसे उपमान चला दिए गए हैं जो प्रस्तुत भावना में सहायता पहुँचाने के स्थान पर बाधा डालते हैं। जैसे, नायिका का अंग-वर्णन सौन्दर्य की भावना प्रतिष्ठित करने के लिए ही किया जाता है। ऐसे वर्णन में यदि कटि का प्रसंग आने पर भेड़ या सिंह की कमर सामने कर दी जाएगी तो सौन्दर्य की भावना में क्या वृद्धि होगी? प्रभात के सूर्यबिम्ब के सम्बन्ध में इस कथन से कि "हे शोणित-कलित कपाल यह किल कापालिक काल को" अथवा शिखर की तरह उठे हुए मेघखंड के ऊपर उदित होते हुए चन्द्रबिम्ब के सम्बन्ध में इस उक्ति

से कि "मनहुँ क्रमेलक-पीठि पै धर्‌यो गोल घंटा लसत," दूर की सूझ चाहे प्रकट हो, पर प्रस्तुत सौन्दर्य की भावना की कुछ भी पुष्टि नहीं होती।

पर जो लोग चमत्कार ही को काव्य स्वरूप मानते हैं, वे अलंकार को काव्य का सर्वस्व कहा ही चाहें। चन्द्रालोककार तो कहते हैं—

अंगीकरोति यः काव्यं शब्दार्थावनलंकृती।
असौ न मन्यते कस्मादनुष्णः मनलंकृती॥

भरत मुनि ने रस की प्रधानता की ओर ही संकेत किया था; पर भामह, उद्‌भट आदि कुछ प्राचीन आचार्यों ने वैचित्र्य का पल्ला पकड़ अलंकार को प्रधानता दी। इनमें बहुतेरे आचार्यों ने अलंकार शब्द का प्रयोग व्यापक अर्थ में—रस, रीति, गुण आदि काव्य में प्रयुक्त होनेवाली सारी सामग्री के अर्थ में—किया है। पर ज्यों-ज्यों शास्त्रीय विचार गम्भीर और सूक्ष्म होता गया त्यों-त्यों साध्य और साधनों को विविक्त करके काव्य के नित्य स्वरूप या मर्म-शरीर को अलग निकालने का प्रयास बढ़ता गया। रुद्रट और मम्मट के समय से ही काव्य का प्रकृत स्वरूप उभरते-उभरते विश्वनाथ महापात्र के साहित्य-दर्पण में साफ ऊपर आ गया।

प्राचीन गड़बड़झाला मिटे बहुत दिन हो गए। वर्ण्य-वस्तु और वर्णन-प्रणाली बहुत दिनों से एक-दूसरे से अलग कर दी गई है। प्रस्तुत-अप्रस्तुत के भेद ने बहुत-सी बातों के विचार और निर्णय के सीधे रास्ते खोल दिए हैं। अब यह स्पष्ट हो गया है कि अलंकार प्रस्तुत वर्ण्य-वस्तु नहीं; बल्कि वर्णन की भिन्न-भिन्न प्रणालियाँ हैं, कहने का खास-खास ढंग है। पर प्राचीन अव्यवस्था के स्मारक-स्वरूप कुछ अलंकार ऐसे चले आ रहे हैं, जो वर्ण्य-वस्तु का निर्देश करते हैं, और अलंकार नहीं कहे जा सकते—जैसे स्वभावोक्ति, उदात्त, अत्युक्ति। स्वभावोक्ति को लेकर कुछ अलंकार-प्रेमी कह बैठते हैं कि प्रकृति का वर्णन भी तो स्वभावोक्ति अलंकार ही है। पर स्वभावोक्ति कोटि में आ ही नहीं सकती। अलंकार वर्णन करने की प्रणाली है। चाहे जिस वस्तु या तथ्य के कथन को हम किसी अलंकार-प्रणाली के अन्तर्गत ला सकते हैं। किसी वस्तु-विशेष से किसी अलंकार-प्रणाली का सम्बन्ध नहीं हो सकता। किसी तथ्य तक वह परिमित नहीं रह सकती। वस्तु-निर्देश अलंकार का काम नहीं, रस-व्यवस्था का विषय है। किन-किन वस्तुओं, चेष्टाओं या व्यापारों का वर्णन किन-किन रसों के विभावों और अनुभावों के अन्तर्गत आएगा, इसकी सूचना रस-निरूपण के अन्तर्गत ही हो सकती है।

अलंकारों के भीतर स्वभावोक्ति का ठीक-ठीक लक्षण-निरूपण हो भी नहीं सका है। काव्य प्रकाश की कारिका में यह लक्षण दिया गया है—

स्वभावोक्तिस्तु डिम्भावेः स्वक्रिया रूप-वर्णनम्

अर्थात—जिसमें बालकादिकों की निज की क्रिया या रूप का वर्णन हो वह स्वभावोक्ति है। प्रथम तो बालकादिक पद की व्याप्ति कहाँ तक है, यही स्पष्ट नहीं। अत: यही समझा जा सकता है कि सृष्टि की वस्तुओं के रूप और व्यापार का वर्णन स्वभावोक्ति है। खैर, बालक की रूप-चेष्टा को लेकर ही स्वभावोक्ति की अलंकारता पर विचार कीजिए। वात्सल्य में बालक के रूप आदि का वर्णन आलम्बन विभाव के अन्तर्गत और उनकी चेष्टाओं का वर्णन उद्दीपन विभाव के अन्तर्गत होगा। प्रस्तुत वस्तु की रूप-क्रिया आदि के वर्णन को रस-क्षेत्र से घसीटकर अलंकार-क्षेत्र में हम कभी नहीं ले जा सकते। मम्मट ही के ढंग के और आचार्यों के लक्षण भी हैं। अलंकार-सर्वस्वकार राजानक रुय्यक कहते हैं—

सूक्ष्म-वस्तु-स्वभाव-यथावद्वर्णनं स्वभावोक्ति:।

आचार्य दंडी ने अवस्था की योजना करके यह लक्षण लिखा है—

नानावस्थं पदार्थानां रूपं साक्षाद्विवृण्वती।
स्वभावोक्तिश्च जातिश्चेत्याद्या सालंकृतिर्यथा॥

बात यह है कि स्वभावोक्ति अलंकारों के भीतर आ ही नहीं सकती। वक्रोक्तिवादी कुन्तल ने भी इसे अलंकार नहीं माना है।

जिस प्रकार एक कुरूप स्त्री अलंकार लादकर सुन्दर नहीं हो सकती, उसी प्रकार प्रस्तुत या तथ्य की रमणीयता के अभाव में अलंकारों का ढेर काव्य का सजीव स्वरूप खड़ा नहीं कर सकता। केशवदास के पचीसों पद्य ऐसे रखे जा सकते हैं जिनमें यहाँ से वहाँ तक उपमाएँ और उत्प्रेक्षाएँ भरी हैं, शब्द साम्य के बड़े खेल-तमाशे जुटाए गए हैं, पर उनके द्वारा कोई मार्मिक अनुभूति नहीं उत्पन्न होती। इन्हें कोई सहृदय या भावुक काव्य न कहेगा। आचार्यों ने भी अलंकारों को 'काव्य शोभाकार', 'शोभातिशायी' आदि ही कहा है। महाराज भोज भी अलंकार को 'अलमर्थमलङ्कर्त्तु:' ही कहते हैं। पहले से सुन्दर अर्थ को ही अलंकार शोभित कर सकता है। सुन्दर अर्थ की शोभा बढ़ाने में जो अलंकार प्रयुक्त नहीं वे काव्यालंकार नहीं। वे ऐसे ही हैं जैसे शरीर पर से उतारकर किसी अलग कोने में रखा हुआ गहनों का ढेर। किसी भाव या मार्मिक भावना से असंपृक्त अलंकार चमत्कार या तमाशे हैं। चमत्कार विवेचन पहले हो चुका है।

अलंकार है क्या? सूक्ष्म दृष्टिवालों ने काव्यों के सुन्दर-सुन्दर स्थल चुने और उनकी रमणीयता के कारणों की खोज करने लगे। वर्णन-शैली या कथन की पद्धति में ऐसे लोगों को जो-जो विशेषताएँ मालूम होती गईं, उनका वे नामकरण करते गए। जैसे, 'विकल्प' अलंकार का निरूपण पहले-पहल राजानक रुय्यक ने किया। कौन कह सकता है कि काव्यों में जितने रमणीक स्थल हैं, सब ढूँढ़ डाले गए, वर्णन

की जितनी सुन्दर प्रणालियाँ हो सकती हैं सब निरूपित हो गईं अथवा जो-जो स्थल रमणीय लगे, उनकी रमणीयता का कारण वर्णन प्रणाली ही थी। आदि काव्य रामायण से लेकर इधर तक के काव्यों में न जाने कितनी विचित्र वर्णन प्रणालियाँ भरी पड़ी हैं, जो न निर्दिष्ट की गई हैं और न जिनके कुछ नाम रखे गए हैं।

कविता पर अत्याचार

कविता पर अत्याचार भी बहुत कुछ हुआ है। लोभियों, स्वार्थियों और खुशामदियों ने उसका गला दबाकर कहीं अपात्रों की—आसमान पर चढ़नेवाली—स्तुति कराई है, कहीं द्रव्य न देनेवालों की निराधार निन्दा। ऐसी तुच्छ वृत्तिवालों का अपवित्र हृदय है। कविता के निवास के योग्य नहीं। कविता देवी के मन्दिर ऊँचे खुले, विस्तृत और पुनीत हृदय हैं। सच्चे कवि राजाओं की सवारी, ऐश्वर्य की सामग्री में ही सौन्दर्य नहीं ढूँढ़ा करते। वे फूस के झोंपड़ों, धूल-मिट्टी में सने किसानों, बच्चों के मुँह में चारा डालते हुए पक्षियों, दौड़ते हुए कुत्तों और चोरी करती हुई बिल्लियों में कभी-कभी सौन्दर्य का दर्शन करते हैं जिसकी छाया भी महलों और दरबारों तक नहीं पहुँच सकती। श्रीमानों के शुभागमन पर पद्य बनाना, बात-बात में उनको बधाई देना, कवि का काम नहीं। जिनके रूप या कर्म-कलाप जगत और जीवन के बीच में उसे सुन्दर लगते हैं, उन्हीं के वर्णन में यह 'स्वान्तः सुखाय' प्रवृत्त होता है।

कविता की आवश्यकता

मनुष्य के लिए कविता इतनी प्रयोजनीय वस्तु है कि संसार की सभ्य-असभ्य सभी जातियों में, किसी-न-किसी रूप में, पाई जाती है। चाहे इतिहास न हो, विज्ञान न हो, दर्शन न हो, पर कविता का प्रचार अवश्य रहेगा। बात यह है कि मनुष्य अपने ही व्यापारों का ऐसा सघन और जटिल मंडल बाँधता चला आ रहा है जिसके भीतर बँधा-बँधा वह शेष सृष्टि के साथ अपने हृदय का सम्बन्ध भूला-सा रहता है। इस परिस्थिति में मनुष्य को अपनी मनुष्यता खोने का डर बराबर रहता है। इसी की अन्त:प्रकृति में मनुष्यता को समय-समय पर जगाते रहने के लिए कविता मनुष्य जाति के साथ लगी चली जा रही है और चली चलेगी। जानवरों को इसकी जरूरत नहीं।

हिन्दी और हिन्दुस्तानी

आज इस विज्ञ और कर्मकुशल समाज के बीच जो अपनी भाषा और उसमें साहित्य की गतिविधि का निरीक्षण करके दोनों का मार्ग स्वच्छ और परिष्कृत करने के लिए इस पुण्य-भूमि पर एकत्र हैं, मेरा हृदय एक अपूर्व आनन्द का अनुभव भी करता है और रह-रहकर संकोच से दबता भी है। संकोच का कारण है—जो स्थान मुझे यहाँ दिया गया है उससे यही प्रकट होता है कि आप लोग मुझसे अपने पवित्र प्रयत्न और शुभ अनुष्ठान में कुछ सहायता पहुँचाने की आशा रखते हैं। पर अपनी शक्ति और योग्यता पर दृष्टि रखते हुए उस आशा के किसी अंश की भी पूर्ति की सम्भावना मुझे नहीं दिखाई पड़ रही है। इस विचित्र परिस्थिति में मुझे सन्तोष इसी बात का है कि मैं उपहास का पात्र होकर भी ऐसे विद्वानों और कर्मवीरों के संसर्ग से बहुत कुछ ज्ञान, बहुत कुछ उत्साह प्राप्त करूँगा।

हम सब लोग यहाँ यह समझने के लिए एकत्र हैं कि हमारा साहित्य किस दशा में है, उसमें किन-किन बातों का अभाव है, उसकी कौन-कौन प्रवृत्तियाँ उत्कर्ष की ओर ले जानेवाली हैं और कौन-कौन अपकर्ष की ओर तथा वर्तमान समय में वह किस रूप में हमारे जीवन को सरस, सबल और समृद्ध करने में सहायक हो सकता है।

साहित्य किसी जाति की रक्षित वाणी की वह अखंड परम्परा है जो उसके जीवन के स्वतंत्र स्वरूप की रक्षा करती हुई जगत की गति के अनुरूप उत्तरोत्तर उसका अन्तर्विकास करती चलती है। उसके भीतर प्राचीन के साथ नवीन का इस मात्रा में और इस सफाई के साथ मेल होता चलता है कि उसके दीर्घ इतिहास में कालगत विभिन्नताओं के रहते हुए भी यहाँ से वहाँ तक एक ही वस्तु के प्रसार की प्रतीति होती है। जबकि साहित्य व्यक्त वाणी या वाग्विभूति का संचित भंडार है तब पहले भाषा ही पर ध्यान जाना स्वाभाविक है। व्यक्त वाणी का यह संचय असभ्य जातियों में तो केवल मौखिक रहता है, पर सभ्य जातियों में पुस्तकों के भीतर हिफाजत के साथ बन्द रखा जाता है। मौखिक अधिक समय तक स्थिर नहीं रह सकता पर पुस्तकस्थ होकर हजारों वर्ष तक चलता है।

फैजाबाद के प्रान्तीय साहित्य-सम्मेलन में पठित भाषण

साहित्य की अखंड दीर्घ परम्परा सभ्यता का लक्षण है। यह परम्परा शब्द की भी होती है और अर्थ की भी। शब्द-परम्परा भाषा को स्वरूप देती है और अर्थ-परम्परा साहित्य का स्वरूप निर्दिष्ट करती है। यह दोनों परम्पराएँ अभिन्न होती हैं। इन्हें एक ही परम्परा के दो पक्ष समझिए। किसी देश की शब्द-परम्परा अर्थात भाषा कुछ काल तक चलकर जो अर्थ विधान करती है वही उस देश का साहित्य कहलाता है। कुछ काल तक लगातार चलते रहने से शब्द-परम्परा या भाषा को भी एक विशेष स्वरूप प्राप्त हो जाता है और अर्थ-परम्परा या साहित्य को भी। इस प्रकार दोनों के स्वरूपों का सामंजस्य रहता है। इस सामंजस्य में यदि बाधा पड़ी तो साहित्य देश की प्राकृतिक जीवन-धारा से विच्छिन्न हो जाएगा और जनता के हृदय का स्पर्श न कर सकेगा। यदि अर्थ-परम्परा का स्वरूप बनाए रखकर शब्द-परम्परा का स्वरूप बदल जाएगा तो परिणाम होगा 'कोयल का नग़मा' और 'महात्मा जी के अल्फ़ाज़'। यदि शब्द-परम्परा स्थिर रखकर अर्थ-परम्परा या वस्तु-परम्परा बदली जाएगी तो आपके सामने 'स्वर्ण अवसर' आएगा, 'हृदय के छाले' फूटेंगे और 'दुपट्टे फाड़े जाएँगे।'

भाषा या साहित्य के विशिष्ट स्वरूप प्राप्त करने का अभिप्राय यह नहीं है कि उसमें बाहर से लाए हुए नए शब्द और नई-नई वस्तुएँ न मिलें। उसमें नए-नए शब्द भी बराबर मिलते जाते हैं और नए-नए अर्थों या वस्तुओं की योजना भी होती जाती है, पर इस मात्रा में और इस ढब से कि उसका स्वरूप अपनी विशिष्टता बनाए रहता है। हम यह बराबर कह सकते हैं कि वह इस देश का, इस जाति का और इस भाषा का साहित्य है। गंगा एक क्षीण धारा के रूप में गंगोत्तरी से चलती है, मार्ग में न जाने कितने नाले, न जाने कितनी नदियाँ उसमें मिलती जाती हैं, पर सागर-संगम तक वह 'गंगा' ही कहलाती है, उसका 'गंगापन' बना रहता है।

हमारे व्यावहारिक और भावात्मक जीवन से जिस भाषा का सम्बन्ध सदा से चला आ रहा है वह पहले चाहे जो कुछ कही जाती रही हो अब हिन्दी कही जाती है। इसका एक-एक शब्द हमारी सत्ता का व्यंजक है, हमारी संस्कृति का सम्पुट है, हमारी जन्मभूमि का स्मारक है, हमारे हृदय का प्रतिबिम्ब है, हमारी बुद्धि का वैभव है। देश की जिस प्रकृति ने हमारे हृदय में रूप-रंग भरा है उसी ने हमारी भाषा का भी रूप-रंग खड़ा किया है। यहाँ के वन, पर्वत, नदी, नाले, वृक्ष, लता, पशु, पक्षी सब इसी हमारी बोली में अपना परिचय देते हैं और अपनी ओर हमें खींचते हैं। इनकी सारी रूप-छटा, सारी भाव-भंगी हमारी भाषा में और हमारे साहित्य में समाई हुई है। यह वही भाषा है जिसकी धारा कभी संस्कृत के रूप में बहती थी, फिर प्राकृत और अपभ्रंश के रूप में और इधर हजार वर्ष से इस वर्तमान रूप में—जिसे हिन्दी कहते हैं—लगातार बहती चली आ रही है। यह वही भाषा है जिसमें सारे उत्तरी भारत के

बीच चन्द और जगनिक ने वीरता की उमंग उठाई; कबीर, सूर और तुलसी ने भक्ति की धारा बहाई; बिहारी, देव और पद्माकर ने श्रृंगार रस की वर्षा की, भारतेन्दु हरिश्चन्द्र, प्रतापनारायण मिश्र ने आधुनिक युग का आभास दिया और आज आप व्यापक दृष्टि फैलाकर सम्पूर्ण मानव जगत के मेल में लानेवाली भावनाएँ भर रहे हैं। हजारों वर्ष से यह दीर्घ परम्परा अखंड चली आ रही है। ऐसी भव्य परम्परा का गर्व जिसे न हो वह भारतीय नहीं।

हमारा गर्व यह सोचकर और भी बढ़ जाता है कि यह परम्परा इतनी प्रबल और शक्तिशालिनी सिद्ध हुई कि इधर सौ वर्ष से—अर्थात अंग्रेजी राज्य के पूर्णतया प्रतिष्ठित हो जाने के पीछे इसे बन्द करने के तरह-तरह के प्रयत्न कुछ लोगों के द्वारा समय-समय पर होते आ रहे हैं, पर यह अपना मार्ग निकालती चली आ रही है। इस विरोध का मूल हमारे उन मुसलमान भाइयों की निर्मूल आशंका है जो अपनी भाषा और साहित्य को विदेशी साँचे में ढालकर अपने लिए अलग रखना चाहते हैं। यदि वे अपनी भाषा और अपने साहित्य की एक अलग परम्परा रखना चाहते हैं तो हमारे लिए यह प्रसन्नता की बात है। इधर अपनी भाषा की छटा, अपने साहित्य की विभूति हमारे सामने रहेगी, उधर उनके साहित्य के चमत्कार से भी हम अपना मनोरंजन करेंगे। यही मौका उन्हें भी रहेगा। मनोरंजन के क्षेत्र एक से दो रहें तो और अच्छी बात है। यही स्थिति मुसलमानी अमलदारी में रही है। दिल्ली और दक्खिन के बादशाह फ़ारसी कविता का भी आनन्द लेते थे और परम्परागत हिन्दी कविता का भी। फ़ारसी के स्थान पर जब उर्दू की शायरी होने लगी तब भी यही बात रही। अनेकरूपता का नाम ही संसार है। सौन्दर्य की विभूति अनेक रूपों में प्रकट होती है। सहृदय उन सबमें आनन्द का अनुभव करते हैं। अकबर की बात छोड़ दीजिए जो आप कभी-कभी हिन्दी में कविता करता था। औरंगजेब तक के दरबार में जाकर हिन्दी कवियों का कविता सुनाना प्रसिद्ध है। रहीम, रसखान, गुलाम नबी इत्यादि का नाम हिन्दी के अच्छे कवियों में है।

यहीं तक नहीं अपनी धार्मिक भावनाओं की व्यंजना के लिए भी मुसलमान यहाँ की परम्परागत भाषा को बराबर काम में लाते थे। हमारे हिन्दी-काव्य के इतिहास में सूफी कवियों का एक वर्ग ही अलग है, जिसके अन्तर्गत, कुतबन, जायसी, उसमान, नूर मुहम्मद इत्यादि दर्जनों कवि हुए हैं। उन्होंने हमारी ही प्यारी बोली में हमारे काव्यों की पदावली में, जिसमें संस्कृत का पुट बराबर रहता आया है, प्रेम कहानियाँ लिखी हैं।

यह देखना चाहिए कि हमारी भाषा और हमारे साहित्य में वह कौन-सी वस्तु है, जो अब हमारे मुसलमान भाइयों को नापसन्द है। इधर उनकी ओर से जो लेख आदि निकल रहे हैं उनसे पता चलता है कि भाषा में न पसन्द आनेवाली वस्तु हैं संस्कृत के शब्द और साहित्य में भारतीय दृश्य, भारतीय रीति-नीति और भारतीय इतिहास-पुराणों के प्रसंग। इस सम्बन्ध में हमारा नम्र निवेदन यह है कि जिस देश

का साहित्य होगा उस देश की परम्परागत भाषा, उस देश के प्राकृतिक स्वरूप, रीति-नीति, कथा-प्रसंग आदि से वह कैसे दूर रह सकता है?

अब थोड़ा यह भी देखिए कि पुराने मुसलमान भाइयों ने अपने वर्ग के लिए एक अलग साहित्य निर्माण करने में उसका क्या स्वरूप रखा था, और कितने दिनों तक वह स्वरूप वे बनाए रहे। हिन्दी में थोड़े से, अरबी-फ़ारसी शब्द मिलाकर अपने साहित्य के लिए जो भाषा उन्होंने ग्रहण की, वह रेख्ता कहलाती थी। जो हिन्दी उन्होंने ली थी वह केवल व्यवहार और बोलचाल की हिन्दी न थी, परम्परागत काव्यों और गीतों की हिन्दी भी थी, जिसमें बहुत चलते संस्कृत शब्दों के साथ-साथ ठेठ घरेलू शब्द भी रहते थे।

यह तो हुई कविता और साहित्य की बात। सबसे अधिक ध्यान देने की बात यह है कि सर्वसाधारण मुसलमान जनता में इस्लाम के धार्मिक सिद्धान्तों के प्रचार के लिए चार सौ वर्ष पहले जिस भाषा का प्रयोग वे अपनी किताबों में करते थे उसमें यहाँ के धार्मिक और दार्शनिक पुस्तकों में आनेवाले इन्द्रिय विकार आदि शब्द तक भी कभी-कभी लाते थे—

(1) सराहना नेवाजनां खुदा को बहुत कि वह पालनहारा है आलम का (शरह मरग़बुल कलूब-शाह मीराँजी, बीजापुरी, सन् 1495 के पहले)।

(2) सवाल—यह तन अलाधा (अलहदः) बल्कि सतन्तर (स्वतंत्र) विकार रूप दिखाता है। एक तिल क़रार नहीं ज्यों मरकट रूप।

जवाब—ऐ आरिफ़! ज़ाहिर तनके फ़ेल से गुजर्या वा बातिन करतब विषै? दूसरा तन सो भी कि इस इन्द्रियन का विकार वा चेष्टा करनहरा...सुख-दुःख भोगनहारा। जेता विकार रूप वही दूसरा तन...। यह तन फ़हम सूँ गुजर्या तो गुन उसका क्यों रहे?

[कलामतुल हक़ायक़, शाह बुरहानुद्दीन, बीजापुरी, सन् 1582]

उर्दू के इतिहास के लेखक उर्दू का उत्थान बीजापुर और गोलकुंडा की दक्खिनी रियासतों से मानते हैं। वहाँ शीआ मुसलमानों की अधिक बस्ती थी। इससे इमाम हुसैन की कथा को लेकर दक्खिनी उर्दू कवियों ने कई मसनवियों या प्रबन्ध-काव्यों की रचना की। इनमें से एक का नाम है 'करबल-कथा' (करबला की कथा)। यह कथा शब्द भला आजकल उर्दू में कभी जगह पा सकता है? शृंगार की प्रेम कहानियों की रचना भी दक्खिनी उर्दू में बहुत कुछ हुई है। जैसे 'वजही' की 'मसनवी कुतुब-मुश्तरी' जिसकी पद्य-रचना का रूप देखिए—

न भुईं पर बसे वह न असमान में
रहा शद उसी नार के ध्यान में।
भुलाई चंचल धन वो यों शाह कों।
कि लुभवाए ज्यों कहरुबा काह कों।

लगा शाह उसासाँ भरन आह मार।
कि नज़दीक ना है वह गुनवन्त नार।

'वजही' की ग़ज़ल का नमूना यह है—

पिउ अपनेकाँ आज मैं निस सपने देखी सोयकर।
जब पिउ चलिया सेन्ति सेज तब सोते उट्ठी रोयकर॥
ना पूछँ बहमन जोयसी कब मिलना पिउ सों होयसी॥

'वजही' का रचना-काल सन् 1600 से 1625 तक माना जाता है। इसके उपरान्त सन् 1650 के लगभग 'नसरती' का समय आता है, जो कुछ दिनों तक तो दक्खिनी शायरी की उपर्युक्त परम्परा पर चला पर आगे चलकर वह 'हिन्दवीपन' को बहुत कुछ दूर हटाकर फ़ारसी रूप देने में लगा। अपना यह प्रयत्न उसने स्पष्ट स्वीकार किया है और कहा है, 'दखिन के शायरों की मैं रविश पर शेर बोल्या नहीं।' एक स्थान पर और कहता है—'मआनी की सूरत की है आरसी। दखिन का किया शेर जूँ फ़ारसी॥ फ़साहत में गर फ़ारसी का कलाम।' धरे फ़ख्र हिन्दी वचन पर मुदाम॥ मैं इस दो हुनर के खुलासों को पा। किया शेर ताज़ः दोनों फन मिला॥' नसरती ने जो रास्ता दिखलाया उस पर कुछ लोग धीरे-धीरे चलने लगे, पर दक्खिनी शायरी की देशी परम्परा कुछ दिनों तक चलती रही। सन् 1691 ई. में अफ़ज़ल ने हिन्दी गीत-काव्य परम्परा के अनुसार 'बारहमासा' लिखा जिसकी भाषा इस ढंग की है—

सखी रे! चैत रितु आई सुहाई।
अजहुँ उम्मीद मेरी बर न आई।
रहे हैं भँवर फूलों के गले लाग।
मेरे सीनः जुदाई की लगी आग।
सखी दिन रैन मुझ नागिन डसत है।
फिरूँ दौरी तमामै जग हँसत है।

सन् 1700 के पीछे वली ने और दक्खिनी शायरों के समान कुछ दिनों तक हिन्दीपन को रहने दिया। उसकी उन रचनाओं में हिन्दी-काव्य परम्परा के कुछ शब्द भारतीय कथा-प्रसंगों के कुछ संकेत, प्रेम व्यापार में स्त्री-पुरुष का भेद आदि बातें बनी रहीं। जैसे—

इस रैन अँधेरी में मत भूल पड़ई तिससूँ।
टुक पाँव के बिछुवों की आवाज़ सुनाती जा॥
मुझ दिल के कबूतर को पकड़ा है तेरी लट ने।
यह काम धरम का है टुक इसको छुड़ाती जा॥
तुझ मुख की परस्तिश में गई उम्र मेरी सारी।

ऐ बुत की पुजनहारी इस बुत को पुजाती जा॥
मुख बात बोलता हूँ शिकवः तेरे कपट का।
तुझ नैन देखने को दिल ठाँठ कर चुका था॥

पीछे शाह सादुल्लाह गुलशन ने 'वली' को हिदायत की कि "ये इतने फ़ारसी के मज़मून जो बेकार पड़े हैं, इन्हें काम में ला।" फिर तो वली ने अपना रुख़ ही पलट दिया और वे इस तरह के कलाम सामने लाने लगे—

जब सनम को ख़याले बाग़ हुआ।
तालिबे नश्शए फ़राग हुआ।
फ़ौज उश्शाक़ देख हर जानिब।
नाज़नीं साहबे दिमाग़ हुआ।
अश्क सूँ तुझ लबां की सुरखी के।
जिगर लाल दाग़ दाग़ हुआ।

पहले के दक्खिनी शायर तो देव की श्रुति-रुचि के अनुसार जगह को 'जाघा' और 'अलहदः' को 'अलाधा' तक लिखते थे। फ़ारसी शब्दों के बहुवचन आदि हिन्दी-व्याकरण के अनुसार रखते थे, पर वली ने 'आशिक' का बहुवचन अरबी के क़ायदे पर 'उश्शाक़' रखा है और फ़ारसी समाज के ढंग पर नश्शए-फराग़ और 'साहबे दिमाग़' लाए हैं। वली सन् 1700 ई. में दिल्ली आए। क़ायम ने सन् 1720 में वली के दीवान का दिल्ली पहुँचना लिखा है।

यहाँ से अब दिल्ली के शायरों की परम्परा उर्दू साहित्य में चली है। सन् 1700 ई. दिल्ली में हातिम नाम के एक शायर थे। इन्होंने फिर हिन्दी के शब्दों की छँटाई की; जिसका वर्णन उन्होंने आप ही इस प्रकार किया है—

"लस्सान अरबी वा ज़बान फ़ारसी कि करीबुलफ़हम वा कसीरूल इश्तअमाल बाशद वा रोज़मर्रा देहली कि मिर्ज़ायाने हिन्द वा फसीहाने रिन्द दर महावरः दारंद मंजूर दाश्तः। सिवाए आँ ज़बान हिन्दवी कि आँरा भाखा गोयन्द मौक़ूफ करदः।"

तात्पर्य यह कि हातिम ने अरबी-फ़ारसी के शब्द ला-लाकर रखे और हिन्दी या भाषा के शब्दों को निकाल फेंका। अरबी-फ़ारसी के बीच हिन्दी के वे ही शब्द और मुहावरे रहने पाए जिन्हें शाहज़ादे सरदार लोग दरबार में बोलते थे। इस प्रकार उर्दू एक दरबारी भाषा भर रह गई। इतना होने पर भी इनकी कविताओं में भारतीय कथा-प्रसंगों के संकेत पाए जाते हैं—

खुदा के नूर का मथकर समुन्दर।
यही चौदह रतन काढ़े हैं बाहर॥
अगर फ़हमीदः हिकमत आशना है।
इसी नुस्ख़े में चौदह बिद्दया हैं।

हातिम ही के समय में उर्दू के महाकवि 'सौदा' हुए हैं जो पहले हिन्दीपन से सटी हुई शायरी ही नहीं सर्वसाधारण में प्रचलित हिन्दी भाषा की कविता भी करते थे और अच्छी करते थे। कुछ उद्धृत किए बिना आगे बढ़ते नहीं बनता। सौदा की हिन्दी ग़ज़ल—

निकलके चौखट से घर की प्यारे जो पट की ओझल ठिठक रहा है।
सिमट के घट से तेरे दरस को नयन में जीआ अटक रहा है।
अगिन ने तेरे विरह की जबसे झुलस दिया है कलेजा मेरा,
हिए की धड़कन मैं क्या बताऊँ यूँ कोयला सा चटक रहा है।
जिन्हों की छाती से पार बरछी हुई है रन में वो सूरमा है,
पड़ा वो सावन्त मन में जिसके विरह का काँटा खटक रहा है।
मुझे पसीना जो तेरे मुख पर दिखाई दे है तो सोचता हूँ,
या क्योंकि सूरज की जोत आगे हर एक तारा छटक रहा है।
हिलोर यों लेती ओस की बूँद लगके फूलों की पंखड़ी से,
तुम्हारे कानों में जिस तरह से हर एक मोती लटक रहा है।
कहीं जो लग चलने साथ देता हो इस तरह का कटर है पापी,
न जानूँ पेड़ी की धूल मैं हूँ जो मुझसे मुल्ला भटक रहा है।
कभू लगा है न आते-आते जो बैठकर टुक इसे निकालूँ,
सजन! जो काँटा है तुझ गली का सो पग में मेरे अटक रहा है।
कोई जो मुझसे य पूछता होय क्यों तू रोता है कह तो हमसे,
हर एक आँसू मेरे नयन का जगह-जगह सिर पटक रहा है।
गुनी हो कैसा ही ध्यान जिसका तेरे गुनों से लगा है प्यारे,
गयान परवत भी है जो उसका तो छोड़ उसको सटक रहा है।
जो बाट मिलने की होय उसका पता बता दो मुझे सिरीजन,
तुम्हारी बटियों में आज बरसों से यह बटोही भटक रहा है।
जो मैंने सौदा से जाके पूछा तुझे कुछ अपने भी मन की सुध-बुध,
य रोके मुझसे कहा किसी की लटक में लटकी लटक रहा है।

सौदा के हिन्दी दोहे—

कारी रैन डरावनी घर ते होइ निरास।
जंगल में जा सो रहे कोऊ आस न पास॥
बैरी पहुँचे आइके तेरी देहली पास।
वेग ख़बर लो या नबी! अब पत की नहिं आस॥
खीझ खीझ चहुँ ओर से पड़े वह ज़ालिम टूट।
वेवों को डरपाय के ले गए घर को लूट॥

कहै हरम सर पीटकर खोकर अपनी लाज॥
माटी में तू रल गयो दीन दुनी के लाज॥
खोयो तैंने नीर बिन नबी के मन को चैन।
जालिम तेरे हाथ से प्यासो गयो हुसैन॥

उक्त दोहे मरसियों में आ गए हैं। उन्हीं में से अलग किए गए हैं। सौदा की पहेलियों की भाषा हिन्दी है पर उनकी और सब रचनाएँ हातिम की ही सरणी पर चलती हैं। उर्दू की शायरी में जो थोड़ा-बहुत हिन्दीपन लुका-छिपा था, वह लखनऊ जाने पर नासिख़ के हाथ से दूर किया गया। फिर तो वह हिन्दी से ऐसी हटी कि उसने अपना एक दायरा ही अलग कर लिया। उस दायरे से जगत, चंचल, नार, गुन, अकास, धर्म, धन, करम, दया, वीर, बली ऐसे शब्द एकदम निकाल बाहर हुए। इसी प्रकार वस्तुओं में न कमल और न भँवरे रह गए न बसन्त और कोकिल, न वर्षा ऋतु रह गई न सावन की हरियाली; न भीम और अर्जुन रह गए न और भोज। इस प्रकार यहाँ की परम्परागत भाषा के आधे हिस्से से और परम्परागत साहित्य के सर्वांश से अर्थात देश के सामान्य जीवन से उर्दू दूर हटा दी गई। जबरदस्ती जान-बूझकर हटाई गई, आप-से-आप नहीं हटी।

उर्दू के इस रूप में आने का परिणाम यह हुआ कि अपना प्रसार करने की स्वाभाविक शक्ति उसमें न रह गई। वह अपने को बनाए रखने के लिए मक़तबों और सरकारी दफ़्तरों की मुहताज हो गई। यह बात अंग्रेजी अमलदारी के प्रतिष्ठित हो जाने पर हमारे नवशिक्षित मुसलमान भाइयों को स्पष्ट दिखलाई पड़ने लगी और वे उसकी रक्षा और प्रसार के कृत्रिम साधनों का अवलम्बन करने में लगे। मुसलमानी अमलदारी में सरकारी दफ़्तर फ़ारसी में थे। अत: ईस्ट इंडिया कम्पनी ने भी कुछ दिनों तक सरकारी दफ़्तरों की ज़बान फ़ारसी ही रहने दी पर पीछे अधिकारियों को यह बात खटकने लगी कि दफ़्तरों की भाषा सर्वसाधारण की भाषा से बिलकुल अलग है। उनका ध्यान देश की प्रचलित भाषा की ओर गया। सन् 1836 ई. में हमारे संयुक्त प्रदेश के सदर-बोर्ड से एक इश्तहारनामा निकला जो इस प्रकार था—

इश्तहारनाम: बोर्ड सदर

पच्छाह के सदर बोर्ड के साहबों ने यह ध्यान किया है कि कचहरी के सब काम पारसी जबान में लिखा-पढ़ा होने से सब लोगों को बहुत हर्ज पड़ता है और बहुत कलप होता है, और जब कोई अपनी अर्जी अपनी भाषा में लिखके सरकार में दाखिल करने पावे तो बड़ी बात होगी। सबको चैन आराम होगा इसलिए हुक्म दिया गया है कि सन् 1244 की कुवार वदी प्रथम से जिसका जो मामला सदर

बोर्ड में हो सो अपना-अपना सवाल अपनी हिन्दी बोली में और पारसी के नागरी अच्छरन में लिख के दाखिल करे कि डाक पर भेजे और सवाल जौन अच्छरन में लिखा हो तौने अच्छरन में और हिन्दी बोली में उस पर हुक्म लिखा जाएगा। मिती 29 जुलाई, 1836 ई.।

खेद की बात है कि यह व्यवस्था चलने न पाई। मुसलमान भाइयों की ओर से इस बात का घोर प्रयत्न हुआ कि दफ़्तरों में हिन्दी घुसने न पाए, उर्दू चलाई जाए। अन्त में सन् 1837 ई. में उर्दू दफ़्तरों की भाषा कर दी गई। इसके उपरान्त जब सर्वसाधारण की शिक्षा के लिए सरकार की ओर से जगह-जगह मदरसे खुलने की बात उठी और सरकार ने यह निश्चय किया कि संस्कृत की कक्षाएँ तोड़ दी जाएँ और हिन्दी भाषा का पढ़ना सब विद्यार्थियों के लिए आवश्यक कर दिया जाए, तब भी मुसलमन भाइयों की ओर से विरोध खड़ा किया गया और सन् 1848 में उनकी प्रेरणा से कम्पनी की सरकार ने यह आज्ञा निकाली 'ऐसी ज़बान का इल्म तमाम तुलवा के लिए लाज़िम क़रार देना जो मुल्क की सरकारी और दफ़्तरी ज़बान नहीं है हमारी राय में दुरुस्त नहीं। अलावः इसके मुसलमान तुलवा जिनकी तादाद इस देहली कॉलेज में बड़ी है, इसे अच्छी नज़र से नहीं देखेंगे।' हिन्दी के विरोध की यह चेष्टा बराबर बढ़ती गई। यहाँ तक कोशिश की गई कि वर्नाकुलर स्कूलों में उसकी शिक्षा जारी ही न होने पाए। हिन्दी की रक्षा के लिए राजा शिवप्रसाद को कितना यत्न करना पड़ा था, यह हिन्दी प्रेमी मात्र जानते हैं। सरकार की ओर से ज्ञान की वृद्धि के लिए एक संस्था (Society for Promotion of Knowledge in India through the medium of Vernacular language) स्थापित हुई थी, जिसका उद्देश्य था अंग्रेजी, फ़ारसी, संस्कृत आदि की पुस्तकों का देशी भाषा में अर्थात हिन्दी, उर्दू और बंगला में अनुवाद करना। पर उर्दू को छोड़कर न हिन्दी में कोई अनुवाद होने पाया न बंगला में।

सर सैयद अहमद साहब वास्तव में उर्दू को क्या समझते थे, यह उन्हीं की ज़बान से सुनिए। वे फ़रमाते हैं, "चूँकि यह ज़बान ख़ास बादशाही बाजारों में मुरव्वज थी इस वास्ते इसको ज़बान उर्दू कहा करते थे। और बादशाही अमीर उमरा इसको बोलते थे। गोया हिन्दुस्तान के मुसलमानों की यह ज़बान थी।" इस प्रकार उर्दू को उन्होंने केवल दरबारी अमीर उमरा और मुसलमानों की ज़बान तसलीम किया है।

मुसलमान किस तरह पहले अपने मज़हब की तालीम के लिए थोड़ी अरबी-फ़ारसी मिली एक ख़ास ढंग की हिन्दी काम में लाए, फिर धीरे-धीरे हिन्दीपन निकालते-निकालते बिलकुल एक विदेशी ढाँचे की भाषा गढ़कर अपने लिखने की भाषा एकदम अलग कर ली, यह बात अब स्पष्ट हो गई होगी। मुहम्मदशाह के समय तक इस नई गढ़ी हुई भाषा का, जो पीछे उर्दू कहलाई, साहित्य-रचना के लिए प्रचार न हो सका था, इसका आभास हिन्दी के सूफी कवि नूर मुहम्मद ने अपनी उस पुस्तक में दिया है जो उन्होंने अपने प्रसिद्ध ग्रन्थ 'इन्द्रावती' के पीछे लिखी। पुस्तक

का नाम है 'अनुरागबाँसुरी'।[1] नूर मुहम्मद के समय से मुसलमान देश की प्रचलित भाषा हिन्दी से किनारा खींचने लगे थे और मुसलमानों के लिए फ़ारसी में रचना करना ही जायज़ समझने लगे थे। 'इन्द्रावती' लिखने पर उन्हें उनके मुसलमान भाइयों ने यह कहकर फटकारना शुरू किया कि "तुम मुसलमान होकर हिन्दी में क्यों लिखने गए" इसी से बेचारे को 'अनुरागबाँसुरी' में अपनी सफाई इन शब्दों में देनी पड़ी—

जानत है वह सिरजन हारा। जो कछु है मन मरम हमारा॥
हिन्दू-मग पर पाँव न राखेउँ। का जो बहुतै हिन्दी भाखेउँ॥

जिसे उर्दू कहते हैं उसका उस समय साहित्य में कोई स्थान न था, यह नूर मुहम्मद के इस कथन से साफ झलकता है—

कामयाब[2] कहँ कौन जगावा। फिर हिन्दी भाखे पर आया॥
छाँडि पारसी कन्द नजातैं। अरुझाना हिन्दी-रस बातैं॥

जनता से अपने को बिलकुल अलग दिखाने के लिए मुसलमानों ने ही अपने लिए विदेशी ढाँचे की एक अलग भाषा और साहित्य खड़ा किया, यह इतनी प्रत्यक्ष बात है कि किसी प्रमाण की आवश्यकता नहीं। उर्दू की प्राचीनता दिखाने के लिए दक्खिनी शायरों की जो लम्बी सूची सामने लाई गई है, उसमें कोई हिन्दू भी है? शायद एक या दो। और जाने दीजिए 'आवे हयात' ही उठा लीजिए। उसमें सबके सब शायर मुसलमान ही तो हैं। अब और सबूत क्या चाहिए? इतने पर भी न जाने किस मुँह से यह कहा जाता है कि हिन्दुओं और मुसलमानों के मेल से उर्दू पैदा हुई। मेल से पैदा हुई चीज की यही सूरत होती है?

आज सबसे बढ़कर खेद तो तब होता है जब कोई कानूनपेशा हिन्दू, पेट के पीछे जिसके घराने का लगाव देश की परम्परागत संस्कृति और साहित्य से बिलकुल टूट गया हो, जिसकी प्रारम्भिक शिक्षा केवल फ़ारसी तथा अदालती भाषा उर्दू की हुई हो, किसी जलसे या मुशायरे में उर्दू को हिन्दू-मुस्लिम कल्चर के मेल से वजूद में आई हुई एक मुश्तरक: ज़बान बताने लगता है। हम पूछते हैं कि जब तुम 'हिन्दू कल्चर' से कोसों दूर पड़ गए हो तब उसका मेल कहाँ और कितना है, यह क्या पहचान सकते हो? बंगाल, महाराष्ट्र, गुजरात इत्यादि के साहित्य की कुछ खबर है? जब तुम ऐसे कूप-मंडूक हो कि अपने तंग घेरे के बाहर नज़र ही नहीं फैला सकते, तब इस रोशनी के ज़माने में चुप क्यों नहीं रहते? साहित्य की जो देश-व्यापक परम्परा बंगाल, महाराष्ट्र, गुजरात आदि और प्रान्तों में चली आ रही है, वही परम्परा तो हिन्दी की भी है—अर्थ-परम्परा भी और शब्द-परम्परा भी। इसी अर्थ-परम्परा और

1. यह पुस्तक अप्रकाशित है।
2. नूर मुहम्मद फ़ारसी की रचनाओं में अपना तख़ल्लुस 'कामयाब' रखते थे।

शब्द-परम्परा से इस देश की दस-बारह करोड़ जनता परिचित है। इसी को वह अपना समझती आई है जिसने उर्दू नहीं पढ़ी है। उसे जरा अपनी 'मुश्तरकः आम-फ़हम' में कोई 'सयासी तक़रीर' सुनाइए तो पता लगे। हमें सबसे बढ़कर क्षोभ उस समय हुआ था जब हिन्दुस्तानी के किसी जलसे में एक साहब यह फरमा गए थे कि "मैं तुलसी और कबीर को समझ लेता हूँ पर आजकल की हिन्दी बहुत कम समझ पाता हूँ।" इस प्रलाप का भी कहीं ठिकाना है? जो आजकल के साहित्य की भाषा नहीं समझता वह भला तुलसी की भाषा क्या समझेगा? संस्कृत शब्दों की जो परम्परा सूर, तुलसी आदि की रचनाओं में चली आई थी वही आजकल भी चली आ रही है।

जिस प्रकार 'हिन्दवीपन' निकाल-निकालकर एक विदेशी ढाँचे की भाषा खड़ी करने का क्रमबद्ध इतिहास है उसी प्रकार उस भाषा को सबके गले मढ़ने के लिए हिन्दी को दूर रखने के घोर प्रयत्न का भी खासा इतिहास है जो उस समय से शुरू होता है जब देश का पूरा शासन अंग्रेजों के हाथ में आया। इन दोनों इतिहासों का संक्षेप में उल्लेख करके अब मैं वर्तमान परिस्थिति पर आता हूँ। अब तक शिक्षा का लक्ष्य अधिकतर सरकारी नौकरी रहा है। अतः इस बात का प्रयत्न बराबर होता रहा है कि दफ्तरों में हिन्दी न घुसने पाए। दफ्तरों की भाषा जब तक उर्दू रहेगी तब तक झख मारकर लोगों को अपने बच्चों को उर्दू की शिक्षा देनी पड़ेगी और यह कहने का मौक़ा रहेगा कि उर्दू पढ़े-लिखे लोगों की भाषा है। अगर दफ़्तरों की भाषा होना ही प्रचलित भाषा होने का प्रमाण है तब तो फ़ारसी भी, जो कई सौ वर्ष तक दफ्तरों की भाषा रही है, देश की प्रचलित भाषा मानी जानी चाहिए।

जिस समय उर्दू के साथ-साथ—उसे हटाकर नहीं—हिन्दी को भी स्थान दिलाने के लिए सर ऐंटनी मैकडानल्ड के समय में आन्दोलन उठा उस समय भी पूरा विरोध मुसलमानों की ओर से खड़ा किया गया। अदालतों से ही नहीं शिक्षा पद्धति से भी हिन्दी को हटाने के लिए प्रयत्न बराबर होते रहे हैं, यह दिखाया जा चुका है। अब आजकल की परिस्थिति देखिए। जो लोग राजनीतिक दृष्टि से हिन्दू-मुस्लिम एकता अत्यन्त आवश्यक समझते हैं वे एक बीच का रास्ता पकड़कर 'हिन्दुस्तानी' लेकर उठे हैं। इस हिन्दुस्तानी का समर्थन कुछ उदार समझे जानेवाले मुसलमान और उर्दू की गोद में पले हिन्दू भी कर रहे हैं। हम भोली-भाली जनता को उस 'हिन्दुस्तानी' से सावधान करना अत्यन्त आवश्यक समझते हैं। जो हिन्दुस्तानी इन लोगों के ध्यान में है वह थोड़ी छनी हुई उर्दू के सिवा और कुछ नहीं है। उर्दू के सब लक्षण—जैसे वाक्य-रचना की फ़ारसी शैली, अरबी-फ़ारसी के अप्रचलित मुंशी-फ़हम शब्द, अरबी-फ़ारसी क़ायदे के बहुवचन उसमें वर्तमान रहेंगे तब तो वह 'हिन्दुस्तानी' कहलाएगी, अन्यथा नहीं।

साहित्य, विज्ञान, दर्शन इत्यादि के काम की हिन्दुस्तानी नहीं हो सकती, यह तो इसके समर्थक भी स्वीकार करते हैं। हमारा कहना है कि साधारण बोलचाल और

व्यवहार के लिए भी जिस प्रकार की 'हिन्दुस्तानी' हमारे उर्दू-परस्त दोस्तों के ध्यान में है वह चलनेवाली नहीं है। साधारण लिखा-पढ़ी और व्यवहार में भी वही भाषा चल सकती है जिसमें ठेठ हिन्दी शब्दों के अतिरिक्त जैसे सब प्रकार के लोगों द्वारा बोले जानेवाले अरबी-फ़ारसी के शब्द आएँ, वैसे ही संस्कृत के भी। पर क्या भूलकर भी प्रचलित-से-प्रचलित संस्कृत शब्द, जिसे गाँवों में बसनेवाली अपढ़ जनता तक बराबर बोलती आ रही है—हिन्दुस्तानी में कभी स्थान पा सकता है? जहाँ एक भी ऐसा शब्द आया कि हमारे मेहरबान दोस्तों को 'भाखापन' की गन्ध आने लगेगी।

साधारण लिखा-पढ़ी अदालती व्यवहार तथा बोलचाल के लिए यदि एक सच्ची सामान्य भाषा 'हिन्दुस्तानी' के नाम से ग्रहण कर ली जाए तो कोई हर्ज नहीं। पर उस हिन्दुस्तानी में जिस प्रकार अरबी-फ़ारसी के ऐसे चलते शब्द आएँ जैसे—

ज़रूर, क़ाबू, इख्तियार, दावा, वक़्त, सलाह, क़ायदा, क़ानून, हिम्मत, हैरान, सिफ़ारिश, अरजी, नरम, गरम, मुलायम, गरीब, अमीर, इज़्ज़त, क़सूर, माफ़, मरज़ी, ग़रज, क़िफायत, नफ़ा, नुकसान, तकाज़ा, उम्र, दरवाज़ा, रंज, गुस्सा, किस्सा, तनख़ाह, तदबीर, पेशा, साल, शकल, सूरत, ऐब, हुनर, हाज़िर, सवाल, जवाब, सज़ा, मुनासिब, सही, ग़लत, मंजूर।

उसी प्रकार नित्य बोले जानेवाले ऐसे संस्कृत के शब्द भी आएँ जैसे—

विद्या, परीक्षा, ज्ञान, धर्म, अधर्म, पान, पुण्य, अपराध, न्याय, अन्याय, उपाय, युक्ति, कला, आकाश, पृथ्वी, क्षमा, दया, माया, प्रेम, प्रीति, क्रोध, ईर्ष्या, शोच, चिन्ता, सुख, दुःख, सम्पत्ति, विपत्ति, शरण, चरण धन, मान, मर्यादा, प्रतिष्ठा, कृपा, बन्धन, नाश, रक्षा, वस्तु, सन्तोष, ओषध, वश, भोगविलास, आनन्द, पर्वत, जल, धारा, स्नान, ध्यान, शीत, ताप, शोभा, सुन्दरता, तेज, प्रताप, बल, पराक्रम, पौरुष, वीरता, शरीर, देह, कोमल, सुकुमार, शुद्ध, अशुद्ध, पवित्र, इच्छा, अक्षर, वाणी, कंठ, अर्थ, मनोरथ, कामना इत्यादि।

है ऐसी आशा? यदि नहीं तो ऐसी हिन्दुस्तानी को दूर से नमस्कार।

[नागरी प्रचारिणी पत्रिका, 1995 वि.]

काव्य का लक्ष्य

काव्य या कविकर्म के लक्ष्य को हम क्रम से तीन भागों में बाँट सकते हैं—

(1) शब्दविन्यास द्वारा श्रोता का ध्यान आकर्षित करना।

(2) भावों का स्वरूप प्रत्यक्ष करना।

(3) नाना पदार्थों के साथ उनका प्रकृत सम्बन्ध प्रत्यक्ष करना।

मेरी समझ में काव्य का अन्तिम लक्ष्य तीसरा है। यह दूसरी बात है कि अपनी शक्ति के अनुसार कोई पहली सीढ़ी पर रह जाता है, कोई दूसरी ही तक पहुँच पाता है। श्रोता के सम्बन्ध में यदि हम पहले दो विभागों का ही विचार करते हैं तो कविता केवल आनन्द या मनोरंजन की वस्तु प्रतीत होती है।

...भाव के विषय का कैसा ही यथातथ्य चित्रण क्यों न हो यदि उसके वर्णन के अन्तर्गत ही उक्त भाव को शब्द और चेष्टा द्वारा प्रकट करनेवाला न होगा, तो (शास्त्रीय दृष्टि से) रस कच्चा ही समझा जाएगा। इसका निचोड़ यह निकला कि रससंचार का प्रयासी कवि विषय को श्रोता या दर्शक के सामने नहीं रखता वास्तव में किसी वर्णित पात्र के सामने रखता है। इस (ढंग) से जो कविता श्रोता या दर्शक को सम्बोधन करके (कही) जाती है और जिसका उद्देश्य पाठक या श्रोता में भाव (संचार) करके उसे किसी ओर प्रवृत्त करना (रहता) है वह 'रस-काव्य' नहीं।[1] मतलब यह है कि रसविधायक कवि का काम श्रोता या पाठक में भावसंचार करना नहीं, उसके समक्ष भाव का रूप प्रदर्शित करना है (जिसके) दर्शन से श्रोता के हृदय में भी उक्त भाव की अनुभूति होती है जो प्रत्येक दशा में आनन्दस्वरूप ही रहता है।

अब विचारने की बात है कि क्या प्रत्येक दशा में इस रीति से 'साधारणीकरण' होता है। दो राजा युद्ध के लिए सन्नद्ध हैं। उनमें से किसी के सम्बन्ध में कोई ऐसी बात नहीं कही गई है कि जिससे हमें उस पर क्रोध हो सके। दोनों समान रूप से सज्जन, वीर और उदार हैं। उनमें से यदि किसी के क्रोध का दृश्य सामने लाया जाएगा तो क्या दूसरे पर हमें भी क्रोध आ सकता है? मैं समझता हूँ, नहीं।

1. यहाँ पर मूल प्रति में फूल बना हुआ है पर उससे सम्बद्ध अंश अनुपलब्ध है।

ऐसे वर्णन में हमें केवल उस भाव को दर्शाने की निपुणता का अनुभव प्रधान रूप से होगा जिसका लगाव हमारे क्रोध से न होगा। साहित्य के आचार्यों ने काव्य से प्राप्त अनुभवों को क्यों आनन्दस्वरूप कहा, इसका कारण उक्त उदाहरण से प्रत्यक्ष हो जाता है। इस विवेचन के अनुसार 'मनोरंजन' के अतिरिक्त काव्य का और कोई उच्च उद्‌देश्य नहीं ठहरता।

पर क्या हम कह सकते हैं कि आदिकवि महर्षि वाल्मीकि के महावाक्य का इतना ही परिमित उद्‌देश्य था? क्या पाठक पर श्रोता के हृदय में वे और किसी प्रकार का परिवर्तन नहीं चाहते थे? क्या उनके क्रोध, शोक और जुगुप्सा के आलम्बन उद्दीपन मनुष्य मात्र के क्रोध, शोक और जुगुप्सा के विषय नहीं हैं? क्या रावण पर क्रोध प्रकट करते हुए राम के मुख से निकले हुए शब्द हमारे हृदय से निकले हुए नहीं प्रतीत होते? रावण और उसके कर्म ऐसे हैं जिन पर मनुष्य जाति क्रोध करने के लिए विवश है। यह क्रोध, भारतीय जनता में ऐसा स्थायी हो गया है कि रामलीला में कभी-कभी कागज के बने रावण को लड़के युद्ध के पहले पत्थरों से मार-मारकर गिरा देते हैं। इसका नाम है साधारणीकरण। विशेष का चित्रण करने में भी 'भाव' के विषय सामान्यत्व की ओर जब कवि की दृष्टि रहेगी तभी यह 'साधारणीकरण' हो सकता है। पर यह सजीव सृष्टिमात्र से हृदय को अपने हृदय में रखनेवाले स्वतंत्र कवियों में ही पाया जाएगा। जिनका उद्‌देश्य राजाओं को प्रसन्न मात्र करना होगा वे ऐसे व्यापक लक्ष्य का निर्वाह नहीं कर सकते।

कवि को अपने कार्य में अन्त:करण की तीन वृत्तियों से काम लेना पड़ता है—कल्पना, वासना और बुद्धि। इनमें से बुद्धि का स्थान बहुत गौण है। कल्पना और वासनात्मक अनुभूति ही प्रधान हैं। बुद्धि की सहायता तो काव्य के बाह्य रूप में पड़ती है। वासना की सहकारिणी होकर जब कल्पना काम करती है तभी वह काव्योचित कल्पना होती है। वासना कल्पना के सहयोग से भावों के विषय भी प्रत्यक्ष किए जाते हैं और भाव भी व्यक्त किए जाते हैं। सच्चे काव्य में प्रत्यक्षीकरण के लिए इन दोनों का संयोग परम आवश्यक है। सच्चा कवि उसी व्यक्ति या वस्तु का स्वरूप कल्पना में लाएगा जिसके प्रति उसकी किसी प्रकार की अनुभूति होगी। पात्र द्वारा भाव की व्यंजना करने में कवि के दो रूप होते हैं सहज और आरोपित। यदि व्यंजित किए जानेवाले भाव का आलम्बन सामान्य है—ऐसा है जो मनुष्य मात्र के चित्त में वही भाव उत्पन्न कर सकता है—तो समझना चाहिए कि कवि अपने सहज रूप में उसे प्रकट कर रहा है। जैसे रावण के प्रति राम का क्रोध। यदि व्यंजित किया जानेवाला भाव ऐसा नहीं है तो समझना चाहिए कि वह उसे आरोपित रूप में प्रकट कर रहा है जैसे राम के प्रति रावण का क्रोध। आरोपित भाव कवि अनुभव नहीं करता, कल्पना द्वारा लाता है। आश्रय की स्थिति में अपने को समझकर आलम्बन के प्रति कवि भी यदि उसी भाव का अनुभव करता है जिस भाव का आश्रय करता है

तो कवि उस भाव का प्रदर्शन सहज रूप में करता है। यदि कवि का भाव उदासीन है या अनौचित्य ज्ञान के कारण विरक्त है तो आश्रय के भाव का प्रदर्शन वह केवल आरोपित या आहार्य रूप में करता है।

ऐसे स्थल पर रसाभास या भावाभास ही मानना चाहिए। जो त्रुटि है उसी की ओर लोगों ने ध्यान दिया और आचार्यों ने तिर्यक् विषयक रतिभाव का जो उल्लेख रसाभाव के भीतर किया उससे यह स्पष्ट लक्षित हो जाता है कि जिस भाव के प्रति कवि या श्रोता का मन उदासीन है उसको भी रसाभास या भावाभास के ही भीतर वे रखना चाहते थे। मृगी के प्रति मृग जिस रति भाव का अनुभव करता है वह अनुचित नहीं है। बात यह है कि मृगी रूप आलम्बन में श्रोता या पाठक अपने दाम्पत्य रति की पूर्ण चरितार्थता का अनुभव नहीं कर सकता।[1]

अपने यहाँ के आचार्यों के दिए संकेतों के अनुसार प्राचीन काव्यों की प्रकृति का अनुसन्धान करने से पूर्ण रस का यही स्वरूप निर्दिष्ट होता है जो ऊपर कहा गया है। इसे स्वीकार कर लेने पर भारतीय काव्य प्रकृति के निरूपण के लिए आदर्शात्मक (Society for Promotion of Knowledge in India through the medium of Vernacular language) आदि रस और भाव के क्षेत्र के बाहर के शब्दों के व्यवहार की आवश्यकता नहीं रह जाती। लोककल्याण के निमित्त प्रतिष्ठित धर्म और नीति के लक्ष्य पर पहुँचनेवाला एक दूसरा अधिक सुगम और आकर्षक मार्ग अलग खुला हुआ है इसका पूर्ण आभास हमारे यहाँ के प्राचीन काव्य देते हैं। आदर्शात्मक कहने से चरित्र में साधारणतत्त्व का होना अनिवार्य समझा जाता है! पर आगे चलकर दिखाया जाएगा कि पूर्ण रस के संचार के लिए सर्वत्र असाधारणत्व अपेक्षित नहीं होता। साधारण-असाधारण दोनों प्रकार के चरित्र द्वारा पूर्ण रस की अनुभूति हो सकती है। पूर्ण रस में कसर आलम्बन के अनौचित्य और अनुपयुक्तता के कारण होगी, साधारणतत्त्व के कारण नहीं। आलम्बन के प्रति श्रोता की जिस उदासीनता का उल्लेख हुआ है वह सच पूछिए तो विशेषत्व के कारण होती है। जो आलम्बन मनुष्य जाति की सामान्य प्रकृति से सम्बन्ध नहीं रखता, आश्रय की विशेष प्रकृति या स्थिति से ही सम्बन्ध रखता है, उसके प्रति आश्रय के भाव का भागी श्रोता या पाठक पूर्णरूप से नहीं हो सकता। इस सहानुभूति के अभाव से रस का पूरा परिपाक न होगा। राम के प्रति रावण के, शकुन्तला के प्रति दुर्वासा के, एक अच्छे राजा के प्रति दूसरे अच्छे राजा के क्रोध के साथ योग देने से श्रोता या पाठक का क्रोध नहीं जाएगा। अत: ऐसे क्रोध के अनुभाव-संचारी से पुष्ट वर्णन द्वारा भी रौद्र रस की पूर्ण अनुभूति नहीं हो सकती। पर कवि के लिए यह आवश्यक नहीं कि वह सर्वत्र पूर्ण रस ही लाया करे।

1. प्रतिनायक निष्टत्वे तदवदधमपात्रतिर्यगादिगते।
श्रृंगारे अनौचित्यम्............................... ॥ —साहित्य-दर्पण, 3-264

भारी-भारी महाकाव्यों का प्रधान विषय बनाने के योग्य अवश्य प्राचीन महाकवि असाधारण चरित्र ही मानते थे। आदि कवि महर्षि वाल्मीकि की वाग्धारा जब प्रवाहोन्मुख हुई थी तब उन्होंने ऐसे चरित्र की जिज्ञासा नारद जी से की थी।[1] महाकाव्य के योग्य आदर्श पुरुष और आदर्श चरित्र जब उन्हें मिल गया तब वे रामायण ऐसे विशद महाकाव्य की रचना में प्रवृत्त हुए। पर उस प्रधान स्थायी चरित्र के भीतर सामान्य चरित्रों का स्वाभाविक वर्णन भी बराबर है। उसमें यहाँ तक राम और भरत के चरित्र का असाधारण उत्कर्ष और रावण के चरित्र का असाधारण अपकर्ष ही नहीं; बल्कि कैकेयी की स्त्रीसुलभ साधारण ईर्ष्या, मन्थरा की साधारण कुटिलता, सुग्रीव की व्यावहारिक कृतज्ञता आदि की भी झलक उसके भीतर है। सारांश यह कि आदिकवि के महाकाव्य में देवता और राक्षस ही नहीं साधारण मनुष्य भी हैं। कालिदास ने रघुवंश और कुमारसम्भव ऐसे महाकाव्यों के लिए ही साधारण आदर्श चरित्र की आवश्यकता समझी, मेघदूत ऐसे खंडकाव्य के लिए नहीं जिसमें न विरही यक्ष असाधारण है न उसका विरह और न मेघ के मार्ग में पड़नेवाले प्राकृतिक दृश्य। पर वह काव्य संस्कृत साहित्य में अपने ढंग का सबसे निराला है। इसी प्रकार मालविकाग्निमित्र ऐसे नाटकों की रचना आदर्श चरित्र लेकर नहीं हुई है। अतः यह नहीं कहा जा सकता कि सब प्रकार के भारतीय काव्य आदर्श प्रधान हैं। मनुष्य जाति में अधिकतर पाई जानेवाली साधारण वृत्तियों का वास्तविक चित्रण कहीं है ही नहीं।

अधिकांश काव्यों में कृत्रिमता अवश्य पाई जाती है, पर उसके कारण सर्वत्र उच्च आदर्श चरित्र या दृश्य की योजना नहीं है बल्कि अन्धपरम्परानुसरण और रीतिग्रन्थों का कठोर शासन है।

रीतिग्रन्थों का बुरा प्रभाव

काव्यरीति का निरूपण थोड़ा-बहुत सब देशों के साहित्य में पाया जाता है। पर हमारे यहाँ के कवियों को रीतिग्रन्थों ने जैसा चारों ओर से जकड़ा वैसा और कहीं के कवियों को नहीं। इन ग्रन्थों के कारण उनकी दृष्टि संकुचित हो गई, लक्षणों की कवायद पूरी करके वे अपने कर्तव्य की समाप्ति मानने लगे, काव्य का स्वरूप संघटित करने के स्थान पर वे बाहरी सजावट में अधिक उलझने लगे। सारांश यह कि वे इस बात को भूल चले कि किसी वर्णन का उद्‌देश्य श्रोता के हृदय पर प्रभाव डालना है। बात यह है कि ग्रन्थ सीमा का अतिक्रमण कर गए। रसनिरूपण में भावों और रसों को गिनाने का यह प्रभाव पड़ा कि जो बातें भावों और रसों के निर्दिष्ट शब्दों के भीतर आती हुई उन्हें प्रत्यक्ष रूप से न दिखाई पड़ीं उनके वर्णन से उन्हें कोई प्रयोजन ही न रह गया। केवल गिनी-गिनाई बातों को निर्दिष्ट शैली के अनुसार आँख मूँदकर कह

1. वाल्मीकीय रामायण, बालकांड, प्रथम सर्ग, 1-5 तक।

दिया, बस पूर्ण रस की रस्म अदा हो गई। प्राकृतिक दृश्यों के वर्णन का हिन्दी काव्यों में जो अभाव पाया जाता है उसका मुख्य कारण यही है। रस, नायिका, अलंकार आदि के लक्षण और उदाहरण जानना जब साहित्य पाठकों के लिए आवश्यक हो गया तब कवियों को एक ही पद्य में पूर्ण रस लाने का हौसला बढ़ा। कुछ बातें तो कवि जी ने कहीं और कुछ बातें नायिका, अलंकार आदि का इशारा पाकर पाठक आप लगा लेने लगे। इस प्रकार उस स्वरूपचित्रण से बहुत कुछ छुट्टी पा जाने से लोग पदक्रीड़ा में प्रवृत्त हुए, वर्ण्य वस्तुओं कों गिनाने और उनका वर्गीकरण करने से बाह्य और आभ्यन्तर दोनों सृष्टियों की अनेकरूपता का काव्यों में अभाव-सा हो चला। जिस प्रकार बाहर दृश्यों के अनन्त रूप हैं उसी प्रकार मनुष्य की मानसिक स्थिति के भी, जिस प्रकार पृथ्वी पर अनेक प्रकार के दृश्य हैं उसी प्रकार मनुष्य भी अनेक स्वभाव और चरित्रवाले हैं।

उद्दीपन की कुछ वस्तुओं के गिनाने और नायक-नायिका के धीराधीरा, धीरोदात्त इत्यादि भेद निर्दिष्ट करने से दोनों ओर की अनेकता पर पर्दा-सा डाल दिया गया। धीरोदात्त, धीरोद्धत, धीरललित और धीरप्रशान्त जो चार प्रकृति के नायक कहे गए हैं, क्या उनमें जितनी प्रकृति के मनुष्य हो सकते हैं सब आ जाते हैं? विविध प्रवृत्तियों के मेल से संघटित जो अनेक स्वभाव के मनुष्य दिखाई पड़ते हैं उनके स्पष्टीकरण के लिए मानव प्रकृति के अन्वीक्षण की आवश्यकता होती है। यह आवश्यकता उक्त चार प्रकार के ढाँचे तैयार मिलने से पिछले कवियों को न रह गई। इसी से हमारे यहाँ के अधिकांश नाटकों में नाटकस्थ पात्र निर्दिष्ट साँचों में ढले हुए होते हैं। नायिकाओं के जो भेद किए गए वे भी केवल शृंगार की दृष्टि से, सर्वव्यापार व्यापी प्रकृतिभेद की दृष्टि से नहीं। निम्न वर्ग की अशिक्षिता स्त्रियों की सामान्य द्वेषपूर्ण कुटिलता और इधर का उधर लगाने की प्रवृत्ति का जो उदाहरण मन्थरा के रूप में वाल्मीकि ने दिया वह नायिकाभेद के ग्रन्थों में नहीं मिलेगा। सारांश यह कि नायक-नायिकाभेद चरित्र-चित्रण में सहायक नहीं हुए, बाधक हुए। उसके अनुसार जिन प्रबन्धकाव्यों या नाटकों में पात्रों की योजना हुई उनमें मानव प्रकृति के बहुत ही थोड़े अंश का चित्र हमें मिलता है—सो भी परम्पराभुक्त और पिष्टपेषित। इसी से सामान्य चरित्र-चित्रों की जो अनेकरूपता हम योरप के काव्यों और नाटकों में पाते हैं वह यहाँ के नहीं।

जिसका प्रकृतिक्षेत्र के एक-एक अंग का दर्शन कवि का काम है उसके बीच पगडंडियाँ निकाल देने से कवियों की यात्रा तो सुगम हो गई पर उसका अधिकांश उनकी दृष्टि से दूर हो गया। कवि को प्रकृति कानन में विचरण करना रहता है, दूसरे प्रयोजन से यात्रा करनेवालों के समान केवल इस पार से उस पार निकल जाना नहीं। आवश्यकता से अधिक लीक बना देने से लीक पीटनेवालों की संख्या अवश्य बहुत बढ़ गई—पर इससे काव्य के व्यापक उद्देश्य की अधिक सिद्धि नहीं हुई। लीक पीटने की शिक्षा रीति-ग्रथ लिखनेवाले आचार्यों ने ही दी, यह बात कुछ अलंकारों

पर विचार करने से स्पष्ट हो जाती है। रूपकातिशयोक्ति को लीजिए जिसमें पहेली के ढंग पर केवल उपमानों का कथन होता है, उपमेयों को पाठक अपना समझते-बूझते रहते हैं। यह तभी सम्भव है जब उपमान नियत हों। इस वस्तु की उपमा इस वस्तु से कवि देते आते हैं यह साधारण तभी हो सकता है जब एक ही उपमा का खूब पिष्टपेषण हुआ हो।

इस अनन्त विश्व के भावोत्तेजक रूप भी अनन्त हैं। पर कुछ महापुरुषों ने वर्ण्य-वस्तुओं तक को गिनाने का प्रयास किया। केशवदास जी को इस हवा का सबसे पिछला झोंका लगा, इससे उनकी कविप्रिया में वर्ण्य-वस्तुओं की खासी फेहरिस्त मौजूद है—

कविन कहे कवितान के अलंकार द्वै रूप।
एक कहै साधारणै एक विशिष्ट सरूप॥
सामान्यालंकार को चारि प्रकार प्रकास।
वर्ण, वर्ण्य, भू, राजश्री भूषण केसवदास॥

[कविप्रिया, पाँचवाँ प्रभाव 2-3]

इसी सामान्यालंकार के अन्तर्गत सम्पूर्ण वर्ण्य-सामग्री का फलस्वरूप विवेचित है। विशेषालंकार के अन्तर्गत वर्णन शैली अर्थात प्रसिद्ध उपमादि अलंकारों का वर्णन हुआ है।

किसी आचार्य ने[1] कह दिया कि महाकाव्य में इतने सर्ग होने चाहिए और इन-इन वस्तुओं का वर्णन होना चाहिए। फिर क्या था, जिसे महाकाव्य लिखने का हौसला हुआ उसे झख मारकर उन सब वस्तुओं का वर्णन करना पड़ा, चाहे कथा के प्रसंग में किसी वस्तु की आवश्यकता बिलकुल न हो। इस प्रकार उन्हें अप्रासंगिक वर्णन का भी समावेश अपने काव्यों में करना पड़ा। जलविहार और श्मशान का प्रसंग चाहे कथा में न आता हो पर कवि जी को उसे लाना चाहिए।

सच्चे काव्य में सहज भाव प्रधान होता है, आरोपित नहीं। उसमें कवि, पात्र और श्रोता तीनों के हृदय का समन्वय होता है जिससे काव्य का जो प्रकृत लक्ष्य है, पदार्थों के साथ भावों के प्रकृत सम्बन्ध का प्रत्यक्षीकरण—जगत के साथ हमारी रागात्मिका वृत्ति का सामंजस्य—वह सिद्ध हो जाता है। ऐसे ही काव्य अमर या चिरस्थायी होते हैं जिनमें मनुष्यमात्र अपने भावों के आलम्बन पाते हैं।

जो काव्य न कवि की अनुभूति से सम्बन्ध रखते हैं न श्रोता की, उनमें केवल कल्पना और बुद्धि के सहारे भावों के स्वरूप का प्रदर्शन होता है। यदि हम किसी भाव के स्वरूपप्रदर्शन मात्र का विचार करते हैं श्रोता के हृदय में उसके संचार का नहीं, तो कविता केवल ऊपरी दिलबहलाव या मनोरंजन की वस्तु प्रतीत होती है और कवि

1. देखिए, विश्वनाथ महापात्रकृत साहित्यदर्पण, छठा परिच्छेद, श्लोक 315-324

का कार्य चित्रकार के कार्य से अधिक महत्त्व का नहीं जान पड़ता है। जैसे चित्रकार नाना रंगों के मेल से पहले लोगों का ध्यान चित्र की ओर ले जाता है फिर आकार और भाव प्रदर्शित करके उनका मनोरंजन करता है वैसे ही कवि भी अपने सुन्दर और चटकीले शब्दों द्वारा श्रोता या पाठक को आकर्षित करता है, फिर किसी भाव का स्वरूप दिखाकर बैठे-ठाले लोगों को एक प्रकार के आनन्द का अनुभव करा देता है। जो काव्य की पहुँच यहीं तक समझते हैं वे इतना ही कह-सुनकर सन्तुष्ट हो जाते हैं कि जिस प्रकार चित्रकार अपने रंगों से पदार्थों का रूप दिखाता है, उसी प्रकार कवि अपने शब्दों से दिखाता है। वे प्रदर्शन की कुशलता मात्र पर सन्तुष्ट होते हैं, प्रदर्शित वस्तु चाहे कुछ हो। प्रदर्शित वस्तु या विषय का मनुष्यमात्र की वासनात्मक प्रकृति से कहाँ तक सम्बन्ध है—वह वस्तु या विषय मनुष्यमात्र के हृदय को कहाँ तक स्पर्श कर सकता है—यह देखने का झंझट वे नहीं उठाते। यदि कवि जी ने किसी हाथी की झूल का वर्णन कर दिया और उसमें सहस्रों सूर्य उतार लाए या किसी का त्योरी बदलना, दाँत पीसना और बड़बड़ाना दिखा दिया—बिना इसका निर्देश किए कि जिस पर त्योरी बदली जा रही है वह कैसा है—तो बस उनकी वाहवाही हो गई। क्या इसके भी कहने की आवश्यकता है कि ऐसी रचना मनुष्य के हृदय की भीतरी तह तक नहीं पहुँचती, केवल ऊपरी दिलबहलाव भर करती है? इसी हलकेपन के कारण बहुत-से लोग काव्य को विलास की सामग्री और अमीरों के शौक की चीज समझने लगे। भाटों और कवियों में भी कोई भेद ही न रह गया। भोज ऐसे राजा बात बनानेवाले खुशामदियों को कवि कहकर लाखों पुरस्कार देने लगे। उसी भोज की तारीफों के पुल बाँधनेवाले, उसके प्रताप[1] को सूर्य से भी बढ़कर बतानेवाले चारों ओर से आते थे जिसके सामने ही विदेशी इस देश में आकर भारतीयों की इतनी दुर्दशा करने लगे थे।

जहाँ आचार्यों ने पूर्ण रस माना है वहाँ तीन हृदयों का समन्वय चाहिए। आलम्बन द्वारा भाव की अनुभूति प्रथम तो कवि में चाहिए फिर उसके वर्णित पात्र में और फिर श्रोता या पाठक में विभाव द्वारा जो 'साधारणीकरण' कहा गया है वह तभी चरितार्थ हो सकता है। यदि श्रोता के हृदय में भी प्रदर्शित भाव का उदय न हुआ—उस भाव की सहानुभूति से भिन्न प्रकार का आनन्द रूप अनुभव हुआ तो 'साधारणीकरण' कैसा? क्रोध, शोक, जुगुप्सा आदि के वर्णन यदि श्रोता के हृदय में आनन्द का संचार करें तो या तो श्रोता सहृदय नहीं या कवि ने बिना इन भावों का स्वयं अनुभव किए उनका रूप प्रदर्शित किया है। कवि को 'कलानिपुण' और 'सहृदय' दोनों होना चाहिए। 'कलानिपुणता' और 'सहृदयता' अब दोनों एक ही वस्तु नहीं। बहुत-से लोग सहृदय होते हैं, पर अपनी प्रबल वासनात्मक अनुभूति को व्यक्त करने की निपुणता उनमें नहीं होती। इसी प्रकार इसका उलटा भी होता है। बहुत-से काव्यों के बन जाने

1. भोजप्रतापं तु विधाय धात्र शेषेर्निरस्तैः परिमाणुभिः किम्।
हरेः करेऽभूत्पविरम्बरे च भानुः पयोलेरुदरे कृशानुः। —भोजप्रबन्ध, 92

और लक्षण ग्रन्थों की भरमार हो जाने से इधर बहुत दिनों से हृदयहीनों के लिए जैसे बुद्धि और कल्पना के सहारे काव्य का-सा स्वरूप खड़ा कर देना सुगम हो गया है वैसे ही काव्य का रसिक या शौकीन बनना भी। भाव का विषय केवल वह व्यक्ति ही नहीं होता जिसे आलम्बन कहते हैं, उसके रूप, गुण, कर्म आदि भी होते हैं। कभी-कभी तो अन्य भाव के कारण श्रोता की पुष्टि निर्दिष्ट व्यक्ति या आलम्बन से हटकर वर्णित रूप, गुण, आदि के सहारे वैसा ही कोई और व्यक्ति अपने भाव के आश्रय के लिए कल्पित कर लेती है। 'कुमारसम्भव' में पार्वती के अंग-प्रत्यंग के वर्णन और शिव के प्रेम को पढ़कर श्रोता उस वर्णन द्वारा रतिभाव का अनुभव तो करता है पर अनुभूति के साथ पार्वती देवी को कल्पना में नहीं रखता—हटाए रहता है। इसी प्रकार राम के इस विलाप को पढ़कर—

हे वृक्षाः पर्वतस्था गिरिगहनलता वायूना वीज्यमाना।
रामोऽहं व्याकुलात्मा दशरथतनयः शोकशुत्रोण दग्धः।
बिम्बोष्ठी चारुनेत्री सुविपुलजघना बद्धनागेन्द्रं कांची
हा! सीता केन नीता मम हृदयगता को भवान्केन दृष्टा॥

[हनुमन्नाटक, अंक 5, श्लोक 10]

कोई अपनी प्रियतमा के ध्यान में भी लीन हो सकता है। इस प्रकार रत्यादि स्थायी भावों का सामान्य रूप से प्रतीत होना साहित्य के आचार्यों ने स्वीकार किया है।

मेरी समझ में रसास्वाद का प्रकृत स्वरूप 'आनन्द' शब्द से व्यक्त नहीं होता। 'लोकोत्तर', 'अनिर्वचनीय' आदि विशेषणों से न तो उसके अवाचकत्व का परिहार होता है न प्रयोग का प्रायश्चित्त। क्या क्रोध, शोक, जुगुप्सा आदि आनन्द का रूप धारण करके ही श्रोता के हृदय में प्रकट होते हैं, अपने प्रकृत रूप का सर्वथा विसर्जन कर देते हैं, उसे कुछ भी लगा नहीं रहने देते? क्या 'विभावत्व' उनका स्वरूप हरकर उन्हें एक ही स्वरूप—सुख का—दे देता है? क्या दुःख के भेद सुख के भेद से प्रतीत होने लगते हैं? क्या मृत पुत्र को लिये विलाप करती हुई शैव्या से राजा हरिश्चन्द्र का कफन माँगना देख-सुनकर आँसू नहीं आ जाते, दाँत निकल पड़ते हैं? क्या महमूद के अत्याचारों का वर्णन यह जी में नहीं लाता कि वह सामने आता तो उसे कच्चा खा जाते? क्या कोई दुखान्त कथा पढ़कर बहुत देर तक उसकी खिन्नता नहीं बनी रहती? 'चित्त का यह द्रुत होना' क्या आनन्दगत है? इस आनन्द शब्द ने काव्य के महत्त्व को बहुत कुछ कम कर दिया है—उसे नाच-तमाशे की तरह बना दिया है।

सूक्ति और काव्य

'आनन्द' शब्द ने जिस प्रकार काव्य की नीयत को बदनाम किया है, उसी प्रकार 'चमत्कार' शब्द ने उनके रूप को बहुत कुछ बिगाड़ा है। उसके कारण विलक्षण

रीति से कोई बात कहना, चाहे वह भावोत्तेजक या भावोत्पादक न हो, कविता करना समझा जाने लगा। बात बनानेवाले भी कवि बनाए जाने लगे। 'अनूठी बात' सुनने की उत्कंठा रखनेवाले अपने को काव्यरसिक समझने लगे। काव्य का प्रकृत स्वरूप लोगों की आँखों से ओझल हो गया। यहाँ तक कि नारायण पंडित को सर्वत्र अद्‌भुत रस ही दिखाई देने लगा और उन्होंने कह दिया कि—

रसे सारश्चमत्कारः सर्वत्रप्यनुभूयते।
तच्चमत्कारसारत्वे सर्वत्रप्यद्‌भुतो रसः ॥

काव्य में असाधारणत्व

काव्य में असाधारणत्व वहीं अपेक्षित होता है जहाँ भावों का अत्यन्त उत्कर्ष दिखाना होता है। इस उत्कर्ष के लिए कहीं-कहीं असाधारणत्व पहले विभाव में प्रदर्शित होकर भाव (स्थायी) के उत्कर्ष का कारणस्वरूप होता है। जैसे, शृंगार के आलम्बन के अत्यन्त सौन्दर्य, करुणा के आलम्बन के अत्यन्त दु:ख रौद्र के आलम्बन की अतिशय दु:साध्यता इत्यादि द्वारा आश्रय के भावों के उत्कर्ष के लिए हेतु प्रस्तुत किया जाता है। पर आगे चलकर दिखाया जाएगा कि भावों के उत्कर्ष के लिए भी सर्वत्र आलम्बन का असाधारणत्व अपेक्षित नहीं होता। साधारण से साधारण वस्तु हमारे गम्भीर से गम्भीर भावों का आलम्बन हो सकती है। साहचर्यजन्य प्रेम कितना बलवान् होता है उसमें प्रवृत्तियों को लीन करने की कितनी शक्ति होती है, सब लोग जानते हैं, पर वह असाधारणत्व पर अवलम्बन नहीं होता। जिनका हमारा लड़कपन में साथ रहा है, जिन पेड़ों के नीचे, टीलों पर, जिन नद-नालों के किनारे हम अपने साथियों को लेकर बैठा करते थे, उनके प्रति हमारा प्रेम जीवन भर स्थायी होकर बना रहता है। अत: चमत्कारवादियों की यह समझ ठीक नहीं कि जहाँ असाधारणत्व होता है वहीं इसका परिपाक होता है अन्यत्र नहीं।

प्रसंगप्राप्त साधारण-असाधारण सभी वस्तुओं का वर्णन कवि का कर्तव्य है। काव्यक्षेत्र अजायबखाना या नुमाइशगाह नहीं है। जो सच्चा कवि है उसके द्वारा अंकित असाधारण वस्तुएँ भी मन को लीन करनेवाली होती हैं। साधारण के बीच में यथास्थान साधारण की योजना करना सहृदय और कलाकुशल कवि का काम है। साधारण-असाधारण अनेक वस्तुओं के मेल से एक विस्तृत पूर्ण चित्र संघटित करनेवाले ही कवि कहे जाने के अधिकारी हैं। साधारण के बीच में ही असाधारण की प्रकृत अभिव्यक्ति हो सकती है। साधारण से ही असाधारण की सत्ता है, केवल असाधारण ही साधारण हो जाता है। अत: केवल वस्तु के असाधारणत्व या व्यंजनप्रणाली के असाधारणतत्त्व में ही काव्य समझ बैठना अच्छी समझदारी नहीं।[1]

---

1. देखिए, 'काव्य में प्राकृतिक दृश्य', चिन्तामणि, दूसरा भाग, पृ. 7

इसी प्रकार की एकांगदर्शिता के कारण कवि कर्मक्षेत्र से सहृदयता धक्के देकर निकाल दी गई और कवि का कर्मक्षेत्र जीवन के कर्मक्षेत्र से काटा जाने लगा। फालतू कल्पना बुद्धि—जो संसार के किसी काम की न ठहरी—कविता के मैदान में दखल जमाने लगी। जो कल्पना भर के प्राणियों तक के दु:ख को इस रूप में न उपस्थित कर सकी कि हृदय द्रवीभूत होने का कुछ अभ्यास प्राप्त करता, उसे उस क्षेत्र में घुसने की राह क्या खुल गई खेलने के लिए मैदान मिल गया, जिसमें विश्व की अनुभूति को प्रत्यक्ष करनेवाली महती कल्पनाएँ अपना विकास दिखाती आती थीं। एक कवि जी किसी राजा के सुयश की फैलती हुई सफेदी से घबराकर कहते हैं—

यथा यथा ते सुयशोऽभिवर्द्धते सितां त्रिलोकीमिव कर्तमुद्यतम्।
तथा तथा मे हृदयं विदूयते प्रियालकालीधवलत्वशंकय॥

[भोजप्रबन्ध, श्लोक 76]

भला कहिए तो यह किसी हृदय की वास्तविक अनुभूति हो सकती है? श्रोता के हृदय पर इस उक्ति का कोई गहरा प्रभाव पड़ सकता है? क्या यश की शुक्लता का अनुभव चूने की कलई के रूप में ही हुआ करता है? इस प्रकार बातें बनाने को लोग कविता समझने लगे। फिर कविता सिर्फ एक मजाक की चीज या शब्दचातुरीमात्र रह गई। 'सखुनसंज'[1] और 'शायर' एक ही चिड़िया का नाम समझनेवाले मुसलमानों के आने पर यह धारणा और भी जड़ पकड़ गई। पर जो सहृदय हैं वे 'सूक्ति' और 'कविता' को एक ही चीज नहीं समझ सकते। 'सुभाषित' और 'भोज-प्रबन्ध' की सब सूक्तियाँ कविता नहीं कहला सकतीं। हाँ, भावों का उद्रेक करनेवाली रससूक्ति को अवश्य कविता कह सकते हैं।

इस प्रकार अनुभूति को जवाब मिल जाने पर जब कल्पना ही का सहारा रह गया, तब 'स्वत:सम्भवी वस्तु'[2] की अपेक्षा 'कविप्रौढ़ोक्ति सिद्ध वस्तु'[3] की ओर कवियों का ध्यान अधिक रहने लगा। उत्प्रेक्षा की भरमार रहने लगी—वस्तु और व्यापार का सूक्ष्म निरीक्षण न रह गया। यहाँ पर यह विचार करना आवश्यक हुआ कि काव्य में कल्पना का स्थान क्या है और उसका उपयोग क्या है क्योंकि कुछ लोग काव्य को कल्पना की क्रीड़ा मात्र मान उसे पढ़े-लिखों की गपबाजी कहा करते हैं।

काव्य का आभ्यन्तर स्वरूप या आत्मा भाव या रस है। अलंकार उसके बाह्य स्वरूप हैं। दोनों में कल्पना का काम पड़ता है। जिस प्रकार विभाव, अनुभाव में हम उसका प्रयोग पाते हैं उसी प्रकार रूपक, उत्प्रेक्षा आदि अलंकारों में भी। जबकि रस

1. वचनविदग्ध, बात समझानेवाला।
2. काव्य के अतिरिक्त लोक में दिखाई पड़नेवाले घट, पट आदि पदार्थ।
3. कवि की वचनविदग्धता से कल्पित पदार्थ जो बाहर नहीं दिखाई देते हैं, जैसे कीर्ति का रंग उज्ज्वल मानना आदि।

ही काव्य में प्रधान वस्तु है तब उसके संयोजकों में जो कल्पना का प्रयोग होता है वही आवश्यक और प्रधान ठहरा। रस का आधार खड़ा करनेवाला जो विभावन व्यापार है कल्पना का प्रधान कर्मक्षेत्र वही है। पर वहाँ उसे अनुभूति या रागात्मिका वृत्ति के आदेश पर कार्य करना पड़ता है। उसे ऐसे स्वरूप खड़े करने पड़ते हैं जिनके द्वारा रति, हास, शोक, क्रोध, घृणा आदि स्वयं अनुभव करने के कारण कवि जानता है कि श्रोता भी अनुभव करेंगे। अपनी अनुभूति की व्यापकता के कारण मनुष्यमात्र की अनुभूति को तथा उसके विषयों को अपने हृदय में रखनेवाले ही ऐसे स्वरूपों को अपने मन में ला सकते हैं।[1]

1. मिलाइए 'काव्य में प्राकृतिक दृश्य', चिन्तामणि, दूसरा भाग, पृ. 2

भारतेन्दु हरिश्चन्द्र

हिन्दी-गद्य-साहित्य का सूत्रपात करनेवाले चार महानुभाव कहे जाते हैं—मुंशी सदासुखलाल, इंशाअल्ला खाँ, लल्लूलाल और सदल मिश्र। ये चारों सम्वत् 1860 के आस-पास वर्तमान थे। सच पूछिए तो ये गद्य के नमूने दिखानेवाले ही रहे; अपनी परम्परा प्रतिष्ठित करने का गौरव इनमें से किसी को भी प्राप्त न हुआ। हिन्दी-गद्य-साहित्य की अखंड परम्परा का प्रवर्तन इन चारों लेखकों के 70-72 वर्ष पीछे हुआ। विक्रम की बीसवीं शताब्दी का प्रथम चरण समाप्त हो जाने पर जब भारतेन्दु ने हिन्दी-गद्य की भाषा को सुव्यवस्थित और परिमार्जित करके उसका स्वरूप स्थिर कर दिया तब से गद्य-साहित्य की परम्परा लगातार चली। इस दृष्टि से भारतेन्दु जी जिस प्रकार वर्तमान गद्य-भाषा के स्वरूप के प्रतिष्ठापक थे, उसी प्रकार वर्तमान साहित्य-परम्परा के प्रवर्तक।

राजा शिवप्रसाद के उर्दू की ओर एकबारगी झुक पड़ने के पहले ही राजा लक्ष्मण सिंह अपने 'शकुन्तला' नाटक द्वारा सम्वत् 1919 में थोड़ी संस्कृत मिली ठेठ और विशुद्ध हिन्दी सामने रख चुके थे, जिसमें अरबी-फ़ारसी के शब्द नहीं थे। उसका कुछ अंश राजा शिवप्रसाद ने 'गुटका' में दाखिल किया था। पीछे जब वे उर्दू की ओर झुके तब राजा लक्ष्मण सिंह ने अपने 'रघुवंश' के अनुवाद के प्राक्कथन में भाषा के सम्बन्ध में अपना मत इस प्रकार प्रकट किया—

"हमारे मत में हिन्दी और उर्दू दो बोली न्यारी-न्यारी हैं। हिन्दी इस देश के हिन्दू बोलते हैं और उर्दू यहाँ के मुसलमानों और फ़ारसी पढ़े हुए हिन्दुओं की बोलचाल है। हिन्दी में संस्कृत के पद बहुत आते हैं; उर्दू में अरबी-फ़ारसी के। परन्तु कुछ आवश्यक नहीं है कि अरबी-फ़ारसी के शब्दों के बिना हिन्दी न बोली जाए और न हम उस भाषा को हिन्दी कहते हैं जिसमें अरबी-फ़ारसी के शब्द भरे हों।"

ऊपर के अवतरण से स्पष्ट है कि जिस समय राजा लक्ष्मण सिंह और राजा शिवप्रसाद मैदान में आए थे, उस समय खींचतान बनी थी; भाषा के स्वरूप को स्थिरता नहीं प्राप्त हुई थी। वह भाषा का प्रस्ताव काल था। प्रवर्तन काल का आरम्भ भारतेन्दु की कुछ रचनाओं के निकल जाने के उपरान्त सम्वत् 1930 के लगभग हुआ। यद्यपि इसके पहले 'विद्यासुन्दर' (सम्वत् 1925) तथा और कई नाटक भारतेन्दु जी

लिख चुके थे, पर वर्तमान हिन्दी-गद्य के उदय का समय उन्होंने 'हरिश्चन्द्र मैगजीन' के निकलने पर, अर्थात सम्वत् 1930 से माना है।

भारतेन्दु की भाषा में ऐसी क्या विशेषता पाई गई कि उसका इतना चलन उन्हीं के सामने हो गया, इसका थोड़ा विचार कर लेना चाहिए। सम्वत् 1860 में खड़ी बोली के गद्य का सूत्रपात करनेवालों में मुंशी सदासुख और सदल मिश्र ने ही व्यवहार-योग्य चलती भाषा का नमूना तैयार किया था। पर इन दोनों की रचनाओं में सफाई नहीं थी। बहुत कूड़ा-करकट भरा था। मुंशी सदासुख भगवद्भक्त पुरुष थे और पंडितों और साधु-सन्तों के सत्संग में रहा करते थे। इससे उनके 'सुखसागर' की भाषा में बहुत कुछ पंडिताऊपन है। उनकी खड़ी बोली उस ढंग की है जिस ढंग की संस्कृत के विद्वान, पंडित काशी, प्रयाग आदि पूरब के नगरों में बोलते थे और अब भी बोलते हैं। यद्यपि मुंशी जी खास दिल्ली के रहनेवाले थे और उर्दू के अच्छे कवि और लेखक थे; पर हिन्दी-गद्य के लिए उन्होंने पंडितों की बोली ही ग्रहण की। 'स्वभाव करके वे दैत्य कहलाए', 'उसे दुःख होयगा', 'बहकानेवाले बहुत हैं।' इस प्रकार के प्रयोग उन्होंने बहुत किए हैं। रहे सदल मिश्र; उनकी भाषा में पूरबीपन बहुत अधिक है 'जो' के स्थान पर 'जौन', 'माँ' के स्थान पर 'मतारी', 'यहाँ' के स्थान पर 'इहाँ', 'देखूँगी' के स्थान पर 'देखौंगी' ऐसे शब्द बराबर मिलते हैं। इसके अतिरिक्त ब्रजभाषा या काव्य-भाषा के ऐसे-ऐसे प्रयोग जैसे 'फूलन्ह के', 'चहुँदिशि', 'सुनि' भी लगे रह गए हैं।

इन दोनों के पीछे राजा शिवप्रसाद और लक्ष्मणसिंह का समय आता है।

राजा शिवप्रसाद के गद्य में अधिक खटकनेवाली बात थी उर्दूपन, जो दिन-दिन बढ़ता गया। इसी प्रकार राजा लक्ष्मणसिंह के गद्य में खटकनेवाली बात थी आगरे की बोलचाल का पुट। दूसरी बात यह थी कि विशुद्धता का जो आदर्श लेकर राजा लक्ष्मणसिंह चले थे, वह एक चलती व्यावहारिक भाषा के उपयुक्त न था। फ़ारसी-अरबी के जो शब्द लोगों की जबान पर नाचा करते थे उन्हें एकदम छोड़ देना भाषा की संचित शक्ति को घटाना था। हँसी-मजाक के लिए कुछ अरबी-फ़ारसी के चलते शब्द कभी-कभी कितना अच्छा काम देते हैं, यह हम लोग बराबर देखते हैं।

ऊपर लिखी त्रुटियों को ध्यान में रखते हुए जब हम भारतेन्दु की भाषा पर विचार करने बैठते हैं, तब इस बात का समझना कुछ सुगम हो जाता है कि उन्होंने हिन्दी गद्य का क्या संस्कार किया। उनकी भाषा में न तो लल्लूलाल का ब्रजभाषापन आने पाया, न मुंशी सदासुख का पंडिताऊपन, न सदल मिश्र का पूरबीपन, न राजा शिवप्रसाद का उर्दूपन, और न राजा लक्ष्मणसिंह का खालिसपन और आगरापन। इतने 'पनों' से एक साथ पीछा छुड़ाना भाषा के सम्बन्ध में बहुत ही परिष्कृत रुचि का परिचय देता है। संस्कृत शब्दों के रहने पर भी भाषा का सुबोध बना रहना, फ़ारसी-अरबी के शब्द आने पर भी साथ-साथ उर्दूपन न आना, हिन्दी की स्वतंत्र सत्ता का प्रमाण था।

उनका भाषा-संस्कार शब्दों की काट-छाँट तक ही नहीं रहा। वाक्य-विन्यास में भी वे सफाई लाए। उनकी लिखावट में एक साथ न जुड़ सकनेवाले वाक्य एक में गुँथे हुए प्रायः नहीं पाए जाते। तात्पर्य के उपर्युक्त संयोजक अव्ययों का व्यवहार जैसा उन्होंने चलाया, वैसा उनके पहले न था। विराम की परख भी उन्हें राजा लक्ष्मणसिंह और राजा शिवप्रसाद से कहीं अच्छी थी।

चली आती हुई काव्य-भाषा के स्वरूप पर भी उनकी दृष्टि गई। उन्होंने देखा कि बहुत-से ऐसे शब्द, जिन्हें बोलचाल से उठे कई सौ वर्ष हो गए थे, कविताओं में बराबर लाए जाते हैं जिसमें वे सर्व-साधारण के लगाव से कुछ दूर पड़ती आती हैं। 'चक्कव', 'ठायो', 'करसायल', 'ईठ', 'दीह', 'ऊनी', 'लोय' आदि के कारण बहुत-से लोग हिन्दी कविता को अपने से कुछ दूर की चीज़ समझने लगे थे। दूसरा दोष जो बढ़ते-बढ़ते बहुत बुरी हद तक पहुँच गया था, वह शब्दों का तोड़-मरोड़ था। जैसे कपियों का स्वभाव 'रूख तोड़ना' तुलसीदास जी ने बताया है, वैसे ही कवियों का स्वभाव शब्द तोड़ना-मरोड़ना हो गया था। भाषा की सफाई पर बहुत कम ध्यान रहता था! बाबू हरिश्चन्द्र द्वारा इन बातों का भी बहुत कुछ सुधार—चाहे जान में या अनजान में—हुआ। इस प्रकार काव्य की ब्रजभाषा के लिए भी उन्होंने बहुत अच्छा रास्ता दिखाया। अपने रसीले कवित्तों और सवैयों में उन्होंने चलती भाषा का व्यवहार किया है, जैसे—

आजु लौं जो न मिले तो कहा, हम तौ तुम्हरे सब भाँति कहावैं।
मेरो उराहनो है कछु नाहिं, सबै फल आपने भाग को पावैं॥
जो हरिचन्द भई सो भई, अब प्रान चले चहैं तासों सुनावैं।
प्यारे जू! है जग की यह रीति, विदा के समय सब कंठ लगावैं॥

इसी कारण उनकी कविता का प्रचार भी देखते-देखते हो गया। लोगों के मुँह से उनके सवैये भी चारों ओर सुनाई देने लगे, उनके बनाए गीत स्त्रियाँ तक घर-घर में गाने लगीं। उनकी रचना लोकप्रिय हुई। उनके समय में जो संग्रह-ग्रन्थ बने, उन सब में उनकी कविताएँ विशेषतः सवैये भी रखे गए। लीक पीटनेवालों की पुरानी पड़ी हुई शब्दावली हटा देने से उनकी काव्य-भाषा में भी बड़ी सफाई दिखाई पड़ी।

यह तो हुई भाषा की रूप-प्रतिष्ठा की बात। इससे भी बढ़कर काम उन्होंने हिन्दी-साहित्य को एक नए मार्ग पर खड़ा करके किया। वे साहित्य के नए युग के प्रवर्तक हुए। यद्यपि देश में नए-नए विचारों और भावनाओं का संचार हो गया था, पर हिन्दी उनसे दूर थी। लोगों की अभिरुचि बदल चली थी, पर हमारे साहित्य पर उसका कोई प्रभाव नहीं दिखाई पड़ता था। शिक्षित लोगों के विचारों और व्यापारों ने तो दूसरा मार्ग पकड़ लिया था, पर उनका साहित्य उसी पुराने मार्ग पर था। वे लोग समय के साथ आप तो कुछ आगे बढ़ आए थे, पर जल्दी में अपने साहित्य को साथ

न ले सके थे। उसका साथ छूट गया था और वह उनके विचार-क्षेत्र और कार्य-क्षेत्र दोनों से अलग पड़ गया था। प्रायः सभी सभ्य जातियों का साहित्य उनके विचारों और व्यापारों से लगा हुआ चलता है। यह नहीं कि उनकी चिन्ताओं और कार्यों का प्रवाह एक ओर जा रहा हो और उनके साहित्य का प्रवाह दूसरी ओर।

फिर यह विचित्र घटना यहाँ कैसे हुई? बात यह थी कि जिन लोगों के मन में नई शिक्षा के प्रभाव से नए विचार उत्पन्न हो रहे थे, जो अपनी आँखों के काल की गति देख रहे थे और देश की आवश्यकताओं को समझ रहे थे, उनमें अधिकांश तो ऐसे थे जिनका कई कारणों से—विशेषत: उर्दू के बीच में पड़ जाने से हिन्दी-साहित्य से लगाव छूट-सा गया था और शेष—जिनमें नवीन भावों की कुछ प्रेरणा और विचारों की कुछ स्फूर्ति थी—ऐसे थे जिन्हें हिन्दी-साहित्य का क्षेत्र इतना परिमित दिखाई देता था कि नए-नए विचारों को सन्निविष्ट करने के लिए स्थान ही नहीं सूझता था। उस समय एक ऐसे सामंजस्य पटु, साहसी और प्रतिभा-सम्पन्न पुरुष की आवश्यकता थी जो कौशल से इन बढ़ते हुए विचारों का मेल देश के परम्परागत साहित्य से करा देता। ऐसे ही पुरुष के रूप में बाबू हरिश्चन्द्र साहित्य-क्षेत्र में उतरे। उन्होंने हमारे जीवन के साथ हमारे साहित्य को फिर से लगा दिया। बड़े भारी विच्छेद से उन्होंने बचाया।

वे सिद्ध-वाणी के अत्यन्त सरस हृदय कवि थे। इससे एक ओर तो उनकी लेखनी से श्रृंगार रस के ऐसे रसपूर्ण और मर्मस्पर्शी कवित्त-सवैये निकलते थे, जो उनके जीवन-काल में ही इधर-उधर लोगों के मुँह से सुनाई पड़ने लगे थे और दूसरी ओर स्वदेश प्रेम से भरे हुए उनके लेख और कविताएँ चारों ओर देश के मंगल का मंत्र-सा फूँकती थीं। अपनी सर्वतोन्मुखी प्रतिभा के बल से एक ओर तो वे पद्माकर और द्विजदेव की परम्परा में दिखाई पड़ते थे, दूसरी ओर बंगदेश के मधुसूदनदत्त और हेमचन्द की श्रेणी में, एक ओर तो राधा-कृष्ण की भक्ति में झूमते हुए 'नई भक्तमाल' गूँथते दिखाई देते थे, दूसरी ओर टीकाधारी बगुला भगतों की हँसी उड़ाते तथा स्त्री-शिक्षा, समाज-सुधार आदि पर व्याख्यान देते पाए जाते थे। प्राचीन और नवीन का यही सुन्दर सामंजस्य भारतेन्दु की कला का विशेष माधुर्य है। साहित्य के एक नवीन युग के आदि में प्रवर्तक के रूप में खड़े होकर उन्होंने यह भी प्रदर्शित किया कि नए-नए या बाहरी भावों को पचाकर इस ढंग से मिलाना चाहिए कि वे अपने ही साहित्य के विकसित अंग से लगें। प्राचीन और नवीन के उस सन्धिकाल में जैसी शीतल और मृदुल कला का संचार अपेक्षित था, वैसी ही शीतल और मृदुल कला के साथ भारतेन्दु का उदय हुआ; इसमें सन्देह नहीं।

कविता की नवीन धारा के बीच भारतेन्दु की वाणी का सबसे ऊँचा स्वर देश-भक्ति का था। नीलदेवी, भारत-दुर्दशा आदि नाटकों के भीतर आई हुई कविताओं में देश-दशा की जो मार्मिक व्यंजना है, वह तो है ही; बहुत-सी स्वतंत्र कविताएँ भी

उन्होंने लिखीं जिनमें कहीं देश के अतीत गौरव गाथा का गर्व, कहीं वर्तमान अधोगति की क्षोभभरी वेदना, कहीं भविष्य की भावना से जगी हुई चिन्ता इत्यादि अनेक पुनीत भावों का संचार पाया जाता है। 'विजयिनी विजय वैजयन्ती' में जो मिस्र में, भारतीय सेना की विजय-प्राप्ति पर लिखी गई थी, देश-प्रेम-व्यंजक कैसे भिन्न-भिन्न संचारी भावों के उद्गार हैं! कहीं गर्व, कहीं क्षोभ, कहीं विषाद। "सहसन-बरसन सों सुन्यो जो सपने नहिं कान, सो जय-आरज-शब्द" को सुन और "फरकि उठी सबकी भुजा, खरकि उठी तलवार। क्यों आपुहि ऊँचे भये आर्य मोंछ के बार" का कारण जान प्राचीन आर्य गौरव का गर्व कुछ आ ही रहा था कि वर्तमान अधोगति का दृश्य ध्यान में आया और फिर वही 'हाय भारत!' की धुन—

हाय वहै भारत भुव भारी। सबही विधि सों भई दुखारी॥
हाय पंचनद! हा पानीपत! अजहुँ रहे तुम धरनि विराजत॥
हाय चित्तोर! निलज तू भारी। अजहुँ खरो भारतहिं मँझारी॥
तुममें जल नहिं जमुना गंगा। बढ़हु बेगि किन प्रबल तरंगा॥
बोरहु किन झट मथुरा कासी। धोवहु वह कलंक की रासी॥

'चित्तौर', 'पानीपत', इन नामों में ही इतिहासविज्ञ हिन्दू-हृदय के लिए कितने भावों की व्यंजना भरी है। उनके लिए ये नाम ही काव्य हैं। यदि कोई कवि केवल इन दो-चार नामों को एक साथ ले ले तो वह अपना बहुत कुछ काम कर चुका। ये आप ही कल्पना के कपाट खोल ऐसे-ऐसे दृश्य सामने ला देंगे जिनसे क्षुब्ध होकर हृदय अनेक गम्भीर भावनाओं में मग्न हो जाएगा।

'भारत-दुर्दशा' में आलस्य आदि को लाकर इस कवि ने देशदशा को इस ढंग से झलकाया है कि नए और पुराने दोनों ढाँचों के लोगों का मन लगे। इस कलाकार में बड़ा भारी गुण यह था कि इसने नए और पुराने विचारों को अपनी रचनाओं में इस सफाई से मिलाया कि कहीं से जोड़ मालूम न हुआ। पुराने भावों और आदर्शों को लेकर इन्होंने नए आदर्श खड़े किए। देखिए, 'नीलदेवी' ने एक देवता के मुँह से भारतवर्ष का कैसा मर्मभेदी भविष्य कहलाया—

सब भाँति दैव प्रतिकूल होय एहि नासा।
अब तजहु वीर वर भारत की सब आसा॥
अब सुख-सूरज को उदय नहीं इत ह्वै है।
मंगलमय भारत-भुव मसान ह्वै जैहै॥

राजा सूरजदेव के मारे जाने पर रानी नीलदेवी ने जिस रीति से भगवान को पुकारा है वह कोई नई बात नहीं। वह वही रीति है जिससे द्रौपदी ने भगवान को पुकारा था। भेद इतना ही है कि द्रौपदी ने अपनी लज्जा रखने के लिए, अपना संकट हटाने के

लिए, पुकार मचाई थी; नीलदेवी ने देश की लज्जा रखने के लिए, देश का संकट दूर करने के लिए पुकारा है—

कहाँ करुनानिधि केशव सोए?
जागत नाहिं, अनेक जतन करि भारतवासी रोए॥

बड़ा भारी काम भारतेन्दु ने यह किया कि स्वदेशाभिमान, स्वजाति-प्रेम, समाज-सुधार आदि की आधुनिक भावनाओं के प्रवाह के लिए हिन्दी को चुना तथा इतिहास, विज्ञान, नाटक, उपन्यास, पुरावृत्त इत्यादि अनेक समयानुकूल विषयों की ओर हिन्दी को दौड़ा दिया। अब यह देखना है कि यदि वे कवि थे तो किस ढंग के थे? विषय-क्षेत्र के विचार से देखते हैं तो प्राय: तीन ढंग के कवि पाए जाते हैं, कुछ तो नर-प्रकृति के वर्णन में ही अधिकतर लीन रहते हैं, कुछ बाह्य प्रकृति के वर्णन में और कुछ दोनों में समान रुचि रखते हैं। पिछले वर्ग में वाल्मीकि, कालिदास, भवभूति इत्यादि संस्कृत के प्राचीन कवि ही आते हैं।

बाबू हरिश्चन्द्र अधिकांश भाषा-कवियों के समान प्रथम प्रकार के कवियों में से थे। यद्यपि इन्होंने अपनी कविता द्वारा नए-नए संस्कार उत्पन्न किए; पर उसके स्वरूप को परम्परानुसार ही रखा। मानवी वृत्तियों ही के मर्मस्पर्शी अंशों को छाँटकर उन्होंने मनोविकारों को तीव्र और परिष्कृत करने का प्रयत्न किया, दूसरी प्राकृतिक वस्तुओं और व्यापारों की मर्मस्पर्शिनी शक्ति पर बहुत कम ध्यान दिया। इन्होंने मनुष्य को सारी सृष्टि के बीच रखकर नहीं देखा, उसे उसी के उठाए हुए घेरे में रखकर देखा। मनुष्य की दृष्टि को उसके फैलाए हुए प्रपंचावरण से बाहर, प्रकृति के विस्तृत क्षेत्र की ओर, ले जाने का प्रयास इन्होंने नहीं किया। बात यह थी कि हिन्दी-साहित्य का उत्थान ही ऐसे समय में हुआ जब लोगों की दृष्टि बहुत कुछ संकुचित हो चुकी थी। वाल्मीकि, कालिदास और भवभूति के आदर्श लोगों के सामने से हट चुके थे।

हमारे आदिकवि वाल्मीकि के हृदय में जो भावुकता थी, वह कुछ काल पीछे मन्द पड़ने लगी। जिस तन्मयता के साथ उन्होंने प्रकृति का निरीक्षण किया है, उसकी परम्परा कालिदास, भवभूति तक पाई जाती है। वाल्मीकि के हेमन्त-वर्णन में कैसा सूक्ष्म प्रकृति निरीक्षण है। उनके वर्षा-वर्णन में भी यही बात है—

क्वचित्प्रकाशं क्वचिदप्रकाशं,
नभ: प्रकीर्णाम्बुघनं विभाति।
स्वचित क्वचित्पर्वत-संनिरुद्धं,
रूपं यथा शान्तमहार्णवस्य॥
व्यामिश्रितं सर्जकदम्ब-पुष्पै-

नवं जलं पर्वत-धातु-ताम्रम्।
मयूरकेकाभिरनुप्रयातं
शैवापगाः शीघ्रतरं वहन्ति॥

उपर्युक्त वर्णन में किस सूक्ष्मता के साथ कविकुलगुरु ने ऐसे प्राकृतिक व्यापारों का निरीक्षण किया है जिसको बिना किसी अनूठी उक्ति के गिना देना ही कल्पना को परिष्कार और भाव का संचार करने के लिए बहुत है। कालिदास के कुमारसम्भव का हिमालय-वर्णन, रघुवंश में उस वन का वर्णन जहाँ नन्दिनी को लेकर दिलीप गए हैं, तथा मेघदूत में यक्ष के बताए हुए मार्ग का वर्णन बार-बार पढ़ने योग्य है। भवभूति का तो कहना ही क्या है। देखिए—

छूते त एवं गिरयो बिरुबन्मयूरा-
स्तान्येव मत्तहरिणानि बनस्थलानि।
आमञ्चु-वञ्जुल-लतानि च तान्यमूनि,
नीरन्ध्र-नील-निचुलानि सरित्तटानि॥

इन महाकवियों ने कथा-प्रसंग के अतिरिक्त जहाँ वर्णन की रोचकता के लिए मनुष्य-व्यापार दिखाए हैं, वहाँ इन्होंने ऐसे ही स्थलों के व्यापारों को दिखलाया है जहाँ मनुष्य से प्रकृति की सन्निकटता है—जैसे ग्रामों के आस-पास किसानों का खेत जोतना या काटना, ग्वालों का गाय चराना इत्यादि-इत्यादि। जैसे मेघदूत में यक्ष मेघ से कहता है—

(क) त्वय्यायत्तं कृषिफलमिति भ्रूविकारानभिज्ञैः
प्रीतिस्निग्धैर्जनपदवधूलोचनैः पीयमानः।
सद्यस्सीरोत्कर्षण-सुरभि क्षेत्रमारुह्य मालं
किञ्चित्पश्चाद ब्रज लघुगतिः किंचिदेवोत्तरेण।

(ख) कृषी निरावहिं चतुर किसाना।
जिमि बुध तजहिं मोह मद माना॥

सच्चे कवि ऋतु आदि के वर्णन में ऐसे ही व्यापारों को सामने लाए हैं। ऐसे कवि ग्रीष्म में छाया के नीचे बैठकर हाँफते हुए कुत्तों और पानी में बैठी हुई भैंसों का उल्लेख चाहे भले ही कर जाएँ, पर पसीने से तर रोकड़ मिलाते हुए मुनीम जी की ओर ध्यान न देंगे।

मनुष्य के व्यापार परिमित और संकुचित हैं। अतः बाह्य प्रकृति के अनन्त और असीम व्यापारों के सूक्ष्म-से-सूक्ष्म अंशों को सामने करके भावना या कल्पना को शुद्ध और विस्तृत करना भी कवि का धर्म है, धीरे-धीरे लोग इस बात को भूल चले। इधर उच्च श्रेणी के भी जो कवि हुए, उन्होंने अधिकतर मनुष्य की चित्त-वृत्तियों के

विविध रूपों को कौशल और मार्मिकता के साथ दिखाया, पर बाह्य प्रकृति की स्वच्छन्द क्रीड़ा की ओर कम ध्यान दिया। पीछे से तो राजाश्रयलोलुप मँगते कवियों के कारण कविता केवल वाक्पटुता या शब्दों का शतरंज बन गई; विषयी लोगों के काम की चीज हो गई। भर्तृहरि के समय ही से यह दुरवस्था आरम्भ हो गई थी जिस पर उन्होंने दु:ख के साथ कहा था—

पुरा विद्वत्तासीदुपशमवतां क्लेशहतये
गता कालेनासौ विषयसुख-सिद्धयै विषयिणाम्।

वन, नदी, पर्वत, आदि इन याचक कवियों को क्या दे देते जो वे उनका वर्णन करने जाते। सूर और तुलसी आदि स्वच्छन्द कवियों ने हिन्दी कविता को उठाकर खड़ा ही किया था कि रीतिकाल के शृंगारी कवियों ने उसके पैर छानकर उसे गन्दी गलियों में भटकने के लिए छोड़ दिया। फिर क्या था, नायिकाओं के पैरों में मखमल से सुर्ख बिछौने गड़ने लगे। यदि कोई षड्ऋतु की लीक पीटने खड़े हुए तो कहीं शरद की चाँदनी से किसी विरहिणी का शरीर जलाया, कहीं कोयल की कूक से कलेजों के टूक किए, कहीं किसी को प्रमोद से प्रमत्त किया। उन्हें तो इन ऋतुओं को उद्दीपन मात्र मान संयोग या वियोग की दशा का वर्णन करता रहता था। उनकी दृष्टि प्रकृति के इन व्यापारों पर तो जमती नहीं थी, नायक या नायिका ही दौड़-दौड़कर जाती थी अत: उनके नायक या नायिका की अवस्था-विशेष कर प्रकृति की दो-चार इनी-गिनी वस्तुओं से जो सम्बन्ध होता था, उसी को दिखाकर वे किनारे हो जाते थे।

बाबू हरिश्चन्द्र ने यद्यपि समयानुकूल प्रसंग छेड़ नए-नए संस्कार उत्पन्न किए पर उन्होंने भी प्रकृति पर प्रेम न दिखाया। उनका जीवन-वृत्तान्त पढ़ने से भी पता लगता है कि वे प्रकृति के उपासक थे। उन्हें जंगल, पहाड़, नदी आदि को देखने का उतना शौक न था। वे अपने भाव "दस तरह के आदमियों के साथ उठ-बैठकर" प्राप्त करते थे। इसी से मनुष्यों की भीतरी-बाहरी वृत्तियाँ अंकित करने में ही वे तत्पर रहे हैं और नाटकों की ओर उन्होंने विशेष रुचि दिखाई है। भारत-दुर्दशा, नीलदेवी, वैदिकी हिंसा हिंसा न भवति, विषमौषधम् आदि देखने से यह बात अच्छी तरह मन में बैठ जाएगी।

ऐसा भी कहा जाता है कि एक दिन उनके यहाँ बैठकर एक वेश्या गा रही थी। उसे देखकर उन्होंने कविता बनाई और पास के लोगों से कहा—"देखो, यदि हम इनका सत्संग न रखें तो ये भाव कहाँ से सूझे?" वे उर्दू कविता के भी प्रेमी थे जिसमें बाह्य प्रकृति के सूक्ष्म निरीक्षण की चाल ही नहीं और जिसमें कल्पना के सामने आनेवाले चित्रों (Imagery) के बीभत्स और घिनौने होने की कुछ परवा न कर भावों के उत्कर्ष की ही ओर ध्यान रखा जाता है। यदि ऐसा न हो जो "मरे हूँ पै आँखें ये खुली ही रहि जाएँगी" ऐसे पद्य वे न लिखते। भावों का उत्कर्ष उन्होंने

अच्छा दिखलाया है। वन, नदी, पर्वत आदि के चित्रों द्वारा मनुष्य की कल्पना को स्वच्छ और स्वस्थ करने का भार उन्होंने अपने ऊपर नहीं लिया था।

उनकी रचनाओं में विशुद्ध प्राकृतिक वर्णनों का अभाव बराबर पाया जाता है। वस्तु-वर्णन में उन्होंने मनुष्यों की कृति ही की ओर अधिक रुचि दिखाई। जैसे 'सत्य-हरिश्चन्द्र' के गंगा के इस वर्णन में—

नव उज्जल जलधार हार हीरक सी सोहति।
बिच-बिच छहरत बूँद मध्य मुक्ता मनु पोहति॥
लोल लहर लँहि पवन एक पै इक इमि आवत।
जिमि नरगन मन विविध मनोरथ करत मिटावत॥
कासी कहँ प्रिय जानि ललकि भेंट्यो उठि धाई।
सपनेहू नहिं तजी रही अंकम लपटाई॥
कहूँ बँधे नवघाट उच्च गिरिवर सम सोहत।
कहुँ छतरी, कहुँ मढ़ी बढ़ी मन मोहत जोहत॥
धवल धाम चहुँ ओर फरहरत धुजा पताका।
घहरति घंटाधुनि, धमकत धौंसा करि साका॥
मधुरी नौबत बजति, कहूँ नारी नर गावत।
वेद पढ़त कहुँ द्विज, कहुँ जोगी ध्यान लगावत॥

काशी के लोगों के विलक्षण स्वभाव तथा ऊँची-ऊँची हवेलियों और तंग गलियों का वर्णन करने ही के लिए 'काशी छायाचित्र' लिखा गया।

'चन्द्रावली' नाटिका में एक जगह यमुना के तट का वर्णन आया है। पर वह भी परम्परायुक्त (Conventional) ही है। उसमें उपमानों और उत्प्रेक्षाओं आदि की भरमार इस बात को सूचित करती है कि कवि का मन प्रस्तुत प्राकृतिक वस्तुओं पर रमता नहीं था, हट-हट जाता था। कुछ अंश देखिए—

(क) तरनि-तनूजा-तट तमाल तरुवर बहु छाए।
झुके कूल सों जल परसन हित मनहुँ सुहाए॥
किधौं मुकुर मैं लखत उझकि सब निज-निज सोभा।
कै प्रनवत जल जानि परम पावन फल लोभा॥
मनु आतप-वारन तीर को सिमिटि सबै छाए रहत।
कैं हरि-सेवा हित नै रहे, निरखि नैन मन सुख लहत॥
(ख) कहूँ तीर पर कमल अमल सोभित बहु भाँतिन।
कहुँ सैबालन मध्य कुमुदिनी लगि रहि पाँतिन॥
मनु दृग धारि अनेक जमुन निरखति व्रज सोभा।
कै उमगे पिय-प्रिया-प्रेम के अगनित गोभा॥

कै करिकै कर बहु, पीय को टेरत निज ढिग सोहई।
कै पूजन को उपचार लै चलति मिलन मन मोहई॥
(ग) कै पिय-पद उपमान जानि यहि निज उर धारत।
कै मुखि करि बहु भृंगन मिस अस्तुति उच्चारत॥
कै ब्रज तियगन-बदन कमल की झलकति झाँई।
कै ब्रज हरिपद-परस हेतु कमला बहु आई॥
कै सात्त्विक अरु अनुराग दोउ ब्रजमंडल बगरे फिरत।
कै जानि लच्छमी-भौन यहि करि सतधा निज बल धरत॥

भाव या मनोविकार

अनुभूति के द्वंद्व ही से प्राणी के जीवन का आरम्भ होता है। उच्च प्राणी मनुष्य भी केवल एक जोड़ी अनुभूति लेकर इस संसार में आता है। बच्चे के छोटे-से हृदय में पहले सुख और दु:ख की सामान्य अनुभूति भरने के लिए जगह होती है। पेट का भरा या खाली रहना ही ऐसी अनुभूति के लिए पर्याप्त होता है। जीवन के आरम्भ में इन्हीं दोनों के चिद्द हँसना और रोना देखे जाते हैं पर ये अनुभूतियाँ बिलकुल सामान्य रूप में रहती हैं, विशेष-विशेष विषयों की ओर विशेष-विशेष रूपों में ज्ञानपूर्वक उन्मुख नहीं होतीं।

नाना विषयों के बोध का विधान होने पर ही उनसे सम्बन्ध रखनेवाली इच्छा की अनेकरूपता के अनुसार अनुभूति के भिन्न-भिन्न योग संघटित होते हैं जो भाव या मनोविकार कहलाते हैं। अत: हम कह सकते हैं कि सुख और दु:ख की मूल अनुभूति ही विषय-भेद के अनुसार प्रेम, हास, उत्साह, आश्चर्य, क्रोध, भय, करुणा, घृणा इत्यादि मनोविकारों का जटिल रूप धारण करती है। जैसे यदि शरीर में कहीं सुई चुभने की पीड़ा हो तो केवल सामान्य दु:ख होगा; पर यदि साथ ही यह ज्ञात हो जाए कि सुई चुभानेवाला कोई व्यक्ति है तो उस दु:ख की भावना कई मानसिक और शारीरिक वृत्तियों के साथ संश्लिष्ट होकर उस मनोविकार की योजना करेगी जिसे क्रोध कहते हैं। जिस बच्चे को पहले अपने ही दु:ख का ज्ञान होता था, बढ़ने पर असंलक्ष्यक्रम अनुमान द्वारा उसे और बालकों का कष्ट या रोना देखकर भी एक विशेष प्रकार का दु:ख होने लगता है जिसे दया या करुणा कहते हैं। इसी प्रकार जिस पर अपना वश न हो ऐसे कारण से पहुँचानेवाले भावी अनिष्ट के निश्चय से जो दु:ख होता है वह भय कहलाता है। बहुत छोटे बच्चे को, जिसे यह निश्चयात्मिक बुद्धि नहीं होती, भय कुछ भी नहीं होता। यहाँ तक कि उसे मारने के लिए हाथ उठाएँ तो भी वह विचलित न होगा; क्योंकि वह निश्चय नहीं कर सकता कि इस हाथ उठाने का परिणाम दु:ख होगा।

मनोविकारों या भावों की अनुभूतियाँ परस्पर तथा सुख या दु:ख की मूल अनुभूति से ऐसी ही भिन्न होती हैं जैसे रासायनिक मिश्रण परस्पर तथा अपने संयोजक द्रव्यों से भिन्न होते हैं। विषय-बोध की विभिन्नता तथा उससे सम्बन्ध रखनेवाली इच्छाओं

की विभिन्नता के अनुसार मनोविकारों की अनेकरूपता का विकास होता है। हानि या दु:ख के कारण में हानि या दु:ख पहुँचाने की चेतन वृत्ति का पता पाने पर हमारा काम उस मूल अनुभूति से नहीं चल सकता जिसे दु:ख कहते हैं, बल्कि उसके योग से संघठित क्रोध नामक जटिल भाव की आवश्यकता होती है। जब हमारी इन्द्रियाँ दूर से आती हुई क्लेशकारिणी बातों का पता देने लगती हैं, जब हमारा अन्त:करण हमें भावी आपदा का निश्चय कराने लगता है; तब हमारा काम दु:ख मात्र से नहीं चल सकता, बल्कि भागने या बचने की प्रेरणा करनेवाले भय से चल सकता है। इसी प्रकार अच्छी लगनेवाली वस्तु या व्यक्ति के प्रति जो सुखानुभूति होती है उसी तक प्रयत्नवान प्राणी नहीं रह सकता, बल्कि उसकी प्राप्ति, रक्षा या संयोग की प्रेरणा करनेवाले लोभ या प्रेम के वशीभूत होता है।

अपने मूल रूपों में सुख और दु:ख दोनों की अनुभूतियाँ कुछ बँधी हुई शारीरिक क्रियाओं की ही प्रेरणा प्रवृत्ति के रूप में करती हैं। उनकी भावना, इच्छा और प्रयत्न की अनेकरूपता का स्फुरण नहीं होता। विशुद्ध सुख की अनुभूति होने पर हम बहुत करेंगे—दाँत निकालकर हँसेंगे, कूदेंगे या सुख पहुँचानेवाली वस्तु से लगे रहेंगे, इसी प्रकार शुद्ध दु:ख में हम बहुत करेंगे—हाथ-पैर पटकेंगे, रोएँगे या दु:ख पहुँचानेवाली वस्तु से हटेंगे—पर हम चाहे कितना ही उछल-कूदकर हँसें, कितना ही हाथ-पैर पटककर रोएँ, इस हँसने या रोने को प्रयत्न नहीं कह सकते। ये सुख और दु:ख के अनिवार्य लक्षण मात्र हैं जो किसी प्रकार की इच्छा का पता नहीं देते। इच्छा के बिना कोई शारीरिक क्रिया प्रयत्न नहीं कहला सकती।

शरीर-मात्र धर्म के प्रकाश से बहुत थोड़े भावों की निर्दिष्ट और पूर्ण व्यंजना हो सकती है। उदाहरण के लिए, कम्प को लीजिए, कम्प शीत की संवेदना से भी हो सकता है, भय से भी, क्रोध से भी और प्रेम के वेग से भी। अत: जब तक भागना, छिपना या मारना, झपटना इत्यादि प्रयत्नों के द्वारा इच्छा के स्वरूप का पता न लगेगा तब तक भय या क्रोध की सत्ता पूर्णतया व्यक्त न होगी। सभ्य जातियों के बीच इन प्रयत्नों का स्थान बहुत कुछ शब्दों ने लिया है। मुँह से निकले हुए वचन ही अधिकतर भिन्न-भिन्न प्रकार की इच्छाओं का पता देकर भावों की व्यंजना किया करते हैं। इसी से साहित्य-मीमांसकों ने अनुभव के अन्तर्गत आश्रय की उक्तियों को विशेष स्थान दिया है।

क्रोधी चाहे किसी ओर झपटे या न झपटे, उसका यह कहना ही कि 'मैं उसे पीस डालूँगा' क्रोध की व्यंजना के लिए काफी होता है। इसी प्रकार लोभी चाहे लपके या न लपके, उसका कहना ही कि 'कहीं वह वस्तु हमें मिल जाती' उसके लोभ का पता देने के लिए बहुत है। वीर रस की जैसी अच्छी और परिष्कृत अनुभूति उत्साहपूर्ण उक्तियों द्वारा होती है वैसी तत्परता के साथ हथियार चलाने और रणक्षेत्र में उछलने-कूदने के वर्णन में नहीं। बात यह है कि भावों द्वारा प्रेरित प्रयत्न या

व्यापार परिमित होते हैं। पर वाणी के प्रसार की कोई सीमा नहीं। उक्तियों में जितनी नवीनता और अनेकरूपता आ सकती है या भावों का जितना अधिक वेग व्यंजित हो सकता है उतना अनुभाव कहलानेवाले व्यापारों द्वारा नहीं। क्रोध के वास्तविक व्यापार तोड़ना-फोड़ना, मारना-पीटना इत्यादि ही हुआ करते हैं, पर क्रोध की उक्ति चाहे जहाँ तक बढ़ सकती है। 'किसी को धूल में मिला देना, चटनी कर डालना, किसी का घर खोदकर तालाब बना डालना' तो मामूली बात है। यही बात सब भावों के सम्बन्ध में समझिए।

समस्त मानव-जीवन के प्रवर्तक भाव या मनोविकार ही होते हैं। मनुष्य की प्रवृत्तियों की तह में अनेक प्रकार के भाव ही प्रेरक के रूप में पाए जाते हैं। शील या चरित्र का मूल भी भावों के विशेष प्रकार के संगठन में ही समझना चाहिए। लोक-रक्षा और लोक-रंजन की सारी व्यवस्था का ढाँचा इन्हीं पर ठहराया गया है। धर्म-शासन, राज-शासन, मत-शासन—सबमें इनसे पूरा काम लिया गया है। इनका सदुपयोग भी हुआ है और दुरुपयोग भी। जिस प्रकार लोक-कल्याण के व्यापक उद्देश्य की सिद्धि के लिए मनुष्य के मनोविकार काम में लाए गए हैं उसी प्रकार किसी सम्प्रदाय या संस्था के संकुचित और परिमित विधान की सफलता के लिए भी।

सब प्रकार के शासन में—चाहे धर्म-शासन हो, चाहे राज-शासन, या सम्प्रदाय-शासन—मनुष्य-जाति के भय और लोभ से पूरा काम लिया गया है। दंड का भय और अनुग्रह का लोभ दिखाते हुए राज-शासन तथा नरक का भय और स्वर्ग का लोभ दिखाते हुए धर्म-शासन और मत-शासन चलते आ रहे हैं। इनके द्वारा भय और लोभ का प्रवर्तन उचित सीमा के बाहर भी प्रायः हुआ है और होता रहता है। जिस प्रकार शासकवर्ग अपनी रक्षा और स्वार्थ-सिद्धि के लिए भी इनसे काम लेते आए हैं उसी प्रकार धर्म-प्रवर्तक और आचार्य आपके स्वरूप वैचित्र्य की रक्षा और अपने प्रभाव की प्रतिष्ठा के लिए भी। शासकवर्ग अपने अन्याय और अत्याचार के विरोध को शान्ति के लिए भी डराते और ललचाते आए हैं। मत-प्रवर्तक अपने द्वेष और संकुचित विचारों के प्रचार के लिए भी जनता को कँपाते और लपकाते आए हैं। एक जाति की मूर्ति-पूजा करते देख दूसरी जाति के मत-प्रवर्तक ने उसे गुनाहों में दाखिल किया है। एक सम्प्रदाय को भस्म और रुद्राक्ष धारण करते देख दूसरे सम्प्रदाय के प्रचारक ने उसके दर्शन तक में पाप लगाया है। भावक्षेत्र अत्यन्त पवित्र क्षेत्र है। उसे इस प्रकार गन्दा करना लोक के प्रति भारी अपराध समझना चाहिए।

शासन की पहुँच प्रवृत्ति और निवृत्ति की बाहरी व्यवस्था तक ही होती है। उनके मूल या मर्म तक उनकी गति नहीं होती। भीतरी या सच्ची प्रवृत्ति-निवृत्ति को जागृत रखनेवाली शक्ति कविता है जो धर्म-क्षेत्र में शक्ति-भावना को जगाती रहती है। भक्ति धर्म की रसात्मक अनुभूति है। अपने मंगल और लोक के मंगल का संगम उसी के भीतर दिखाई पड़ता है। इस संगम के लिए प्रकृति के क्षेत्र के बीच मनुष्य को अपने

हृदय के प्रसार का अभ्यास करना चाहिए। जिस प्रकार ज्ञान नरसत्ता के प्रसार के लिए है उसी प्रकार हृदय भी। रागात्मिका वृत्ति के प्रसार के बिना विश्व के साथ जीवन का प्रकृत सामंजस्य घटित नहीं हो सकता। जब मनुष्य के सुख और आनन्द का मेल शेष प्रकृति के सुख-सौन्दर्य के साथ हो जाएगा, जब उसकी रक्षा का भाव तृणगुल्म, वृक्ष-लता, पशु-पक्षी, कीट-पतंग, सब की रक्षा के भाव के साथ समन्वित हो जाएगा, तब उसके अवतार का उद्देश्य पूर्ण हो जाएगा और वह जगत का सच्चा प्रतिनिधि हो जाएगा। काव्य योग की साधना इसी भूमि पर पहुँचाने के लिए है। सच्चे कवियों की वाणी बराबर पुकारती आ रही है—

विधि के बनाए जीव जेते हैं जहाँ के तहाँ,
खेलत फिरत तिन्हें खेलन फिरन देव।

[ठाकुर]

संस्कृति

प्राचीन भारतवासियों का पहिरावा

पाठक! आपने किसी कोट-पतलूनधारी बाबू को यह कहते सुना होगा, "हमारे बाप-दादे तो असभ्य थे, एक धोती लपेटे नंगे फिरा करते थे, तो क्या हम भी उनकी चाल चलें," अर्थात उनके मत में कोई पहिरावा इस देश का नहीं है, सब विदेशी हैं।

सबसे प्रथम बकनन हैमिल्टन (Buchnan Hamilton) ने अपनी 'ईस्टर्न इंडिया' नामक पुस्तक में यह सम्मति प्रकट की कि प्राचीन हिन्दू जाति सिले हुए वस्त्र के व्यवहार से पूर्णतया अनभिज्ञ थी, उनका प्रचार मुसलमानों के आक्रमण के पश्चात् हुआ। तब से म्योर (Miur) और वाट्सन (Watson) प्रभृति योरपीय विद्वानों द्वारा इसका पोषण होता आया; किन्तु जिस आधार पर यह सम्मति स्थिर की गई वह दृढ़ नहीं प्रतीत होती। इसकी सम्यक् विवेचना के लिए दो द्वार उपलब्ध हैं—(1) प्राचीन ग्रन्थ और (2) प्राचीन मूर्तियाँ।

वेदों से वस्त्रों के उस समय किसी रूपविशेष में व्यवहृत होने का पता नहीं चलता। कदाचित् सर्वसाधारण में धोती इत्यादि के धारण करने का ही अधिक प्रचार था। कर्नल टेलर मुक्तकंठ से कहते हैं, 'चलने, बैठने और लेटने में इससे बढ़कर सुगमताप्रद पहिरावे का आविष्कार करना असम्भव है।' सिकन्दर के साथियों को 2200 वर्ष पूर्व, उसी पहिरावे का सर्वसाधारण में प्रचार देख पड़ा था जो आज दिन प्रचलित है। किन्तु अब यह प्रश्न उपस्थित होता है कि सर्वसाधारण की भाँति क्या राजा और उनके मंत्रिवर्ग तथा दूसरे उच्चश्रेणी के मनुष्य भी धोती और चादर ही पर सन्तोष करते थे? ऐसी एकरूपता तो कदाचित् असभ्य-से-असभ्य जातियों में भी होनी असम्भव है, तो फिर 'हिन्दू' ऐसे उन्नतिशील लोगों के विषय में, जिन्होंने 'जाति-भेद' की प्रथा स्थापित की, यह अनुमान कहाँ तक यथार्थ होगा? इस विषय में प्रमाणों का सर्वथा अभाव भी, जैसाकि कुछ लोगों को भ्रम है, नहीं है।

ऋग्वेद में, जिसका समय साधारण अटकल से ईसा से 2000 वर्ष पूर्व निर्धारित किया गया है, सूई और सीने का उल्लेख है (सिव्यतु अपह शूच्य छेद्यमानय॥ 2 / 288॥)। मूल शब्द 'शूची' है जिसके लिए यह अनुमान बाँधना कि उससे काँटे या और किसी नुकीली वस्तु से अभिप्राय है, उपहासजनक होगा। यह भी विचार करने का स्थल है कि प्राचीन आर्य लोहे के शस्त्र इत्यादि बनाने में कुशल होकर भी सूई से पूरे

अनभिज्ञ बने रहते। कर्नल टेलर के इस कथन के प्रत्युत्तर में कि प्राचीन 'हिन्दू जाति में दर्जी का होना प्रमाणित नहीं है और न उनकी भाषा में इसके लिए कोई शब्द है', यह वक्तव्य है कि अमरसिंह के कोश में, जो ईसा से पूर्व का माना जाता है, दो शब्द दर्जी के लिए पाए जाते हैं—एक 'तन्तुवाय' और दूसरा 'सौचिक' (तन्तुवायः कुविन्दः स्यात्तुन्नवायस्तु सौचिकः—अमरकोश), इस दूसरे शब्द की व्याख्या पाणिनि के सूत्रों में भी विद्यमान है। उशनस के प्राचीन धर्मशास्त्र में वैश्य और शूद्र के संयोग से उत्पन्न को, एक भिन्न जाति में विभाजित करके 'सीना' और दूसरे हाथ के काम उनके निर्वाह हेतु स्थिर किए गए हैं। वे उस समय 'शौची' कहलाते थे।

रामायण, महाभारत और अन्यान्य प्राचीन संस्कृत ग्रन्थों में ऐसे-ऐसे पहिरावों का वर्णन है जो कदापि बिना सूई की सहायता के नहीं बन सकते। उदाहरणस्वरूप मैं यहाँ पर कुछ संस्कृत शब्दों को उद्धृत करता हूँ, जो भिन्न-भिन्न पहिरावों को सूचित करते हैं—जैसे (1) कंचुक, (2) कंचुलिक, (3) अंगिका, (4) चोलक, (5) चोल, (6) कुर्पासक, (7) अधिकाङ्ग और (8) नीवी, इत्यादि। इनमें से प्रथम के विषय में कुछ कहना आवश्यक है।

इस शब्द (कंचुक) का अर्थ इस प्रकार किया गया है—"सैनिकों का कुर्ते की भाँति एक पहिराव।" 'सन्नाह' को जिसका प्रयोग लोहे के कवच और सूत के बने दोनों प्रकार के पहिराव के लिए किया जाता है, इस शब्द का पर्यायवाची लिखा देख बहुत-से आधुनिक कोशों में इस कंचुक का अर्थ इस प्रकार कर डाला गया है—"बाणों से रक्षा-निमित्त लोहे का एक पहिराव।" किन्तु इससे प्राचीन काल में सूत के बने पहिरावों से भी अभिप्राय था, यह बात इसका व्यवहार सैनिकों के अतिरिक्त अन्य श्रेणी के मनुष्यों में भी दिखा देने से प्रामाणिक हो जाएगी। युधिष्ठिर के राज्याभिषेक के समय ऋषियों का 'कंचुक' और 'पगड़ी' धारण करना महाभारत में वर्णित है (विवशुस्ते सभां दिव्यां सोष्णीषां धृतकंचुकाः)। क्या ऋषिगण गम्भीर गम्भीर कवच धारण करके आए थे? और देखिए, राजाओं के अन्तःपुर-रक्षार्थ जो षंड नियत रहते थे, उन्हें 'कंचुकी' कहते थे, अर्थात 'कंचुक' धारण करनेवाले। तो क्या वे सदैव लोहे के बख्तर पहने फिरा करते थे?

'कंचुक' से तात्पर्य आधुनिक जामे से है; राजाओं के मंत्री और अनुचर-गण प्रायः इसी वेश में रहते थे। अंगिका—इसका प्रचार अद्यापि दो-एक प्रान्तों को छोड़कर इस देश में है। यह एक प्रकार की कुर्ती होती है जिसको हिन्दी में 'अँगिया' कहते हैं। जिन्हें प्राकृत का ज्ञान है उन्हें यह समझते कुछ भी विलम्ब न लगेगा कि यह संस्कृत 'अंगिका' का अपभ्रंश है। क् प्रसिद्ध सूत्र (कादीनां लोपः—वररुचि ॥ 2/2 ॥) के अनुसार अ में परिवर्तित हो गया। आधुनिक शब्द 'अँगरखा' भी, यदि वह अंगरक्षा का अपभ्रंश न हो तो इसी शब्द का एक परिवर्तित रूप है। चोल आधुनिक 'फतुई' के सदृश होता था। नीवी शब्द भी बड़े काम का है। यह इज़ारबन्द का नाम है जो घाघरे

में डाला जाता है। यदि उस समय घाघरे नहीं थे तो इस नीवी की क्या आवश्यकता थी? यहाँ तक तो प्राचीन ग्रन्थों के आधार पर प्रमाणों की स्थिति हुई, अब देखिए प्राचीन प्रतिमाकार इस विषय में क्या कहते हैं।

यद्यपि साँची और अमरावती प्रभृति स्थानों की अधिकांश मूर्तियाँ नग्नावस्था या अर्द्धनग्नावस्था में प्रदर्शित की गई हैं, किन्तु इनमें से कुछ ऐसी भी हैं जो इसके विपरीतता की साक्षी देती हैं। अमरावती के असंख्य नग्न मूर्ति समूह में ऐसी मूर्तियाँ भी पाई जाती हैं जिनका पहिराव दर्जी के अस्तित्व से सम्बन्ध रखता है। साँची के दोनों धनुर्धारियों के चित्र में, जिनमें से एक काशी के बौद्ध राजा पिलियुक का है, चपकन प्रत्यक्ष है।[1] बुद्ध गया के, जिसका समय 'साँची' से प्राचीनतर है, एक शिलाखंड पर दो मूर्तियाँ गले से पैर के अर्द्धभाग पर्यन्त एक प्रकार के पहिरावे से सुसज्जित हैं जो ठीक आधुनिक 'जामे' के सदृश हैं।

'उड़ीसा' के प्राचीन अवशेषों में इससे दृढ़तर प्रमाण पाए जाते हैं। 'उदयगिरि' की गुफाओं में 'रानीनौर' नामक स्थान में 4 फीट 6 इंच ऊँची एक मूर्ति चट्टान में कटी है, जिस पर एक चुस्त चपकन दिखाया गया है, जिसका दामन घुटनों से चार इंच नीचे लटकता है। एक पतला दुपट्टा बाएँ कन्धे से आकर कटि को आवृत्त किए है, जिसका प्रचार आज दिन भी उसी प्रकार चला आता है। कटिप्रदेश में एक कटिबन्ध भी है जिसके बाएँ ओर एक तलवार लटक रही है। इस मूर्ति का सिर खंडित हो गया है; किन्तु जो शेष है उसमें पगड़ी का चिद्द विद्यमान है। पैरों में लम्बे बूट भी दिखाए गए हैं। डॉ. राजेन्द्रलाल मित्र के मतानुसार इस मूर्ति की अवस्था 2200 वर्ष की अनुमान की गई है।[2]

पहिरावे की चाल विशुद्ध 'हिन्दू' है। कोई मनुष्य उसमें चिटन (Chiton), क्लमिस (Chlamys) या सिकन्दर के अन्य किसी सैनिकों द्वारा लाए हुए पहिराव से समानता दिखलाने का साहस नहीं कर सकता, यदि यह किसी प्रकार मान भी लिया जाए कि हिन्दू ऐसे स्वप्रथाभक्त लोग एक ऐसे पहिराव को, कि जिसका आविर्भाव किसी अन्य दूर देश में हुआ हो, देखते ही इस सीमा तक अनुकरण करने लगें कि उसे अपने शिल्पकार्य में स्थान दें। यद्यपि यह चपकन असीरियन (Assyrian) लोगों के पहिराव से किसी-किसी अंश में समानता रखता है, किन्तु मुख्य विभिन्नता बाँह (आस्तीन) देखने से विदित हो जाएगी। असीरियनों की आस्तीन टेहुनी पर्यन्त होती थी, किन्तु इस चपकन की कलाई तक लम्बी है। हाँ, बूट वास्तव में आश्चर्यजनक हैं। कहीं किसी स्थल पर इस प्रकार का अन्य उदाहरण इस देश में प्राप्त नहीं है। 'अमरावती' के तीनों सैनिकों के चित्र भी प्राय: इसी वेश में हैं, किन्तु बूट का अभाव है।

1. Fergusson, plate XIIII.
2. Antiquities of Orissa.

अजन्ता गुफा की चित्रावली में सन्तों के एक साथ दो चित्र हैं, जिनमें से एक दाहिने हाथ से एक हाथी का मस्तक स्पर्श कर रहा है और बाएँ में एक पात्र है। इसके शरीर पर एक पैर तक लम्बा वस्त्र पड़ा है, जिसकी बाँहें पूरी और बहुत ढीली हैं। इन चित्रों के निर्माण का समय ईस्वी 5 शताब्दी के लगभग है।

यह बात तो सत्य है कि ऐसे उदाहरण अधिकता से नहीं पाए जाते, किन्तु जो हैं वे इस विषय पर ध्रुव और संशयशून्य प्रमाण हैं। इस देश की जलवायु इस प्रकार की है कि वर्ष में नौ महीने किसी प्रकार का वस्त्र शरीर पर रखना सुखदायक नहीं है। इस बात का आगन्तुक योरपियन भी अनुभव करते हैं। तो क्या आश्चर्य है कि इस देश के निवासी सामयिक प्रथा के अनुसार जहाँ तक सम्भव होता, कम ही वस्त्रों का व्यवहार करते थे। यहाँ तक तो पुरुषों के पहिरावे का वर्णन हुआ। अब स्त्रियों के विषय में भी कुछ कहना आवश्यक है।

प्राचीन ग्रन्थों में, जैसा्कि ऊपर कहा जा चुका है, स्त्रियों के कई भिन्न-भिन्न पहिरावों का उल्लेख है। किन्तु प्राचीन ग्रन्थों और मूर्तियों में इस विषय में परस्पर विरोध है। मि. फर्गुसन ने इस विषय में कहा है कि स्त्रियों के पहिरावे का वर्णन करना कठिन है। इसका कारण उसका अभाव ही है। साँची और अमरावती की मूर्तियों में स्त्रियाँ टेहुनी और कलाई में आभूषण अधिकता से पहने हैं, गले में माला या हार भी प्राय: है, किन्तु शरीर को आवृत्त करने को केवल एकमात्र गजरा कटिप्रदेश के नीचे लपेटा हुआ पाया जाता है,[1] और कहीं-कहीं वस्त्रनामधारी पुरुषों की धोती के सदृश एक फेंटा भी देखने में आता है—इत्यादि।

अब यहाँ पर यह विचार करना है कि इस वेश का इस देश में स्त्रियों में प्रचार ही था या यह केवल एक साम्प्रदायिक प्रथा उनको इस रूप में प्रदर्शित करने की थी। मि. फर्गुसन का विश्वास प्रथम ही पर है। किन्तु इस पर हम लोगों को विश्वास क्योंकर हो सकता है। ऐसे समय में हिन्दू लोग जब वे सामाजिक उन्नति में किसी से पीछे न थे, तिमहले मकानों में रहते थे जैसाकि साँची के अवशेषों से प्रकट है, गाड़ी और सोने-चाँदी से विभूषित रथों पर निकलते थे, बने हुए वस्त्र अन्यान्य देशों को भेजते थे, जिनकी वहाँ प्रतिष्ठा होती थी—तो कब सम्भव है कि उनकी रानी महाराणी केवल एक गजरा या फेंटा धारण किए उन पर आधिपत्य रखती थीं। 'बौद्ध' और 'हिन्दू' दोनों के धर्मशास्त्र स्त्रियों को पटावृत्त रहने का अनुरोध करते हैं।[2] यदि नग्नता इस देश की प्रचलित प्रथा होती तो वह स्त्री और पुरुष दोनों समभाव से पाई जाती, किन्तु पूर्वोल्लिखित प्रमाणों के अनुसार यह सिद्ध नहीं होता। संसार की

---

1. Tree and serpent worship, 92
2. नानुक्ता गृहान्निर्गच्छेत, नानुत्तरीया न त्वरितं ब्रजेत, न पर पुरुषं भाषेतान्यत्र वृद्धवैद्यैभ्य: न नाभिन्दर्शयेत आगुल्फाद्वास: परिदध्यात न स्तनौ विवृतौ कुर्यात॥ इति शंख:॥ नाग्निं मुखेनोपधमेन्नग्नां नेक्षेत च स्त्रियं ॥ मनु. 4-53॥

असभ्य जातियों में पुरुष और बालक बहुधा नंगे फिरा करते हैं, किन्तु स्त्रियाँ उनकी और कुछ नहीं तो पत्तों ही से अपना शरीर ढाकती हैं, सो यह निष्कर्ष इन मूर्तियों से निकालना कि स्त्रियों में उस समय नग्नता प्रचलित थी, सर्वथा भ्रममूलक है। मेरी जान में तो प्रतिमाकारों ने उनके शरीर की बनावट ही दिखाने के हेतु उन्हें इस अवस्था में निर्माण किया है। इसका एक उदाहरण लीजिए। अमरावती के उस बृहत् शिलाखंड में जो इस समय कलकत्ते के म्यूज़ियम में है, मायादेवी का चित्र है, जो एक गद्दे पर सोई हैं, सिरहाने बड़ा तकिया भी है, सेवा में कई शस्त्रधारी पुरुष, और दासियाँ चँवर लिये खड़ी हैं। किन्तु उनके शरीर पर गजरे के कटिबन्ध के अतिरिक्त और कुछ नहीं है।[1] इस प्रकार के उदाहरण मिस्र और यूनान आदि देशों में भी पाए जाते हैं। अत: यह सिद्ध हुआ कि पुराकाल में उसी प्रकार के पहिरावे प्रचलित थे जो प्राचीन ग्रन्थों में वर्णित हैं।

राजाओं के मंत्री और अनुचरगण प्राय: जामा पहनते थे। राजा और सैनिक लोग, जिस समय उन्हें कवच की कोई आवश्यकता न रहती, एक प्रकार का वस्त्र धारण करते थे जो आधुनिक चपकन के सदृश होता था। साधारण जन धोती और चादर ही पर सन्तोष करते थे। सिर पर एक पगड़ी प्राय: उनके इस वेश को पूर्ण करती थी। स्त्रियों में 'साड़ी' का ही अधिक प्रचार था। प्रतिष्ठित घर की स्त्रियों में 'घाघरा' और कुर्ती और कभी-कभी ऊपर से एक अँगिया भी धारण करने की रीति थी। जब वे कहीं बाहर जातीं तो इन सबके ऊपर एक चादर भी डाल लेती थीं।

यह हम मानते हैं कि बंगाल इत्यादि प्रान्तों में अधिकांश दर्जी समूह मुसलमान हैं (कदाचित् इसी बात ने मिस्टर हैमिल्टन को भ्रान्ति में डाला हो) किन्तु यह सर्वत्र घटित नहीं होता।

मिस्टर शेरिंग (Mr. Sherring)[2] का कथन है कि इस देश में मुसलमान दर्जियों के अतिरिक्त बहुत-से नीच हिन्दू भी इस व्यवसाय के अनुगत हैं, जो कि सात जातियों में विभक्त हैं—(1) स्त्री वास्तक, (2) नामदेव, (3) तांचार, (4) धनेश, (5) पंजाबी, (6) गौड़, (7) कंटक और एक आठवीं जाति ताक्लेरी भी बनारस में पाई जाती है।[3]

['सरस्वती', दिसम्बर 1902]

1. Tree and serpent worship, 92
2. Hindu Castes and Tribes of Benares.
3. डॉक्टर राजेन्द्रलाल मित्र के लेख के आधार से।

सभ्य संसार का भावी धर्म

यह कहना कि दुनिया इस समय एक बड़े व्यापक विप्लव के युग में होकर गुजर रही है केवल एक स्वयंसिद्ध सत्य को दुहराना होगा। संसार के किसी भी हिस्से के एक अखबार को उठाकर पढ़ जाइए, आप यह अनुभव करेंगे कि चारों ओर अशान्ति विराज रही है। लोग एक-दूसरे को दोष देने में तत्वित हैं। गरीब अमीरों की विलासप्रियता को कोसते हैं, अमीर गरीबों के बढ़े दिमाग और बुरे बर्ताव की शिकायत करते हैं; स्वतंत्र विचारवालों की उच्छृंखलता पर बड़े-बूढ़े, प्राचीनताप्रिय लोग कुढ़े बैठे हैं और अतीत के उपासक, पंडे-पुजारियों में श्रद्धा रखनेवाले की धर्मान्धता और लकीर की फकीरी से उदार चित्त और स्वतंत्र विचारवाले युवक हैरान हैं; स्त्रियों की आजादी पुरुषों को अखर रही है और स्त्रियाँ पुरुषों के स्वार्थीपन और चरित्रहीनता से ऊब गई हैं। साम्राज्यवाद का भीषण रूप परतंत्र जातियों के जीवन को नष्ट-भ्रष्ट किए डालता है और साथ ही हिंसात्मक विप्लवकारियों के अदूरदर्शी उद्योग समाज के जीवन में एक-एक रोग का बीज बो रहे हैं। राजनीतिक और सामाजिक सुधार के जो प्रयत्न किए जाते हैं उनकी असफलता का दोष साधारण जनता नेताओं और राजनीति के खिलाड़ियों के मत्थे मढ़ती है और राजनीतिक लोग कहते हैं कि सारा दोष जनसमाज का है जिसमें यथेष्ट मात्र में त्याग नहीं, सहनशीलता नहीं और नेताओं के आदेशों पर चलने का उत्साह नहीं है।

कुछ लोग जो स्वभाव से ही निराशावादी हैं, इन सारी बातों को सुनकर घबराकर कहेंगे : "हटाओ यह पचड़ा, दुनिया ऐसे ही चलती है, कलियुग तो है ही।" परन्तु दुनिया में कुछ ऐसे लोग भी हैं जो युग के नाम से सन्तुष्ट नहीं होते बल्कि युग के स्वभाव को समझने की चेष्टा करते हैं। जिनका विश्वास है कि मानव-स्वभाव में मानवीय दुर्बलताओं के साथ-साथ मानवोचित उन्नतिशीलता भी मौजूद है और तमाम कठिनाइयों के होते हुए भी कभी-न-कभी मनुष्य उन सब पर विजय प्राप्त करेगा ही। ऐसे लोगों में इस समय इस बात का खास तलाश है कि इस वर्तमान अस्त-व्यस्त अवस्था का अन्त कैसे होगा। इन तमाम घटनाओं का रुख किस ओर है। इन्हीं लोगों का एक दल यह समझता है कि व्यापक विप्लव का प्रभाव संसार के धार्मिक जीवन पर भी पड़ेगा और उसमें एक गहरा परिवर्तन होगा। उनका खयाल है कि जहाँ संसार

में, लोगों में विरोधी दलों के प्रति अविश्वास बढ़ता जाता है; वहाँ साथ ही संसार की वर्तमान अवस्था का एक लक्षण यह भी है कि संसार भर के सभी देशों की दलित जातियों में एक प्रकार की पारस्परिक सहानुभूति भी है। मजदूर, अराजकतावादी, स्त्रियाँ, स्काउट्स, काली जातियाँ—सभी अपने संगठनों को अन्तर्जातीय रूप देना चाहती हैं और भौगोलिक हदों की अवहेलना करके पारस्परिक सहयोग करने के लिए तैयार हैं। 'संघे शक्तिः कलौयुगे' के सिद्धान्त को लोग चरितार्थ करके दिखा रहे हैं। रेल, तार, छापेखाने और अखबारों ने दुनिया को इतना तंग और सन्निकट कर दिया है कि एक-दूसरे के आदर्शों को अब थोड़ी-सी चेष्टा करने पर सहज ही समझ सकते हैं। इन सभी बातों को वे आशावादी निरीक्षक संसार के धार्मिक जीवन के लिए शुभ लक्षण समझते हैं। यद्यपि वे इस बात से भी अपरिचित नहीं हैं कि इन सब बातों के होते हुए भी संसार के वर्तमान संगठित धर्म के अधिकारी, चाहे वे ईसाई पादरी हों अथवा हिन्दू पंडित, मुसलमान मुल्ला या बौद्ध भिक्षु, अपने पुराने ढंग पर ही चले जाते हैं, नई आकांक्षाओं और नए उत्साह से लाभ नहीं उठाते, और उन्नतिशील उदार व्यक्तियों को उच्छृंखल कहकर अपने-अपने मंडल से निकालने पर उद्यत हो जाते हैं। पुरोहितों, पुजारियों और पंडितों की इस अदूरदर्शिता पर खेद प्रकट करते हुए भी आशावादी घबराते नहीं, बल्कि इसे भी परिवर्तन का एक प्रामाणिक लक्षण ही समझते हैं, क्योंकि वे कहते हैं कि धार्मिक संस्थाओं की यह कट्टरता भी इस बात की सूचना देती है कि एक धार्मिक युग का अन्त हो रहा है और दूसरे का जन्म।

वर्तमान धार्मिक जीवन के परिवर्तन और एक नवीन धर्म के निर्माण में विश्वास करनेवाले केवल वे ही नहीं हैं जो अधिकांश धार्मिक चर्चा में ही लगे रहते हैं अथवा जिनमें भावुकता अधिक है और चिन्तनशीलता कम है। इस तरह की जागृति के सम्बन्ध में अभी हाल में कई ग्रन्थ अंग्रेजी में बड़े-बड़े विचारशील विद्वानों की लेखनी से प्रकाशित हुए हैं। इन ग्रन्थों में से दो ग्रन्थों ने विशेष आदर प्राप्त किया है—एक तो डीन इन्ज (Dean lnge) द्वारा अनुमोदित 'The Coming Renaissance' (भावी जागृति) और दूसरा डॉ. मिसेज राइज डेविड कृत 'Old Creeds and New Needs' (प्राचीन मत और नवीन आवश्यकताएँ)। पहले ग्रन्थ में इंग्लैंड के 10-12 विद्वानों ने, जिनमें इतिहास, दर्शन, विज्ञान और समाजशास्त्र सभी के विशेषज्ञ हैं, अपने-अपने दृष्टिकोण से यह भाव प्रकट किया है कि संसार एक व्यापक जागृति के अत्यन्त सन्निकट है। इस ग्रन्थ की आलोचना करते हुए लन्दन के टाइम्स सरीखे वर्तमान के समर्थक (Conservative) पत्र ने लिखा था कि ऐसी निराशापूर्ण अवस्था के होते हुए भी इन विद्वानों का जागृति में विश्वास करना तनिक आश्चर्यजनक है, यद्यपि यह सत्य है कि ऐसी आशा लोग सभी युगों में आवश्यकता के ही कारण करते आए हैं लेकिन उनकी सम्भावनाओं के सहारे। टाइम्स ने यह भी लिखा है कि "जब यहूदी लोग रोमन साम्राज्य के पंजे से बेतरह फँसे हुए थे तभी उनमें मसीहा (उद्धारक) के

आगमन की आशा अत्यन्त बलवती हो उठी थी।" इस सम्बन्ध में यह लिख देना अप्रासंगिक न होगा कि गत वर्ष भारत हितैषी मिस्टर जार्ज लैन्सबरी ने (जो पार्लमेंट में मजदूर दल के प्रमुख पुरुषों में से हैं) डेली हेराल्ड के एक लेख में लिखा था कि क्या यह सम्भव नहीं कि किस प्रकार विशाल रोमन साम्राज्य से दबी हुई प्राचीन यहूदी जाति के प्रचारक को भगवान क्राइस्ट ने रोमन साम्राज्य पर आध्यात्मिक विजय प्राप्त (करने में मदद) की थी, वैसे ही ब्रिटिश साम्राज्य के अन्तर्गत प्राचीन भारतीय जाति एक ऐसा उपदेशक उत्पन्न करे जो वर्तमान संसार का धार्मिक उद्धारक सिद्ध हो! अस्तु, डॉक्टर राइज डेविड की पुस्तक में पारसी, बौद्ध, ईसाई, इस्लाम, पॉटिविज़्म (कौम्टे का समाजवाद), बहाई, ब्रह्मसमाज आदि कई प्रचलित धर्मों की आलोचना की गई है। आलोचना खंडन-मंडन की दृष्टि से ही नहीं वरन् वर्तमान काल के विचारों के झुकाव से उन धर्मों की शिक्षाओं का मिलान करते हुए लिखी गई है। सभी धर्मों की अपने समय के लिए तत्कालीन उपयोगिता स्वीकार करते हुए वर्तमान काल की आवश्यकताओं के लिए, उन्हें अपर्याप्त बताया है और साथ ही लेखक ने लिखा है, "ऐसा जान पड़ता है कि सभी काल में यह घटनाक्रम बता रहा है कि जब-जब लोगों ने एक सहायक, एक सन्देश की आवश्यकता प्रतीत की है, तब-तब यह सहायक और सन्देश उन्हें मिला है।"

ऊपर कुछ विचारशील विद्वानों के मत का दिग्दर्शन कराया गया है। यहाँ यह भी लिख देना उचित होगा कि नवयुग निर्माण की आशा का प्रमाण लोग हिन्दू, मुस्लिम, बौद्ध और ईसाई आदि सभी धर्मों के पवित्र ग्रन्थों के सहारे भी देते हैं। इस विचार के लोगों की अनेक संस्थाएँ भी हैं; उनमें से सबसे प्रसिद्ध और व्यापक संस्था है—'पूर्व तारा संघ' (Order of the star in the East) जिनका घनिष्ठ सम्बन्ध सुप्रसिद्ध विदुषी मिसेज बेसेंट से है, यद्यपि इसके अध्यक्ष और नेता हैं एक भारतीय सज्जन श्री जे. कृष्णमूर्ति। इस संस्था का प्रचार सारे सभ्य संसार में है और इसमें 70,000 (सत्तर हजार) से अधिक सदस्य हो चुके हैं। भारत के सुप्रसिद्ध विद्वान और देशभक्त तपस्वी अरविन्द भी एक साधक मंडल अपने चारों ओर एकत्र कर रहे हैं जो संसार के धार्मिक जीवन में एक गहरा परिवर्तन पैदा करना चाहता है। इसी मंडल के एक प्रमुख सदस्य श्री पाल रिशार का खयाल है कि संसार को धार्मिक पथ पर अग्रसर करने के लिए न केवल एक उपदेशक प्रकट होगा, बल्कि कई बड़े-बड़े तपस्वी और प्रत्यक्ष ज्ञानी लोग भी प्रकट होंगे और यही साधक संघ वर्तमान दुरवस्था को दूर करेगा। कहना न होगा, इस सिद्ध साधक संघ में मोशिए रिशार के विचारानुसार श्रीयुत अरविन्द घोष का भी एक उच्च स्थान होगा।

इस तरह वर्तमान भयावह अवस्था को दूर करने में लोग एक नए धार्मिक सन्देश से सहायता पाने की आशा करते हैं। हमें केवल यह देखना रह गया कि यह भावी धर्म किस ओर को झुकता हुआ होगा? इस प्रश्न के उत्तर की ओर ऊपर लिखे गए

सिंहावलोकन में बहुत कुछ संकेत किया जा चुका है। यहाँ हम उसे स्पष्ट शब्दों में किन्तु संक्षेप में ही दुहराएँगे। वर्तमान युग के ढंग को देखते हुए और साथ ही गत दो-तीन सहस्र वर्षों के भीतर मिले हुए धार्मिक सन्देशे को ध्यान में रखते हुए यह विचार प्रकट किए जाते हैं। जिस तरह बौद्ध और ईसाई धर्मों ने अपने समय की वंश-प्रतिष्ठा के भीषण स्वरूप का प्रबल विरोध करके सभी को धार्मिक अधिकार दिया था उसी तरह भावी धर्म रंग और राष्ट्र के अभिमान का विरोध होगा। न केवल पड़ोसी और पीड़ित को प्यार करने की यह शिक्षा देगा बल्कि परदेशी और परतंत्रों के प्रति अनुराग पैदा कराएगा। यह सन्देश किसी जाति अथवा देश में सन्निहित न होकर वर्तमानकालिक रेल, तार और वायुयान के सहारे-संसारव्यापी होगा। इसमें ईश्वरोपासना को एक नया स्वरूप दिया जाएगा जिसके अनुसार ईश्वरभक्त लोग मानव जाति के रूप में ही भगवान को प्यार करना सीखेंगे। सेवा-धर्म की महिमा बढ़ेगी और बच्चों की शिक्षा और पालन पर अधिक जोर दिया जाएगा। राजभक्ति एक नया रूप धारण करेगी जिसके अनुसार लोग 'राजा' की भक्ति से 'राज्य' की भक्ति को अधिक महत्त्व देंगे। भिन्न-भिन्न प्रचलित धर्म नष्ट न होकर अधिक उदार हो जाएगा और इन धर्मों के नाम और रूप की रक्षा करते हुए भी लोग इस नए विश्व प्रेमी धर्म की दीक्षा लेंगे।

इस भावी धर्म के रुख को पहचानने के लिए वर्तमान प्रचलित धर्मों की उन शाखाओं के आदर्शों, साधनों और उपदेशों के अध्ययन करने की आवश्यकता है, जिन्होंने प्रचलित संगठित धर्मों के अधिकारियों के विरुद्ध बगावत करके अपना संगठन किया है, यथा हिन्दुओं में आर्य समाज, ब्रह्मसमाज, राधास्वामी संघ, देवसमाज आदि मुसलमानों में बहाई, कादियानी आदि ईसाइयों में क्रिश्चियन—सायंज्ञ निऊथौट, निऊथियोलाजी आदि। इन्हीं संस्थाओं में यह अंकुर मौजूद है जो आनेवाले जागृति की विपुल वर्षा से उगकर फले-फूलेंगे।

[प्रताप, अगस्त-सितम्बर, 1924 विशेष]

जाति-प्रथा

जाति-प्रथा नाम की संस्था ने जाति की शुद्धता बनाए रखने के प्रयास किए हैं, पर असफल प्रयास किए हैं, क्योंकि इतिहास के छात्रों को पता है कि भारतीय रक्त शक, यवन, यूची, हूण, मंगोल, आर्य और द्रविण रक्त का मिश्रण है। जाति-प्रथा पर सबसे बड़ी आपत्ति, जिसका उसके तथाकथित समर्थकों की कोई भी संख्या, खंडन नहीं कर सकती, यह है कि मनुष्यों को श्रेणियों और वर्गों का एक बेलोच विभाजन कर दिया गया है। अभिजात और आज भी नामित देव-रूपा ब्राह्मण बाकी सबको हीन समझते हैं। फिर हर दूसरी जाति भी अपने से नीचे की जातियों का तिरस्कार करती है, और इस तरह यह सिलसिला बदनसीब अछूतों और अनाम पंचम वर्णों तक पहुँचता है। जाति-प्रथा इस तरह से हार्दिक सहयोग या सहक्रिया, प्रेम, विश्वास, आपसी सम्पर्कों या कार्य की स्वतंत्रता में बाधा डालती है, क्योंकि हर जाति का अपना ही सीमित कार्यक्षेत्र होता है, अपना पुश्तैनी व्यवसाय होता है तथा किसी उत्साही या महत्त्वाकांक्षी युवक को भी, चाहे या अनचाहे, उसी में लगना पड़ता है। अपने पुश्तैनी व्यवसाय को छोड़ किसी और व्यवसाय में जाकर अपनी दशा को सुधारने का उसके पास कोई अवसर नहीं होता।

अलावा इसके जाति-प्रथा ने वर्गीय भावना और वर्गीय दम्भ को बढ़ावा दिया है, और अगर इनका नाश न किया गया तो ये ही भारतीय संस्कृति और परिष्कृति का, राष्ट्रवाद और देशप्रेम का विनाश कर देंगे। ये लोग मानव और मानव के बन्धुत्व का कोई खयाल किए बिना अपनी ही जाति या वर्ग के कल्याण के लिए चिन्तित रहते हैं; उनका नारा है : 'हमारी जाति अव्वल, हमारी जाति आखिर।' उनके हृदय और मन में, सोचो और स्वार्थमय योजनाओं में देश को सम्मान का दर्जा कतई हासिल नहीं है, बल्कि मामूली दर्जा भी हासिल नहीं है। वे कर्म नहीं, जन्म के आधार पर ब्राह्मण और क्षत्रिय, वैश्य और कायस्थ हैं, और जब तक यह सम्मान उन्हें प्राप्त है, वे किसी और सद्गुण या शुभ की चिन्ता नहीं करते। 'भारत अव्वल और भारत आखिर' उनके लिए ऐसा वाक्य है कि साकार न हो तो ही अच्छा। उनकी ईश्वर की धारणा भी उनके दोहरेपन का प्रतिबिम्ब है क्योंकि अगर वे दैवेच्छा या ईश्वर के अस्तित्व को मानते होते तो एक ही परम पिता की सन्तानों को क्यों भला बाँटते? ये

वे लोग हैं जो अपने ही हित के लिए राजनीतिक, प्रशासनिक या औद्योगिक क्षेत्रों में बढ़ने के प्रयास कर रहे हैं और साथ-ही-साथ वह सब कुछ हड़प कर रहे हैं जिसे निचली जातियों के कर्मठ और ईमानदार व्यक्तियों ने हासिल किया है। जहाँ निचले वर्गों का विनाश सामने है, वहीं ये लोग हमेशा की तरह स्वयं तक सीमित जीवन को लेकर ही सन्तुष्ट हैं, और उन्हें सामाजिक परिवेश की, राजनीतिक माँगों, आध्यात्मिक उत्थान की, बल्कि कृषि की प्रगति की या मशीनों और कारख़ानों के उत्थान के लिए व्यापार की प्रगति की कोई चिन्ता नहीं, विश्व बाजार में प्रतियोगिता कर सकने की कोई भावना नहीं, और इसलिए वे अपनी महत्त्वाकांक्षा को व्यवहार में नहीं ला सकते ताकि सम्मान का जीवन जीते हुए भारत सभ्यता के विकास में यूरोप और अमरीका के साथ अपना समुचित योगदान कर सकें। राह में बाधा बनकर खड़ी जाति-प्रथा हमें जीवन की इन आधुनिक दशाओं के तकाजों के अनुसार खुद को तत्परता से ढालने की इजाजत नहीं देती।

जाति-प्रथा पूर्वी सभ्यता की सन्तान है और दुनिया में कहीं और पाई नहीं जाती। मानव जाति का यह कठोर विभाजन झूठे धर्म में उन स्वार्थी ब्राह्मणों द्वारा जोड़ा गया प्रक्षेप है जो उत्पीड़ित निर्धन जन की कीमत पर मजे उड़ा रहे और अपनी झोलियाँ भर रहे हैं, निरक्षर जनता की भोली-भाली कल्पनाओं के सहारे अपनी तोंदें बढ़ा रहे हैं, बल्कि, और तो और, शास्त्रों के विधान के नाम पर उनके ऊपर हर तरह के अपमान और दु:ख-दर्द लाद रहे हैं। जो चीज उनको इसमें और भी समर्थ बनाती है, वह समाज का राजनीतिक और आर्थिक ढाँचा है। कोमल उपचार के रूप में धार्मिक प्रवचन जनता को आँसुओं में डुबोते रहे...या फिर क्लोरोफ़ॉर्म सुँघाकर सुलाते रहे हैं। उनकी योग्यताओं को और उनके प्रेम को ऊँची जातियों के वे लोग आज भी अनदेखा कर रहे हैं जो अपनी ही दुनिया के नागरिक हैं, न कि इस संसार के।

एक अच्छा समाज एक सुगठित इकाई होता है, कोई विभाजित और उप-विभाजित इकाई नहीं, जो कि यह आज है, जहाँ कुछ लोगों को दी गई शक्तियों का दुरुपयोग कर्तव्य और दायित्व की, यथार्थ और सौन्दर्य की सारी भावना को तिरोहित कर देता है। पश्चिमी सभ्यता की बराबरी कोई करे तो कैसे करे?

जाति-प्रथा आज हमारे बीच मौजूद प्रबुद्ध या सुसंस्कृत और सचमुच शिक्षित लोगों के लिए आकर्षण की कोई चीज नहीं रही और वे इसकी भर्त्सना करते हैं—कुछ खुलकर दो टूक ढंग से, कुछ सावधानी भरी भाषा में, और कुछ दिल-ही-दिल में। जाति या वर्ण की निर्दयी व्यवस्था रामायण काल के बाद से भारतीय समाज की प्रगति में सबसे बड़ी बाधा रही है। यह अस्वाभाविक व्यवस्था जब तक बनी रहेगी, समाज अभिशप्त रहेगा और उसके साथ हम भी रहेंगे। जाति-प्रथा के समर्थक जिन सतही गुणों के दावे करते हैं उन सबके बावजूद वास्तविकता यही है कि हम पर समाज सामाजिक क्षमता, आध्यात्मिक या राजनीतिक एकजुटता और मानव जाति के

जीवन-मूल्यों या कृत्यों के संरक्षण के सिलसिले में नीचे, और नीचे जा रहा है। इस पतित जाति-प्रथा ने शुभ या सुन्दर की जड़ों पर, यहाँ तक कि शिक्षा के प्रसार पर भी मारक प्रहार किए हैं। दूसरी तरफ है 'केवल भुखमरी और तिरस्कार और प्रतिरोध के किसी भी अवसर का अभाव, जबकि दूसरे देशों में हर किसी व्यक्ति को समान अवसर प्राप्त होते हैं। अगर रामराज्य की बातें या स्वराज्य के चर्चे...

[अधूरा]

शेष स्मृतियाँ

अतीत की स्मृति में मनुष्य के लिए स्वाभाविक आकर्षण है। अर्थ-परायण लाख कहा करें कि 'गड़े मुरदे उखाड़ने से क्या फ़ायदा' पर हृदय नहीं मानता, बार-बार अतीत की ओर जाया करता है; अपनी यह बुरी आदत नहीं छोड़ता है। इसमें कुछ रहस्य अवश्य है। हृदय के लिए अतीत मुक्ति-लोक है जहाँ वह अनेक बन्धनों से छूटा रहता है और अपने शुद्ध रूप में विचरता है। वर्तमान हमें अन्धा बनाए रहता है; अतीत बीच-बीच में हमारी आँखें खोलता रहता है। मैं तो समझता हूँ कि जीवन का नित्य स्वरूप दिखानेवाला दर्पण मनुष्य के पीछे रहता है; आगे तो बराबर खिसकता हुआ परदा रहता है। बीती बिसारनेवाले 'आगे की सुध' रखने का दावा किया करें, परिणाम अशान्ति के अतिरिक्त और कुछ नहीं। वर्तमान को सँभालने और आगे की सुध रखने का डंका पीटनेवाले संसार में जितने ही अधिक होते जाते हैं संघशक्ति के प्रभाव से जीवन की उलझनें उतनी ही बढ़ती जाती हैं। बीती बिसारने का अभिप्राय है जीवन की अखंडता और व्यापकता की अनुभूति का विसर्जन, सहृदयता और भावुकता का भंग—केवल अर्थ की निष्ठुर क्रीड़ा।

कुशल यही है कि जिनका दिल सही-सलामत है, जिनका हृदय मारा नहीं गया है, उनकी दृष्टि अतीत की ओर जाती है। क्यों जाती है, क्या करने जाती है, यह बताते नहीं बनता। अतीत कल्पना का लोक है, एक प्रकार का स्वप्नलोक है, इसमें तो सन्देह नहीं। अतः यदि कल्पनालोक के सब खंडों को सुखपूर्ण मान लें तब तो प्रश्न टेढ़ा नहीं रह जाता; झट से कहा जा सकता है कि वह सुख प्राप्त करने जाती है। पर मेरी समझ में अतीत की ओर मुड़-मुड़कर देखने की प्रवृत्ति सुख-दुःख की भावना से परे है। स्मृतियाँ मुझे केवल 'सुखपूर्ण दिनों के भग्नावशेष' नहीं समझ पड़तीं। वे हमें लीन करती हैं, हमारा मर्म स्पर्श करती हैं, बस, हम इतना ही कह सकते हैं।

जैसे अपने व्यक्तिगत अतीत जीवन की मधुर स्मृति मनुष्य में होती है वैसे ही समष्टि रूप में अतीत नर-जीवन की भी एक प्रकार की स्मृत्याभास कल्पना होती है जो इतिहास के संकेत पर जगती है। इसकी मार्मिकता भी निज के अतीत जीवन की स्मृति की मार्मिकता के समान ही होती है। नर-जीवन की चिरकाल से चली आती

हुई अखंड परम्परा के साथ तादात्म्य की यह भावना आत्मा के शुद्ध स्वरूप की नित्यता और असीमता का आभास देती है। यह स्मृति-स्वरूप कल्पना कभी-कभी प्रत्यभिज्ञान का भी रूप धारण करती है। जैसे प्रसंग उठने पर इतिहास द्वारा ज्ञात किसी घटना के ब्योरों को कहीं बैठे-बैठे हम मन में लाया करते हैं, वैसे ही किसी इतिहासप्रसिद्ध स्थल पर पहुँचने पर हमारी कल्पना या मूर्त भावना चट उस स्थल पर की किसी मार्मिक घटना के अथवा उससे सम्बन्ध रखनेवाले कुछ ऐतिहासिक व्यक्तियों के बीच हमें पहुँचा देती है जहाँ से फिर वर्तमान की ओर लौटकर कहने लगते हैं—"यह वही स्थल है जो कभी सजावट से जगमगाता था, जहाँ अमुक सम्राट सभासदों के बीच सिंहासन पर विराजते थे; यह वही द्वार है जहाँ अमुक राजपूत वीर अपूर्व पराक्रम के साथ लड़ा था इत्यादि।" इस प्रकार हम उस काल से लेकर इस काल तक अपनी सत्ता के आरोप का अनुभव करते हैं।

अतीत की कल्पना स्मृति की सी सजीवता प्राप्त करके अवसर पाकर प्रत्यभिज्ञान का स्वरूप धारण कर सकती है जिसका आधार या तो आप्त शब्द (इतिहास) अथवा अनुमान होता है। अतीत की यह स्मृति-स्वरूप कल्पना कितनी मधुर, कितनी मार्मिक और कितनी लीन करनेवाली होती है, सहृदयों से न छिपा है, न छिपाते बनता है। मनुष्य की अन्त:प्रकृति पर इसका प्रबल प्रभाव स्पष्ट है। हृदय रखनेवाले इसका प्रभाव, इसकी सजीवता अस्वीकृत नहीं कर सकते। इस प्रभाव का, इस सजीवता का, मूल है सत्य। सत्य से अनुप्राणित होने के कारण ही कल्पना स्मृति और प्रत्यभिज्ञान का सा सजीव रूप प्राप्त करती है। कल्पना के इस स्वरूप की सत्यमूलक सजीवता का अनुभव करने की संस्कृत के पुराने कवि अपने महाकाव्य और नाटक किसी इतिहास-पुराण के वृत्त का आधार लेकर ही रचा करते थे।

सत्य से यहाँ अभिप्राय केवल वस्तुत: घटित वृत्त ही नहीं निश्चयात्मकता से प्रतीत वृत्त भी है। जो बात इतिहासों में प्रसिद्ध चली आ रही है वह यदि प्रमाणों से पुष्ट भी न हो तो भी लोगों के विश्वास के बल पर उक्त प्रकार की स्मृति-स्वरूप कल्पना का आधार हो जाती है। आवश्यक होता है इस बात का पूर्ण विश्वास कि इस प्रकार की घटना इस स्थल पर हुई थी। यदि ऐसा विश्वास कुछ विरुद्ध प्रमाण उपस्थित होने पर विचलित हो जाएगा तो इस रूप की कल्पना न जगेगी। दूसरी बात ध्यान देने ही यह है कि आप्त वचन या इतिहास के संकेत पर चलनेवाली मूर्त भावना भी अनुमान का सहारा लेती है। कभी-कभी तो शुद्ध अनुमति ही मूर्त भावना का परिचालन करती है। यदि किसी अपरिचित प्रदेश में भी किसी विस्तृत खँडहर पर हम जा बैठें तो इस अनुमान के बल पर ही कि यहाँ कभी अच्छी बस्ती थी, हम प्रत्यभिज्ञान के ढंग पर इस प्रकार की कल्पना में प्रवृत्त हो जाते हैं कि "यह वही स्थल है जहाँ कभी पुराने मित्रों की मंडली जमती थी, रमणियों का हास-विलास होता था, बालकों का क्रीड़ा-कलरव सुनाई पड़ता था इत्यादि।" कहने की आवश्यकता

नहीं कि प्रत्यभिज्ञान-स्वरूप यह कोरी अनुमानाश्रित कल्पना भी सत्यमूल होती है। वर्तमान समाज का चित्र सामने लानेवाले उपन्यास भी अनुमानाश्रित होने के कारण सत्यमूल होते हैं।

हमारे लिए व्यक्त सत्य है जगत और जीवन। इन्हीं के अन्तर्भूत रूप-व्यापार हमारे हृदय पर मार्मिक प्रभाव डालकर हमारे भावों का प्रवर्तन करते हैं; इन्हीं रूप-व्यापारों के भीतर हम भगवान की कल्पना का साक्षात्कार करते हैं, इन्हीं का सूत्र पकड़कर हमारी भावना भगवान तक पहुँचती है। जगत और जीवन के ये रूप-व्यापार अनन्त हैं। कल्पना द्वारा उपस्थित कोई रूप-व्यापार जब इनके मेल में होता है तब इन्हीं में से एक प्रतीत होता है, अत: ऐसा काव्य सत्य के अन्तर्गत होता है। उसी का गम्भीर प्रभाव पड़ता है। वही हमारे मर्म का स्पर्श करता है। कल्पना की जो कोरी उड़ान इस प्रकार सत्य पर आश्रित नहीं वह हल्के मनोरंजन की वस्तु है, उसका प्रभाव केवल बेल-बूटे या नक्काशी का-सा होता है, मार्मिक नहीं।

हमारा भारतीय इतिहास न जाने कितने मार्मिक वृत्तों से भरा पड़ा है। मैं बहुत दिनों से इस आसरे में था कि सच्ची ऐतिहासिक कल्पनावाले प्रतिभा-काल सम्पन्न कवि और लेखक हमारे वर्तमान हिन्दी साहित्य-क्षेत्र में प्रकट हों। किसी की सच्ची ऐतिहासिक कल्पना प्राप्त करने के लिए उस काल से सम्बन्ध रखनेवाली उपलब्ध ऐतिहासिक सामग्री की छानबीन अपेक्षित होती है। ऐसी छानबीन कोरे विद्वान तो करते ही रहते हैं पर उसकी सहायता से किसी काल का जीता-जागता सच्चा चित्र वे ही खड़ा कर सकते हैं जिनकी प्रतिभा काल का मोटा परदा पार करके अतीत का एक-एक ब्योरा झलका देती है। आसरा देखते-देखते स्वर्गीय 'प्रसाद जी' के नाटक सामने आए जिनमें प्राचीन भारत की बहुत-कुछ मधुर झाँकी दिखाने का अनुरोध उनसे किया था जो उनके मन में बैठ गया था।

नाटकों के रूप में ऐतिहासिक कल्पना का अतीत-प्रदर्शक विधान देखने पर भावात्मक प्रबन्धों के रूप में स्मृति-स्वरूप या प्रत्यभिज्ञान-स्वरूप कल्पना का प्रवर्तन देखने की लालसा, जो पहले से मन में लिपटी चली आती थी प्रबल हो उठी। किधर से यह लालसा पूरी होगी, यह देख ही रहा था कि 'ताजमहल' और 'एक स्वप्न की शेष स्मृतियाँ' नामक दो गद्य-प्रबन्ध देखने में आए। दोनों के लेखक थे महाराजकुमार श्री रघुवीरसिंह जी। आशा ने एक आधार पाया। उक्त दोनों प्रबन्धों में जिस प्रतिभा के दर्शन हुए उसके स्वरूप को समझने का प्रयत्न मैं करने लगा। पहली बात मुझे यह दिखाई पड़ी कि महाराजकुमार की दृष्टि उस कालखंड के भीतर रमी है जो भारतीय इतिहास में 'मध्यकाल' कहलाता है। आपकी कल्पना और भावना को जगानेवाले उस काल के कुछ स्मारक चिन्ह हैं, यह देखकर इसका भी आभास मिला कि आपकी कल्पना किस ढंग की है। जान पड़ा है कि वह स्मृति-स्वरूप है, जिसकी मार्मिकता के सम्बन्ध में पहले

कहा जा चुका है। महाराजकुमार ऐसे इतिहास के प्रकांड विद्धान के हृदय में ऐसा भाव-सागर लहराते देख मैं तृप्त हो गया। विद्धत्ता और भावुकता का ऐसा योग संसार में अन्यत्र विरल है।

[रघुवीर सिंह]

✪✪✪